KB121665

감각의 근대 2

노래하는 신체

일러두기

- 원서의 제2장은『근대 한국과 일본의 민요 창출』(소명출판, 2005)의「제2장 국민
  의 소리로서의 민요」(쓰보이 히데토 저, 임경화 역)로 이미 번역되어 이 책에서는
  제외하였다.

- 원주와 옮긴이 주는 해당 페이지 아래에 아라비아숫자로 두되, 원주는 표기 없이
  두고 옮긴이 주는 문장 말미에 '옮긴이 주'로 표기한다.

감각의 근대 2

| 노래하는 신체 |

쓰보이 히데토 지음
손지연·박광현·박정란·장유리 옮김

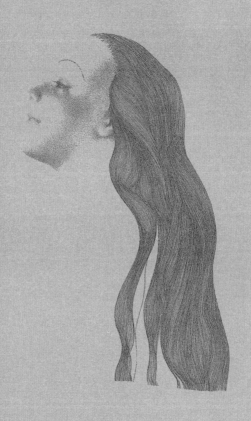

어문학사

제1장

근대의 시와 가요
― 그 위험한 관계

1. 나카하라 주야中原中也의 시詩와 '스루야スルヤ'

    사사키 미키로佐々木幹郎의 『근대일본시인선 나카하라 주야近代日本詩人選 中原中也』[1]는 나카하라 주야의 시 중에서도 가요의 문제를 본격적으로 다룬 책이며 간행 당시부터 큰 화제가 되었다. 후지이 사다카즈藤井貞和가 천인여방담天人女房譚과 자장가의 관계에 관해 했던 지적에 자극을 받은 사사키는 상실의 감정을 기반으로 하는 나카하라 주야의 '노래'가 선녀天女가 사용한 '날개옷'에 해당한다고 보고 그러한 감정의 원향原鄕에 "자장가적인 것"이 있다고 평했다. "남겨진 아이"가 품고 있는 "상실의 감정"을 계기로 시의 기원이 근대의 경계를 뛰어넘어 상기

---

1) 佐々木幹郎, 『近代日本詩人選 中原中也』, 筑摩書房, 1988.

되고 있다. 사사키의 논고에 의하면 기원으로서의 '노래'란, 화법을 자유자재로 구사하여 이야기를 반복의 유형으로 균질화하는, 이른바 이야기의 회수·순치와 하나가 된 시의 장소라 할 수 있을 것이다.

물론 나카하라 주야의 '노래'에 주목한 것이 사사키 미키로가 처음은 아니다. 이미 오오카 쇼헤이大岡昇平가 동시대인의 증언으로서 이러한 나카하라 주야상像을 정착시킨 바 있다. 나카하라 주야의 유명한 시「서커스」(1929)에 대해 오오카는 "부르기 쉽게 만들어져 나카하라는 처음 만난 사람에게 낭송하여 들려주곤 했다. '유-안, 유-욘, 유야유욘ゆあ ーん、ゆよーん、ゆやゆよん'이라는 의성어를, 나카하라는 머리를 치켜들고 눈은 감은 채 돌출시킨 입을 내밀며 낭송했다"고 회상한다.[2] 자신이 지은 「서커스」를 낭송=가창할 때의 시인의 독특한 몸짓. 그 몸짓(육체)의 고유성과 발성되자마자 사라지는 목소리의 일회성이 겹쳐지며 하나의 상像을 만들었을 때는 이미 "좋은 귀"를 가지고 있는 시인, "입으로 흥얼거리며 시를 짓는"(오오카) 시인과 그 시=노래의 이미지는 떨쳐낼 수 없을 정도로 결정적으로 각인되었던 것이다.

사사키는 이러한 오오카 쇼헤이의 주장을 이어받아 「서커스」는 무無문자(=비언어) 구술문화 안에 남겨진 신체 감각적인 '노래'를 언어화하는 전도轉倒를 근대라는 시대에 제시한 것이라고 평가했다. 그러나 이러한 평가는 조금 성급한 것이 아닐까. 오오카는 나카하라의 시의 가요성歌謠性과 동요조童謠調라는 성격을 강조하지만 사사키처럼 그 성격을 '근대(시) 이전'으로 '회귀'한 것으로 보지는 않는다. 오오카는 나카하라

---

2) 大岡昇平, 『中原中也』, 角川書店, 1974, 125쪽.

와 도미나가 다로富永太郎의 문어시를 "다이쇼大正 구어시에 대한 반동", "간바라 아리아케蒲原有明와 우에다 빈上田敏의 상징주의 부활"로 자리 매김시키는 흥미로운 견해를 제시했다. 그리고 그러한 문어시에 보이는 읽기 어려운 한자를 배제한 표기의 배경을 도미나가나 고바야시 히데오小林秀雄의 그것과 대비시키며 호리구치 다이가쿠堀口大学의 『월하의 한 무리月下の一群』(1925)에 나오는 용어에서 영향을 받았다고 생각했다(오오카는 구어·아어雅語·한어漢語를 혼합한 『월하의 한 무리』 문체의 등장을 일본 근대시 표기사史의 한 지표Merkmarl로 본다). 나카하라 시가 지닌 가요성의 근거를 직접 설명하지는 않지만 적어도 근대에 이입된 서구시, 정확히 말해 시적詩的 교양과 대치되는 순수한 '노래'일 수 없다는 것이다.

> 항구의 빗물처럼
> 눈물이 내 맘에도.
> 내 가슴 적셔오는
> 이 슬픔 무엇인가?

호리구치가 「눈물이 내 맘에도」라고 제목을 붙인 베를렌Paul Marie Verlaine의 연작連作 「잊힌 작은 노래忘れられた小唄」에 포함된 유명한 한 편의 시이다. 이 시의 어조에서도 나카하라의 가요적인 시의 어조와 친근함을 엿볼 수 있는데 이는 오오카의 추론이 옳음을 증명한다. 호리구치 다이가쿠에 의한 이러한 아리아(小唄, 짧은 아리아)의 문어투 번역은 결코 근대와 대치하는 위치에 있지 않다. 이 또한 근대에 의해 탄생한 스

타일이기 때문이다. 이처럼 사사키의 고찰을 거꾸로 원용援用해 보면 나카하라 주야의 '노래'는, 근대시가 '근대(시) 이전'으로의 회귀와 기원에 대한 탐구를 가장하고 있는 위장僞裝으로서의 '날개옷'이라 할 수 있겠다. 그러한 전제하에 나카하라라는 시인의 존재가 근대시의 한 전형을 이루고 있음을 필자는 중요하게 인식해 두고 싶다.

오오카 쇼헤이는 "낭송하기 쉽고 부르기 쉬운" 나카하라의 시가 처음 단행본에 실린 것이『산양의 노래山羊の歌』보다 2년 앞서 춘추사春秋社에서 발행된『세계음악전집世界音楽全集』의『일본가요집日本歌曲集』(몬마 나오에門馬直衞 편, 1932)[3] 1권이었다는 사실이 상징적이라고 서술한다. 가요집에 실렸던 모로이 사부로諸井三郎와 우쓰미 세이이치로內海誓一郎의 작품 중「아침의 노래朝の歌」,「임종臨終」,「텅빈 가을空しき秋」(이상 모로이 작곡)과「잃은 희망失せし希望」,「귀향歸郷」(이상 우쓰미 작곡)이 "낭송하기 쉽고 부르기 쉬운" 노래에 해당한다.[4] 1927년 첫 대면에서 그가 모로이에게 두고 간 "산처럼 많은"[5] 원고 중에서 모로이가 작곡을 담당하고 나카하라도 관여하게 되는 음악 그룹 '스루야'의 제2회 발표 연주회에서 불리고, 또 팸플릿『스루야スルヤ』제2집에도 게재된 시가 최초로 활자화된 나카하라의 시이다.[6]

---

3) 당시 이 1권은 야마다 고사쿠山田耕筰가 편찬할 예정이었다고 한다.

4)「텅빈 가을空しき秋」은 원래 20여 편이 넘는 연작으로 모로이諸井가 그 중의 한 편을 골라 작곡했다. 연작은 소실되었지만 모로이가 작곡한「늙은 자로 하여금老いたる者をして」만 「텅빈 가을」이라는 제목으로 전해지고 있다.

5) 諸井三郎,「中也に始めて会った日のこと」,『ユリイカ』, 1970.7.

6) 나카하라 주야와 '스루야'의 관계, 특히 구체적인 경위와 음악의 특질에 대해서는 필자가 아는 한 아키야마 구니하루秋山邦晴의 연재「일본 작곡가의 반세기日本の作曲家の半世紀」

"「아침의 노래」에 이르러 대부분의 방침이 섰다"(「나의 시관我が詩觀」, 1938)라고 작자가 회상한 실질적인 첫 작품인 「아침의 노래」와 「임종」이 목소리를 매개로 하는 음악으로서 처음 세상에 나온 것은 큰 의미가 있다. 「귀향」의 경우도 우쓰미의 작곡상 필요에 의해 작자의 승낙 하에 두 행이 삭제된 채(우쓰미의 곡은 그 부분에 첼로 간주가 들어간다) 발표된 버전이 결국 『산양의 노래』에도 채록되었던 것처럼, 작곡자와의 공동 작업에서 시 텍스트를 생성해가는 과정이 엿보인다.

'스루야'의 멤버는 모로이 사부로를 포함해 대다수가 도쿄대학의 음악 애호가 학생들(이중 몇 명은 도쿄대 관현악단 소속)이었는데 1929년부터 1930년에 걸쳐 다섯 번의 연주회를 개최했다. 앞서 언급한 나카하라가 작시한 가곡 5편을 2회 때 공연했다. 아키야마 구니하루秋山邦晴가 모로이에게 직접 듣고 기록한 바와 같이[7] 다이쇼기에 기타하라 하쿠슈北原白秋/야마다 고사쿠山田耕筰 등의 콤비네이션으로 확립된 동요운동 및 그 외 기성악단에 대항하는 운동이 이러한 아마추어리즘에서 탄생했다는 사실은 의미가 크다고 하겠다. 거기에 나카하라의 시가 관련된 것도 우연은 아닐 것이다. 시와 음악에서의 다이쇼/쇼와昭和의 결절점을 발견할 수 있다고 한 아키야마의 고찰은 매우 중요하다. 나카하라의 시에 곡을 붙인 「아침의 노래」, 「임종」, 「귀향」 3곡은 피아노 반주에 첼로

<hr>

에 있는 「악단 스루야의 꿈楽団スルヤの夢」(『音楽芸術』, 1975, 6~12쪽)이 가장 상세하며 시사하는 바가 크다. 이 장의 집필에 많은 도움이 되었다. 또한 이 아키야마의 평론은 그의 사후 『쇼와의 작곡가들 ― 태평양전쟁과 음악昭和の作曲家たち―太平洋戦争と音楽』(林淑姫 編, みすず書房, 2003)으로 출판되었다. 그 외 이토 류타伊藤隆太의 「나카하라 주야와 스루야中原中也とスルヤ」(『鑑賞日本現代文学 中原中也』月報, 角川書店, 1981) 등도 참고했다.

7) 秋山, 앞의 글.

의 조주(助奏, obbligato)를 더한 이색적인 편성으로 이루어져 있는데, 이는 2중주협주곡Duo Concertant풍 협주를 의식한 것으로, 특히 우쓰미의 「귀향」은 첼로의 활약이 두드러진다. 또한 모로이의 두 곡에서 바리톤 성역聲域을 지정한 부분은 저음끼리 서로 음예陰翳 있는 대화가 이뤄지듯 의도되어 있다. '스루야'의 멤버 중 바리톤과 첼로 연주자가 있었다는 사정을 반영한 것으로 친밀한intime 유대감의 결과로 생각할 수 있겠다.

그런데 요시다 히데카즈吉田秀和의 회상에 따르면[8] 나카하라 주야는 가요 「아침의 노래」를 스스로도 즐겨 불렀다고 한다. 「아침의 노래」의 피아노는 단순한 아르페지오arpeggio를 기조로 하고 있고, 첼로 파트도 이 곡에서는 노래와 상관없이 소극적이다. 게다가 C장조이며 8분 음표를 단위로 한 리듬 위에, 음절과 음절 사이의 간격을 시간적으로 동일한 박자와 정확한 속도in tempo로 레가토legato 형식으로 노래 부르는, 담백하다고 해도 좋을 만큼 지극히 간결한 구성이다. 나카하라의 시가 아니라도 부르기 쉬운 노래이다. 때마침 동시기인 1920년대 말부터 야마다 고사쿠와 고가 마사오古賀政男 등의 「파도치는 항구波浮の港」, 「도쿄 행진곡東京行進曲」, 「그림자를 그리워하며影を慕いて」와 같은 가요곡이 레코드의 보급을 등에 업고 탄생하는 시대를 맞이하고 있었다. 모로이의 「아침의 노래」는 소박함을 내세우면서도 앞선 세대인 야마다 고사쿠 등이 가곡·동요를 통해 행한 시도라든가 동시대 소비·대중문화를 담당했던 음악 동향과는 질적으로 다르다. 그 둘 사이에서 아슬아슬하게 줄타기를 하며 위치를 잡아가는 상황이었다. 이 곡의 전반부 주요 부분은

---

8) 吉田秀和, 「中原中也のこと」, 『文芸』, 1962.9.

나카하라 주야, 모로이 사부로, 「아침의 노래」(『일본가곡집日本歌曲集』)

8분의 5라는 조금 색다른 박자이다. 이는 동요나 가요곡의 경쾌한 리듬과는 확실히 구별되는 요소지만 부르는 데 어려움을 초래하는 요소는 결코 아니다.

> 천장에 붉고 노르스름한 색깔
>
> 문짝 사이로 스며들어온 빛깔,
>
> 색이 바아랜 군대음악의 기억
>
> 손에서 손에 남아 있는 건 없네.

텍스트는 이와노 호메이岩野泡鳴에게서 유래한 한 단락의 공백을 통해 5·7조를 명확하게 고집하고 있는데, 모로이는 거기에 부합하도록 한 글자에 8분음표를 대응시켜 "테엔조오니テンヂョ-ニ / 아카키이로アカ

キイロ / 이데イデ / 토노스키오トノスキヲ / 모레이루히モレイルヒ / 카리
カリ"와 같이 각 행의 아래 구句 7음절을 5·2로 분할하고, 마지막 음을 2
분음표로 늘리는 처리를 했다. 5·7음조를 음표 위에서도 복원하려는 의
도가 철저히 반영되었다. 이와 같은 음조에 대한 텍스트의 충실한 대응
으로 노래가 부르기 쉬워지는 반면에 어조가 단조로워진다는 점을 부
정할 수도 없다. 극성劇性이 과하게 억제된 목소리의 굴곡이 음정박자
와 무관한 '이야기'에 가깝다고 볼 수도 있다. 그것은 오오카 쇼헤이가
말하는 "낭송하기 쉽고 부르기 쉬운" 나카하라의 시 그 자체의 특성을
반영시킨 것이며 안이하게 선율에 맞춰 흘러가는 것을 회피했다는 점
에서 동요와 창가에 대항하는 의식도 발견할 수 있다. 모로이의 곡은 소
네트sonnet로 쓰인 텍스트의 후반부를 4분의 3박자와 4분의 4박자를 교
차시키는 형식으로 구성되어져 있는데, 여기도 '주시노카니ジュシノカ
ニ / 아사하나야마시アサハナヤマシ'와 같이 싱커페이션syncopation에 의
한 글자＝한 음이라는 대응을 완고히 지키고 있는 것이다. "다양한 꿈さ
まざまな夢"의 소실을 나타내는 것처럼 늘임표fermate로 조용히 끝나는 후
반부Molto tranquillo가 아주 인상적이다.

2. 다다이즘과 민요

이러한 컬래버레이션을 포함하는 음악과의 실체적인 유사함에서 시
의 가요성이라는 문제로 돌아가면 사사키 미키로 등이 말한 나카하라

주야 시의 〈노래〉를 어떻게 평가할 수 있을까.

초기 다다이즘 시대의 나카하라 시에서 "우하키와하미가키ウハキはハ
ミガキ / 우하바미와우로코ウハバミはウロコ"로 시작하는 '다다 음악의 가
사'라는 작품이 있다. 아키야마 구니하루도 지적하는 바와 같이 '시가'라
는 표제를 붙인 방법이 독자적인데, 이것은 나카하라의 시가 지향하는
관심의 방향 자체를 말해주고 있어서 상징적이기도 하다. 다다이즘과
음성을 연결했다고 해서 딱히 기묘하다고는 할 수 없다. 다다이즘의 창
시자인 트리스탕 차라Tristan Tzara가 시 텍스트와 퍼포먼스를 통해 의미
를 부정하고 음성적 측면을 부각시킨 행위, 이것은 다카하시 신키치高
橋新吉를 매개로 했다 치더라도 나카하라의 다다이즘 시에도 일관되게
나타나는 것이었다. 다다이즘의 이러한 음성지향은 소음과 의성어 활
용을 지향하는 모더니즘 운동을 선도한 미래파를 계승한 것이기도 한
데, 여기서 제기해야 하는 문제는 다다이즘과 미래파의 공통성이 아니
라 제1차 세계대전의 관여로 분절되었다고 일컬어지는 양자의 차이에
관해서이다.[9] 그러한 문제의식에서 적출되는 다다이즘의 특성이 나카하
라의 시인으로서의 출발에도 영향을 미치고 있다고 생각되기 때문이다.

테크놀로지의 도달점으로서 전쟁을 구가謳歌한 미래파가 근대 문명
의 가해자 입장에 선다고 봤을 때 "다다이스트들은 전쟁의 희생자였
다"[10]고 하마다 아키라濱田明가 지적한다. 근대 사조로서의 다다이즘에

---

9) 濱田明, 「「ダダはモダンではない」か−未来主義とダダイズムの図式的対比」(モダニズム研究会編,
   『モダニズム研究』, 思潮社, 1994) 참조.

10) 濱田, 앞의 글.

대한 평가의 곤란함이 발생하는 부분이기도 한데 「아침의 노래」에서 본 바와 같이 상실감에서 출발하는 나카하라의 시적詩的 근거를 고찰하는 데 있어서 전혀 무관하다고 할 수는 없다. 「아침의 노래」 가운데 "색이 바라랜 군대음악의 기억" 또는 「서커스」의 "어떤 시대 있었는데요 / 갈색 전쟁 있었습니다"라는 부분에서 볼 수 있는 전쟁에 대한 거리감도 제1차 대전을 계기로 시작된 20세기 세계질서의 편성 과정과 함께 성장한 세대의 '전후'적인 감성에서 유래한다. 나카하라는 다다이스트들처럼 전쟁의 희생자도 반대자도 아니지만 적어도 전쟁에 대해 주체적으로 감정을 이입할 수 있는 위치에 있지 않았다는 점에서 그들과 시대를 공유하는 최소 조건을 갖추고 있었다.

그런데 쓰카하라 후미塚原史에 따르면 차라가 말에서 의미를 잘라 내어 "순수한 음성으로 구성"하여 제작했다고 여겨지는 음향시音響詩란 사실 루마니아 시절 노트에 적은 아프리카 및 오세아니아 각지 원주민들의 시에 근거한다고 한다.[11] 쓰카하라는 차라가 부쿠레슈티(루마니아 수도)에서 읽었던 『안트로포스anthropos』라는 인류학·언어학지를 바탕으로 각 지역 원주민시의 음역音譯에서 의미내용을 사상捨象하고 오로지 음성에만 관심을 기울여 자작시로 '인용'하고 있음을 확인하고 있다. 다다이즘이 미래파의 테크놀로지 예찬에 대치한다는 사실의 예증으로 간주할 수도 있는데 이러한 사례는 역으로 오리엔탈리즘 또는 식민지주의의 표상이라는 점에서 결국 '모던'의 산물로 생각해야 한다. 차라가 실행한 기원으로서의 음성=무의식에 대한 소급 운동은 자기 안의 타자의 발

---

11) 塚原史, 『言葉のアヴァンギャルド ダダと未来派の二〇世紀』, 講談社現代新書, 1994, 129~132쪽.

견, 다시 말해 계통 발생적인 '미개' 문화 그리고 개체 발생적인 무의식의 발견을 매개로 자기의 경계 짓기인 욕망에 의해 작동하는 근대 고유의 문제로 상정해야 한다. 이는 브르통Andre Breton 등 초현실주의자들이 정신분석과 무의식에 대한 관심을 통해 자동필기와 같은 방법을 지향했던 사실과 나란히 위치하는 문제이다. 이쯤에서 나카하라의 초기 시 「고대 토기의 인상古代土器の印象」을 상기해 보자.

> 인식 이전에 쓰여진 시 ―
> 사막 한가운데서
> 토인土人에게 나는 물어 봤습니다
> "그리스도가 강림하시기 전날까지
> 몇 명의 여행자가
> 고대 청동의 노래를 부르며 지나갔을까요?"
> 아무런 대답 없이 토인은
> 먼발치 모래 언덕 위
> 발자국을 눈으로 좇고 있었습니다
> 눈물 짓든 웃음 짓든 지금 이 순간
> 지금 이 순간
> 눈물 짓든 웃음 짓든

몇 명의 여행자가 지나갔을까. 그것을 묻고 답하기, 이 시에서 그러한 문답은 기원으로서의 '기원전' 역사를 아는 것을 의미한다. 그런데 이

질문에 "토인"은 대답하지 않고 모래 위의 발자국을 보고 있을 뿐이다. 이러한 대화의 불성립이 "인식 이전"이라는 텍스트의 주제에 깊게 관여하고 있음을 파악하기란 어렵지 않다. 물음을 생각하고 말하기(인식하기) 전에 행위하기, 직관하기(보기). 이러한 "인식 이전"이라는 모티브는 후에 나카하라가 「예술론 메모芸術論覚え書」(미완성 원고, 1934)에서 그 지론을 예고한다.

> 예술이란 **명사 이전 세계**의 작업으로 생활이란 온갖 명사들 사이의 교섭이다.

위의 시 「고대 토기의 인상」에 이러한 인식을 대입시키면 몇 명의 여행자가 지나갔을까라는 '역사'가 "온갖 명사들 사이의 교섭"으로서의 '생활'과 대응하며 말없이 발자국을 보는 '토인'의 행위가 '명사 이전'을 표출하는 '예술'과 대응하는 셈이다.

차라 등 동시대 서구 모더니스트들에 의한 이성 비판과 마찬가지로 나카하라도 「고대 토기의 인상」의 모티브를 '미개' 문화와 무의식(명사 이전)에 연결시킨다. 계통 발생과 개체 발생이 포개지는 지점에서 '인식 이전'으로서의 '기원전'(역사 이전)이라는 기원을 발견하려 하고 있는 것이다. 물론 다다이즘 시대 이후 그의 시 텍스트 안에서 '미개'는 '소년 시절'로 전환되며 무의식의 상相도 복잡 다양한 모습으로 표출된다. 그러나 결국 존재의 발생 기원 탐구를 표상하는 나카하라 시의 방법은 가요성·음성성으로 수렴될 수밖에 없었다. 무엇보다도 중요한 점은 그러한 방법에 의해 다다이스트나 초현실주의자들의 의미 관계의 파괴나 무의식의 탐구를 목적으로 하는 반근대적인 근대주의와 동떨어진 방향으로 나아갔다는 사실이다.

「예술론 각서」에서 일본 내외 모더니즘 운동을 상정한 표현 방법의 피상적인 번잡함을 비판한 나카하라는 "그것들의 대부분은 유럽 대전의 폐해가 일시적으로 제출된 것에 지나지 않는" 것이라며 냉소적으로 반응했다. 또한 「최근 예술의 부진을 논하다最近芸術の不振を論ず」(미완성 원고, 1935)에서도 차라를 포함한 다다이스트 및 초현실주의자들에 대해 "직관의 희박"을 이유로 동일한 비판을 전개한다. 적어도 시론적으로 동시대 모더니즘을 비판하는 입장을 명확히 고수하고 있음을 알 수 있다. 「최근 예술의 부진을 논하다」에서 특히 기욤 아폴리네르Guillaume Apollinaire에 대해 그의 "새로운 기개"를 인정하면서도 그 본질은 "전前 세기적"이라는 엄격한 견해를 제시한다. 가령 나카하라의 견해는 기욤 아폴리네르의 기념비적 시론 「새로운 정신Esprit Nouveau과 시인들」(1917)이 대전 후의 시대에 '새로움'을 맹렬히 고취하면서도 "프랑스인이 모든 나라의 백성(국민)에게 시를 전파한다"[12]고 하는 국민문학적인 발상을 향해 경직되어 가는 아폴리네르의 모순에 대한 비판으로 이어질 가능성을 내포했다고 볼 수 있다. 그럼에도 아폴리네르를 "전 세기적"으로 간주할 경우 그 비판이란 다름 아닌 나카하라 자신에게 돌아오는 부메랑과 같은 것이 아니었을까.

---

12) ギョーム・アポリネール, 「新精神と詩人たち」(窪田般彌 訳, 『ユリイカ』臨時増刊号, 「世界の詩論」, 1979.6) 참조.

나카하라는『역정歷程』이 주도한 현창顯彰 운동과 관련해서 미야자와 겐지宮沢賢治를 가장 먼저 평가한 한 사람이기도 했다.「예술론 각서」의 일부가 미야자와 겐지에 관한 예술론으로 기획한「미야자와 겐지의 세계宮沢賢治の世界」(『시원詩園』, 1939.8)라는 글에 재인용된 바와 같이 미야자와를 '명사 이전'의 시인으로 높이 평가했던 것이다. 나카하라는 구사노 신페이草野心平가 편집한『미야자와 겐지 연구宮沢賢治研究』제1호(1935.4)에『미야자와 겐지 전집宮沢賢治全集』에 대한 감상문「미야자와 겐지 전집宮沢賢治全集」이라는 짧은 글을 썼는데, 이 미야자와의 전집은 본인의 시집『산양의 노래』출판이 결정되었던 분포도文圃堂[13]에서 간행된 것이었다. 나카하라는 이 감상문에서 미야자와 겐지의 작품에 대해 "우리 민요의 정신이 실로 가득하다"고 서술하고 있다.「미야자와 겐지 전집 간행을 맞이하여宮沢賢治全集刊行を際して」(『작품作品』1935.1)에서도 미야자와의 시를 두고 "오히려 민요라 해도 좋을 순정시"라고 평하기도 했다. 미야자와의 시를 '민요'와 연결시킨 나카하라의 이해는 '지방적', '향토적'으로 보는 당시 미야자와 겐지에 대한 일반적인 평가의 틀 안에 있기는 하지만 역시나 나카하라의 독특한 이해방식이었다고 볼 수 있다.

미야자와 겐지의 동화와 그리고 거기에 삽입된 '동요'가 고급 독자의 지지를 받은『붉은 새赤い鳥』의 동요·동화와는 당시부터 차별화된 취급을 받았던 것과 마찬가지로 여기서 나카하라가 말하는 '민요'에도 약간

---

13) 나카하라中原는 분포도文圃堂판『미야자와 겐지 전집宮沢賢治全集』에 매료되어 당시 자신의 시집을 출판해줄 출판사로 결정했다고 한다.

의 특권화가 내재되어 있을 것이다. 나카하라의 동요조에 대해서는 이토 신키치伊藤信吉[14]와 같이 기타하라 하쿠슈의 영향이 있었다고 보는 견해가 이미 존재하지만 모로이 사부로 등의 '스루야' 활동이 그랬던 것처럼, 나카하라 시의 가요성은 『붉은 새』 이후의 동요가 지닌 예술체제와도 상이할뿐더러 가요곡 등이 가졌던 가요의 대중화와도 상이하다. 그러나 보다 중요한 사실은 나카하라 시가 정통적인 모더니즘 운동과도 비판적으로 거리를 두고 있었다는 점이다. 그 점에서 나카하라는 그 당시 모로이 등이 추구하는 새로운 예술 시도에 완벽히 물들지 못한 부분이 있었다고 할 수 있을 것이다. '민요'라는 표현에서 시대적 투영을 확실히 파악할 수 있다. 이 점에서 기타하라 하쿠슈와의 접점을 보려 했던 이토 신키치의 견해가 오히려 시사적인 의미를 제시한다. '다이쇼적인 것'의 연명을 짊어지고 나아가는 시인의 모습이 떠오르기 때문이다.

3. 지표Merkmal '1918' ― '국시国詩' 선정과 민중시파

시에서 '다이쇼적인 것'. 구어 자유시부터 아나키즘까지의 큰 진폭 안에서 '다이쇼적인 것'의 특질을 집약해 보자면, 시적 언어가 민중과 아동 등 계층화된 공동체와 밀착한 것으로 사고하게 되었다는 점, 그리고 그와 관련해 음악·가요·무용·연극 등과의 관계 속에서 종합예술적인 접속·융합을 몽상했다는 점, 이 두 가지 특질을 빼놓을 수 없을 것이다. 그

---

14) 伊藤信吉, 『現代詩の鑑賞 新訂版』下卷, 新潮文庫, 1968.

리고 이러한 '다이쇼적인 것'의 특질을 생각할 때 지표가 되는 연도가 바로 1918년이다.

메이지 유신에서 반세기가 지난 1918년은, 세계 역사적인 관점에서 보면 장기에 걸친 제1차 세계대전이 종결한 해이다. 동시에 새로운 세계질서 즉 '민족자결'을 덤으로 끼운 식민지 재분할(위임 통치)이 준거된 해이며 혁명 후의 러시아에 대한 개입이나 중국에 대한 경제적인 강경 정책 등, 일본 입장에서도 자원과 영토를 '가지지 않은 나라'로서 그러한 제분할의 움직임에 적극적으로 참가하게 된 계기가 되는 해이기도 했다. 민주주의·민족주의라는 대의의 세계적 확립에 동조하면서도 그러한 대의명분하에 대내적으로는 국민국가 이데올로기의 역학이 익찬翼贊적으로 기능하고 대외적으로는 제국의 팽창을 향해 그 포석을 준비한 시기였다. 중국 내 항일 학생 운동의 고조, 국내의 대對러시아 개입 반대 운동, 그리고 쌀 소동 등, 이처럼 국내외에서 자본-제국주의의 균형이 흔들리고 그 모순이 명확히 드러난 해이기도 했다. 신문·잡지 활자 미디어가 폭발적으로 팽창한 것도 1918년 전후의 일이었는데 일본 매스 미디어의 터닝 포인트가 되는 해라는 견해도 있다.[15]

다이쇼 전기의 근대시는 기타하라 하쿠슈/미키 로후三木露風가 이끄는 상징시인 두 유파의 병립이라는 구도로 집약될 터인데 미키 등의 상징파를 비판하는 민중시파의 성장과 더불어 1918년을 경계로 하큐슈와 로후의 이름을 딴 이른바 '백로白露시대'도 종식되어 근대시의 지도도

---

15) 鈴木健二, 『ナショナリズムとメディア 日本近代化過程における新聞の功罪』, 岩波書店, 1997 참조.

크게 변해간다.[16] 이 해 1월에『도쿄니치니치신문東京日日新聞』의 '국시国詩' 모집과 민중시파 잡지『민중民衆』의 창간이 있었고 7월에는『붉은 새』창간이 있었다. 또한 동화·동요·동시·작문·자유화自由画 등 다방면에 걸쳐 자유주의적인 아동예술교육운동이 번성한 해로 기억된다. 대학령大學令의 공포에 의해 대학교육의 확장도 개시되는 한편 신문 언어의 구어화가 추진된 것과 같이 '국어' 통일을 매개로 교양의 국민화가 추진되었다.[17]

> 현대문명의 진전이 우리 사상에 큰 동요를 안겨 주었다. 우리 현대
> 인의 감응은 복잡하고 민활하며 정치精緻하기 그지없다. 이처럼 끊
> 임없이 움직이는 사상, 이처럼 천차만별인 감응을 표현하는데 적
> 절하고 유일한 것은 시뿐이다.
> (……)
> 그러나, 어떠한 사상, 어떠한 감응을 표현하기 위해서 어떠한 형식

16) 젊은 시절 오카자키 요시에岡崎義恵는「현시단의 감망現詩壇の瞰望」(『帝国文学』, 1918, 7~9쪽)이라는 글에서 '백로白露시대'에서 민중시파 시대로 이행하는 과도기로서 동시대 근대시를 자리매김한 바 있다.

17) 이보다 8년 전 이시카와 다쿠보쿠石川啄木는「한 이기주의자와 벗의 대화一利己主義者と友人との対話」(『創作』, 1910.11)에서 '국어'의 통일 문제를 언급하며 "신문도 아직 3분의 1은 시대어로 쓰여 있다"고 하는데 이러한 구어화의 뒤처짐이 "일본은 아직 3분의 1이다"라는 결론의 근거가 되기도 했다. 진전이 늦었던 신문 문체의 구어화가 다이쇼 중기에 완성된 것은 신도 사키코進藤咲子의『메이지 시대어의 연구 어휘와 문장明治時代語の研究 語彙と文章』(明治書院, 1981)에서도 확인할 수 있다. 신도는『도쿄니치니치신문東京日日新聞』(1876~1911)과『도쿄아사히신문東京朝日新聞』(1921)의 기사문의 문말 표현의 변천을 조사하여 "메이지 44년경부터 조금씩 등장했던 구어체 문말이 다이쇼 10년에 이르러 100% 사용되었다"는 사실을 증명하고 있다(위의 책, 261~265쪽).

을 가져야 하는 것인가. 즉 단시短詩로 치면 재래의 17자, 31자, 장시長詩로 치면 7·5, 5·7 등의 음조를 가진 궁극의 형식을 취해야 하는가, 아니면 전혀 새로운 형식이 가능한 것인가. 이것이 현대 시인의 고민인 것이다.

(……)

이에 우리 동인은 이 문제를 세상에 호소하며 새로운 시를 모집한다. 과거의 시 형식을 고집하는 인사들은 그런 취지를 내세우는 곳에 투고함이 마땅하다.

1918년 1월 1일 『도쿄니치니치신문』은 국민 독자들을 향해 "국어를 사용한 새로운 시를 모집한다"며 '국시'를 모집했다. "복잡", "민활", "정치"하게 진화한 "현대인의 감응"을 어떤 언어＝국어로 또 어떤 스타일로 표상해야 하는가—'국어'를 조정하는 입장에서 신문 미디어가 그러한 과제에 대처하려 했던 것이다. 이런 식으로 빛나게 조장되는 것이 '국어'였는데, 이 구상에도 미디어 자신의 지면 개혁＝국어 개혁을 예고하는 형태로서 실질적으로는 "현대인의 감응"을 표현하는 "신시新詩"＝구어 자유시를 새로운 국민적인 시 형식으로 요청한다는 숨겨진 의도가 있었다. 1917년 말에 시인 모임 '시화회詩話會'가 조직되고 시단이 형성되었다. 시라는 문학형식에 대한 관심을 집약하는 지반도 정비했다. 결국 융성기를 맞이했던 활자 미디어가 국민독자를 '민중'이라는 교양과 문화를 책임지는 새로운 주체로 재조직하고 그 교양·문화를 공유하는 토양을 확장해 나가기 위해 '알기 쉽다'는 가치관이 최상위로 등극하였다.

그리고 그 가치관을 실현하기 위한 투명하고 평이한 말, 나아가 '알기 쉽다'는 가치관과 말을 집약하는 형식으로서의 '국시'가 요구되었다.

'국시' 모집 심사를 담당했던 기타하라 하쿠슈는 '국시'를 "오늘날 우리가 일상에서 사용하는 국어"로 표현해야 한다고 주장하는 한편, "영혼 및 육체의 본질은 일본에 있다"며 일본인의 피와 일본의 토지·자장가·산수山水를 배경으로 성장한 "우리"의 새로운 시는 "순수하고 소박한 일본의 목소리"를 기본으로 탄생해야 하고, 그렇게 되어야 서구시의 얄팍함으로부터 벗어나 일본시가 비로소 자립할 수 있다며 큰 기대를 표명했다.[18] 하지만 국민 독자에 대한 과한 기대는 응모시의 구태의연한 내용 및 수준 덕분에 보란 듯이 배신당하고 만다. 기타하라는 기대에서 벗어난 결과와 현상을 받아들였다. 동시대 "일반 민중"의 가능성에 대해 어떤 부분은 단념하고, 또는 스스로가 그 대변자가 되는 방식으로 한결같이 '국민시인'의 길을 걸어가는데, 그의 이러한 행보에 대해서는 다른 논고에서 상세히 서술하였으므로 여기서는 생략하겠다.[19] 다만 같은 해에 창간된『붉은 새』에서의 선평選評 경험을 계기로 그가 아동시 교육과 동요·민요 분야를 위해 정력적으로 활동하는 것이 '민중시인'에 대한 실망 및 그 이후 기타하라의 행보와 관련된 일련의 발자취와 무관하지 않다는 사실을 확인해 둘 필요는 있다. 그것은『예술자유교육芸術自由教育』,『시와 음악詩と音楽』등을 무대로 하는 다이쇼 후기에 기타하라 활동의 발단이 되는 단계로써 재고할 필요가 있는 것이다. 아동교육을 통

---

18) 北原白秋,「国詩募集に就ての一家言」(『東京日日新聞』, 해당 부분은 1918.1.27, 28).

19) 坪井秀人,「国語·国詩·国民詩人―北原白秋と萩原朔太郎」(『文学』, 1998.10).

해 광범위한 청년층 형성을 도모하고, 그 청년층을 작자층으로 변모시키기 위한 지도자로서의 기타하라, 다시 말하자면, 미래의 '국민시인' 양성＝아동의 국민화를 도모하는 역할인데, 이것은 다재다능하고 다작多作 창작가인 기타하라 자신의 행보와 표리일체를 이루는 관계에 있음은 명확한 사실이다.

'국시' 당선 3편 중 후카오 히로노스케深尾贊之丞[20] 「벽화를 그리며壁に画きて」와 사이토 기요테루斎藤清熙 「무희踊子」 2편은 장편 구어자유시로 미술과 무용을 모티브로 하고 있으며 음악적 소재도 가미되어 있다. 범용한 작품임이 분명한데 시가 시 이외의 예술 영역과 관계를 맺는 것을 환영하는 시대적인 기호가 반영되어 있음을 엿볼 수 있다. 또한 기타하라와 함께 심사위원이었던 시마자키 도손島崎藤村이 심사의 첫인상으로 휘트먼Wlat Whitman이나 카펜터Edward Carpenter와 같은 자유시가 많았다고 하는 것도[21] 납득이 가는 부분이다. 이는 위에서 언급한 『민중』 창간에 있어 이른바 민중시파의 침투가 어느 정도였는지 증명해 준다고 하겠다. 응모작에 대한 기타하라의 불만 중 하나도 그러한 경향에 대한 것이었는데, "현재의 일본 민중이 얼마나 예술 감상에 있어서 조잡하고 무식하며 창작력에서도 무능하고 저급한지, 정나미가 떨어질 정도이

---

20) 『신체시초新体詩抄』로부터 동시대의 미래파까지 세밀하게 검토한 다이쇼기 근대시 역사서인 후쿠이 구조福井久蔵의 『일본신시사日本新詩史』(立川文明堂, 1924)가 그 결말에서 민요, 동요의 유행이라는 최신 경향과 더불어 후카오深尾의 시집 『하늘의 열쇠天の鍵』를 대표적인 최근작으로 언급하는 부분은 흥미롭다. 『하늘의 열쇠』는 요절한 후카오의 유고집으로 부인 스마코須磨子가 출판한 것이다. 이 출판이 그녀 자신이 시인으로 데뷔하는데 영향을 끼쳤다.

21) 島崎藤村, 「『国詩』を読む」(『東京日日新聞』, 1918.4.19).

다"라고 털어 놓는 것에서도[22] 한편으로는 "민중예술을 창도하는 사람들"에 대해 화풀이하고 있는 기색을 엿볼 수 있다. 이는 기타하라에 한정되지 않는다. 이념으로서의 민중(및 민중예술)과 현실의 민중 사이의 괴리를 극복하기 위해 "순수하고 소박한 일본의 목소리"라는 식으로 표상된 '국체' 환상(=상상된 공동체)으로의 회귀가 부상하기 시작했던 것이다.

시화회의 패권을 장악한 민중시파의 활동은 위와 같은 국민국가 이데올로기와 민중예술론 의식의 균열을 봉합하는 방식으로 전개되었기 때문에 예상외로 확산될 수 있었다. 『민중』에 참여한 가토 가즈오加藤一夫는 「민중은 어디에 있는가民衆は何処に在りや」(『新潮』, 1918.1)에서 "민중이란 유감없이 휴머니티를 살아가는 존재, ……전 인류로 하여금 휴머니티의 자유로운 활동을 하게끔 만드는 존재를 일컫는다"라는 식으로 마치 물타기라도 한 마냥 밍밍한 이상주의적인 민중상을 제시했다. 혼마 히사오本間久雄나 오스기 사카에大杉栄 등의 민중예술론의 논의를 통해 화제로 부상한 계급성이나 민중운동과 같은 문제는 물론 제거되었다.[23] 이후 이와 같은 비정치적인 공허한 민중상이 민중시파의 담론에 의해 반복되는데, 가토의 다음과 같은 동시대 인식은 주목할 만하다.

---

22) 北原白秋, 「『国詩』と民衆」(『東京日日新聞』, 1918.4.24).

23) 모모타 소지百田宗治를 제외하고 민중시파가 프롤레타리아시 운동과 거의 연동하지 않았다는 이유도 여기에 있다. 그리고 역시 1918년 7월에 발표된 오니시 요시노리大西克礼의 「문예상의 민본주의에 대해서文芸上の民本主義について」(『帝国文学』)는 서구 민중시와 민요 등을 예로 든 것인데 민중시파와 프롤레타리아시 운동의 연동과 관련해서 정치가 예술로 이식될 때 형식에 그치는 경우와 내용까지 영향을 끼치는 경우로 나누어 논하고 있다.

또한 요즘, 전쟁의 결과 노동자들도 경기가 아주 좋아져서 그중에는 하루에 3엔, 5엔을 벌어들이는 이도 적지 않다. 그들의 생활이 우리 벌이보다 더 좋을지도 모른다. 그렇다고 해서 그들이 그들 자신의 진정한 생활을 창조할 수는 없다. 그들에게는 자각이 없다. 아직 인간으로 태어나지 않았다.

그렇다면 평민이라 한들 노동자라 한들 그들이 우리가 말하는 진정한 의미의 민중일 리가 없다.

세계대전 후의 거품 경제를 배경으로 실감하게 되는 중류 의식이 가토로 하여금 균질적인 민중상을 정립시키고 있음은 차치하더라도, 위생적이고 인격주의적이어야만 하는 민중의 모럴 구축에 의한 "그들"을 "우리"로부터 격리시키는 구조가 여기에 드러나 있다고 하겠다. 민중시파의 민주주의 개념이 비정치적이고 중립적이며 "휴머니티"를 내걸고 국가 영역을 넘어 '인류'와 연계하는 보편성을 제창하면 할수록 그것은 국민주의, 나아가서는 국체 환상에 기여하는 기색이 농후해져 감을 의미한다. 거품이 빠지면 불황과 공황이 덮칠 것이고 평화와 안전, 중립적인 민중의 이미지는 노동 쟁의 등의 운동의 리얼리티 앞에서 해체되고 재편성을 요구받게 될 것이다. 민중시파가 그러한 민중상의 변화에 대응하지 못했음을 설명할 필요도 없다. 잡지 『민중』 창간호 표지에 인쇄된 선언에 "우리들은 민중의 한 사람이다. 세계의 국민이다. 일본의 국민이다"라는 어구가 있는데, 여기서는 세계도 일본도 '민중'이라는 투명한 기호에 의해서 등가等價로 꿰어져 있다. "우리들은 민중의 한 사람이다"라고 주창하더라도 민중시파가 민중을 발견하고 대상화해서 민중에 대해 기술하는 입장에 서 있음은 앞서 가토의 말을 봐도 분명하다. '민중'이라는 것은 실체적으로 존재하는 계급 또는 운동체가 아니라 "민중은 어디에 있는가" 부르짖으며 찾아야 하는 가치였다. 말 그대로 "진정한 민중은 아직 존재하지 않"았다(가토 가즈오).

이러한 민중시파의 입장이란 그들과 격렬하게 대립하게 되는 기타하라 하쿠슈의 민중의식과 실제로는 거의 평행적인 관계였다. 기타하라처럼 '국어'와 '국민'과 직결하는 민중상이 가토의 논의에서 보이지는 않지만, 가령 후쿠다 마사오福田正夫는 혼마 히사오 등의 민중예술론보다 먼저 편성된 제1시집 『농민의 말農民の言葉』(1916) 서문에서 "모든 사람들의 이해를 얻기 위한 평명平明하고 순일純一한", 이른바 '알기 쉽게'라는 가치관을 갖춘 "서민적 예술"에 공감을 표명하면서도 "또한 나는 야마토大和 민족 고유의 정신을 표현한 불후의 시가 출현하기를 기대해 마지않는다. 그리고 그것이 민족의 힘을 고무시키는 세계적 원동력이 되기를 열망한다"라고 하는 것처럼 민족주의적인 말투를 숨기려 하지 않았다.

한편 도미타 사이카富田砕花는 「민중예술로서의 시가民衆芸術としての詩歌」(『早稲田文学』1917.2)에서 헤르더Johann Gottfried von Herder와 휘트먼을 모방한 민중예술로서의 시를 "민족정신의 성과"라고 했다. 시로토리 세이고白鳥省吾도 「국민적 시인을 학수고대하다国民的詩人を翹望す」(『文章世界』1918.3)에서 앞서 설명한 동시기 '국시' 선고選考도 주시하며 민중예술이 "국토의 특성"을 살린 입장에서 "시의 서민적인 부분을 오히려 국민적인 특성으로 해야 함"을 설명하며 "진정한 동방의 시인"의 등장을 기대하고 있었다. 「새로운 시단의 각성과 민주적 운동新詩壇の覚醒と民主的運動」(1919.6)에서는 "시인은 국민의 전통에 근거하여 가장 선한 것을 살리고, 국민의 바른 감정, 의지, 욕구를 노래해야 한다"고 썼다. 후쿠다도 시로토리도 세계대전이라는 시대를 배경으로 세계성에 직결되는 거대한 민족·국민으로 '민중'이라는 공허한 기호를 가득 채워 넣고 있을 따름이며, 게다가 시로토리의 경우 민중의 대부분은 "예술가보다도 둔감하고 표현력이 떨어지는" "노래하지 않는 시인"이기에 시인이 그 "대변자"여야 한다고 했다.[24] 여기에는 혼마처럼 민중예술을 고등 문예/통속 예술이라는 층위에 끼워 맞추는 것을 피하려는 의도도 있겠지만 민중의 수준을 시인의 하위에 두는 사고는 '국시'를 선정할 때의 기타하라 하쿠슈의 자세와 조금도 다를 바 없다.

4. '국민시인'과 가요

앞에서는 '국시' 선정과 민중시파의 담론에 대해 다뤘다. 이어서 민중을 "노래하지 않는 시인"이라고 언급한 부분에 주목하고 싶다. 1918년을 기점으로 기타하라 하쿠슈와 민중시파가 시를 국민통합이라는 환상의 매개로 하나의 공간(場)을 공유한 '다이쇼적인' 상황을 생각해 보면, 그 공간(場)의 핵심에는 '가요'라는 문제가 위치한다.

---

24) 白鳥省吾,「新詩壇の覚醒と民主的運動」,『早稲田大学』, 1919.6.

기타하라 하쿠슈와 민중시파와의 논쟁이 1922년 기타하라가 창간한 잡지『시와 음악』에서 기타하라가 던진 비판을 발단으로 시작되었음은 이미 알려진 바인데 대개 이 논쟁은 민중시파에 의한 자유시 평가와 관련해서 언급되는 경우가 많다. 그러한 언급과 아울러 생각하건데 양자의 대립은 넓은 의미에서 시의 가요성이라는 문제를 두고 발생했다고 총괄할 수 있겠다. 가장 현저한 예는 민요 운동의 방향성을 둘러싼 논쟁으로 이에 대해서는 이미 논한 바 있다.[25] 기타하라와 노구치 우조野口雨情의 민요에서의 사회성 결락과 향락성을 비판하고 '읽는(낭독하는) 민요'라는 새로운 스타일을 제창한 시로토리 세이고와, 어디까지나 '노래되어야 할' 것으로서의 민요의 불변성을 강조하는 기타하라의 대립. 시로토리의 '읽는 민요'라는 발상은 기타하라가 비판한 바와 같이 그들이 추구한 자유시와의 무분별한 연계라는 측면과도 관계가 있으며 그들을 중심으로 다이쇼기의 시화회 등에서 추진한 낭독시 운동과도 관계가 있다. 또한 민중시파가 적극적으로 창조한 '시극'이라는 장르와의 관계도 무시할 수 없다. '읽는 민요'도 그렇고 낭독·시극도 그렇고, 시로토리 등의 공통된 고민은 활자 문화 시대에 가요적인 것·구연적인 것을 어떻게 적응시켜나갈 것인가라는 문제였다. 기타하라 하쿠슈 측에는 이러한 우회적인 절차를 고려한 시점이 전무한데, 시대 적응이라는 면에서는 보수적이었으나, 동요·민요와 같이 암송적인 영역에 관해 음률과 음성을 더 중시하는 기타하라의 논거가 타당성을 분명 획득하고 있다.

1920년대에 이르러『붉은 새』이래 동요와 더불어 민요 창작에 대한

---

25) 坪井秀人,『声の祝祭ー日本近代詩と戦争』(名古屋大学出版会, 1997) 제1장 참조.

관심이 높아진다. 동요와 민요가 연합하여 근대의 가요 장르를 확립하는데 그것이 정체 중이었던 시에 활력을 불어넣는 자극제 역할을 하게 된다. 시화회가 편집한 연간年刊시집『일본시집日本詩集』의 1922년판 뒷부분에 재수록된「다이쇼 10년의 시론과 시평의 발췌大正十年に於ける詩論詩評の抜粋」는 바로 그러한 의미에서 아주 흥미롭다. 내용을 보면「올해 시단을 회고하며本年の師団を顧みて」에서 가와지 류코川路柳虹는 1921년 시단에 대해 자유시의 산문화에 대한 독자의 실망을 보충하듯이 "동요, 민요, 소곡이라는 노래 방면"의 발전이 보인다고 주장한다. '발췌'에는 그 외에 자유시가 "진정한 민요", "새로운 국민의 가요"가 될 것을 기대하는 후쿠다 마사오의「문예의 본질적인 조류로文芸の本質的潮流へ」와, 앞서 언급한 "읽는 민요"를 구상하는 시로토리 세이고의「민요와 농촌民謡と農村」, 시모타 시코霜田史光의「민요의 문학적 가치民謡の文学的価値」도 수록되는 등 민요에 대한 관심의 고조를 잘 보여준다.[26]

한편 '발췌'에서 히라토 렌키치平戸廉吉의「일본 미래파 운동 제1회 선언日本未来派運動第一回宣言」(같은 해 히라토가 히비야 거리에 뿌린 전단지)과 가와지의「다다주의란 무엇인가ダダ主義とは何か」가 재수록된 부분에서 잘 알 수 있듯, 히라토 등에 의해 실질적으로 미래파가 이입되었던 것과 더불어 다다이즘의 소개가 추진되었던(얼마 후 나카하라 주야를 감화시킨『다다이스트 신키치의 시ダダイスト新吉の詩』간행) 상황이기도 했다. 앞서 서술했듯

---

26) 시로토리白鳥도 언급하고 있지만 1922년 5월 간다청년회관에서 '전국민요대회'가 개최되었다. 또『일본시집日本詩集』부록의 연보를 보면, 노구치 우조 등이「동요민요연주회童謡民謡演奏会」,「동요강습회童謡講習会」,「동요음악강습회童謡音楽講習会」를 기획하는 등 출판과 병행한 동요 민요 연주가 활발했음을 확인할 수 있다.

이 제1차 세계대전 후에 분절된 미래파와 다다이즘이, 일본에서는 유럽과의 시차 영향으로 혼동되어 이입되었던 것이다. 그러나 보다 중요한 점은 세계대전의 상처가 유럽에서 다다이즘을 생산해낸 것에 비해 일본에서는 오직 민중시와 동요, 민요 등 국민적 공동성에 호소하는 조화로운 시적 세계를 중심에 둔 점, 그리고 히라토 등의 시도에 이어 모더니즘 운동이 새로운 방법의식으로 젊은 세대 작가들을 매료시키고 시단으로 유입함으로써 세계적 동시성을 향해 유럽과의 시차를 극복해나간 점, 이와 같은 양극분해를 보인 사실이다. 이 장 전반부에서 언급한 다다이즘과 가요의 경계를 봉합한 나카하라 주야의 시의 출현을 바로 이 지점에서 생각해야 한다.

그런데 민요에 대해 말하자면 이미 메이지 시기 특히 1900년대 후반에 최초의 민요 운동이 일어난 시대가 있었다. '민요'라는 말 자체가 헤르더 기원의 독일어 Volkslied의 역어였던 것에서 알 수 있듯 당시 민요론은 유럽의 민중시 운동을 모델로 했지 작곡과 직결되어 창작 민요로 전개되지는 않았다. 그렇다고는 해도 러일전쟁 후라는 시대상을 배경으로 하는 이 민요 부흥은 국민의식의 고양과 명확하게 연동해서 나타나는데 이러한 경향이 1920년대 민요 운동에서도 반복된다. 시다 기슈志田義秀는 「일본민요개론日本民謠概論」(『帝国文学』1906.2,3,5,9)에서 서구문화의 소화불량에 기인하는 "국민성의 멸망"을 극복하기 위한 "국시 혁신", "국어 개량", "국악 개량"의 기초로서 민요연구의 필요성을 설명한다. 동시기의 『시라유리白百合』에 여섯 번이나 연재된 '민요호' 특집(1906.11~1907.4)에서도 민요수집의 의의를 "진정한 국민전체의 자각의 시기"였던 러일 전쟁 후의 시대상과 연관지어 기술하고 있다.[27] 마에다 린가이前田林外가 편집한 『일본민요전집日本民謠全集』으로 결실을 맺는, 『시라유리』의 '민요호'는 전국에서 모인 민요 수집을 지역별로 분류하는 데 그 범위가 류큐琉球·대만에까지 이른다. 시다 기슈가 '방언시'로 간주하고 있는 것처럼[28] 당연히 민요에는 언어적·풍토적인 지역성이 따라붙는다. 민요의 풍토성을 강조하는 것은 언뜻 국민국가를 성립시키는 국어의 균질화의 움직임과 충돌하는 것처럼 보이지만 류큐 노래와 아이누어, 대만의 "번蕃족 노래"의 음역도 포함한 이와 같은 민요 문자화의 집성은 의도치 않게 제국 판도의 전모를 스케치하는 효과가 있었다. 이는 그보다 수년 전 발족한 국어조사위원회에 의해 전국 규모의 방언조사가 거의 동시기에 이루어졌던 것에도 대응하는데, 표준어와 방언의 관계가 그렇듯 말과 소재가 달라도 각지의 수많은 민요는 시다 등이 「일본민요개론」에서 제시한 바와 같이 동일한 계통으로 분류된다. "'차이'를 강조함으로써 평준화된 집단을 용이하게 상정해서 국경선 안으로 편입하는 작업을 유도하는 전략"[29]이 작동하고 있었다는 점에서는 민요의 수집 분류도 방언 채집과 동일한 문제를 내포한다. 각지의 민요는 스스로를 하나의 이형(variant, 異形)으로 규정하고는 이형 간의 공통성이 만들어내는 그물망 안에서 스스로가 유일한 '원형'임을 착각하게 만들었기 때문이다.

---

27) 志田素琴(義秀), 「日本詩学上に於ける民謡の位置」, 『白百合』, 1906.11.

28) 志田素琴, 「方言詩」(『白百合』, 1906.12) 참조.

29) 長志珠絵, 『近代日本と国語ナショナリズム』, 吉川弘文館, 1998, 189쪽.

이상과 같은 『시라유리』 등이 지닌 민요 부흥이라는 성격을 기본적으로 공유하면서 제1차 세계대전 후인 1920년대의 민요 운동은, 야나기타 구니오柳田国男(이어서 오리쿠치 시노부折口信夫)의 민속학에 의한 민요 연구, 야마다 고사쿠·후지이 기요미藤井清水 등에 의한 작곡, 채보採譜, 편곡, 그리고 기타하라 하쿠슈·노구치 우조·시로토리 세이고 등의 창작 민요 작시 등, 이론과 실천을 정비하며 민요를 장르로서 강력히 확립해 간다. 20년이라는 세월에 걸쳐 민요를 둘러싼 상황도 확실하게 변했다. 시다 기슈 등은 독일 낭만파에서 빌려온 근대적인 민요 개념을 매개로 일본 민요의 실정을 접해야 했는데, 1920년대 사람들에게 민요라는 장르 개념은 명료한 윤곽을 가지고 전해진 상태였다. 아니, 이미 확립되어 있는 것, 그 안에서 현실과의 간격을 느낄 수밖에 없었던 상황이었다. 민요를 근대에 창출된 개념 장치로 파악하는 인식이 은폐되고 민요란 촌락과 전원에 이미 자연스럽게 존재하는 것으로서 정착되고, 게다가 변형되고 결손된 현재의 모습에서 그 원래 형태Urform로 되돌아가려는 환상을 조성하고, 공동적 심성의 거점으로서의 기원＝전근대를 표상하는 역할을 담당한다. 동시에 이시카와 다쿠보쿠石川啄木가 "고향 사투리 그리워라"라고 노래하는 고향의 방언처럼 도시민에게는 노스텔지어의 대상으로 자리매김하게 된다.

이러한 문제 속에서 문학과 음악 영역에서는 민요·동요에 대한 자세가 두 패턴으로 발생하지 않았나 싶다. 하나는 가요의 자연성을 근대화와 도시화, 그리고 그에 수반되는 농업·노동 시스템의 변화 등에 의해 상실될 수밖에 없는 자연을 애석해하고 보존하려는 하는 자세, 또 하나는 오히려 적극적으로 가요의 자연성과 공동성을 원용해서 자연을 허구화한 가요 장르를 근대 테두리 안에서 새로이 창출하려는 자세. 물론 복잡하게 얽힌 이 둘을 명확하게 분절할 수는 없겠지만 굳이 말하자면 전자는 야나기타 구니오 민속학에, 후자는 기타하라 하쿠슈 등의 창작 가요에 해당한다고 볼 수 있겠다.

야나기타는 무엇보다 '민요'라는 용어에 대한 위화감을 집요하게 파고들었다. 『민요의 현재와 과거民謠の今と昔』(1929)에서 촌락에서 민요를 부르는 사람에게 무엇을 부르냐고 물어보면 "노래라고 대답하리라 생각한다"고 말하는데 이 부분이야말로 그의 민요관을 집약한다. 문자가 서민에게 낯설었던 시절 목소리가 감동을 보존하는 형식이었던 이상 '노래'는 '우리의 문학'보다 몇 배고 더 중요했다. 그런데 "그 소중한 것이 지금 세상의 변천에는 거역할 수 없어서 매년 하나둘씩 재빨리 자취를 감추고 숨어버려 불리지 않게 되기 시작했다." 이러한 상황에 비추어 등장한 것이 "과거를 그리워하는 인간의 정"이라는 야나기타 민속학의 에센스인 셈인데 사라져 가는 것들에 대한 애석·향수의 심정과 같은 1920년대 야나기타의 '방언주권周圈설'이 상통함을 고려컨대 문제의 뿌리가 깊다고 하겠다. 왜냐하면 스즈키 히로미쓰鈴木広光가 이 주권론에 대해 지적한 "관찰의 주체(중앙 지식인)가 대상(방언)을 발견하여 구성하는 내적 오리엔탈리즘"[30]과 닮은 문제가 민요연구에도 나타나기 때문이다. 러일전쟁 후의 민요수집 시대에 이미 이러한 "내적 오리엔탈리즘"이 작용하고 있었던 셈인데 스즈키가 부연해서 논하는 바와 같이 이러한 내

---

30) 鈴木広光, 「日本語系統論·方言周圈論·オリエンタリズム」, 『現代思想』, 1993.7.

향성을 아시아로 전화轉化하는 움직임도 민요/민족음악 연구에 내재되어 있었다. 이에 대해서는 다음 기회에 논하도록 하겠다.

야나기타는 민요 소실의 원인을 직접적으로는 악기 샤미센三味線에 의한 음악과 유행가의 '침략'을 문제시하고 있는데, 더 흥미로운 것은 "평민이 스스로 만들고 스스로 부르는 노래"라는 그의 민요개념에서 일탈한 자작시나 신곡 민요·동요도 혐오하고 배척하고 있는 점이다. 이러한 혐오는 창작 가요가 지역을 뛰어넘어 유통되는 유행가와 유사한 침략성을 가지고 있다는 점에 기인했다고 볼 수 있다. 또는 평민이 "부르면 좋을 것 같다", 평민에게 "부르게 하고 싶은 것"이라는 지도성에 대한 반발. 여기서도 야나기타는 지역의 사람과 아이들이 그 장소와 시간에 맞춰 부르는 노래의 일회성과 내발성을 근거로 내세우고 있다. 그는 유행가가 "신속한 교통기관"에 의해 전파된 것, 정형화된 노동의 몸짓과 동작이 상품화되고 규격화된 새로운 노래에 적응하지 못하게 된 것도 문제시하고 있다. 전자에 대해서는 민요와 유행가가 레코드 보급과 더불어 지역의 차이를 불식시켜 청취되고 애창된다는 사태가 보다 더 큰 의미를 가졌을 터이며 후자에 대해서는 노동의 기계화를 포함한 생활 속의 신체 규제가 균질화되어 갔다는 면에서도 검토할 필요가 있다.

기타하라 하쿠슈와 시로토리 세이고의 창작 민요·동요를 야나기타의 민요연구라는 시점에서 재검토하는 작업의 의의는 이상의 토픽만으로도 명확히 드러난다. 민중시파 중에서도 민요·동요에 대해 가장 정력적인 운동을 펼쳤다고 할 수 있는 시로토리는 기타하라의 아르스ァルス라는 출판사가 그러하듯 다이치샤大地舎라는 출판사를 일으켰다. 또한

시화회를 해산한 다이쇼 말기에 잡지『지상낙원地上樂園』을 간행하여 시와 더불어 각지의 민요 수집·연구 및 창작 민요 운동을 지속하는 등, 다이치샤는 시로토리를 포함한 동인의 몇몇 민요집도 간행하게 된다.『지상낙원』에서 10년에 걸쳐 이루어진 민요연구는『제국민요정사諸国民謡精査』(東宛書房,1936) 1권에 집대성되었는데, 첫머리에 야나기타의「오랑캐꽃의 방언 등菫の方言など」을 게재(재수록)한 것처럼, 시로토리는 기타하라 하쿠슈에 비해서, 야나기타적인 민요관에 충실한 면이 있었다고 하겠다. 민중시파 전반에 대해서 보충설명을 하자면, 시로토리와 후쿠다 마사오, 이노우에 야스부미井上康文, 난에 지로南江治郎 등 많은 시인이 시극詩劇이라는 장르에 열정을 쏟았던 점도 가요와의 관계에 있어 중시되어야 할 것이다. 기타하라에게, 음률적인 면에서 자유시의 산문성을 비판받은 그들이 의미전달의 투명성과 표현의 알기 쉬움이라는 가치관을 내세우며 '민중시'를 주창한 이상, 시로토리처럼 민요의 세계로 더 파고들거나 연극과 무용을 넣은 시극이라는 영역을 구상함이란 극히 자연스럽고 필연적이었다고 할 수 있다. 이러한 시극 중에서도 특히 이노우에, 난에 등이 기획한 '무용시극'은 노카구能楽와 가극을 기본으로 하면서도 무용과 무대의 요소를 가미해서 시로 가요성을 보충하려 한 시도라고 볼 수 있겠다.

이처럼 신체성을 집어넣은 이러한 종합 예술적인 발상은 야마다 고사쿠의 '무용시' 구상에서도 확인 가능한데 야마다와의 공동 작업으로 성과를 낸 기타하라 하쿠슈도 실은 무관하지 않다. 가이조샤改造社 문고판으로 출판된『작곡 하쿠슈 무용사집作曲白秋舞踊詞集』(1929)이라는 책

이 있다. 같은 출판사에서『작곡 하쿠슈 동요집作曲白秋童謡集』,『작곡 하쿠슈 국민가요집作曲白秋国民歌謡集』이라는 책도 출판되었는데 이것들은 극중 노래나 무용물의 가요(민요, 기요모토清元 등)로 "작곡되어 유행했고 혹은 무용으로 표현된 것"을 모은 책이다.「마쓰시마온도松島音頭」, 시즈오카静岡민요로 알려진「착키리부시ちゃっきり節, 茶切節」등이 유명하지만, 가부키歌舞伎의 동작이나 춤으로 창작되어 권두에 실린「센샤부타千社札」등도 일종의 시극으로 볼 수 있는 작품이다. 이 작품 중에는 작곡 이외에 전통 무용의 안무가 삽입된 것도 적지 않았으며, 또 레코드로 녹음된 것도 있었다. 이러한 형태는 민요의 신체성과 가요성을 인공적으로 통일해 만들어 낸 '정고定稿'를 의미하는데, 이는 야나기타가 생각하는 즉흥적이고 일회성적인 가요의 모습과는 크게 동떨어진 것이라 할 수 있다.

"착키리 착키리 착키리요/개구리가 우니까 비가 오겠네ちゃっきり ちゃっきり ちゃっきりよ, / きゃァるが啼くんて雨づらよ"ー 하쿠슈 민요의 걸작으로 불리는「착키리부시」는 민요하면 떠오를 정도로 오늘날에도 자주 들을 수 있는데, 이 민요는 전통 가요를 절묘하게 콜라주한 것이다. 마치다 가쇼町田嘉章의 작곡과 하나야마 도쿠타로花山德太郎의 안무로 훌륭하게 연출한 시의 형태로, 텍스트와 음악 그리고 신체 동작에 규격이 부여됨으로써 이 민요는 천연 민요(잎차 따는 노래)인 것마냥 스스로를 위장하며 향토 이미지를 인공적으로 창출한 것이다. 이 점은 기타하라의 동요에서도 엿볼 수 있다.

기타하라도『잠자리 눈どんぼの眼玉』(1919)의 '머리말' 등에서 언급하고 있듯이 『추억思ひ出』(1911)을 기점으로 동요·고우타小唄(민요)적인 성격을 띠는 작품을 다수 배출하고 있었다. 마쓰나가 고이치松永伍一가 정확하게 지적하고 있는 바와 같이[31] 작자 스스로 「나의 성장기わが生ひ立ち」에서 그 일부를 자전적 "감각사感覚史이자 성욕사性欲史"로 간주했던 『추억』의 유년 회기 지향과 1918년 이후의 동요의 '동심주의'의 관계가 의미하는 부분은 결코 작지 않을 것이다. 마쓰나가가 말하는 것처럼 그러한 감각사·성욕사의 정념에 해당하는 부분을 대부분의 가요작품에서 억압하고 은폐했지만, 공동체를 대리 표상하는 '국민시인'의 공적인 얼굴의 뒷면에도 개체발생적인 기원으로 역행하려는 욕망이 내포되어 있었던 것이다. 그리고 그 욕망조차 계통발생적인 소급 운동에 마치 공범共犯처럼 편입된다. 이는 기타하라 하쿠슈가 대표하는 근대가요의 시스템이 가진 중요한 면이다.

제삿날 아니 가시고,
머리 묶고 기다리고 있거늘.

제삿날 아니 가시고,
해 뜰 무렵 절간 앞길에.
종이 친다 종이 친다.
만나거든 울라고 종이 친다.

31) 松永伍一, 「白秋私記」, 『ユリイカ』, 1973.7.

이렇게 시작하는 민요 「록큐六騎」는 원래 『추억』에 수록된 작품인데 기타하라 가요집의 효시인 『하쿠슈 고우타집白秋小唄集』(1919)에 재수록 되고 그로부터 3년 후 『시와 음악』 지면에 야마다 고사쿠 작곡에 의한 악보가 발표된다. 동요집 『잠자리 눈』에 「히간바나」를 재수록해서 그 후 작곡한 것과 세트로 볼 수 있는데, 「나의 성장기」에서 소년의 시선을 통 해 바라보는 에로스를 방언도 섞어가면서 절약된 언어 안에서 농밀하 게 그려내는 것에 성공하였다. 피아노의 오른손과 노래 첫째 행의 끝말 인 "'제삿날 아니가시고参詣らんかん'의 'かん'"이라는 어미의 소리'에서 종 소리를 연상시키며 민요조의 라인을 세밀하게 만들어낸 야마다 고사쿠 의 작곡. 이는 기타하라와 야마다에 의한 방대한 공동 작업 중에서도 특 히나 탁월했다고 할 수 있다. 기타하라의 시는 향토의 정보제공자의 역 할을 하면서도 야나가와의 일부에 편입되어 주변화된 '록큐'를 대상화 하는 시선도 유지하고 있다. 이 기묘한 균형이 이후 그의 가요에서는 볼 수 없는 개個와 공公 사이의 거리감을 초래한다. 이 노래가 감동을 전하 는 이유는 공동성 안에 다 매몰될 수 없는 개개의 정념의 숨결이 유지되 어 있기 때문이다. 그러나 1920년대 이후의 기타하라 하쿠슈/야마다 고 사쿠에 의한 대부분의 가요는 이러한 숨결을 지워 버리는 형태로 완성 되어 갔다고 볼 수 있다. 이는 동시에 시에서의 '다이쇼적인 것'의 완성 이기도 했다.

다이쇼 말년에 쓴 「아침의 노래」와 함께 1920년대 말 '스루야'에 등장 한 나카하라 주야. 그의 등장은 마치 뒤늦게 쇼와에 등장한 고풍스런 가 인歌人이라 봐도 좋으리라. 나카하라가 '스토리텔링'하듯 억제된 어조로 조용히 부른 「아침의 노래」의 멜로디란 기타하라 등의 가요에서 누락되어 갔던 개별적인 숨결을 회복하려는 시도였을지도 모르겠다. 모더니즘의 영향을 받은 모리이 사부로 작곡의 서정적인 말투도 야마다 고사쿠의 성숙에 대치되는 시대적으로 젊게 느껴지는 풍취를 지니고 있었다. 그러나 스크랴빈Александр Николаевич Скрябин 풍의 색채를 띤 '예술가곡'으로 완성된 「임종」이란 곡에서 엿볼 수 있는 것처럼, 모로이의 음악은 나카하라의 가요적인 시의 장소를 벗어나게 된다. 모로이에 의하면 서구의 모더니즘에 비판적 입장을 취했던 나카하라가 모로이의 작곡 스타일에 따라가지 못했던 것 같기도 하다.[32]

나카하라는 1920년대 말에 '다이쇼적인 것'의 도움을 받으면서도 무언가 곤란한 표정으로 노래하는 기묘한 출발을 끊었다. 그러나 그것은 그에게는 (애창시인으로서의) 영광도 한계도 아니다. 나카하라를 따라다니는 '노래'의 시인이라는 수사 위에 짊어진 짐은 시대적으로 결코 가볍지 않았기 때문이다. 이는 기타하라 하쿠슈와 같은 '국민시인'이 될 수 없었다면 그는 과연 어떤 시인이었나라는 문제와도 관련이 있다. 오늘날 노래는 노래방 같은 밀폐된 공간에서 가까스로 서식하고 있다고 말할 수 있겠지만 이러한 노래의 획일화와 밀폐는 1920년대의 기타하라 하쿠슈/야마다 고사쿠 등의 근대가요 확립에서 기인하고 있는 것은 아

---

32) 모로이는 독일 유학 후 돌아와 1935년에도 나카하라의 「봄과 아이春と赤ん坊」 등을 작곡했다. Allegro grazioso의 「봄과 아이」는 「아침의 노래」와는 다른 의미에서 단어가 음에 부착되어 있어서 노래라기보다 수다의 경쾌한 음악화에 성공했다고 하겠다. 음악 작품으로는 보다 숙성된 소품이라 할 수 있으나 나카하라 자신의 단어(언어) 감각에서 보면 어떤 느낌이었을까.

닐까라는 것이 필자의 가설이다. 그러한 견해에서 보자면 나카하라 주야를 정의함이란 실로 간단치 않다는 것이 현시점에서의 대답이다.

기타하라 하쿠슈는 창작 가요의 장르에 본격적으로 편승한 이래 생애 마지막까지 시가와 함께 가요 영역의 주도자 위치를 확보했다. 그러나『현대예술의 파산現代芸術の破産』,『현대 도시 문화 비판現代都市文化批判』등의 저자로 아날로그적인 '농민예술'을 주창한 것으로 알려져 있는 이후쿠베 다카테루伊福部隆輝가 기타하라를 포함한 창작민요의 유행을 "인공적인 민요 열기"로 "소비체계적인, 마취제적인 근대도시가요"라고 비판한 것처럼,[33] 기타하라의 국민시인적인 영화란 그야말로 대량으로 소비되기 위해 대량으로 생산된 근대 도시 산업의 산물과 다를 바 없었던 것이다.

어쨌든 그러한 국민가요시인 기타하라 하쿠슈가 만년에 발간한, 그의 생전 마지막 시집인『신송新頌』(1940)의「다테하야스사노노미코토建速須佐之男命」,「나가우타 겐코長唄 元寇」와 함께 수록된「해도동정海道東征」은 국민가요시인으로서의 정점을 보여 주었다. 이는 위탁을 받아「기원이천육백년신송紀元二千六百年頌」으로 쓴 것인데, 눈병을 앓고 있었던 기타하라는 이것을 구술필기로 완성했다. 작자 자신 "이제까지의 모든 시집을, 이 안에 수록된 교성곡시편「해도동정」으로 총괄해서 내 창작의 대성大成을 기대했다"(河出書房版『白秋詩歌集』第2卷, 후기)고 할 정도로 강한 자부심을 가지고 있었던 이 작품은, '황기 이천육백 년 봉축 예능제皇紀二千六百年奉祝芸能祭' 연주회에서 상연한 교성곡(칸타타)의 텍스트

---

33) 伊福部隆輝,「歌謡の史的社会的考察」, 百田宗治編,『現代詩講座 童謡及民謡』, 1930.

로, 신무神武천황의 동방 정벌과 즉위까지를 8장으로 종합한 장대한 서사시였다. 5·6조와 5·5·7조 등 다양한 음률을 사용해 그때까지의 가요를 집대성했다고 간주해도 좋을 작품인데 남녀독창, 합창, 소년합창 등 다채로운 목소리를 모르고, 뱃노래와 동요 등의 가요체를 도입했던 점도 주목할 만하다.

> 하늘님의 크디큰 위광威光 널리 알리어,
>
> 팔굉일우八紘一宇라 함이라.
>
> 유구하리 그 시초의 나라,
>
> 끝이 없어라 하늘님의 행하심,
>
> 자 알리어라 이곳 야마토,
>
> 드높이 외쳐라, 우리의 영광.

상연 목적이라는 의미에서도, 텍스트의 조사措辭 나 내용면이라는 의미에서도 알 수 있듯이, 이 '교성곡(칸타타)'이 어떠한 축제 장치로 기대되었는지에 대해서는 굳이 설명할 필요도 없을 것이다. 이 곡을 작곡한 사람은 아시아태평양전쟁 때 준準국가이자 군가로 사용된 「바다로 나가면海ゆかば」의 작곡자로 도쿄음악학교 작곡과 초창기 교수였던 노부토키 기요시信時潔이다(그는 '스루야'의 모로이 사부로 작품을 높이 평가했다). 기타하라 시 자체의 화법은, 가령 긴장감 넘치는 「다테하야스사노노미코토」(요시다 잇스이吉田一穂 편집 『新詩論』 초출)와 비교해보면, 그 문체에서 느껴지는 느슨함과 시대착오적 분위기를 부정하기는 어렵다. 그러나 도쿄예술대학에 소장된 총보總譜와 남겨진 녹음(기노시타 다모쓰木下保 지휘·도쿄음악학교 연주)을 실제로 확인해 보면, 국가 공동체에 등신대等身 大로서 동화하려는 근대 가요의 궁극적 욕망을 확실하게 느낄 수 있다. 1940년, 나카하라 주야는 이미 세상에 없었고, "기게~엔와 니세~엔록빠 ~쿠넨(기원 이천 육백년, きげ~んはにせ~んろっぴゃ~くねん)"(「기원이천육백 년」)을 노래하는 군국가요 소리가 거리에 넘치던 시대였다.

박정란 옮김

제2장

목소리聲와 일본 근대
— 창가·동요의 미적美的 이데올로기

1. 음악·학습지도요령에 나타난 '미의 정조情操'

표현 및 감상 활동을 통해서 음악을 애호하는 심정心情과 음악에 대한 감성을 기르는 동시에 음악 활동의 기초적인 능력을 배양하고 풍부한 정조를 양성한다.

위의 문장은 1999년에 개정된(2002년도부터 실시) 소학교·중학교『학습지도요령学習指導要領』에 기술된 음악과목 학습목표이다. 이보다 10년 전에 발표된 지도요령에는 "음악성音樂性의 기초를 양성한다"라는 내용이 포함되어 있었는데, 이 '음악성'이라는 용어가 "심정적 측면 등을 포함한 넓은 의미로 사용"될 여지가 있다며 누락시켰다. 그 대신 "음악활동"이라는 보다 구체적이고 실천적인 용어로 바꿔 넣었음을 알 수 있다. 그리고 "풍부한 정조를 양성한다"라는 표현은 '도화공작圖畵工作' 과목의 학습목표에서도 보인다.

그렇다면 '정조'라는 다소 이해하기 어려운 개념을 어떻게 정의했을까? 1989년판 문부성『소학교지도서 음악편』해설에는 '음악성'을 표현과 감상이 가능한 '음악적 능력'으로, '정조'를 "고도의 정신생활을 동반한 높은 가치를 간구하는 감정", "인격과 교양에 근거한 지속적인 정서 또는 감정적 경향"으로 기술하고 있다(1999년판『소학교 학습지도요령해설 음악편』에서는 '정조'에 대한 정의는 보이지 않는다). '음악성'과 '정조'는 각각 음악의 기능적·형식적 측면과 감정적·내용적 측면을 엿볼 수 있는데, 이 두 가지 개념은 서로 보완하는 형태로 음악에 관한 기초지식을 설명하고 있다. '음악성' 혹은 '음악활동 능력'의 경우, '태생적으로' 인간이 갖추고 있는 음악에 대한 '잠재적 능력'을 발견하고 이를 끌어내는 데에 초점을 맞추고 있으며, 또한 1989년판 '정조'를 기술하는 데에 정신생활, 인격, 교양이라는 용어를 사용하는 것으로 보아 인간주의를 표방하고 있음이 틀림없다. 구체적으로는, '미의 정조'를 의미하는 '정조'가 "아름다움에 국한되지 않고 보다 선한 것과 숭고한 것에 대한 마음"과 상통한다는 표현에서 알 수 있듯이 음악을 단순히 미의 쾌락 차원에 한정하지 않고, 정신성이라는 보다 고차원적인 것으로 이해했던 것이다.

초중등학교 과정 음악교육 목표에서 엿볼 수 있는 이러한 경향은 아시아태평양전쟁 이후의『학습지도요령』기본방침을 오랫동안 계승해

온 데에 기인한 것이리라.

음악미音樂美를 이해·감득感得하여 이것으로 높은 미적 정조와 풍부
한 인간성을 양성한다.

- 1947년『학습지도요령 음악편 시안試案』

음악경험을 통해 깊은 미적 정조와 풍부한 인간성을 양성하고 원만
한 인격 발달을 도모하여 바람직한 사회인으로서의 교양을 높인다.

- 1951년 개정판『소학교 학습지도요령 음악과편 시안』

풍부한 음악경험으로 음악적 감각 발달을 도모하는 동시에 미적
정조를 양성한다.

- 1959년『소학교 학습지도요령』

음악성을 배양하고 정조를 높이는 동시에 풍부한 창조성을 기른다.

- 1969년『소학교 학습지도요령』

표현 및 감상 활동을 통하여 음악성을 배양하는 동시에 음악을 애
호愛好하는 심정을 기르고 풍부한 정조를 양성한다.

- 1977년『소학교 학습지도요령[1]』

---

1) 학습지도요령 1947년 및 1951년판은 국립 교육연구소에서 발간한 영인본『文部省 学習指導
要領 音樂科編』(日本図書センター, 1950)을, 그 이후 1977년판까지는 野村幸治·中村裕一郎編,

위의 인용은 1947년부터 1977년까지의 전쟁 이후 초등학교 학습지도요령 음악과목 교육목표를 발췌한 것이다. 1951년판 시안은 전시戰時 음악교육이 부재했음을 비판하고 '민주주의 이념'을 강조하고 있다. 오늘날의 학습지도요령에는 '민주주의 이념'이라는 용어가 흔적조차 없지만 미美를 최종 도달점으로 보지 않고 이른바 미를 수단화하는 인간주의적 "미적 정조"라는 관점은 적어도 1951년 무렵 확립되었음을 알 수 있다. 1999년에 개정된 새 지도요령은 같은 해에 성립된 '국기국가법国旗国歌法'을 의식해 지도계획에는, "국가 '기미가요'는 모든 학년에서 지도할 것"이라고 명기하고 있다. '기미가요'를 강제하는 지시가 강화된 셈인데, 국가주의에 대한 반동反動이든, '민주주의 이념'이든, 모두 '미적 정조'를 지향하고 있다는 사실에는 변함이 없다. 왜냐하면 '미적 정조'란 이데올로기를 초월한 인간주의의 모습을 하고 있기 때문이다.

1947년의 지도요령은 음악교육이 '정조 교육'의 수단으로 변질되어가는 양태를 정확히 비판하고 있는데(여기서는 "음악미"가 "정조"보다 우선시된다), 1951년판에서도 일국주의적 음악관을 배제하고 '세계 공통어'로서 국제성과 지역사회와의 관계가 중시되었으나, 최근 지도요령을 규정하는 인간주의라는 것은 실질적으로 국민주의와 다를 바 없다. 오늘날까지 일관적으로 음악 과목에서 초중등교육의 목표로 내세우는 '정조'라는 용어는, 가령 "예능과목 음악은 가곡을 올바르게 가창하고, 음악을 감상하는 능력을 기르며, 국민적 정조를 순화하는 것으로 한다"는 문구에서 알 수 있듯이, 1940년대 전반의 전시교육체제를 기반으로 한

『音楽教育を読む 学生·教師·研究者のための音楽教育資料集』(音楽之友社, 1995)을 참조하였다.

「국민학교령시행규칙国民学校令施行基規則」(1941)에 있었던 표현임을 유의할 필요가 있다.

메이지기부터 전후까지 가창歌唱이 음악교육에서 큰 비중을 차지했던 경위를 생각하면 당연히 알 수 있는 것이지만, 상기의 「국민학교령시행규칙」항목에 명시되어 있는 것처럼, 음악에 부여된 국민주의적 역할의 중핵을 담당한 것이 바로 가창 교육이었다. 1989년판과 1999년판 둘 다 초등학교에서는 문부성 창가唱歌 주체로 지정된 공통교재와 더불어 지방의 특성을 살린 민요나 와라베우타わらべうた[2]를 채택하도록 지시하고 있다. 또한 중학교의 새 지도요령에서는 가창 교재를 선택할 때 향토민요를 적극적으로 채택하도록 하고, 다음과 같은 세 가지를 새로운 조건으로 추가했다. 즉 "우리나라에서 오랫동안 친숙하게 불리고 있는 것", "우리나라의 자연과 사계의 아름다움을 느낄 수 있는 것", "우리나라의 문화와 일본어가 가지고 있는 아름다움을 느낄 수 있는 것." 노래를 통해 "모국어로서의 일본어를 소중히" 여기고, "우리나라 고유문화의 좋은 점을 알고 느끼고 존중하는 마음을 기르는 것"을 목표로 내세우고 있는데(『중학교학습지도요령(1998년 12월)해설—음악편』), 여기에서 우리는 21세기 최초의 음악 지도요령이 전후의 모든 지도요령 가운데 얼마나 퇴보된 것인지 잘 알 수 있다. 문부성 창가와 옛 민요에서 와라베우타와 민요·동요로, 가창 교재 내용은 중학교로 올라가면서 변화하지만, 1947년의 지도요령이 실질적으로 '음악미'를 우선시한 것처럼, 음악

---

2) 동요. 다이쇼 중기에서 쇼와 초기에 걸쳐 기타하라 하쿠슈 등이 문부성 창가를 비판하면서 창작, 운동 차원에서 보급시킨 어린이 노래. 옮긴이 주.

교육에서 이데올로기를 배제하는 것, 음악이 이데올로기로부터 자립하는 것이 얼마나 어려운지를 전후 학습지도요령들이 말해 주고 있다. 이처럼 시의 언어와 밀착된 노래는 그와 같은 음악의 위험성을 가장 노골적으로 드러낸다고 하겠다.

「국민학교령시행규칙」의 "국민적 정조의 순화"란 국민학교의 이념인 교육칙어에 입각한 '국민연성錬成'의 메뉴인데, 일본 국민에 상응하는 미적 감성=도덕심의 '순화'를 설명하고 있다. 그런데 이는 이자와 슈지伊沢修二『소학창가집 초편小学唱歌集 初編』(1881)의 「제언」 이래로 메이지 초기 음악교육이 일관되게 추구한 '덕성德性 함양'이라는 교육목표를 계승했다고 할 수 있다(「국민학교령시행규칙」에는 "가사 및 악보는 국민적이면서 아동의 마음을 쾌활·순미純美하게 하고, 덕성 함양에 이바지하도록 할 것"이라는 항목이 있다). 1891년 「소학교교칙대강小学校教則大綱」은 창가과唱歌科에 관해 "창가는 귀 및 발성기를 연습하여 용이하게 가곡을 부를 수 있도록 함과 동시에 음악미를 알게 하여 덕성을 함양하는 것을 요지로 한다"라고 규정하였다. 이러한 창가교육의 방침은 1900년 소학교령 개정 당시 교칙에도 그대로 답습되어 초등학교령에도 반영되었다. 이자와가 '덕육德育'='덕성 함양'을 위한 방법으로 도입하고 추진한 창가 교육이 근대 음악 교육의 중심이 되어 왔던 것이다.

이자와는 『교육학教育学』(1883)이라는 책에서 개인은 그 책임에 있어 행위(선/불선不善)를 '선택'하고 그 '선택'에 의해 개인의 '덕의상德義上의 품성'이 결정되며, 바로 그것이 '인품 조성人品造成'=교육의 핵심을 이룬다고 주장한다. 이처럼 인격 형성을 중시하는 실용주의pragmatism는 이자와뿐만 아니라 메이지 초기 교육자들이 공통적으로 가졌던 의식이었는데 이자와의 경우는 그것이 시화법視話法과 말더듬 교정법과 같은 교육 프로그램의 구상과 창가집 편집 등 매우 구체적으로 실천에 옮겨졌다는 점에 특징이 있다. 이자와의 운동이 결실을 맺어 창가가 필수 과목이 된 것은 1907년 소학교령 개정부터다.

2. 창가의 목소리聲와 시어詩語 문제 ―『심상소학창가』와 다무라 도라조田村虎蔵 등

다야마 가타이田山花袋의 소설『시골 교사田舎教師』(1909)는 창가과唱歌科가 필수과목으로 정해지고 나서 2년 후에 발표되었다. 소설의 주인공인 하야시 세이조林清三는 직접 풍금을 치며 시마자키 도손島崎藤村의 시에 곡을 붙여 창가를 만들기도 하고, 우에노上野 동경음악학교 입시에서 낙방한 경험도 갖고 있는 한 지방 소학교 교사이다. 음악에 대한 정열과 도시에 대한 동경, 그리고 그로 인한 좌절과 실의를 그리고 있다. 1901년부터 1904년 무렵의 도시가 아닌 지방을 배경으로 한 이 소설은, 소학교 교과에 포함되어 있음에도 불구하고 오랫동안 다른 교과목의 후순위로 밀려나 있던 창가가 어떻게 정착하게 되는지를 잘 보여주고 있다. 아울러 문학자 등의 지식인 계층의 하위 예비군이라고 할 수 있는 소학교 교사 세이조와 같은 인물들에게 '노래'와 음악이 어떻게 침투했는지도 알 수 있다.

한편, '문부성창가'의 기준을 만든 교과서『심상소학창가尋常小学唱歌』(1911~14)[3]가,『심상소학독본尋常小学読本』속 운문에 곡을 붙여 만든『심상소학독본창가尋常小学読本唱歌』(1910)의 대부분을 재수록하는 형태로 만들어졌다는 점에서 보면, 메이지기 교육의 '교과통합'이라는 전체성을 지향하는 움직임하에 음악이 어떻게 언어에 복속되었는지도 엿볼 수 있다.『심상소학창가』의 성립을 상세히 검증한 이와이 마사히로岩井正浩에 의하면 두 교과서를 편찬할 때 신체시의 현상 공모가 있었는데 응모된 1,421편 중 4편이 이들 교과서에 채택되었다고 한다.[4] 교과서는 4학년용이라고는 하지만「히로세 중사広瀬中佐」와 같은 군가조軍歌調의 시도 포함되어 있었다. 또한 문부성이 편찬한「사쿠라이의 이별桜井のわかれ」,「야스쿠니 신사靖国神社」,「다치바나 중사橘中佐」등의 노래와 '충신애국'의 연작물Zyklus을 엮어 **관민일체**가 된 국민교화의 매체가 되었다. 어쨌든 이자와 슈지 이래의 창가 교과서가 계몽주의적인 '통합' 지향에 입각하면서 음악의 목소리가 시의 언어에 기생하여 발생한다는 도식이 부상한다. 여기서 시의 언어란 그 기원이 교육칙어에 도달하는 권력의 언어라고 바꿔 말할 수 있다.

머리를 구름 위로 내어,

사방의 산을 내려다보며,

---

3) 현재도 소학교 음악교재로 지정되어 있는「일장기 깃발日の丸の旗」(현 제목「일장기日のまる」)나「달팽이かたつむり」등의 창가를 수록하고 있다.

4) 岩井正浩,『子どもの歌の文化史―20世紀前半期の日本』, 第一書房, 1998, 113~114쪽.

천둥소리 아래에서 들린다.

후지富士는 일본 제일의 산.

가령 「후지산富士山」의 가사도 원래 『심상소학독본』에 있는 것인데, 운문이라 해도 "머리를 구름 위로 내어, 사방의 산을 내려다보며, 천둥소리 아래에서 들린다. 후지는 일본 제일의 산"이라는 문장 하나를 노래로 만든 것에 지나지 않는다. 여기에 엿보이는 유머러스한 감수성은 시대의 제약을 받아 국가권위적인 교화의 톤이 깃들어 있다. "어, 소나무 벌레가 울고 있네"라는 「벌레 소리虫のこえ」처럼 선율을 떠올리면 동요와의 친화성을 느끼게 하는 노래도 몇 개 있기는 하지만 선율을 제거하고 텍스트만 보면 「벌레 소리」를 시(운문)처럼 느끼게 하는 요소는 '진치로 진치로 진치로린ちんちろちんちろちんちろりん'과 같은 의성어 정도일 것이다. 이 외에 앞서 언급한 바와 같이 충군애국사상이 강한 시도 많아서, 이후 동요 운동을 통해 비판받았던 것도 납득할 만하지만, 조금 과장해서 말하자면 '시가 먼저인가 음악이 먼저인가'라는 유럽 예술의 고전적 명제가 이들 창가의 문제에도 깔려 있는 것이다. 그러나 문부성 창가의 경직성과 졸렬함을 규탄하는 다이쇼大正기 동요운동이 이러한 교화적 지향이나 언어의 주도성을 탈피했는가라고 하면 이는 또 다른 문제라고 말할 수밖에 없다. 이에 대해서는 나중에 다시 언급하겠다.

여기서 발생하는 '시(언어)인가 음악(소리)인가'라는 문제는 근대 이후 일본 아동들이 소리 높여 노래한다는 새로운 경험에 적잖은 당혹함을 느꼈던 문제와도 관련이 있다. 물론 근대 이전부터 존재했던 일본의 목

소리 문화가 완전히 퇴색되었던 것은 아니었다. 『시골교사』의 세이조가 교실에서 풍금을 치며 시마자키의 시에 멜로디를 붙여 노래를 부를 때, 교실 밖 거리에서는 승합마차의 나팔소리, 사탕장수의 북소리, 그리고 "갓을 쓰고 각반을 두른 부부가 부르는 호카이부시ホウカイ節"[5] 등도 들려온다. 이처럼 민중의 일상 소리들 가운데 풍금 반주에 맞춰 서양식 발성으로 부르는 아이들이 노래 소리는 결코 익숙한 풍경은 아니었다. 아이들은 과연 창가를 '서양식'으로 부를 수 있었을까?

『심상소학독본』의 창가 연구로 잘 알려진 이와이 마사히로는 실제 노래를 부른다는 가정하에 논의를 전개하는데, 가령 3박자의 아우프탁트(Auftakt, 약박)인 「으스름달밤朧月夜」[6]을 아프탁트(Abtakt, 강박)나 2박자로 부르고, 마찬가지 3박자의 「고향故郷」을 박자감 없이 1박자로 부르는, 다시 말해 악보상으로는 '**우사기/오이시/ 가노야/마--**うさぎ/おいし/かのや/まーー'라고 해야 하는데 '**우사기오이시가노야마--**うさぎおいしかのやまーー'로 불렀음을 지적한다. 이와이에 의하면, 기독교인이었던 작곡자 오카노 사다이치岡野貞一는 찬송가나 미사 음악에 익숙하여 3박자 작곡을 자연스럽게 할 수 있었다고 한다.[7] 그렇다면 아이들은 어땠을까? 이 3박자 리듬은 어렵지 않았을까? 이러한 등시박等時拍에 의한 박자감이나 강약 조절이 쉽지 않아 시의 언어와 선율 사이에도 어긋남과 균열이 발생하게 된다. 이는 창가 작곡가가 일본어 고저高低 악센트와

---

5) 法界節. 메이지기 20년대를 대표하는 유행가. 옮긴이 주.
6) 문부성 창가. 옮긴이 주.
7) 岩井, 앞의 책, 147~149쪽.

선율의 음고音高에 민감하지 않았던 것과 관련이 있는데, 이후 야마다 고사쿠가 이를 강하게 비판한다. 그렇다고 하더라도 야마다 자신이 작곡한 동요도 등시박적인 박자와 리듬감에 얽매인 측면이 있었다. 이러한 창가의 문제는 창가에 대항하여 등장한 동요로 계승된 것으로 보인다.

창가 교육의 어려움은 무엇보다 리듬감에 대한 부적응이나 시어의 악센트와의 불일치라는 문제 이전에 '목소리'의 문제와 더 깊은 관련이 있다.『심상소학창가』시대 창가교육의 대표 주자였던 다무라 도라조와 후쿠이 나오아키福井直秋는 창가의 가창법과 교육법에 관해 각각『창가과 교수법唱歌科教授法』(同文館, 1908),『창가 부르는 법과 가르치는 법唱歌の歌ひ方と教へ方』(共益商社書店, 1924)이라는 저서를 남겼다. 두 사람은 대립하는 관계(다무라가 언문일치 창가를 주창했고,『심상소학독본창가』의 평가를 둘러싸고 후쿠이 등의 아카데미즘에 대립하는 관계)였지만[8] 소학교 아동들이 틀린 발성법을 학교에서 배우는 것에 대해 우려했다는 점에서는 동일한 생각을 가지고 있었다.

또한, 두 사람 모두 성역聲域의 고저에 맞춰 흉성/중성/두성으로 발성법을 바꾸는 '환성구역喚聲區域'을 아동들에게 훈련시키는 것의 중요성을 강조하였다. 교육 현장에서는 "늘 소리만 지르지 노래를 부르고 있는 것이 아니다. 아이들의 얼굴은 상기되고 고통스러워 보인다. 옆에 있는 것만으로 귀가 따가울 지경이다. 실로 불쾌하고 불쌍함이 느껴진다"(다무라), "거의 모두 흉성으로 부르고" 높은 음역에서는 "소리 지르거나 울부짖으면서 엉뚱한 곳을 보고 있는 눈이 가엽고 고생스럽게 보"(후쿠이)

---

8) 丸山忠璋,『言文一致唱歌の創始者 田村虎蔵の生涯』, 音楽之友社, 1998, 151~156쪽.

였다고 했다. 다무라의 저서는 1908년 즉 창가가 필수 과목이 되었던 시기에 간행되었고, 후쿠이의 저서는 그로부터 16년 후에 간행된 것인데 두 저서의 간행이 이루어진 시기 즉 메이지에서 다이쇼에 이르는 일본 소학교에서는 "자기가 낼 수 있는 최대의 목소리로 노래하는"(후쿠이) 창가 수업 풍경이 반복되었다(후쿠이는 「기미가요」 시작 부분에 약음기호가 있는데도 불구하고 아이들이 약음 그대로 부르는 것을 들은 적이 없다고 한탄했다).

그런데 후쿠이 나오아키가 발음과 발성을 나눌 수 없는 것으로 생각한 것에 반해 다무라 도라조는 발성을 발음에서 분리해 우위에 둔 점은 주목할 만하다. 다무라는 이자와 슈지가 창가에 관련된 '발음연습표'를 본인 저서에 게재한 것을 비판하며 발음연습은 국어과 교육에 맡기고 창가교육은 어디까지나 "아동의 성음聲音을 훈련시켜 좋은 목소리를 만들기 위한 작업"에 중점을 두어야 한다고 주장했다. 이자와는 『소학창가小学唱歌』

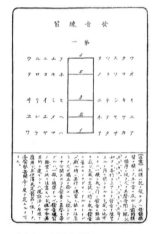

이자와 슈지 「발음연습표」(『小学唱歌』)

(大日本図書, 1892) 제2권에서 음계연습과 함께 발음연습도 지시하고 있는데 그것을 보면 그가 발음에 집착하는 배경에 지방 아동의 발음 '교정'을 염두에 두고 있음을 알 수 있다.

어떤 지방에서는 일반적으로 어떤 행行의 발음에 어려움을 느끼는데 학생이 특정 발음으로 힘들어 하는 일이 있으면 그 때는 그 행의 연습을 잘하도록 주의시켜 교정에 힘써야 한다.

　흥미로운 것은 이자와가 여기서 자신이 제창했던 '시화법'이라는 시스템과의 연계에 대해서도 언급하고 있다는 것이다. '시화법'이란 발음된 발성을 이자와가 **개발**한 '음자音子'로 정확하게 재현하도록 의도한 음자표기법이다. '음자'라는 것은 발음하는 입모양을 모방해서 만든 일종의 발음기호인데, 한글처럼 음상音象단위의 다양한 조합으로 다양한 음표기를 시도한 것이다(모음만으로도 36종이나 있다). 여기서 상세히 검토하지는 않겠지만 이자와는 이 표기법으로 다른 음운 체계 간에도 음성의 정확한 이동이 가능하다고 생각했다. 저서 『시화법視話法』(大日本図書, 1901)에서는 이를 영어 학습과 방언교정, '농아' 교육에 응용하는 방법으로 지면을 할애한다. 이자와는 이 시스템이 에스페란토Esperanto[9]와 같은 '세계 보통어' 구상에도 기여한다고까지 말한다. 그러나 '시화법'의 본질은 그러한 국제주의가 아니다. 이자와 자신이 이후 대만총독부 관료로서 활약할 당시 중국어 등에 활용될 수 있도록 염두에 둔 것처럼 오히려 식민지 정책과 연결되는 부분이 컸다고 생각할 수 있기 때문이다 (『시화법』은 "멀리 떨어진 식민지에 신속하게 모국어를 널리 전파하는" 것을 용도의 하나로 거론한다). 이자와의 '시화법' 제창은 국어 국자國字 문제 담론과도 교차하면서 근대일본의 음악교육을 창시한 그의 음악 이념에도 영향을 미치고 있었다.
　다무라 도라조는 이러한 이자와 슈지의 '음音/성聲' 일원론에서 목소

---

9) 자멘호프가 창안한 국제 공통어. 옮긴이 주.

리聲를 자립시키려고 했다고 말할 수 있다. 『창가과 교수법』의 첫 부분에서 문제시한 '덕성의 함양'이라는 교육 목표를 직접 창가에 반영하는 것을 반대했다. 그리고 '덕목 창가'를 비판하면서 수신과修身科와의 차별화를 도모했다. 이러한 다무라의 자세는 "음악이란 성음聲音의 결합과 연속에 의해서 우리에게 쾌감을 전달하는 것"이라고 보는 '쾌락'에 기반을 둔 음악관에서 출발하고 있다. 선악정사善惡正邪의 가치보다 "미적 감각의 양성"을 우선시하는 그의 음악관을 통해 지극히 우회적이긴 하지만 쾌락이란 '세계 공통'이기 때문에 음악은 국민성의 경계를 넘을 수 있다는 생각도 엿볼 수 있다. 이러한 발상은 덕육을 최상위로 정하고 국가주의적 계몽을 증폭시켜간 이자와 슈지의 창가 이념과도 상이하며, 다무라처럼 '덕목 창가'를 비판하면서 국민주의적인 새로운 논리 규범을 구축해 나간 이후의 동요운동 이념과도 상이한 것으로 평가해도 무방하다. 그러나 시점을 바꾸면 『소학창가』부터 『심상소학창가』를 거쳐, 『붉은 새』와 그 외 동요 운동·자유주의 교육까지, 다무라의 창가 사상이 드러내는 균열과 단면斷面이 군데군데 보이지만 큰 그림으로 보자면 그러한 균열과 단면을 예외적인 것으로 배제하는 견고한 연속선이 그려져 갔다고도 할 수 있다.

다무라가 말하는 "미적 감각의 양성"이란 "아름다운 정조"의 양성으로 바꾸어 말할 수 있지만, 이는 이번 장 처음에 소개한 전후 초등학교·중학교 음악 지도요령의 기저에 존재하는 "미적 정조"를 상기시킨다. 단지 앞서 기술한 바와 같이 1989년판 『소학교지도서 음악편』에서 말하는 '(미적) 정조'가 인간주의·교양주의적인 정신논리를 내포하고 있었던 것을 맞추어 생각해 보면, 이자와 슈지가 1892년『소학창가』등에서 기반을 정비한 '덕육'으로서의 창가교육은 그로부터 100년이 지난 학습지도요령에 이르기까지 굳건히 연명해 온 셈이다. 이를 바탕으로 문제시되어야 할 부분은 그 100년간 다양한 굴절과 갈등이 존재했다는 사실이다. 가령 언문일치 창가(실제로는 이자와 슈지에게서도 몇 가지 선례가 있었지만)의 창가 교과서 도입에 공헌한 다무라 도라조가 1908년에 보인 창가에 대한 의식과, '미육美育'을 표방하여 '지육智育'과 대치한 다이쇼기의『붉은 새』,『예술자유주의교육芸術自由主義教育』등의 동요·아동 자유시 운동, 그것을 지탱한 자유주의 교육사상 사이에는 공통과 대립이라는 두 가지 측면이 공존했다. 이러한 뒤틀린 연속선에도 굴절과 갈등이 엿보인다.

3. 자유주의 교육 사상과 '자연'

"교육의 어디를 잘라도 자학자습自學自習의 피가 흐르는 자自교육법을 주장한다."이는 1920년 10월 8일자『오사카마이니치신문大阪毎日新聞』석간에서「자유교육의 실험自由教育の実験」이라는 타이틀로 보도된 지바千葉 사범 부속 소학교 주사主事 데즈카 기시에手塚岸衛의 담화 속 말이다. 1910년대 말경부터 조금씩 끓어오르기 시작한 자유주의 교육에 거는 기대와 열정이 지면을 통해 느껴진다. 전국적인 자유주의 교육을 선도한 데즈카의 저서『자유주의 진의自由主義真義』(東京宝文館, 1922)

에서는 자유주의 교육 이념에 대한 설명은 물론 학습 자치회의 조직화, '자유 발표판'(학생이 주체가 되는 게시판), 자습실 및 자습시간 설치 등 구체적인 실천에 대한 설명이 사진과 더불어 확인 가능하다. 데즈카의 이러한 실천은 수동적이고 간섭적인 '교수教授'를 배제하고 '자기창조'를 위한 교육 구상에서 출발하고 있다.

데즈카 등의 이러한 실천은 당시로서 꽤나 혁신적이었는데 1921년 말 자유주의 교육에 비판적인 이바라기茨城현과 지바현(그가 소속했던)이 대립하는 사태로까지 발전하였다. 그러나 『자유주의진의』에서 제창한 이념을 자세히 살펴보면 '자유' 개념의 기초에 이성적인 자기책임을 둘 것을 강조하여 '자연국민'을 '문화국민'으로 고양시키기 위한 '문화국가주의'에 그 본질이 있음을 알 수 있다.

"교육은 자연의 이성화이다." 즉 교육이란 "'있는' 상태에서 '있어야 하는' 상태"로 지양止揚하는 것이라고 데즈카는 말하는데 그러한 이성화를 통해 비로소 '자유'가 성립한다고 말한다. 이러한 '자유'란 오히려 '자립', '자율'의 의미에 가깝다. 자립=자율적인 개인이 이성에 의해서 자기를 통제하는 '문화국민'으로서 '문화국가'를 (자연의 힘에 맡기는 것이 아니라) 자발적으로 구성한다. 거기서 개인은 "'있지 않으면 안 되는' 상태" 즉 당위로서의 자율적인 '자유'를 얻게 되는, 다시 말해 '인격의 통일'을 경험한 개인이자 ("자유를 가지고 인격을 통일시키는 일이 교육의 극치極致이다") 사회(국가)에서 벗어나 단독으로는 존재할 수 없다는 강한 인식이 『자유주의진의』 전체에 일관되고 있다.

이러한 사고가 자유주의 교육을 행정과 사회에 인지시키기 위한 방

'심상 3, 4학년 남녀 자치집회' 풍경. "재봉실 안에 착석, 풍금 앞의 아동은 악기 사용자, 교탁 오른쪽이 4학년 남자 자치회장으로 집회 사회자이고, 중앙의 아동은 자작문을 낭독하고 있다. 칠판에는 꽃 '황야 꽃' 수수께끼와 쓰기를 발표한 종이가 붙어 있다. 4명의 교사는 각각 담임을 맡고 있으며 함부로 발언하거나 간섭하지 않는다. 정면의 그림은 자유그림 전람회 후의 것이다"(데즈카 기시에 『자유교육 진의自由敎育眞義』)

어적인 논리로 생각되기도 하나 '찰나刹那주의', '쾌락주의'로 귀착되는 '자연'을 부정하는 데즈카의 교육사상은 그 사고 과정만을 보면 오히려 이자와 슈지의 '덕육'적인 사상을 계승하지 않았나 싶다. 데즈카가 루소 Jean-Jacques Rousseau와 엘렌 케이Ellen Karolina Sofia Key 등 '자연 자유 교육론'은 물론 '생의 충동'에 근거한 '예술자유교육론'도 비판하는 것은 당연한 귀결이었다.

　　데즈카 기시에의 자유주의 교육사상은 이러한 경위로 보건대 동시기 『붉은 새』, 『예술자유교육』 등이 드러낸 '예술자유교육론'의 동향과는 명확하게 구별되어 보인다. 『예술자유교육』 창간호(1921.1)를 보면 '권두언卷頭言'에서 기시베 후쿠오岸部福雄가 엘렌 케이를 인용하며 '자연적 교육'과 '자연에 합치한 교육'을 주장하고, 하타케 고이치畑耕一의 논고 「자유교육 – 미적 교육自由教育 – 美的教育」이 아동을 자연에 마음껏 맡기는 교육, '자연에 근거를 둔 교육'이 자유주의 교육이라고 보고 있는 바와 같이 많은 예술자유주의 교육 담론은 아동의 자연성, 교육 방법의 자연이라는 부분에 많은 말을 할애했다. 하타케에 따르면 아동은 이미 "자연의 '자유'로운 상相을 그대로 계승하고 있다"고 하는데 여기서 '자유'란 (이성이 아니라) '자연'의 의미에 극히 가깝다.

앞의 두 잡지 『붉은 새』와 『예술자유교육』에 한정하면 스즈키 미에키치鈴木三重吉의 작문법綴方, 야마모토 가나에山本鼎의 자유화自由画, 기타하라 하쿠슈의 동요·아동 자유시, 그리고 가타가미 노부루片上伸의 문예교육론이 여기에 해당한다. 이들의 공통점은 데즈카 기시에처럼 학교 교육을 중심으로 두지 않고, 잡지 미디어, 민간 연구소, 전람회 등 학교를 바깥에서 포위하는 식의 활동을 펼쳤다는 점이다. 다시 말해 '관官'에 대해 '민民'이 저항하는 운동이었고 관립·관제 학교라는 권력 공간과 대치하면서 거기에서 자립하려는 '자유'를 이념으로 내세웠다고 생각할 수 있다.

여기서 언급한 다양한 '자유'의 내용을 좀더 살펴보자. 첫째로 '모티브 선택의 자유'. 과제를 주고 쓰게 하는 학교의 작문 교육에 대한 수의선제주의隨意選題主義, 국정교과서였던 『신정화첩新正画帖』의 임시본(견본책)을 주고 모사模寫시키는 도화圖畵교육에 대치한 자유화 이념이 바로 여기에 해당한다. 둘째로 보는 눈, 듣는 귀, 노래 부르는 목소리聲에

기대하는 '감각의 자유'. 이것은 스즈키 미에키치가 작문에서 느낀 대로 있는 그대로를 사실 묘사하는 것("둔감한 서사敍寫"—스즈키, 『작문독본綴方読本』)을 주장한 것, 『자유화교육自由画教育』(アルス, 1923)에서 야마모토 가나에가 "보는 것의 기쁨"을 아동이 생활 속에서 느끼도록 제창한 것, 그리고 기타하라 하쿠슈 등이 아동을 소외한 학교 창가의 규범성을 비판하고 아동 스스로가 내는 목소리의 발로發露로서의 동요를 구상한 것도 해당한다. 그리고 세 번째로 '말言葉의 자유'가 있다. 다무라 도라조가 추진했던 것처럼 창가에서도 언문일치화가 시작되었는데 동요에서 구어적인 스타일은 양식적인 규범으로서 강력히 표준화되었다. 또한 기타하라가 『붉은 새』 등에서 동요와 더불어 힘을 쏟았던 아동 자유시라는 장르 형식이 있는데 이는 아동들 자신에 의한 동요의 창작과도 연동하고 있다. 스즈키는 작문에서 표준어 사용을 원칙으로 하면서도 방언의 사용을 용인하고 있는데 동요의 시어 문제와도 관련되는 이 또한 '말의 자유' 범주에 들어간다고 볼 수 있겠다.

이처럼 다양한 '자유' 이념이란 대부분이 일종의 '리얼리즘'으로 총괄할 수 있는 성질의 것이다. 그리고 그대로 '자연'과 치환 가능한 것이다. '자연의 이성화'를 목표로 한 데즈카 기시에의 자유주의 교육사상이 이처럼 자연의 있는 그대로를 존중하는 예술자유주의교육 운동과 배치되는 것은 명백하다. 그러나 실제로 후자가 의지하는 이데올로기는 과연 데즈카가 표방한 '문화국가주의'와 차별화될 수 있는 것일까? 이 물음은 이른바 자연과 문화의 대립은 성립하는가라는 보다 근원적인 물음을 내포하고 있다고 할 수 있겠다.

4. 동요를 부르는 목소리

현재 유행하고 있는 아동 서적의 대다수가 속악한 표지가 다면적
으로 상징하고 있는 것처럼, 여러 가지 의미에서 생각해 봐도 아주
상스러운 것들이다. 이런 것들이 아동의 순수함을 침해한다고 생
각하니 걱정스럽기 짝이 없다.

『붉은 새』 창간호(1918. 7) 첫머리
에 있는 "붉은 새'의 모토"는 이 잡지
의 매니페스토로 자주 인용된다. 인
용을 보면 아동을 위협하는 "아주 상
스러운" 속(俗)문화에 대한 증오에 가까
운 불쾌감을 드러내고 있다. 주요 표
적은 세상에 유포되고 유행하는 아동
서적인데 이것들은 아동이 원래 가지
고 있는 '순수함'을 침해하고 있으며
따라서 그들의 '순성純性'은 '보전 개

『붉은 새赤い鳥』 창간호 표지.

발'되지 않으면 안 된다고 주장하고 있다. 아동의 '자연'성性이란 세속을
초월한 '문화적'인 것이라 말하고 있다. '속'된 것을 철저하게 배제하는
자세는 "서양인과 달리 우리 일본인은 가엾게도 아이들을 위해 좋은 읽
을거리를 후세에 남긴 진정한 예술가의 사례가 없다"라는 식의 서양 콤
플렉스로 위장한 국민주의적인 메시지도 내포하고 있다. 여기에는 자

연과 문화의 유착, 민중과 국민국가의 유착이 잠재하고 있다. 이 문제는 제1차 세계대전 후 세계질서를 배경으로 하는 다이쇼기의 민주주의나 민중예술론이 잉태한 음침하고 우울한 문제이기도 하다.

『붉은 새』의 의의는 아동을 겨냥한 통속적인 독서물을 배제하고 "아동 문장의 본보기를 전수"하기 위해 '현대 명작가'를 포섭하여 이른바 '아동문학' 장르를 형성한 것에 그치지 않고, 아동부터 성인까지 폭넓은 독자가 응모하는 작문과 동요, 그 외 응모작에 대한 미에기치 등의 선평選評을 적극적으로 게재함으로써 많은 독자를 새로운 '작자'로 지면에 끌어들인 것에 있다고 하겠다.[10] '찬조 독자'를 설정하여 명부를 게재하고 내지內地는 물론 조선·대만 등 외지外地 및 그 외 해외에 이르는 광범위한 독자층과의 교류를 「통신」란 등을 통해 가시적인 형태로 전개한 의미는 크다. '아동의 순성'이라는 용어를 독자와 공유했고, 때로는 잡지가 독자의 '편협'한 훈육적 반응을 솔직하게 비판하는 경우도 있었다. '투고-게재-선평-독자통신'이라는 투고 잡지의 시스템을 충실하게 유지함으로써『붉은 새』는 독자와 잡지 미디어 간에 동심주의를 공통 코드로 하는 동기화를 끊임없이 갱신했다.

『붉은 새』가 미디어와 독자를 연결하는 통로를 확보할 수 있었던 것은 독자가 텍스트를 쓰고 그것이 활자화되는 시스템에 있었다. 이 시스템의 중심이 작문綴方인데 동요의 침투력이 작문의 그것에 결코 뒤지지 않았다. 「통신」란을 보면 게재된 동요시에 독자들이 직접 작곡하여 읊

---

10) 『붉은 새』는 동요와 동화에 대해 "10회 이상 추천된 사람이라면 언제라도 작가로서 사회에 추천하겠습니다"라고 공모하기 시작했다.

조리거나 아동에게 부르게 했다는 경험담에 관한 투고가 눈에 띈다. 앞서 언급했던 시마자키 도손의 시에 곡을 붙여 부르는 『시골 교사』주인공이 연상되는데, 『붉은 새』도 나리타 다메조成田為三 등이 선자選者가 되어 동요 작곡의 투고도 모집하게 된다. 여기에 최초로 입선한 사람이 이시카와 요세쓰石川養拙라는 독자로 그는 하쿠슈의 「허둥지둥 이발소 あわて床屋」에 곡을 붙였다(이 시로 다른 독자들도 곡을 붙여 응모한 듯하다). 잡지는 악보도 게재하기 시작하는데 초기의 『붉은 새』를 보건대 동요란 근본적으로 활자로 구성된 시 텍스트가 되고, 그 텍스트가 마치 다양한 독자의 목소리(노랫소리)를 중계하는 양상을 엿볼 수도 있다. 유행가는 정해진 멜로디에 가사를 바꾸는 식으로 노래를 만들어 유행되었던 것에 반해, 민요가 농공어農工漁 그 외의 작업가作業歌 가사에 공통적인 기본형을 맞추면서 지방마다 다른 선율을 가지고 개별 상호적으로 발전했음을 고려하면, 『붉은 새』 초기 동요의 양상은 민요의 방법론에 가깝다고 하겠다.

봄이 시작되자마자 강변 갈대에

꽃게가 가게를 내었는데 바로 이발소라네.

쵸킨, 쵸킨, 쵸킨나[11]

이발소를 개업한 꽃게가 손님으로 찾아온 토끼의 귀를 허둥지둥 잘라 버렸다는 해학이 담긴 「허둥지둥 이발소」는 1919년 4월호에 기타하

---

11) 이발하는 가위질하는 소리. 옮긴이 주.

라 하쿠슈의 시가 게재되고, 이시카와 요세쓰의 작곡이 입선된 후, 같은 해 6월 제국극장에서 『붉은 새』 1주년 및 야마다 고사쿠의 귀국 기념을 겸해 개최된 〈'붉은 새' 제1회 연주회〉에서 발표되었다. 첫 공연은 호평을 받았으나, 현재는 야마다 고사쿠가 작곡(1928)한 작품만 알려져 있고 『붉은 새』에서 입선한 이시카와 작품은 완전히 잊혀졌다. 야마다 고사쿠가 일본 고유의 5음계로 작곡한 민요풍의 자유로운 멜로디, 당김음 syncopation[12]을 일본어 고저高低 악센트에 근거해, 효과적으로 사용한 마치 수다와 같은 경쾌한 리듬이 짤막한 재담(이야기)풍의 시 텍스트에도 꽤나 어울리는데, 여기서 동요 작곡가 야마다의 천재적인 일면을 느낄 수 있다. 그에 비해 이시카와의 악보는 너무 진중하고 범용凡庸하다는 인상을 지울 수 없다.

그런데 『붉은 새』의 「통신」란에는 기타하라 등의 동요 및 채택된 동요의 투고작에 대해 다음과 같은 의견이 있었다. 먼저 아이들이 부르기 어렵고 "동요 리듬이 너무나도 고상하며 때때로 난조亂調"[13]하다. "어른의 눈으로 보는 시라고 하면 훌륭한 예술 작품"[14]이지만 아동에게는 어렵다는 것이 독자의 의견이었다. 물론 이러한 의견에 대해 다른 독자들의 반론도 있었고(앞서 언급한 바와 같이 독자들이 마음대로 곡을 붙여 노래하는 것일 뿐) 악보를 게재해달라는 요구도 있었기에 동요에 곡을 붙이는 활동이 활성화되어 갔다. 그렇지만 유년기 시절 창가교육의 부자연스러

---

12) 싱커페이션. 리듬에 변화를 주기 위해 강약을 바꾸거나 악센트의 위치를 바꾸는 일. 옮긴이 주.

13) 『赤い鳥』(1919.1), 「通信」欄, 「兵庫県, 山田彦一郎」의 투고.

14) 『赤い鳥』(1919.2), 「通信」欄, 「東京, 小島生」의 투고.

운 구속성을 비판했던 기타하라 자신의 의도와는 달리 학교 교실과 집에서 동요 부르기란 창가 부르기 못지않게 어려움이 있었다.

이는 시뿐만 아니라 악보에 대해서도 말할 수 있는 부분으로「허둥지둥 이발소」도 이시카와 요세쓰의 단조로운 곡이라면 손쉽게 부를 수 있어도 야마다 고사쿠가 **예술적으로** 작곡한 곡에 맞춰 부르기란 상당히 어려웠을 터이다. 이와 같은 동요에서 시와 음악의 관계가 흔들리지 않도록 안정시킨 것이 레코드라는 매체였다. 하쿠슈와 사이조 야소西條八十 등의 동요도 잡지에서 발전시켜 기획·간행한 "'붉은 새' 동요집"이 레코딩됨으로써 단번에 목소리 공동체로의 국민적 확산을 보였던 것이다. 이 과정에서 학교 창가에서 시작된 아동들의 '노래를 부르는 신체'로서의 순치馴致 양상도 큰 전환점을 맞이하게 된다. 시 텍스트의 활자를 통해 수많은 독자가 노래 부르는 목소리를 네트워킹하는 양상에서, 시가 하나의 악곡과 일대일로 대응하는 형태로 전환해 갔던 것이다.

기타하라 하쿠슈는『녹색의 촉감緑の触感』(改造社, 1929) 속 동요론에서 창가를 철저히 비판했는데 "동심으로 돌아가라"고 외치면서 아동들을 다음과 같이 평했다.

그들은 진심으로 그들의 놀이 상대에 해당하는 생물들을 사랑하고, (그것에) 질리며, (그것을) 죽인다. 그러나 유유히 그들은 살찐다. 성장을 위한 그들의 자연적 격정과 맹동盲動을 강하게 억압하려는 것은 그야말로 죄악이라고 생각한다. 아동의 천진함을 손상시킨다. 왜냐하면 그들의 행위는 그 찰나刹那에 있어서 선악을 초

월하고 있기 때문이다.[15]

　기타하라는 아동들 안에 있는 잔학함에서도 적극적으로 의미를 발견한다. 자신의 시집『사종문邪宗門』에서 고향 야나가와柳河를 재발견하는데 야나가와에서 보냈던 유년기의 그로테스크한 서정성Lyrisism이 동요세계에도 등장하게 된다.

　자유롭지 못한 학교 윤리에 대한 비판과도 직결하는 아동들의 '자연적 격정'에 대한 기타하라의 뜨거운 시선은 학교 창가의 '선악'적인 가치뿐만 아니라 데즈카 기시에 등의 자유주의교육의 '이성'의 범위를 돌파하는 힘을 지니고 있었다. 이러한 '자연'으로서의 아동이라는 비전은 '감각적 직접법'이라는 본인만의 동요 방법의식에 기초하고 있었다.

　　특히 영원한 아동성兒童性을 가장 풍부하게 가진 시인이라면 감각
　　의 기억을 가장 많이 보유하고 있고 거기에서 유유히 세련되어지
　　고, 유유히 연마된다. 그런 이유로 항상 청신淸新하며 아동성의 경
　　이로움을 잃지 않는다. 여기에 동요시인으로서의 긍지가 있는 법
　　이다.[16]

　'아동'이라는 영역이 내포하는 주변적인marginal 힘. 그 힘에 위탁하며 성인은 아동으로 돌아갈 수 없다는 이성적인 인식에의 가담을 거부

---

15) 인용은『白秋全集』第20卷, 岩波書店, 1986, 8쪽.
16) 앞의 책,『白秋全集』第20卷, 42쪽.

하고 '감각'에 의거하려는 기타하라 하쿠슈. 그러한 기타하라는 확실히 "동요시인으로서의 긍지"를 지킬 수 있었다. 그러나 '감각'이 유래하는 '자연'은 애초부터 투명한 가치로서의 제로 기호가 아니다. 일본이라는 국토, 일본어라는 말의 '자연'이 저절로 거기에 포함되기 때문이다.

> 새로운 일본 동요는 그 근본을 재래 일본 동요에 둔다. 일본의 풍토, 전통, 동심을 잊은 소학창가와의 차이가 여기에 있는 것이다.[17]

『붉은 새』일부 독자들이 동요와 동화에 일본적인 내용이 부족하다는 점에 불만을 가졌다[18]는 사실이 기타하라의 이러한 의식을 지탱하고 있었다는 것도 간과해서는 안 된다.

기타하라 등 동요 작가가 시국의 변환을 동반해 어떤 식의 '자연'적 태도를 취했는가에 대해서는 굳이 논하지 않겠다. 그러나 『녹색의 촉감』 수록 「소학창가 가사비판小学唱歌々詞批判」이라는 글의 '미육美育'을 진선미 즉 지육·덕육과 불가분한 것으로 보고, 시·그림·음악이 "아동의 **미적 정조**를 훈육함에 있어서 다른 무엇보다 필수이다"[19](강조 인용자)라는 주장을 보건대 창가 교육을 비판적으로 극복하려했던 동요라는 영역이 메이지의 덕육을 **미의 명분 아래에서** 배양하려는 의지가 스며들

---

17) 앞의 책, 『白秋全集』第20卷, 38쪽.

18) "소생의 희망은 서양의 취미와 더불어 우리 '일본의 취미'도 발휘될 수 있도록 부탁드리고 싶습니다. 특히 동요에서" (가가와香川현 요시쓰吉津 소학교장, 소가와 이치로曾川一郎)-『赤い鳥』(1919.3) 「通信」欄. 같은 호에만 보더라도 두 명의 독자가 같은 요구를 투고했다.

19) 앞의 책, 『白秋全集』第20卷, 235쪽.

어 있음을 깨닫게 된다. '미적 정조'는 근대 일본의 교육을 주도한 강력한 이데올로기의 하나였다. 이러한 미적 이데올로기가 노래하는 목소리를 매개로 어떻게 세력을 넓혔는지를 검증하는 작업이 얼마나 중요한지 더 강조할 필요도 없으리라.

박정란 옮김

제3장

전시하戰時下를 춤추는 신체
— 창가유희1)부터 『국민무용国民舞踊』까지

1. 등사판으로 인쇄된 유희 교재에서 보이는 것

나는『애국유희 가곡과 안무愛国遊戯　歌曲と振付』제15집이라는 소책자를 가지고 있다. 표지에는 '1942년도 하계강습회용'이라고 적혀 있으며 '도요하시豊橋 학교유희 연구회 발행', '안무 가가와 유즈루香川ゆづる'라고 인쇄되어 있다. 표지를 제외하고는 모두 등사판으로 인쇄한 후 종이를 반으로 접어 철하는 간단한 방식으로 만들어진 30페이지의 책자이다. 강습회에 관한 상세한 정보는 불명확하지만 첫 페이지에 연구회

---

1) 여기서의 '유희'는 단순한 놀이의 의미가 아닌 일본 학교교육에서 유치원이나 소학교 등에서 행하는 운동 및 사회성 습득을 위한 집단 수업의 일환을 뜻한다. 옮긴이 주.

명부가 있는데 도요하시와 그 주변의 유치원·보육원·소학교 교사 47명의 이름이 게재되어 있다. 적혀 있는 이름으로 추측하건대 한 사람을 빼고 모두 여성이며 책자의 내용은 총 32곡의 노래 악보와 각각의 노래에 붙여진 유희 안무의 설명이다. 제목에서도 알 수 있듯이 그 노래의 대부분은 애국 창가와 군가로 「우러러보는 충령탑仰ぐ忠霊塔」, 「대동아 결전의 노래大東亜決戦の歌」, 「월월화수목금금月月火水木金金」, 「싱가포르에서 부친 편지シンガポールだより」 등등이다. 「증산가 신민의 노래増産歌みたから音頭」(핫토리 료이치服部良ー 작곡)처럼 민요조의 노래 또한 포함되어 있다. 「야스쿠니 신사의 아버님靖国神社のお父さま」의 예를 보자. "저학년·단독"이라는 부기附記가 있는데 이것은 소학교 저학년에 적합하며 혼자서 노래하면서 춤추라는 지시이다(다른 노래에서는 2인 1조부터 4인, 5인, 나아가 32인 1조까지 다양한 사람 수의 조합이 보인다). 전주에서 이어지는 1절 부분만 인용해 보겠다.

야스쿠니 신사의 아버님	박수 두 번, 손 모으기
저예요 이 얼굴 보이세요	오른손 뺨에, 왼손 뺨에, 그대로 몸을 좌우로 굽힌다
학교 선생님이나	양손 좌우로 흔들면서 발 디디고, 다음 오른발 내밀고 양손 왼쪽 아래로 늘어뜨리고, 다음 오른손을 오른쪽 위로 올린다
어머님의	왼쪽으로, 반대로

말씀 다 잘 들어서	양손 오른쪽 어깨 위에서 합치며 점프한다, 교대로 네 번하고 오른쪽으로 돌기
이렇게 크게	양손 가슴으로, 목은 좌우로 까딱이다
자랐어요	오른발 오른쪽으로 내밀며 다리 벌리고, 양손 잡아 아래에서 깍지 낀 다음에 위로 든다
간주 8	'이렇게 크게'를 반복한다

저학년용이라서 움직임은 비교적 단순하지만 춤추는 아이들의 사랑스러운 모습을 연출한 안무로 구성되어 있다. 그러나 이와 같은 가사와 단조(다단조)의 곡조, 그리고 사랑스런 동작은 잔인하리만치 그 격차를 강조하고 있다. 하시모토 젠자부로橋本善三郎 작사/야마구치 야스하루山口保治 작곡인 이 노래는 오늘날 거의 대부분의 사람들에게는 잊혀진 노래일 것이다. "나라를 위해 헌신한 아버님이/ 명예롭게 전사하셨을 때/ 나도 어머님을 본받아/ 조금도 울거나 하지 않았어/ 나 역시 훌륭하지요"에서 보이듯이 가사의 의도가 어리석을 정도로 빤히 들여다보이는 걸 알고 있으면서도 노래를 들으며 '애국유희'를 추는 아이들의 동작 하나하나를 보는 행위가 관중의 눈물을 자아내는 효과가 있었을 것이라는 사실은 인정하는 편이 좋을 것이다.

여름 강습회의 교사용으로 만들어진 텍스트이므로 실제로 아이들이 이 교재에 맞추어 춤추며 노래했는지 여부는 알 수 없으며 목차에 각각의 노래가 수록된 레코드 번호가 기재되어 있으므로 강습회에서도 노래는 레코드로 대신했을 가능성이 높다. 이 시기라면 학교유희에서 레코드를 활용하는 것이 극히 자연스러웠을 터이기에 그런 가능성도 있었을 것이다. 다른 노래의 안무 예에서는 일장기를 손에 들고 여러 명이 추는 춤이 그림으로 설명되어 있는 것도 보인다. 그것들은 모두 등사판으로 인쇄된 극히 치졸한 그림으로 학생들에게 움직임을 지시하고 있다고는 해도 당시 강습회의 모습이나 실제 아이들의 유희를 떠올리게 할 만한 것은 아니다. 물론 이러한 자료를 눈어거보는 것은 등사판으로 인쇄한 책자가 희소하고 귀하다는 이유 때문이 아니다. 오히려 그 반대이다.

일찍이 필자가 아시아태평양전쟁 전시하에서의 낭독시운동에 대해 조사했을 적에 대정익찬회大政翼贊会에 의한 애국시 낭독 해설이 달려 있는 앤솔로지anthology 몇 권을 손에 넣었다. 그때 그 책 속에 전의戰意를 고양시키기 위한 낭독회(오사카 아사히 회관大阪朝日会館에서 열림)의 리플렛과 함께 그 낭독회에 자신의 학생을 인솔해 갔다고 추정되는 교사가 만든 듯한 낭독 교재의 등사판 인쇄본이 끼워져 있던 것을 우연히 발견하여 놀란 적이 있다.[2] 그러한 추정으로 인해 주목하게 된 것은, 거의 무비판적으로 물자부족이 전제되었던 전시하의 이 시대에 오히려 **거짓으로 꾸며진 그 전제**[3]를 이용하듯이(특히 익찬회 같은 관허, 관제의) 공공성

2) 坪井秀人, 『声の祝祭―日本近代詩と戦争』, 名古屋大学出版会, 1997, 199~202쪽을 참조

3) 전시하의 잡지 미디어가 물자 통제의 제약 아래에서도 여전히 '출판 호황'의 은혜를 입고 있던 점에 대한 연구에는 사토 다쿠미佐藤卓己의 연구가 있다. 佐藤, 「キングの時代― ラジオ的·トーキー的国民雑誌の動員体制」(筒井清忠他編, 『近代日本文化論― 大衆文化とマスメディア』,

에 의거한 활자 매체 텍스트가 손글씨나 등사판 등으로 (자발성과 자주성을 연출하는 손놀림의 흔적을 남기면서) 복사 또는 복제되어 가는 침투 시스템이다. 원래 대정익찬회 같은 조직 자체가 도나리구미隣組나 조카이常會 등의 지역적 커뮤니티 기구를 매개로 전쟁 수행의 표상이나 담론을 유통시키는 것을 꾀하고 있었는데 위와 같은 복사·복제 시스템은 그에 동조하면서 유도해가는 모범적인 반응이었다고 간주할 수 있다. 실제로 전시하에 나온 서적의 슬플 정도로 조악한 종이질과 인쇄는 등사판 인쇄물과 차이가 거의 없어서 활자 미디어가 특권적으로 창출하는 공공 공간의 윤곽이 무너지기 시작했다는 사실은 명확할 것이다.

『애국유희 가곡과 안무』라는 등사판으로 인쇄된 텍스트 역시 국위선양의 시국에 맞는 창가집 악보나 유희 안무집과 같은 기성 교재를 몇 권 참조하면서 만들어진 것이라 여겨진다. 동료 교사나 학생을 대상으로 해서 '현장'용으로 복사·복제된 노래와 춤의 모델화(언어화·악보화·도상화)가 사전에 지시하기 위한 것인지 사후적으로 기록된 것인지에 따라 차이는 있을지라도 이것 또한 신체나 목소리의 동시적인 재현표상과 동떨어진 것이라는 건 말할 필요조차 없다. 그럼에도 불구하고 이 흐린 잉크의 흔적이 그 **흐림** 때문에 운동장이나 체육관 등의 공간을 생생하게 상기시킨다고 하는 사실은 유심히 살펴봐야 할 부분이다. 위에서 언급한 낭독시 운동 교재와 마찬가지로 체조유희나 창가유희 같은 등사판 인쇄 교재가 일본 전국의 교육관계자들의 손으로 활발하게 만들어졌으

岩波書店, 1999), 「出版バブルのなかのファシズムー 時雑誌の公共性」(坪井秀人編, 『偏見というまなざし 近代日本の感性』, 靑弓社, 2001) 참조.

『유희와 창가』(1927.2) 표지 　　　　　　　　　『국민무용』 개제改題기념 특집호(1941.6) 표지

며 또 사용되었던 것은 아닐까 추측할 수 있다.

　그러면 이 등사판 인쇄 텍스트의 '원전原典'에 해당하는 것은 무엇일까. 발행처인 도요하시 학교유희 연구회에 대한 조사는 아직 이루어지지 않았지만 학교유희 연구회라는 전국조직과 관계가 있을 수도 있다고 여겨진다. 이 연구회는 1926년부터 『유희와 창가遊戲と唱歌』라는 잡지를 간행하였는데 1941년 6월부터는 『국민무용國民舞踊』이라고 잡지 이름을 변경하여 월간지를 펴내고 있었던 단체(도중에 '국민무용 보급회'로 개칭)이며 『애국유희 가곡과 안무』 제15집 표지에 적혀있는 1942년은 이 『국민무용』이 간행되던 시대에 해당한다. 이 잡지에 대해서는 글 말미에서 다시 언급하겠지만 아이부터 어른("전산업 전사全産業戰士")까지가 애국 노래에 맞춰 춤을 추고 공연할 수 있도록 안무를 해설한 잡지이며 대정익찬회 산하에 있던 대일본 무용연맹大日本舞踊連盟(일본무용을 포함한 무용가를 규합한 조직)의 공인 잡지였다. 사진과 말로 안무를 설명하면서 악보를 싣고 레코드 번호를 표기해 두는 체재를 취하고 있었으며 수록된 노래 역시 위의『애국유희 가곡과 안무』와 중복된 것이 많이 보인다. 이러한 사실에서 우선 생각할 수 있는 것은 학교유희 연구회에 소속·관계된 도요하시 지구의 교육관계자들이『국민무용』등의 안무를 기초로 하여 이 텍스트를 제작했다는 것이다.

그 외에도 나는 오사카의 대일본 신유희 연구회大日本新遊戲研究会에서 발행되었으며 구보 도미지로久保富次郎·하야시 하쓰코林初子·이모토 스즈코井本鈴子가 지은『전시 체제하에서의 학예회적용 애국유희戰時体制下に於ける学芸会適用愛国遊戲』(간행년도 불명)라는, 이 또한 등사판으로 인쇄된 리플렛을 가지고 있다. 이 리플렛에는 "문부성 요목 준거文部省要目準拠"라고 적혀 있으며 위에서 나온 도요하시의 연구회가 만든 것과 다르게 학예회에서 직접 사용할 것을 고려해서 만들어졌다. 두 책자는「우러러보는 충령탑」과「대동아 결전의 노래」두 곡이 중복되어 있는 것 외에 악보와 안무를 따로 싣고 각각의 노래에 레코드 번호를 기재한 체재 또한 동일하다.「공습이 무어냐なんだ空襲」라는 노래가 있는 한편[4]

---

4) 중고등학교용 노래. "경보다. 공습이다. 그것이 다 무어냐. 준비는 되어 있어. 한마음인 도나리구미. 지킬 각오가 있다면야 어떤 적기敵機도 모기요 잠자리다. 이기자, 이길 거야. 무엇이 어떻다는 거야 공습이. 지고 견딜쏘냐. 자 해보자."가 노래의 1절이다. 방호단복, 국방부인복, 간호사복 거기다 방독마스크까지 몸에 걸친 아이들이 양동이나 들것 등의 도구를 사용하여 노래하고 춤추는 것으로 공습을 상정한 방재훈련을 겸할 취지를 가지고 있었다. 빅터ビクター사의 레코드 번호는 기재되어 있는데 악보에 작사·작곡자의 이름 (오키 아쓰오大木惇夫 작사 / 야마다 고사쿠山田耕筰 작곡)은 없다.

「꽃조개さくら貝」나 「어슴푸레 달님おぼろお月さん」 등 시국의 색이 옅은 동요도 채택되어 있는 점에 특색이 있다. 「꽃조개」를 포함해 이 책자도 위의 『국민무용』 등을 참고로 했을 가능성이 있다.

　이러한 노래(음악)와 함께 춤추는 소위 '유희'의 영역은 학교교육에서는 원래 체육(체조)과 음악 두 영역에 걸쳐 있으며 게다가 무용이라는 예술분야와도 밀접하게 관련되어 있다. 위에 나오는 '애국유희'도 체조와 음악의 경계 영역으로서의 '유희', 즉 무용에 보다 가까운 계통의 '유희'로 간주될 수 있는데 오늘날에는 더욱 그렇듯이 고학년 이상의, 특히 남학생을 대상으로 한 '유희'는 거의 체조의 한 부문으로 간주해도 되지 않을까. 이 시대에 행해진 그러한 노래가 없는 체조적 유희의 한 예를 히사모토 야키치久本彌吉의 『시국하의 운동회 계획과 새로운 유희·체조·행진時局下に於ける運動会の計画と新しい遊戯·体操·行進』(啓文社, 1938)이라는 가이드북을 통해 살펴보고자 한다. 이것은 운동회라는 학교 전체의 일대 이벤트에서 어떻게 효과적으로 신체 퍼포먼스를 전개시킬지에 대해 구체적으로 해설한 책이다. 제목에 '유희'라는 단어가 들어가 있으며 운동회 계획에 대해 언급한 본문 중에도 "행진 및 창가유희"가 나와 있기는 하지만 책의 구성 속에서 '유희'는 '체조'나 '행진'에 섞여 있으며 별개 항목으로 명시되어 있지도 않다. '행진'과 '체조'의 설명에는 "의용봉공義勇奉公의 정신", "모두와 함께하려는 정신", "국민정신의 고양"과 같은 말들이 춤추고 있으며 '비상시非常時의 전교 체조'에는 다음과 같은 기술이 보인다.

그렇기에 이후에 행해지는 운동회의 전교체조도 단순한 준비 운동이나 정리 운동의 목적만을 가지는 것이 아니다. 항상 국가와 민족을 배경으로 하여 학교 전체를 하나로 만드는 생기로 불타올라 우리들은 이윽고 조국을 지키는 훌륭한 청년이 될 것이라는 기개가 또렷이 나타날 것이며 또한 그러한 것을 상징하는 전교체조가 되어야 한다.

이러한 목표를 짊어지게 된 운동회에서는 체조와 행진에 심신단련과 집단행동의 훈련이라고 하는 전쟁을 향한 실제적인 효용이 기대되고 있었으며 따라서 '무용'에 가까운, 보여주기 위한 '유희'의 성격을 규정하는 것이 뒤로 미루어지는 것은 시대적 필연이었다. 히사모토의 저서와 같은 해에 간행된 오카자키 아야노리岡崎文規의 『국민생활과 국민신체건강国民生活と国民体位』(千倉書房, 1938)에는 다이쇼大正시대부터 쇼와昭和 초기까지 이십 년 정도의 기간에 이루어진 초중학생과 성인(장정)의 신체건강에 관한 조사와 분석이 나타나 있다. 이 조사를 보면 우리들이 익히 보고 들었던 바와 같이 전후戰後에 아이들의 체격과 건강이 지속적으로 향상되어 상승 곡선을 그리고 있었다는 사실과는 다른, 이해하기 어려운 상황이 있었음을 알 수 있다.

오카자키는 "한편으로 소학교 및 중학교의 신체검사와 징병검사에서 평균 신장 및 평균 체중을 관찰하니 근소하지만 향상하는 경향이 보인다고 한다. 그러면서도 다른 한편으로는 소학교 아동 및 중학교 학생 중 감찰을 필요로 하는 자의 경우, 결핵성 질환자 등의 비율과 징병검사의 병종丙種과 정종丁種, 그리고 무종戊種[5]의 비율을 관찰하니 요즈음 신체 건강은 현저히 저하하는 경향을 나타내고 있다"고 하는, 언뜻 보면 모순된 두 개의 경향을 분석하고 있다. 그는 "위생시설 및 위생사상"의 보급에 의해 "보험 문제에 관심을 가지는" 그룹의 사람들에게는 건강 향상이 보이는 한편 "건강하지 않은 도시생활자"와 "빈곤계급" 그룹의 증가가 그러한 건강 향상을 감쇄시킨다고 지적하면서 특히 후자의 건강 저하를 문제시하고 있다.

아시아태평양전쟁 말기에 후생성厚生省의 자료를 이용해서 책으로 정리한 고야 요시오古屋芳雄·다치 미노루舘稔의『근대전쟁과 체력·인구近代戰と体力·人口』(創元社, 1944)는 장기간에 걸친 전쟁의 피해가 체력저하나 발육장애에 예상했던 만큼의 영향은 미치지 못했다고 서술하면서도 도시에 사는 남녀와 도시 근교의 여자에게 피해가 나타나기 시작한 것을 인정하고 있다. 바로 그 근대전쟁을 수행하고 있는 일본의 시국상, 근대전쟁이 사람들에게 끼치는 영향의 심각함에 대해서 굳이 대놓고 쓰는 것을 피하고 있는 듯이 여겨지는데 고야와 다치 또한 오카자키와 마찬가지로 결핵문제(특히 젊은 층의 결핵사망률)나 영양문제, 그리고 인구정책에 논점을 맞추고 있다.

이와 같이 악화되는 식량사정이나 물자부족의 현실과는 반대로 건민운동健民運動을 부르짖는 소리가 증폭되면서 국민 신체건강·체력의 증

---

5) 병종은 현역에는 부적합하지만 국민병역(国民兵役, 일본의 옛 병역제도. 후방에서 병역의 의무를 다한다는 점에서 우리나라의 제2 국민역과 비슷하다)에 적합하다고 판단되는 병역의 최하급 단계. 정종은 병역 불합격 판정이며, 무종은 다음 해 재검사를 받을 것을 의미한다. 옮긴이 주.

강이 큰 목소리로 외쳐진 것이 이 전쟁의 시대였다. 후생성이나 대정익찬회 후생부厚生部(문화 후생부) 등을 중심으로 '체력단련'이라는 명목을 내세워 라디오체조ラジオ体操에 힘쓸 것 등이 주장되었는데 앞에서 본 '애국유희' 같은 것도 이러한 건민운동의 일환으로 꼽을 만한 성격을 가지고 있었다.

다만 『자료집 총력전과 문화資料集 総力戦と文化』 제1, 2권(大月書店, 2000, 2001)에 수록된 후생성이나 대정익찬회에 의한 건민운동 관계문서 몇 가지를 보면 '후생유희'라는 말 등이 보이는 이외에는 '유희'의 영역이 거의 고려조차 되어 있지 않다는 느낌을 받는다. 『건강운동자료健民運動資料』 제2집(1943.7)에 실린 「학도 하계 심신단련 실시요강学徒夏季心身鍛錬実施要項」[6](1943년 6월 22일 문부성 체육국장)에 지정되어 있는 메뉴는 무도武道, 행군·전장戦場 운동, 특기훈련, 수영, 체력장 검정, 체조, 집단근로 작업, 방공방호훈련이며 '유희'는 이 중 '체조'에 흡수되어 있다. 또한 같은 책 제3집(1943.9)에 실린 「국민 체력증강에 관한 조사보고서国民体力増強ニ関スル調査報告書」에서도 관련이 있는 부분으로는 "운동경기의 장려보다는 오히려 학생·생도 전부로 하여금 매일 규칙 바르게 또한 정확하게 체육을 실천할 것, 예를 들면 올바른 맨손 단련을 행하게 하는 것에 힘쓰도록 할 것",[7]이라는 한 항목이 있는 정도이며 유희의 영역은 묵살당하고 있다.

1941년에 소학교는 국민학교로 전환되는데 국민학교의 체련과體鍊

---

6) 高岡裕之編, 『資料集 総力戦と文化』第二巻, 大月書店, 2001, 333~334쪽.

7) 앞의 책, 『資料集 総力戦と文化』第二巻, 358쪽.

科(체조와 무도武道로 이루어진다)의 체조에는 일단 유희(음악유희)도 포함되어 있다. 그렇지만 이노우에 가즈오井上一男에 의하면 교과과정은 심신 단련에 중점이 놓여서 유희가 체조에 흡수되는 경향이 강해졌고 "기교를 추구한 나머지 신체를 단련한다는 가치에서 벗어나는 일이 없도록" 주의를 촉구한 결과 "전시하에서 댄스는 완전히 위기에 처하게 되었다고 말하지 않을 수 없다"[8]고 한다. 무용적인 유희의 성격을 규정짓는 신체의 곡선적인 움직임은 훨씬 뒤로 물러나고 군대교련 등에서 쓰는 직선적인 움직임이 전면에 내세워진 것이다. 그러한 상황 속에서 '보여주기 위한' 유희를 구상할 만큼의 여유도 없어지기 시작했던 것이라고 생각할 수 있다.

히사모토 야키치의 『시국하의 운동회 계획과 새로운 유희·체조·행진』역시 그러한 (국민학교로 바뀐 이후의) 정세가 심화되는 것을 보고서 유희의 위치를 설정했다고 봐도 무방하다. 히사모토의 운동회안案 중에서는 단체경기와 개인경기 종목이 이와 관련 있을 것 같은데 창가 같은 음악이 수반되는 경우는 보이지 않는다. 히사모토에게 '유희'란 무용이나 노래와는 먼 곳에 있으며 스토리성을 띤 현재 시국을 재현표상하는 신체운동의 조합이라는 의미로 체조경기 속에 넣어진 것이라 여겨진다.[9]

---

8) 井上一男, 『学校体育制度史(増補版)』, 大修館書店, 1970, 128쪽.

9) 히사모토가 다니치 시게오谷池茂雄와의 공저로 출판한 『무도·체조·국방·유희 홍아 총력 운동회武道·体操·国防·遊戯 興亜総力運動会』(弘学社, 1939년 재판再版)에서는 '홍아선양 단체유희'라고 제목 붙인 '유희'에 '국방경기'나 '홍아 체력향상 체조', '홍아 매진 개인경기'와는 별도로 한 장이 배당되어 있다. 이 책의 취지와 내용은 히사모토가 혼자 쓴 『시국하의 운동회 계획과 새로운 유희·체조·행진』과 거의 같다. 다만 같은 시기(초판은 『시국하의 운동회 계획과 새로운 유희·체조·행진』과 같은 1938년)에 사범학교 체육연구회에 의해 간행된 비슷한 책인 『국민학교 창가유희 및 행진유희国民学校唱歌遊戯及行進遊戯』(大正洋

'전선戰線 돌격'이나 '적 앞 돌파'부터 '총후銃後의 부인', '방독 연습演習' 등에 이르기까지 전쟁터와 총후를 무대로 한 가상게임이 대부분을 차지하고 있는데 여기서는 다소 극단적인 경향이 있기는 하지만 '명예로운 전상戰傷'이라는 경기를 소개해 두고자 한다.

2인 1조로 전진하다가 한 쪽이 적의 사격으로 부상을 입는다. "양쪽 눈 관통"의 팻말을 주우면 양 눈을 수건으로 가리고 "한 쪽 다리 절단"의 경우에는 한 쪽 다리를, "양쪽 다리 중상"일 때에는 양 다리를 각각 수건으로 묶는다. 그러면 나머지 사람이 권총으로 방어하면서 결승전決勝戰까지 부상병을 옮긴다는 것이 게임의 룰이다. "이 경기는 명예로운 부상을 당한 전우를 도우면서 돌진하는 장면에서 눈시울이 뜨거워지게 만드는 경기이다"라고 주의점이 적혀 있는 식이다. 여기에서는 "눈시울이 뜨거워지게 만드는", 즉 관중에게 전달되는 볼거리로서의 효과가 무엇보다도 중시되어 있다. 그러한 의미에서 이런 경기는 건민운동을 구성하는 '체력단련'적인 체조개념과는 전혀 다른, 말하자면 여흥으로서의 '보여주기 위한' 체조 — 유희로서 자리 잡고 있는 것이다.

집단으로 행하는 경기·체조든 개인으로 행하는 것이든 경기·체조의 효과로서 '체력단련'에 기대되는 것은 국민(황민)이 전쟁터나 총후에서 전쟁을 수행하기 위한 건강한 신체를 만드는 것, 즉 '건민'을 만들어내는 일이며 궁극적으로는 체조하는 (체조할 것을 요구 받는) 개개인의 **주체**

行出版部)를 보면 창가유희는 집단유희 속에 확실히 자리 잡고 있으며 행진유희에도 (시기상 〈애국행진곡愛国行進曲〉이 더해져 있지만) 전부 악보가 붙어 있어 1930년대 후반기 이후에도 유희는 여전히 다양하게 다루어지고 있었다고 볼 수 있다.

적인 근육에 초점이 맞춰져 있다. 그 신체(근육)란 행동하는(행동을 요구 받는) 신체이기는 하지만 보여주는(보여지는) 신체는 아니다. 실제 현실의 전투행위에서 필요한 것은 '행동하는 신체'이지 '보여주기 위한 신체'가 아니란 것은 당연한 사실이다. 다카오카 히로유키高岡裕之 또한 패색이 짙어짐에 따라서 건민운동이 종래의 인구증식정책에서 이탈해 "즉시 전력이 될 수 있는 사람의 양성"으로 노골적으로 전환되어간 사실에 대해 지적하고 있다.[10] 총력전론論의 문맥에서 고취된 사상전이나 선전전이 대열정비를 완료하기 훨씬 전에 전국戰局의 추이는 프로파간다라는 방법론을 떠안는 것을 허락하지 않게 된 것이다.

아이들의 씩씩한 동작 또는 노랫소리를 통해 관중의 페이소스에 호소하는 일도 불사하는 '유희'의 보여주기 위한 신체는 프로파간다로서의 역할도 떠맡고 있었다고 볼 수 있다. 전시하에서 '유희'의 영역이 무너져 없어진 상황은 그러한 사실로도 설명 가능하다고 여겨지지만 도요하시나 오사카 등의 예에서도 보이듯이 지역 교육자들의 시도는 여전히 지속되고 있었다. 그렇다면 무엇이 그들로 하여금 '애국유희'로 향하는 정열을 다시 가질 수 있게 하였는가. 이러한 사실을 재인식하는 것도 필요하지 않을까. 이 장에서는 춤추는 아이들의 신체를 '행동하는 신체'에서 '보여주기 위한 신체'로, 즉 **살아있는**(인간의 형상을 가진) **미디어**로 연출해 가는 이 정열의 전사前史를 더듬어 가 보고자 한다.

---

10) 앞의 책, 『資料集 総力戦と文化』第二巻, 511~512쪽.

2. 유희교육 전사

병식兵式체조와 보통체조가 같이 존재했던 메이지明治 전반기까지
의 학교교육 속에서 '유희'가 기반을 쌓기 시작한 것은 청일전쟁 전후
인 1890년대이며 행진유희와 더불어 창가유희 등도 도입되었던 것 같
다.[11] 이 기간 사이의 유희에 대한 평가는 다음과 같은 것이었다.

> 병식체조적인 요소가 있는 국민체육대회 훈련이나 호령 아래에서
> 정연하게 행해지는 보통체조에 비해 유희가 가져오는 일종의 자유
> 는 당시에 논쟁의 대상이 되었다. 전반적인 분위기로는 병식체조
> 같은 철저한 훈련을 할 수 없는 '여자나 아이가 하는 것'이라는 냉
> 담한 반응이 유희를 따라다녔다.[12]

이러한 평가가 나타난 배경으로는 체육 안에서 여자체육이 주변화되
어 있었던 점을 들 수 있다. 로쿠메이칸鹿鳴館 시절의 영향을 받아서인
지 체육관계자들 사이에서도 무용(무도舞踏)입문서가 1900년대부터 잇
따라 간행되었다. 하지만 이 시대는 다른 한편으로는 로쿠메이칸 이후

---

11) 다만 1897년에 간행된 유희 교본인 야마모토 다케시山本武의 『신안 유희법新案遊戲法』
(文海堂)의 예를 보면 유희란 공 던지기나 2인 3각, 진지 뺏기 등의 놀이(유희)를 여러모
로 궁리한 것으로써 인식되어 있으며 음악·노래와의 관련은 그때까지 생각지도 못하고
있었다. 이러한 유희의 정의는 예를 들면 비슷한 시기에 아이들 놀이의 용례를 수집한
오타 사이지로大田才次郎의 『일본 전국 아동 유희법日本全国児童遊戲法』(博文館, 1901) 등
에서 보이는 '유희'의 뜻과 가깝다.

12) 竹之下休蔵·岸野雄三, 『近代日本学校体育史』, 東洋館出版社, 1959, 36~37쪽.

의 서구화주의에 대한 비판에 시달리던 시대이기도 했다. 로쿠메이칸의 문명개화주의에 대해서 말하자면, 같은 시기인 1880년대에 병식체조가 서양식 복장의 유행을 가져왔는데 그 유행은 군가의 유행과 연동되어 있었다는 사실("제복, 제모, 각반 차림"의 학생이 군가 〈발도대拔刀隊〉를 부르면서 행진한다[13])이 서양식 옷과 머리의 도입과 함께 무도가 정착된 상황[14]의 이면에 있었다. 여기서 보듯이 비판하는 쪽의 논리가 비판받아야 하는 쪽의 논리를 이용하여 행해지고 있었다는 점에 유의해 둘 필요가 있다. '남자—어른'의 윤리는 창가를 노래하는 일마저 '여자—아이'의 문화라고 부끄럽게 생각하고 있었지만 그들이 흥얼거리는 군가 또한 그 성립은 창가와 조금이나마 관련을 가지고 있는 것이다. 무도회의 이미지와도 겹쳐 보이는 유희가 '여자—아이'로 주변화되는 반면에 여자교육에서는 유희가 경기로서 적당하지 못하다고 하여 배제되는 움직임도 있었다고 한다.[15] 여하튼 유희는 이처럼 도입 초기부터 강력한 젠더의 규제를 받고 있었던 것이다.

1900년대부터 유희에 관한 연구가 활성화되어 1905년에 체조유희조사회에서 나온 보고서에는 "학교에서 장려할 만한 유희" 가운데 "교과목으로 해야 하는 것"은 "가급적 단체적이고 복잡하지 않은 것으로 한다"는 지시와 함께 다음과 같은 내용이 제시되어 있다.

---

13) 竹之下休藏·岸野雄三, 앞의 책, 29~30쪽 참조.

14) 片岡康子·輿水はる海·掛水通子, 『女子体育の研究(女子体育基本文献集·別卷)』, 大空社, 1995, 29쪽. (해당 부분의 집필은 가타오카片岡)

15) 竹之下·岸野, 앞의 책, 37쪽 참조.

(1)	(2)	(3)
나와라 나와라 연못의 잉어야	정원의 솔잎말 무성한 속에서	손뼉 치는 소리가 들리면 와라, 들리면 와라

이시이 고나미의 안무 예 (『레코드를 사용한 아동 무용』)

경쟁유희	예	줄다리기, 공굴리기, 축구, 술래놀이 종류
행진유희	예	십자행진, 종지踵趾행진, 방무方舞 종류
동작유희	예	「모모타로桃太郎」, 「연못의 잉어池の鯉」 등[16]

'행진유희'에는 '방무'(스퀘어댄스) 등도 포함되어 있는데 이 중에서
는 '동작유희'가 이 책에서 다루고 있는 좁은 의미의 유희에 해당된다.
1926년에 발표된 『학교체조 교수요목学校体操教授要目』이 개정되면서
'동작유희'는 '창가유희'로 이름이 바뀌어 불리게 되는데 오늘날에는 이
호칭이 친숙할 것이다. 일본여자대학日本女子大学의 시라이 기쿠로白井
規矩郎는 앞의 보고서가 나오고 2년 후에 쓴 저서에서 '경쟁유희'를 비판
적으로 다루고 있는데 유희의 '쾌락'적인 측면을 중시하여 '미적美的 유
희법'를 제창하고 있기까지 하다.[17] 덧붙여 말하자면 「모모타로」와 「연

---

16) 井上, 앞의 책, 71쪽 참조.

17) 白井規矩郎, 『新式 欧米美的遊戯』, 修文館, 1907, '머리말' 참조.

못의 잉어」는 (창가유희에서 동화유희로 전환해간 이후인) 1920년대 이후의 유희 텍스트에서도 레퍼토리로 계승되어 간다. 여기서는 1932년에 콜롬비아 레코드와 제휴한 이시이 고나미石井小浪의 안무 예[18]의 사진을 『레코드에 의한 아동 무용レコードによる児童の舞踊』에서 인용하고자 한다.

그러나 여기서 보다 중요한 것은 자발성이나 자주성을 존중하는 유희가 학생과 새로운 의식을 가진 일부 교사에게 종래의 규범적인 체조교육에 대한 반대급부로서 '자유'로운 공간을 마련해 두고 있었다는 점이다. 이러한 유희에서는 다이쇼시대의 자유주의교육과도 이어지는 의미를 발견해 낼 수 있다. 위에서 말한 젠더 규제의 관점에서 이 '자유'란 유아에서 고등여학교 학생까지 여성의 신체훈련/신체표상의 자유와 관계되어 있다. 이미 앞 장에서 살펴보았듯이 예를 들면 자유주의교육의 대표적인 논객이었던 데즈카 기시에手塚岸衛의 사상적인 골격은 문화국민주의(문화국가주의)라는 성격을 드러내고 있으며[19] 『붉은 새赤い鳥』나 야마모토 가나에山本鼎를 비롯한 사람들이 주장한 예술자유교육론의 '자연'주의와 대립하는 위치에 서 있었다. 다이쇼시대의 자유주의교육은 요컨대 자연과 문화의 개념을 둘러싼 갈등을 내포하고 있었다. 유희교육이 예술무용(무도), 즉 댄스의 방법과 실천을 흡수함에 따라 여성의 신체표현이 특권적으로 부상하기 시작한 것은 틀림없지만 거기에

---

18) 石井小浪, 『レコードによる児童の舞踊』, 日本コロムビア蓄音器株式会社, 1932, 25~28쪽. 심상소학 1학년생용 안무.

19) 手塚岸衛, 『自由教育真義』, 東京宝文館, 1922 참조. 덧붙이자면 이시이 바쿠石井漠는 서구로 건너가는 배 안에서 알게 된 데즈카와 교류하였는데 그의 권유로 지유가오카自由ヶ丘에 무용연구소를 만들게 되었다.

서도 양성문제를 둘러싼 자연과 문화의 갈등은 불가피하게 발생되고 있었던 것이다. 1913년에 나가이 도메이永井道明는 '행진유희'라고 불리게 된 유희에 대해 그 '정제整齊 온아溫雅', '우미優美', '경묘輕妙'

기초연습 (미우라 히로『소학교의 행진유희 소재와 그 지도법 小学校に於ける行進遊戯材料と其指導法』, (目黒書店, 1931)

한 성질 때문에 초보적인 것 외에는 "대체로 여자에게 적합하"다고 하여 "청년 남자에게까지 이것을 행하게 하는 것은 매우 좋지 못하다"라고 단정하고 있다.[20]

1930년대에 댄스교육의 이론과 실천분야에서 활약한 미우라 히로三浦ヒロ는 1920년대부터 30년대에 걸쳐서 일어난 학교교육·유희교육의 혼란을 비판적으로 재검토하고 있으며 오늘날에도 그 문제의 소재를 알려주고 있다. 아마도 1920년대 후반 무렵 도쿄여자고등사범학교(현재의 오차노미즈 여자대학お茶の水女子大学)에서 가르치고 있었을 미우라는 학생들이 일으킨 체육교사 배척운동과 조우한다. "강제적인 체육은 효과가 없다는 사실에 대해서"라는 논지가 중심이 된 학생들의 항의는 "강제적인 체조와 자발적인 체육법은 진실된 의미에서 어느 쪽이 신체에 효과가 있는가"라는 부분을 비롯해 "과로를 불러일으키는 운동"이 효과가 없다는 것을 호소한 것이었다. 미우라는 이것을 진지하게 받아들임

---

20) 永井道明,『学校体操要義』, 大日本図書, 1913, 560~563쪽.

으로써 댄스를 통해 체육을 신체적인 제약에서 정신적인 수준으로 끌어올린다(감정의 도야陶冶)고 하는 그녀의 체육관·무용관을 형성해 가게 된다.[21] 고등교육기관이 무대가 되었다고는 하지만 이러한 일화에서도 당시 자유주의교육의 여파가 엿보인다. 항의하는 학생들이 내보였던 회의감은 소위 문화주의적인 회의감이었다. 그 회의감에 대해 체육을 정신성으로 승화시키는 것으로 응답하려 한 미우라 히로는 여성의 신체표현이 가지는 고유성과 감정 도야의 궁극을 모성주의, 그 '자연'의 순화純化에서 찾게 된다. 여기에서도 자연과 문화의 갈등의 골은 깊어지고 있다고 말할 수 있을 것이다.

3. 댄스와 체육 사이

그런데 미우라 히로가 행한 것과 같은 새로운 댄스교육과 체육사상의 기초는 메이지시대부터 시작된 창가유희가 1920년대 이후에 리듬교육과 관련을 가지게 됨에 따라 마련되었다고 해도 좋을 것이다. 위에서 언급한 1926년 개정 『학교체조 교수요목』에서는 '창가유희'나 '행진유희'라는 호칭이 사용되었으며 1936년에 재개정되면서 내용에 충실을 기하게 되었다. 공식적으로는 이 두 호칭으로 불렸는데 그 외에도 여러 명칭이 뒤섞여져 사용되었다. 1936년에 간행된 야마모토 히사시山本

---

21) 이상에 대해서는 三浦ヒロ, 『女性体育とダンス』, 東洋図書, 1938, 109~111쪽 참조(大空社版 『女子体育基本文献集』第二〇巻에서 인용).

寿·나카오 이사무中尾勇의 『신 율동유희新律動遊戲』에 열거되어 있는 것에 따라 그 명칭을 적어보면 '체육댄스', '교육댄스', '학교댄스', '아동무용', '교육무용', '학교무용', '학교무도', '교육무도', '어린이 춤', '표출유희', '동작유희', '표정유희', '율동유희' 등이 있으며 "이것들은 명칭이 다른 만큼 각각 주장하고 있는 바도 다르며 강조하는 부분도 다르다"고 할 수 있다.[22] 어쨌든 이 다채로운 시도들은 다음과 같은 특징을 공통적으로 가지고 있었다.

(1) 1910년대 이래로 이루어진 무도예술의 이념이나 실천의 성과가 도입된 것.
(2) 마찬가지로 1910년대부터 융성해진 동요 및 아동극 등 음악·연극의 새로운 운동과 연계를 강화한 것.
(3) 신체표현의 리듬(율동)에 초점이 맞춰진 것.

이 세 가지 점에 관해 다음에서 차례대로 검증해 두고자 한다.

(1) 댄스 붐과 젠더

1910년대에 일어난 이시이 바쿠에 의한 '무용시舞踊詩'의 선구적인 시도는 이시이의 공동제작자이며 유럽유학에서 막 귀국했던 야마다 고사쿠山田耕筰의 영향을 빼고서는 논할 수 없다. 야마다가 유학 중에 드레스덴Dresden 근교의 헬레라우Hellerau에 있는 연구소를 방문하는 등 에밀

---

22) 山本寿·中尾勇, 『新律動遊戲』, 目黑書店, 1936, 5쪽.

자크달크로즈Émile Jaques-Dalcroze의 리트미크rythmique 사상에 촉발되어 자신도 또한 댄스 연습에 힘쓴 사실 역시 눈에 띈다. 헬라우의 연구소에는 이시이와 야마다의 협력자였던 오사나이 가오루小山內薰도 방문했으며 1920년대 이후에 미국에서 활약했던 이토 미치오伊藤道郎도 미국으로 건너가기에 앞서 이곳에서 달크로즈에게 가르침을 받았다.

제국극장 안나 파블로바 무도회 팸플릿 표지

그러나 보다 대중적인 차원에서 일본 근대무용의 한 페이지를 연 계기가 된 것은, 그러는 사이 '발레에 대한 반항'을 모토로 하는 댄스=신무용의 시대가 시작되었다고 할지라도,[23] 1922년에 일본의 제국극장帝国劇場에서 열린 안나 파블로바Anna Pavlova의 공연이었다고 해도 무방하다. 파블로바의 일본방문을 기념하여 몇몇 사람이 글을 실은 1922년 9월과 10월의 『중앙미술中央美術』등을 보면 그녀의 존재가 한 사람의 발레리나를 넘어서 여성의 신체 그 자체의 대명사로서 일종의 섹스심벌로 보여졌던 것을 알 수 있다.[24] 예를 들면 그녀의 육체미("인간건축")에

---

23) 石井漠, 『舞踊芸術』, 玉川学園出版部, 1933, 66쪽 참조.

24) 아쿠타가와 류노스케芥川龍之介 역시 야마다 고사쿠(그는 『근대무용의 봉화近代舞踊の烽火』에서 이사도라 덩컨Isadora Duncan에게 열렬한 찬사를 보내고 있다) 등과 마찬가지로 부정적으로 평가하면서도 파블로바의 춤에서 "변태성욕적인 세계"의 데카당스를 탐지해냈다(芥川, 「露西亜舞踊の印象」, 『新演芸』, 1922.10).

타격을 받은 나가타 다쓰오永田龍雄는 일본인이 육체를 개조하지 않는 한 이와 같은 아름다움을 손에 넣지 못할 것이라고 한탄하며 다음과 같이 말했다.

> 다다미畳를 위에 앉는 국민은 세계에서 일본밖에 없을 것이다. 가랑이가 짧고 정강이가 비교적 긴 추한 일본의 여성 — 미를 얼굴에만 국한시켜 버린 일본의 여성 — 은 반드시 근본적으로 육체건축의 기초부터 쌓아 올려야 한다.[25]

나가타는 당시 일본에서 일어난 '무도의 유행'을 이와 같은 육체미를 구축하는 계기로 장려하는 것이다. 이러한 파블로바에 대한 반응은 그 후로 1년 반 정도 지나고 나서 연재가 시작된 다니자키 준이치로谷崎潤一郎의 『치인의 사랑痴人の愛』(1925)에 묘사된 발레와 댄스에 대한 열광 속으로도 흘러 들어갔다(그리고 그 열광은 서양 백인여성에 대한 일본인 남성의 육체적인 콤플렉스가 반영된 것이기도 했다). 1920년대부터 30년대에 걸친 시대는 실로 『치인의 사랑』에 나오는 그대로 댄스홀이나 카페에서 전위무용에 이르기까지 춤추는 것의 대중화가 일거에 진행된 시대였다고 할 수 있을 것이다.

당시 신문을 봐도 댄스와 관련된 기사가 많다는 사실에 놀라게 될 것이다. 『요미우리신문読売新聞』을 보면 후카오 스마코深尾須磨子가 영화관에서 본, 파블로바와 함께 등장한 일본인 남녀가 나체와 다름없는 모습

---

25) 永田龍雄,「パヴロワ夫人と, 玉虫厨子の天女」,『中央美術』8巻10号, 1922.10, 2~5쪽.

으로 댄스를 추는 장면을 예로 들며 그 무렵의 댄스 열기에 대한 불쾌감을 표명하는가[26] 하면 사교댄스를 "불량 모던보이, 모던걸의 전유물"로 간주하는 여론에 대한 반박[27]이 게재되기도 했다. 또 일본에 귀국해 있었던 이토 미치오 부부가 국제미술협회의 회합에서 댄스를 추고 있다가 회장에 들이닥친 경관에 끌려갔다는[28] 뉴스기사도 실려 있다. 이 시대에는 자기 스스로 '춤추는 신체'를 연기하는 행위와 타자의 '춤추는 신체'를 보는 행위 모두 좋고 싫음에 상관없이 일상화되기 시작했다고 할 수 있다.[29] 이 장 첫머리에서 '애국유희'나 운동회 유희를 설명하며 사용한 표현을 빌리자면 (댄스를) '하는 신체'와 '보여주기 위한 신체'의 경계가 애매해지기 시작했다는 말로 바꿔 말할 수 있다. 안팎으로부터의 힘에 의해 젠더화된 유희교육의 문맥으로 치환하면 전자(행동하는 신체)에는 여성의 주체적인 신체표현이, 후자(보여주기 위한 신체)에는 '남자/어른'의 시선에 의해 가시화(대상화)된 '여자/아이'의 주변성이 각각 대응하고 있다는 말이 될 것이다.

---

26) 深尾須磨子,「ダンスの事」,『読売新聞』, 1929.6.20.

27) 妹尾繁子,「(公開状)ダンス排斥論者に送る」,『読売新聞』, 1929.12.9.

28) 「舞踊中の伊藤夫妻拘引で/会場たちまち大混乱/国際美術協会の余興中/突然闖入した警官隊」,『読売新聞』, 1931.5.6.

29) 시각예술이 '춤추는 신체'상을 매개로 신체에 대한 관심을 획득해 가는 과정에 대해 요로즈 데쓰고로万鉄五郎의 1910년대 작품을 에른스트 루트비히 키르히너Ernst Ludwig Kirchner의 동시대 작품과 비교하면서 논한 미즈사와 쓰토무水沢勉의 간결하고도 훌륭한 연구가 있다. 이 연구는 야마다 고사쿠나 무라야마 도모요시村山知義의 '춤추는 신체'의 가시화에 대해서도 언급하고 있다. Mizusawa Tsutomu, "The Artists Start to Dance : The Changing Image of Body in Art of the Taisyô Period", in Elise K. Tipton and John Clark(ed.), *Being Modern in Japan : Culture and Society from the 1910s to the 1930s*, University of Hawaii Press, 2000.

(2) 동요운동의 확대 ― 조율되는 목소리, 무용과의 연계

'창가유희'라는 말에서 보이듯이 메이지시대까지 유희와 음악의 연결은 학교에서의 창가교육과 관련하여 성립되었다. 이에 비해 다이쇼시대의 동요운동이『붉은 새』를 필두로 종래의 문부성창가와 그 교육에 신랄하게 보내어진 안티테제로서 나아간 것은 재차 확인할 필요도 없을 것이다. 이러한 창가 비판이 단지 동요 쪽에서만이 아니라 창가교육의 내부에서도 위기적으로 나타나기 시작한 점에도 주목해 두어야 한다.『붉은 새』창간과 같은 해인 1918년에는 소노야마 민페이園山民平가『오늘날 창가교수의 결함現今唱歌教授の欠陥』(共益商社書店)이라는, 문자 그대로 **자기비판**적인 책을 저술하였으며 1921년에는 기쿠치 세이타로菊池盛太郎가『창가교육의 개조唱歌教授の改造』(聚英閣)를 저술하여 창가교육에 대한 개선을 요구하였다.

물론 언문일치창가와 같은 창가개량을 앞장서서 주장한 다무라 도라조田村虎藏가 행했던 것처럼 창가 쪽에서 가한 동요 비판도 없지는 않았는데 기쿠치의 책 등도 그러한 부류에 속한다. "하기 강습회 같은 모임에 지방에서 모여든 교원 분들 또는 사범학교의 교사 여러분, 혹은 소학교 교원 여러분들이 모두 지방으로 돌아가는 가방 속에 새로 나온 동요=대화창가 같은 서적, 즉 시류에 부응하는 시대의 요구에 의한 창가 교재를 가득 채워 돌아가시는"[30] 풍경을 바라보는 기쿠치의 빈정거리는 시선은 오히려 당시의 학교창가와 동요의 열기 띤 분위기를 잘 나타내고 있는 것이라 할 수 있다. 물론 전국에서『붉은 새』에 보내온 교육

---

30) 菊池盛太郎,『唱歌教授の改造』, 聚英閣, 1921, 31~32쪽.

자·학부형 독자의 투고 등에서도 이러한 동요의 열기를 알 수 있을 것이다.

그와 더불어 기쿠치가 어린이의 발성과 발음지도에서 보이는 시대착오와 불완전함, 즉 변성기 이전의 소학교 학생에게 "아직도 메이지시대의 유물인 비음악적인 규성叫聲, 폭성을 연습시키고 있는" 것과, "교실에서는 중앙표준어(도쿄시 중류사회가 쓰는 말)로 된 말투를 사용하면서도 일단 교문을 나가면 바로 또 방언이 나와 버려 (……) 한 사람이 이중삼중으로 언어를 사용하는" 것을 문제시하고 있다는 점에도 주목해 두고자 한다.[31] 이러한 지적은 메이지시대에 이미 다무라 도라조가 문제로 여겼던 것이었다.[32] 이 지적들에서 떠오르는 사실은 『소학창가집小学唱歌集』으로부터 40년이 지나도 여전히 서양에서 유래한 창가를 부르는 기초인 발성법조차 미덥지 못한 상황(그 상황 자체는 지금 현재도 그다지 다르지 않을지도 모르지만), 그리고 아직도 불안정한 국어국자國字문제와 가창문화·가창교육의 상관관계이다. 신체 수양과 언어 조율의 문제가 목소리를 내어 노래하는 일에 관련되며 전경화前景化 되기 시작한 것이다.

동요라는 장르는 이를테면 이러한 문제에 대응할 수 없게 된 종래

---

31) 菊池, 앞의 책, 10쪽, 16쪽.
32) "창가교육의 출발점은 아동이 목소리를 연습하는 것"이라며 발성 연습을 가장 중시한 다무라는 변성기 전의 아이에게 "남성적"인 굵은 목소리를 강요하는 창가교육에 강하게 이의를 제기했다. "사람 목소리의 본질"을 모르는 교사의 경우에는 "늘 소리를 지르고 있는 것이지 노래하고 있는 것이 아니다. 아동은 바로 얼굴이 새빨개져서 아주 괴로운 듯이 보이고 옆에 있어도 노래는 들리지 않게 되니 실로 불쾌하고 불쌍하다는 생각을 불러일으키는" 결과가 나타난다는 것이다. 또한 다무라는 발음에 비해 발성이 우선되어야 한다는 생각을 가지고 있었으며 발음 연습을 『소학창가小学唱歌』에 도입한 이사와 슈지伊沢修二를 비판하고 있다. 이상, 田村虎蔵, 『唱歌教授法』, 同文館, 1908, 83~88쪽.

의 학교창가에 대한 반발문화로서 등장한 것이다. 위에서 언급한『붉은 새』의 독자란読者欄 등이 그 전형인데 노래를 부르고 노래를 듣는 문화가 학교 교실 밖으로 나와 가정으로 그리고 잡지를 매개로 형성되는 독자공동체의 보이지 않는 네트워크로 확산되어 가는 전개를 동요는 만들어냈다고 할 수 있다. 그 독자공동체란 정확히는 '독자=노래하는 사람' 공동체로 바꿔 말할 수 있을 법한 것이다.『붉은 새』의 경우 초기에는 독자가 잡지에 실린 동요가사에 제 나름대로 가락을 붙여 노래하다가 중간부터 작곡가가 곡을 붙인 노래 악보를 게재하였으며 이후 레코드라는 강력한 미디어와의 제휴도 모색되었다. 동요의 노랫말을 매개로 다양한 선율로 노래 부르는 방식에서 악보와 레코드에 의해 일률화된 '가사/곡' 세트에 따라 독자의 노랫소리도 일률적으로 조율되어 가는 방식으로 방향을 전환해 가는 것이다. 다만 그것이 의무·규율로서의 학교창가와 다른 점은 독자가 주체적이고 자발적인(=자유로운) 개인, 굳이 말하자면 국가공동체의 구성원인 '국민'으로서 그 조율을 받아들여 간다는 것이다.『붉은 새』가 창간된 시기는 정확히 신문 문체의 구어화가 완성되는 근대일본의 '국어통일' 체재가 이루어진 시기에 해당하며 동요가 알기 쉽고 명료한 구어를 무기로 침투성을 획득한 것도 그 한 부분으로 볼 수 있다.

동요운동의 근간을 이루는 이러한 말(국어)과 음악(악보·레코드)의 평준화 지향에 종래의 창가유희에서 벗어나려고 하고 있던 새로운 '유희'의 지향성은 쉽게 동조될 수 있는 것이 아니었다. 동요와 더불어 활발해진 아동극·동화극 같은 어린이를 주체로 해서 만든 새로운 연극 장르에

서도 그 대다수에는 무도 표현이 수반되어 있었으며 '유희'는 이들과도 상호보완 하듯이 발전해 갔다고 생각할 수 있다. 이렇게 '유희'는 특히 음악과 끊으려야 끊을 수 없는 관계를 가지기 시작했다고 할 수 있다.[33] 그것은 음악과 무대, 무용을 종합할 수 있다고 몽상했던 야마다 고사쿠나 이시이 바쿠 등이 시도한 1910년대의 '무용시'의 발전된 형태라고 자리매김할 수 있을 것이다. 실제로 1930년대에는 이시이 바쿠와 이시이 고나미 모두 자신의 무용연구와 더불어 미우라 히로나 이자와 에이伊沢エイ 같은 교육자와 어깨를 나란히 하며 무용교육 분야에도 참가하게 되는 것이다.

1920년대 이후에 일어난 이러한 무용(유희)과 아동극·동요 등의 컬래버레이션(동요유희 등)의 구체적인 사례를 몇 가지 제시하고자 한다.

① 일본동요협회, 『동요』(日本童謡協会, 1922~26)

② 고이데 고헤이小出浩平, 『스미노미야 전하가 만드신 동요 귀여운 동요유희澄宮殿下御作童謡 可愛い童謡遊戯』(広文堂書店, 1923)

③ 구보 도미지로, 『동요와 무용』제1집(内外出版, 1924)

④ 구즈하라 시게루葛原䓬·야나다 다다시梁田貞·가네마키 스에오印牧季雄, 『동요유희』제2집(桜木書房, 1924)

---

33) "학교무용은 음악을 도외시하면 체조나 유희와 아무런 차이도 없어진다. 그래서는 무용의 효과가 반감될 것이다. 아무리 무음악無音樂 무용 같은 특별한 종류가 있다고 해도 본격적인 무용은 음악을 무시할 수 없는 것과 마찬가지로 학교무용에서도 음악이 중요하며 음악에 대한 교양을 학생들에게 가르치지 않고서 무용의 실력이 느는 것을 바라는 것은 불가능한 일이다"(石井小浪, 『石井小浪学校舞踊』, 小学館, 1932, 8쪽).

⑤ 신흥아동예술협회,『동요동화극童謠童話劇』(ビクタ- 出版社, 1930~31)

⑥ 이시이 고나미,『이시이 고나미 학교무용石井小浪学校舞踊』(小学館, 1932)

⑦ 야마노 가즈오山野華寿夫,『동요』제8편(山野児童舞踊研究所, 1934)

⑧ 가토 후카시加藤不可止,『학교아동극과 학교무용学校児童劇と学校舞踊』(三成社書店, 1935)

⑨ 히노키 겐지桧健次,『아동무용교본童踊教本』(桧健次舞踊研究所, 1935)

⑩ 이시이 바쿠,『어린이 무용子供の舞踊』(フレ-ベル館, 1936)

①은 오기 도쿠타로尾木德太郎를 편집 겸 발행인으로 하는 월간지인데 실제로는 부정기적으로 간행되었다.『붉은 새』나『금색 배金の船』등과 다르게 동요 전문잡지를 목표로 하고 있었는데 '표정유희', '동요유희', '동요무용', '동요 춤'과 같은 기획을 차례로 담아내고 나중에 언급할 쓰치카와 고로土川五郎, 가네마키 스에오, 구보 도미지로 같은 사람들이 안무를 담당했다. 유희를 하는 모습을 담은 사진도 실려 있다. ②는 스미노미야(다이쇼 천황의 제4황자인 미카사노미야三笠宮. 간행 당시 만7세)가 지은 동요 가사에 저자가 작곡하고 안무를 붙인 것. 실제로 춤을 추고 있는 사진도 실려 있는데 안무의 예시는 그림으로 그려져 있다. ③과 ④는 안무 해설에 사진을 쓴 초기 예이다. ③의 구보는 앞에서 언급한 등사판으로 인쇄된 리플렛『전시 체제하에서의 학예회적용 애국유희』의 저자 중 한 사람이라는 점에서도 주목할 만하다. 간사이関西에서 활동하고 있었던 것 같다. ④는 동요시인·작곡가·안무가가 이름을 나

『동요동화극』제2집(1931.3) 표지

란히 올리고 있는 책으로 모든 의미에서 오리지널 '동요유희'이며 시와 악보, 그리고 사진을 덧붙인 안무 예시를 합체시킨 문자 그대로의 컬래버레이션이다. 구즈하라와 야나다도 잘 알려진 동화작가와 작곡가이지만 가네마키 역시 앞에서 언급한 『국민무용』(『유희와 창가』)을 선도해 간 무용계에서는 중요한 인물이다. ⑤는 월간이지만 제2집이 나오기까지 4개월이라는 시간을 필요로 했다(필자가 접할 수 있었던 것도 이 제2집까지이다). 무용·유희를 다루는 잡지는 아니지만 '동요동화극'이라는 장르를 열었으며 「여치의 춤機織虫の踊」이라는 작품이 창간호에 게재되어 있다(작곡은 후지이 기요미藤井清水). 필자는 아직 보지 못하였지만 이 잡지에 실린 광고에 따르면 빅터는 동시에 월간 『체육 댄스体育ダンス』를 창간하였으며 그 잡지내용에 따라 빅터에서 레코드도 제작되고 있었던 모양이다. 빅터는 동시에 악보도 출판하고 있었는데 콜롬비아 레코드 등을 포함하여 레코드 산업과 동요·무용의 관련은 흥미를 자아내는 부분이다. ⑦은 발행처인 야마노 아동무용연구소山野児童舞踊研究所가 히로시마広島시에 있어 책이 지방으로 보급되었다는 사실을 짐작케 한다. ⑧은 저자가 소학교 교원으로서 15년에 걸쳐 지도해 온 동요·아동극·무용을 이론적이면서도 또한 실천적으로 정리한 정확도가 높은 결과물이다.

(3) 리트미크와 무용교육

> 달크로즈의 리트미크 교칙본을 빌려서 율동운동부터 시작하여 아
> 침부터 밤까지 거의 정신없이 뛰며 춤췄다. 너무 뛰어오르다 보니
> 바닥에 구멍을 내어 다친 적도 있다.[34]

이시이 바쿠가 야마다 고사쿠의 영향을 받으며 무용의 길을 걷기 시
작한 것은 앞에서 언급한 대로인데 댄스 연습을 시작할 즈음에는 이와
같이 야마다가 준 에밀 달크로즈의 텍스트를 사용하고 있었다. 그 연습
의 성과가 무용시「일기의 한 페이지日記の一頁」(야마다 고사쿠 작곡)인데
오사나이 가오루의 '신극장'에 출연하여 이를 처음 공개한 것이 1916년
(제국극장)이니까 달크로즈의 리트미크 수용으로는 가장 빠른 시도일 것
이다(독일 헬라우에 달크로즈의 연구소가 개설되고 아직 몇 년밖에 지나지 않은 시
기에 해당된다). 실제 리트미크교육은 유럽에서 귀국한 고바야시 소사쿠
小林宗作가 1920년 중반에 세이조가쿠엔成城学園에서 시작한 것이 효시
라고 일컬어진다. 리트미크 방법론을 음으로 양으로 받아들이면서 댄
스교육에 리트미크의 요소를 도입하는 것이 광범위하게 확산되기 시작
했다.

예를 들면 시라이 기쿠로의『음율체조와 표정유희韻律体操と表情遊戲』
(敬文館, 1923)에서는 달크로즈의 유리드믹스(eurhythmics, 리트미크)를 '음율
체조'로 소개하며 자신의 실천(사진이 실려 있음)을 바탕으로 안무를 보여

---

34) 石井漠,『私の舞踊生活』, 講談社, 1951, 28쪽.

주고 있다. '표정유희'가 노래를 수
반한 종래의 창가유희에 대응하고
있는 것에 비해[35] '음율체조'는 "오
로지 선율의 행진만을 기준으로 해
서 운동하는" 것으로 구분되어 있
다. 또한 쓰치카와 고로도 『율동적
표정유희律動的表情遊戲』(律動遊戲研
究所, 제1집은 1924) 시리즈에서 리트
미크까지는 언급하고 있지 않지만
근육과 정신을 통합하는 것으로서
리듬의 존재에 대해 주의할 것을 촉
구하고 있다.

달크로즈의 유리드믹스 연습의 일례 '감정적 악센
트'(조 페닝턴Jo Penington), 『달크로즈의 율동
교육ダルクローズの律動教育』, 아사바 다케카
즈浅羽武一·가토 다다마쓰加藤忠松 번역, 東京
舞踊学園, 1930)

이 책들이 나온 후 10년 이상이 지나서 간행된 야마모토 히사시·나카
오 이사무의 『신 율동유희』(目黒書店, 1936)에서는 시라이나 쓰치카와를
계승하면서 상당히 상세하게 리트미크 이론을 소개하는 데까지 이르렀
다. 그들의 정의에 따르면 "아이의 생활 속에서 리듬을 발견해내고 그
리듬에 따라 신체를 훈련하여 신체의 균형적이고 조정적인 발달을 기
도함과 동시에 그 신체를 통해 한층 더 풍부한 정조情操를 도야시키려
고 하는 것이 율동유희인 것이다".[36] 또한 야마모토와 나카오의 책에 앞

---

35) 시라이는 앞에 나온 『신식 서양의 미적유희新式 欧米美的遊戲』 속에서 이미 이 '표정유희'
  라는 표현을 사용하고 있다.
36) 山本·中尾, 앞의 책, 9쪽.

선 1930년 1월 『요미우리신문』에는 유린엔有隣園에서 이루어진 리트미크교육에 대한 기사가 실렸다. 이 기사에는 "아이 또는 원시인이 되면 될수록 자신의 감정을 말이나 문장으로 나타내기 전에 우선 육체로 표현하기" 때문에 "영혼과 육체를 융합하여 일체의 미를 육체를 통해 리듬을 가지고 나타내려고 하는" "육체교육"이 필요하다고 호소하는 책임자의 말이 소개되어 있다.[37]

이 『요미우리신문』의 기사에 나와 있듯이 말로부터 육체를 탈환하는 매개로서 리트미크적인 리듬의 존재는 유희/무용의 영역에서도 당연히 큰 비중을 점하기에 이른다. 시라이의 '음율체조' 등도 그러하지만 그 것은 신체와 음악의 연대로부터 말이라는 불순물을 걸러내어 가는 지향성을 보인다. 이러한 신체표현에서 리듬의 전경화는 앞에서 나온 용어로 말하자면 '보여주기 위한 신체'에 비해 '행동하는 신체'를 존중하는 방식과 겹쳐진다. 이시이 바쿠는 "무용은 결코 흉내 내기가 본질이 아니라 어디까지나 리듬운동이 본질이다"라고 하며 무용이 음악(노래)과 관계를 맺을 때에도 "가사가 그 리듬을 상기시키는 계기로 쓰일 수 있다면 그걸로 충분하다"고 단언하고 있다.[38] 그것은 다음과 같은 그의 무용교육에 대한 생각과도 이어져 있다.

아이는 결코 어른과 같지 않다. 아이에게는 아이 자신의 생활이 있고 생활의 리듬이 있으며 움직임의 리듬이 있다. (……) 아이의 무

---

37) 「霊と肉の融合をはかる/ユリミックスの教育」, 『読売新聞』, 1930.1.15.
38) 石井漠, 「児童舞踊への提言」, 앞의 책, 『子供の舞踊』, フレーベル館, 1936, 8쪽.

용은 결코 어른의 무용 같은 관상무용, 오락무용이 아니다. 타인이 보고 즐기기 위한 무용이 아니라 아이 자신이 스스로를 위해 행하는 무용이며 또 그래야만 한다. 따라서 아이에게 어른처럼 완성된 무용을 추게 하고, 그것을 보며 아이가 기뻐하며 춤을 추고 있다고 생각하는 것은 터무니없이 잘못된 생각이다.[39]

다이쇼시대의 동심주의童心主義를 반향시키고 있는 측면이 다분히 있는 이와 같은 이시이의 교육관은 '보여주기 위한' 신체를 깨끗이 부정하고 아이들이 리듬의 쾌락을 통해 주체로 있을 수 있는 '행동하는 신체'를 찬양하는 것으로 받아들일 수 있다. 하지만 "결코 어른과 같지 않"은, 즉 결정적인 타자이어야만 하는 아이들의 내적인 리듬은 교육의 시선에 의해서도 보이지 않기 때문에 이 이상주의는 동심주의의 한계를 되풀이한다고 하는 딜레마에 빠질 것이다. 말을 물어뜯으려는 리듬이 '보여주기 위한 신체'를 극복할 수 있게 되지는 않는 것이다.

4. 무라야마 도모요시村山知義와 소녀들의 춤추는 신체

무용하는 신체 속에서 리듬이 중심화 되어감에 따라 말이 불순물로서 여과되어 가는 — 이러한 겨냥도는 앞의 (2)절에서 본 유희와 동화·아동극운동의 연계와 언뜻 모순된 것처럼 보인다. 하지만 얄궂게도

---

39) 石井, 앞의 글, 3쪽.

그러한 리듬에 대한 정열을 전달한 것이 다름 아닌 활자미디어였다는 사실의 의미에 대해서 생각할 필요가 있을 것이다.

아이들에게 어른 같은 '완성된 무용'을 요구해서는 안 된다고 한 이시이 바쿠와 비슷한 발언을 한 것은 유럽에서 막 귀국했던 무라야마 도모요시였다. 1923년 『중앙미술』에 쓴 「댄스의 본질에 대해서ダンスの本質に就て」라는 에세이에서 무라야마는 우선 처음에 "댄스는 더할 나위 없이 영리한 불완전함을 나타내지 않으면 안 된다"[40]라는 테제를 준비한다. 무라야마에게 이러한 무용관의 모델이 된 것은 그가 독일에서 만난 댄서 소녀, 니디 임페코벤Niddy Impekoven이었다.[41] 여기서 무라야마는 '불완전함'이라는 개념을 발레의 '완전함'에 댄스를 대치시키기 위해 사용하고 있는데 그것은 임페코벤이 보여준 소녀로서의 민낯과 춤췄을 때 나오는 마녀나 '젊은 엄마'로서의 표정 사이에 있는 균열에서 유래하고 있다. 이 '불완전함' 혹은 불안정함은 이시이가 아이의 무용에 상정한 것과 어떤 의미에서

니디 임페코벤(John Schikowski, *Geschichte des Tanzes*, Berlin Büchergilde Gutenberg, 1926)

---

40) 村山知義, 「ダンスの本質に就て」, 『中央美術』9巻7号, 1923.7, 166쪽.

41) 임페코벤에 대해서는 이시이 바쿠도 앞에서 인용한 『무용예술舞踊芸術』에서 언급하고 있는데 그가 유럽에 있었을 때 영향을 받았던 마리 비그만Mary Wigman과 비교해 그다지 높게 평가하고 있지는 않다. 이 점에 대해 무라야마는 완전히 반대되는 견해를 보이고 있다.

겹쳐져 보인다. 그것을 무라야마에 맞춰 바꿔 말하자면 젠더적 규범에서 일탈한 불안정함이 되기도 할 것이다. 그가 임페코벤를 처음 본 것은 "남자인지 여자인지 모를 열네다섯으로 보이는 아이"[42]처럼 찍힌 사진에서였다고 한다.

이와 같은 임페코벤에 대한 시선을 무라야마는 댄스를 추는 자신의 신체에 자기투영하게 되었다. 그가 전위예술집단인 『마보マヴォ』 동료들과 댄스를 추며 나신에 가까운 자신의 육체를 드러내는 퍼포먼스를 연기하고 그것들을 사진으로 남겼던 것을 상기해보자. 무라야마 도모요시를 이시이 바쿠와 같은 '무용가'라고 부를 수는 없다. 이시이 바쿠가 춘 춤의 실제 모습에 대해서는 아주 조금 남겨진 필름을 보고 짐작할 수밖에 없다고 해도 춤의 스타일은 제자들에 의해 전승되었다(그의 제자 중에는 최승희도 포함되어 있다). 그러나 무라야마 도모요시는 무용가로서가 아니라 **춤추는 신체**로서의 자신을 사진으로 남겼다. 그 사진들만이 그의 이미지를 '춤추는 사람'으로서 오늘날에 전하고 있는 것이다. 보브컷으로 자른 머리와 홀쭉하게 마른 신체는 독특한 육감을 풍겨 그의 성별이 남성인 것을 한순간 잊게 한다. 오카다 다쓰오岡田龍夫와 함께 춤추는 모습을 찍은 유명한 사진에서는 무라야마가 하이힐을 신고 있다는 것을 알 수 있다.

앞에서 본 것처럼 창가유희 이래로 동요유희까지 긴 시간에 걸쳐 춤추는 신체는 여성(여자)의 성과 유착해왔다. 그렇게 신체상身體像이 국한되는 것을 미우라 히로나 이자와 에이라는 새로운 세대의 여성 댄스교

---

42) 村山. 앞의 글, 170쪽.

육자들조차도 의심스럽게 여기지 않았다. 그녀들이 모색한 여성 자신을 위한 내발적인 신체표현('행동하는 신체')도 결과적으로는 남성적인 시선에 둘러싸인 '보여주기 위한 신체'를 연기하게 된 것이 아닌가라고 생각되는 것이다. 무라야마가 행한 트랜스베스티즘 transvestism의 연출은 그러한 '춤추는 신체'에 밀착되어 온 젠더적 규범을 경박하게 배신해 보인 것이라 볼 수 있다. 요염하기조차 한 그의 '춤추는 신체'. 그것은 '행동하는 신체'이기 이전에 스

춤추는 무라야마 도모요시와 오카다 다쓰오 (『中央新聞』1924. 6. 29, 五十殿利治, 『大正期新興芸術運動の研究』, スカイドア, 1995에서)

스로를 카메라 렌즈 앞에 내민 '보여주기 위한 신체'로서 존재한다. 그것은 일단 '건민'에 기대된 건강한 '행동하는 신체'로부터는 가장 먼 곳에 있다.

한편 여기에서 무라야마 도모요시의 이 '춤추는 신체'에 대치할 만한 것이 앞의 (2)절에서 소개했던 동요유희 잡지나 안무노래집 등에 실려 있는 안무지도 사진에 등장한 엄청난 수의 소녀들의 '춤추는 신체'인 것은 말할 필요조차 없을 것이다. 동요시인이나 작곡가들은 강연회나 연주회 등 정력적으로 전국을 돌아다니며 동요의 보급에 힘썼다.[43] 그 가

---

43) 예를 들면 『동요』제3집(1922.7)에 실린 「도쿄 소식 첫 번째東京便り 第一信」가 전하고 있는 동요작가들의 근황을 살펴보면, 노구치 우조野口雨情는 도호쿠東北와 간토關東를 돌

운데에서도 작곡가 모토오리 나가
요本居長世의 딸들, 미도리みどり와
기미코貴美子, 와카바若葉 세 자매가
전국을 돌며 아버지의 피아노 반주
에 맞춰 그의 동요를 불러서 그 캠
페인에 공헌한 사실은 잘 알려져 있
다. 앞에서 나온 잡지『동요』역시
1924년 미국 연주여행에서 귀국한
세 자매를 화보를 통해 소개하고 있
는 것 외에도 같은 해에『부인클럽
婦人クラブ』이 나가요가 작곡한 동

동요무용을 추는 모토오리 기미코 (『부인클럽』1권
5호, 1924.9. 오노 다카히로小野高裕씨 제공)

요무용을 추는 '동요계의 스타' 모토오리 기미코를 화보로 크게 다루고
있다. 이러한 일종의 공주님 브랜드로서의 동요운동이 소녀들의 '보여
주기 위한 신체'를 얼마나 쉽게 노출하고 있었는지는 상상하기 어렵지
않을 것이다. 동요유희의 안무를 연기하는 소녀들의 사진도 그와 같은
시선에 의해 소비되고 있었던 것이다.

이 장 첫 머리에서 등사판으로 인쇄된 유희교재가 참조했으리라 여
겨졌던 잡지『국민무용』에 대해 한 번 더 살펴보도록 하자.『국민무용』
은 전시하의 건민운동적인 풍조로부터 선취적으로 유희/무용 장르를

며 강연, 사이조 야소西条八十는 간사이関西와 간토에서 강연, 기타하라 하쿠슈北原白秋
는 에치고越後와 사도佐渡에서 강연, 히로타 류타로弘田龍太郎는 오사카大阪의 동요대회
와 호세이 대학法政大学에서 열린 연주회에 출연, 모토오리 나가요는 히로시마広島와 규
슈九州 등지에서 동요민요연주회를 개최했다고 되어 있다.

자기방어 하듯이 신체가 궁극적으로는 아무것도 표상하지 않는 '춤추기 위한 무용'의 순수성을 성실하게 추구하고자 했다. 거기서도 다음과 같이 '행동하는 신체'의 패러다임이 드러나게 될 것이다.

> 교육무용은 아동 스스로가 춤추기 위한 춤이며 춤추는 것을 보여주기 위한 춤이 아니다. 즉 아동 스스로가 춤추는 것에 의해 체육적인 효과나 정조적인 효과, 유희(마음이 시원하고 아름다우며 위안적인) 효과를 올리기 위함이다.[44]

'보여주기 위한 춤'이 아니라 '춤추기 위한 춤'. 그러나 그 반면에 무용에서 다양한 '효과'를 기대하는 이 글은 '춤추기 위한 무용'의 순수성의 탐구와 어긋나 있는 것처럼 여겨지기도 한다. 물론 전의를 고양시키거나 국방의식을 선양하기 위해서 '춤추는 신체'가 프로파간다로 이용되고 있었던 것은 틀림없다. 이름이 바뀌기 전의 『유희와 창가』부터 세어서 1943년에 통권 200호에 달한 『국민무용』은 무용이라는 예술·교육 장르를 연명시키기 위해 소국민문화협회의 무용부회와 보폭을 맞추었다. 그에 따라 '소국민무용'을 재구축하고 후생운동으로 그 축을 옮겨 산업보국적인 '후생무용'이나 '공장무용' 등을 제창하여 필사적으로 '무용보국'을 호소해 가게 된 것이다. 이와 같은 국책협력노선은 체조 등 인접 영역과의 차이를 만들어내어 영역을 확보하고자 기도한 것에도 나타나 있다. 동시에 그러한 적극적인 방책은 유희/무용의 아이덴티티를 지키

---

44) 近藤孝太郎, 「厚生施設としての舞踊」三, 『国民舞踊』17巻8号, 1942.8, 55쪽.

(1)

(2)

행진유희 「공습이 무어냐」 (야마기시 기요시山岸淸志 안무) (『국민무용』17권 1호, 1942.1)

지 않으면 안 된다는 위기감의 반증이기도 했다. 『국민무용』의 논설을 주도한 가네마키 스에오 등도 '무용보국'적인 발언을 반복하면서도 무용교육의 기본이 내발적인 '리듬생활의 지도'에 있음을 강조하여 체육이나 도덕교육의 가치로부터 무용을 자립시키고자 있는 힘을 다해 노력하고 있었던 것처럼 느껴진다.[45]

그러나 아시아태평양전쟁 말기까지 (잡지 자체는 1944년 5월까지 간행) 이 무용잡지가 엄청나게 많은 안무 사진을 계속 게재하였으며 나아가

---

45) 印牧季雄, 「厚生的に見た舞踊と其の利用」五, 『国民舞踊』18巻1号, 1943.1, 12~15쪽 참조.

그 사진의 중심이 여전히 당연한 듯이 천진난만한 소녀들이라는 사실에는 주목할 필요가 있을 것이다. 한 예로 첫 머리에서 언급한 〈공습이 무어냐〉의 안무 사진을 제시해 두고자 한다.

그녀들의 '춤추는 신체'가 자발적인 '행동하는 신체'였는지 아닌지는 처음부터 문제가 되지 않는다. 그것은 무라야마 도모요시의 젠더 규범을 초월한 댄스 사진과 마찬가지로 '보여주기 위한 신체'로 존재할 수밖에 없기 때문이다. 그렇다, 그녀들의 '보여주기 위한 신체'란 바로 활자 미디어의 종이 위에서 춤추는 리듬을 대신하는 인형이다. 사진 속에 보이는 그 리듬의 흔적은 조악한 전시하의 인쇄 잉크 흔적 속에서 전쟁을 수행하는 프로파간다와는 전혀 관계없이 신체의 에로스를 확산시키고 있을지도 모른다. 『국민무용』도 전쟁 국면의 악화를 반영하여 1943년 무렵부터 안무 사진이 급격히 줄고 그림이 사진을 대신하게 된다(혹은 소녀들의 사랑스러운 동작이 문제가 되었을지도 모른다). 그러면서 마침내 이 잡지에서도 말이 신체 리듬의 압박으로부터 회복되는 것이다. 그렇지만 내부가 그런 식으로 전부 채워진 프로파간다에는 이미 전쟁 수행에 기여하는 효과를 기대하기 어렵다. 왜냐하면 프로파간다는 '보여주기 위한 신체'처럼 공허함이 존재해야 비로소 프로파간다로 기능하기 때문이다.

장유리 옮김

제4장

소녀라는 장소
― 춤추는 소녀/ 노래하는 소녀/ 글 쓰는 소녀

1. 소녀라는 장소

근대 일본의 어느 한 시대를 살아간 표상으로서의 소녀의 신체를 다양한 권력과 욕망이 교차하는 하나의 '장소'라는 개념으로 다루고자 한다.

'장소'라는 일본어는 너무도 막연하여 이것만으로는 논의의 실마리가 잡히지 않는다. 그런데 이것을 place라는 영어로 바꿔 생각하면, 예컨대 '공간'space이라는 말과 비교해 볼 수 있을 것이다. 혹은 여기에 일본어의 '위치'에 해당하는 site나 position이라는 개념을 덧대어 보면 보다 복잡한 자장磁場이 준비된다. 이를 거칠게 도식화하면, '공간'이라는 의미가 '장소'가 되고, '장소'가 주체의 문제가 될 때 '위치'라는 개념이 부

상하게 되는 것이다. 주체화subjectification라는 개념은 물론 일의적一義的
인 상相만으로 파악할 수 없으며, 주체화=복종·신민화라는 양의성을 함
의하고 있다.[1]

　일단 이렇게 '장소'라는 개념을 머릿속에 그려두면, 본 장의 주제인
'소녀라는 장소'를 사고하기 위한 윤곽을 잡을 수 있을 것이다. 결론을
서두르면 다음과 같다. 1910년대 말부터 30년대에 걸친 전간기戰間期에
다양한 예술 장르에서 횡단적·포괄적으로 형성된 소녀의 이미지, 이를
'역사의 공간화/공간의 역사화'라는 패러다임을 문제화한 포스트구조
주의라는 관심 영역에 배치시켜 보면, 성숙해 변화하는 시간(역사)으로
부터 벗어나 의미를 부여한 공간, 즉 장소로서의 신체라는 상像으로 나
타나게 된다. 하지만 유토피아로서 비재화非在化된 것이 아니라, 현실의
공간 속에 준비된 현실에서의 일탈이나, 현실의 불안·위기를 품은 공간,
즉 헤테로토피아, '다른 공간'other space에 편입된 것으로 이해할 수 있을
것이다. 그리고 '다름'이라는 그 타자성이야말로 그녀들의 신체라는 '장
소'를 일상의 장소에서 일탈하게 하고, 일탈하기 때문에 매혹적인, 장
소 없는 장소placeless place로 기능한다. 바꿔 말하면 일종의 콜로니, 식민
지화된 **역사적** 신체로 제1차 세계대전 이후의 세계 재편성 지도 안으로
수렴되는 것이다.

　여기서는 '소녀'의 정의를 (그 기원도) 획정画定하지 않고 논의를 전개

---

1)　エドワード·W·ソジャ, 『ポストモダン地理学-批判的社会理論における空間の位相』(加藤政洋·水
　内俊男雄·長尾謙吉·木城直樹訳, 青土社, 2003), 「ヘチロトポロジー-フーコーと他者性の地史学」
　(加藤政洋訳, 『現代思想』27巻13号, 1999)참조.

하고 싶지만 (애당초 정의 불가능하지만) 이에 대응하는 최소한의 틀은 생각해 둘 필요가 있다. 즉 동시대의 젠더/섹슈얼리티 관점에서 '소년', 연령은 '(성인) 여성', 그리고 '소년'과 '여성' 양쪽의 차이(성차·연령)를 합쳐 '(성인) 남성'이라는 대극對極을 조정措定할 수 있을 것이다.

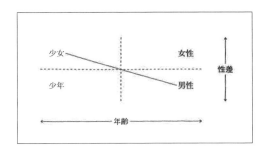

본 장에서는 '소녀/남성'이라는 대각선상 관계에 초점을 맞출 것이다. '남성'이 '소녀'와의 관계에서 '소녀/소년' '소녀/여성' 양쪽 관계성을 포함하는 언뜻 보면 너무도 단순하고 형식적인 이 조감도는 가부장제나 교육, 미디어에서 남성이 패권을 장악해온 남성주의 시스템과도 관련이 있다. 문학이나 예술이라는 영역에서 말하자면, 성인 남성인 직업작가, 즉 미디어에서 언어와 미美의 헤게모니를 장악한 계층이 자신의 대극 위치에 있는 소녀에게 착목한 것, 그리고 '그들'이 '그녀들'을 자신의 성性을 월경한 퍼포먼스의 장소, 그야말로 장소 없는 장소이자 '같고 다름의 장소'로 이용해 온 것을 이제부터 논의해 보고자 한다. 그 퍼포먼스는 우쓰미 노리코内海紀子 등이 제기한 크로스=젠더드·퍼포먼스(CGP)라는 틀로 설명 가능할 것이다.[2] 우쓰미가 1930년대 작가 다자이 오사무太宰治나 가와바타 야스나리川端康成에서부터 1930년대 이후의 현대

---

2) 内海紀子, 「テクストにおけるクロス＝ジェンダード・パフォーマンス—太宰治『女生徒』から篠原—『ゴージャス』まで」, 『日本近代文学』71集, 2004.

소설에 이르기까지 계보학적으로 부감俯瞰해 보인 것처럼 CGP의 현대성에 더하여 '소녀라는 장소'에 관한 분석은 근대의 성性이나 신체에 미치는 정치의 힘에 대한 비판을 내포한 것이 될 것이다. 이러한 비판은 성별본질주의를 되살리려는 신보수주의의 '정치의 성화'sexualization of the political에 대항해 '성의 정치화'politicization of sexuality라는 명제를 내건 비판으로 볼 수 있을 것이다.

여기에서는 제1차 세계대전 종결로부터 아시아태평양전쟁 개시까지의 전간기를 다룬다. 일본에서는 이 20년 가운데 전반은 어쨌든 평화로운 시대였고, 후반은 만주사변 이후 본격적인 침략전쟁에 돌입한 시대였다(따라서 실질적으로 전간기라고 말할 수 있는 것은 초반 10년 정도다). 1918년 윌슨 미국 대통령이 '14개조'에서 제시한 '민족자결'self-determination of people이라는 용어는 일본을 포함한 선진대국에 의해 세계 재편의 야망에 이용되어 침투해 간다(윌슨은 합스부르크 제국 및 오스만투르크 제국 내에 있는 민족의 자치·독립을 염두에 두었지만, 뒤늦게 제국에 진입한 일본의 경우는 새로 만들어진 '대동아' 권역으로 장소를 옮겨 달리 해석한다). 국가 단위로 이용된 자기결정론 담론은 민주주의와 내셔널리즘, 즉 '민주'와 '애국'이라는 양면성을 끌어안게 되었다. 문예나 사상의 영역에서도 바이마르Weimar 문화와 나치즘처럼, 모더니즘과 민족주의적인 반反근대가 상호보완적으로 접속하는 양상이 전간기에도 보이는데, 이 또한 앞서의 양면성의 출현이라고 볼 수 있다.

인터내셔널리즘과 일국주의一國主義의 공범·보완관계로도 바꿔 읽을 수 있는 이 양면성은, 본 장을 고찰하는 데에도 몇 가지 의미를 갖는다.

우선 무엇보다 이 전간기는 일본 역사상 교육에 대한 이상이 가장 활기차고 뜨겁게 논의되던 '교육의 시대'였다. 그것도 자유주의 교육과 예술교육이라는 명확한 메시지를 가진 사조가 민간이나 학교 현장을 중심으로 '교육의 시대'를 강력하게 추진했다는 평가와 관련이 있다. '아동'이라는 대상이 갑자기 클로즈업되고, 아동의 자유·독립을 존중하여 그들, 그녀들을 주체화하는 동심이데올로기가 시대를 지배해간다. 자유주의 교육, 자유 자립의 '자유'란 교육·문예 장르만 하더라도 자유화自由畵, 아동 자유시 등 '자유'와 상통하는데, 이때의 자유는 무제한적이고 아나키anarchy적인, 즉 성인 사회나 국가를 위협할 만한 **위험한 자유**는 아니다. 자유란 곧 '자율적 자유'의 의미이며, 그 자율, 자립한 개인이 획정될 때 비로소 공동체를 구성하는 단위가 획정되기 때문이다. 국민국가가 민주주의 체재를 갖춤으로써 국민주의 윤곽을 획정해 간 것처럼 아동의 자립·자유 즉 주체화는 곧 그들, 그녀들의 국민화와 직결되었던 것이다.

예컨대 지바현千葉県(이와 거의 같은 시기에 『작문교실綴方教室』을 통해 도요타 마사코豊田正子를 데뷔시킨 오키 겐이치로大木顯一郎가 교사로 재직하고 있었다는 점에도 주의를 요한다)에서 자유학습과 자치회 설치 등 자유주의 교육을 실천하고 계몽한 데즈카 기시에手塚岸衛는 '자유'라는 개념이 초래하는 오해를 피하고, 인격주의적인 자율적 자유 교육, 즉 문화국가를 구성하는 문화국민을 육성하는 '국민교육', '문화국가주의'의 입장을 강조했다. 데즈카는 "교육은 자연의 이성화다 (……) 자연은 주어진 법칙, 인과의 철삭鐵索

에 얽매여 움직이지 못하는 자유롭지 못한 노예생활이다"[3]라고 말하며, 자유롭지 못한 자연에 대치하는 모습으로 자유와 이성을 연결시킨다. 이때 문화주의적인 자유의 개념은 자연을 무비판적으로 찬미하고 '생의 충동'을 방임하는 '예술자유교육론'을 비판하는 곳에 자리한다.

이 '예술자유교육론'이 『붉은 새赤い鳥』나 『예술자유교육』 등이 표방한 문학·예술자유주의를 이르는 것임은 말할 것도 없다. 그러나 여기서 말하는 교육과 문예의 '문화 대對 자연'이라는 대립구도가 과연 실제로 유효할지는 의문이다. 바로 이 부분이 이 장의 관심 영역과 맞닿아 있다.

데즈카가 자유주의 교육과 차별화하고자 했던 '예술자유 교육론' 가운데 본 장에서 특히 주목하고 싶은 것은 동요, 무용 그리고 그 양쪽이 연결된 동요무용이라는 새로운 장르다. 이 장르가 문단이나 시단 혹은 출판미디어의 자장에서 나온 교육이나 가정의 '장소'로 확대되어갈 때, 그것들은 자연스럽게 소리나 신체라는 '표현'으로서의 위상이 드러나기 시작한다. 그 위상이라는 것은 바로 데즈카가 비판하고 경계한 '자연', '자연적 자유'이며, 특히 언어라는 '문화'를 대치시키면, 무용이라는 신체 표현은 비언어적 혹은 반反언어적인 충동과 밀착되어 발달한 영역이다. 그럼에도 불구하고 이 노래하고 춤추는 신체를 자유로운 유토피아 상이라고 쉽게 정의할 수 없는 것은, 표현하는 신체가 무대 위에 피로되고 그 표현을 감상하는 성인=남성의 시점과, 노래하고 춤추는 아이들, 특히 소녀의 목소리와 신체가 어떻게 맞닿는가와 관련이 있기 때문이다. 소녀들은 살아 움직이는 신체를 소유했기에 '장소 없는 장소'에 살며

---

3) 手塚岸衛, 『自由教育真義』, 東京宝文館, 1922, 66쪽.

연기해야 했던 것이다. 그것은 설령 자연이라 하더라도 에워싸인 자연인 것이고, 그 에워싼 포위선에는 권력관계나 젠더화의 문화 제도의 힘이 침투하고 있는 것이다.

바이마르 시대의 독일 무용을 젠더 시점에서 고찰한 야마구치 요코山口庸子는 베를린을 중심으로 도시화와 기계화가 진행되는 가운데 댄스 열풍이 일었다고 지적한다. 즉 모던댄스가 여성들로 하여금 젠더 아이덴티티를 모색하는 근거가 되었으며, 표현주의가 신체문화로 침투하는 가운데 "기계화의 진행과 신체성의 복권"이 동시에 일어났고, "모던댄스는 자기 창출과 자기 상실 사이에서 흔들리며 다양한 자기를 연출해 갔다"고 분석했다.[4]

모던=첨단화된 신체(『現代猟奇尖端図鑑』, 新潮社, 1931)

일본 모더니즘에도 이러한 양의적 상황에 대입시켜 보는 것은 어렵지 않다. 거꾸로 동요를 노래하는 소리와 춤추는 신체가 글을 쓰는 신체와 분리되는 것이 아니며, 기계화되고 무기적無機的인 구성주의·기계주의 등 모더니즘의 속도로부터 해방되고자 하는 것도 아니다. 신체는 기계로부터 분리되고 해방되는 가운

4) 山口庸子, 「踊る―自己創出と自己喪失のはざまで」, 田丸理砂·香川檀編, 『ベルリンのモダンガール――一九二〇年代を駆け抜けた女たち』, 三修社, 2004, 188~189쪽.

데 존재하는 것이 아니다. 왜냐하면 적어도 『인간기계론』(라 메트리Julien Offray de La Mettrie) 이후의 근대에 있어 신체라는 영역은 본래 기계와 마찬가지로 기계를 통해 발견되는 것이기 때문이다. 앞서 에워싼 자연으로서의 신체란 그야말로 여기서의 기계와 매우 가까운 거리에 자리한다. 고층빌딩과 철골 무기질 형상으로 시선을 끄는 기계주의적인 형상은 미디어와 교육 담론의 자장에서 투명화되고 추상화된 신체 형상과 한 치의 어긋남 없이 상통한다.

레니 리펜슈탈Leni Riefenstahl의 영상으로 대표되는 운동하는 건강한 육체나 다카라즈카宝塚나 마쓰다케松竹 공연에서 볼 수 있는 여성들의 각선미, 그리고 무용하는 소녀들의 신체나 기계미와 신체미가 병존하는 그림 안에 모두 들어 있다. 이들은 모두 투명한 익명의 존재라는 점에서 닮아 있다. 정신과 내면의 개별성과 고유성에 대해 육체의 게슈탈트Gestalt는 익명의 공공성·공동성으로 쉽게 기운다. 이처럼 형태가 있는 것, 형태에 대한 지향은 국세조사(일본에서는 1920년 개시) 등에 의한 정주자로서의 '국민'의 데이터화·수치화와도 관련이 있다. 개인은 그 수치를 형성하는 몇 분의 일로만 존재하며, 그/그녀의 개별성은 소거되어 버린다. 전간기의 문예·교육 아동 관련 미디어 담론은 아동 잡지에서의 '투고-게재-선평-독자 통신'이라는 동기화同期化 시스템을 통해 대량의 고유명을 산출했다. 이 글에서 언급하는 반半탤런트화된 소녀 가수와 춤추는 이들의 이름은 물론 '양量'적인 이름과 차별화되지만, 침묵하고 말하지 않는 (말할 수 없는) 그녀들의 모습은 미디어의 호기심 어린 시선과 비평으로 채워져 투명한 익명성을 띠게 된다. 이것은 기계와 같은 투명한 신체라고 할 수 있는데, 거기에 모더니즘의 기계주의와 갈등을 일으킬 만한 체온은 전혀 없었을까. 이러한 의문을 제기해 가는 것이 이 글의 목적이기도 하다.

2. 예술자유주의 운동의 성격

제1차 세계대전 이후, 전간기의 예술자유주의 운동을 언급할 때, 우선 문제 삼아야 하는 것은 장르에 대한 의미 부여일 것이다. 문부성 창가에 대한 동요, 오토기바나시お伽嘶에 대한 동화, 임화臨畫 묘사에 대한 자유화, 작문 교육에서의 범문範文 모방에 대한 자유선제주의自由先題主義의 예에서 보듯, 『붉은 새』를 비롯한 아동 잡지나 교육계의 신흥 장르에는 선행 문화에 대한 '대항문화'적 성향이 강하게 드러난다. 예컨대 동요의 경우, 동요라는 것을 정의할 때, 문부성 창가에 대한 강한 비판의식 없이는 불가능하다. 『붉은 새』의 동요·아동 자유시 코너를 담당하던 기타하라 하쿠슈北原白秋는 문부성 창가의 전폐를 주장했고, 그가 관여한 잡지 『예술자유교육』에서도 하타 고이치畑耕一, 기시베 후쿠오岸部福雄 등과 함께 창가 비판을 전개했지만, 이러한 창가 비판은 공통적으로 동요 상찬과 한 쌍을 이룬다.

이들과 별도로 동요운동의 중심에 있던 노구치 우조野口雨情도 동요를 '정풍正風'과 '비정풍非正風'으로 구분한 동요론을 제창했는데, 구체적으로 "정풍동요"란 "구어(표준어의 의미는 아님)로 쓰인 것", "노래할 수 있는 것", "춤출 수 있는 것", "교리교지巧利巧智를 쫓지 않고 참신하고 순진한 감정을 노래한 것"[5] 등 열 개 항목으로 규정하고 있다. 또한 배척해야 할 "비정풍동요"의 요소의 경우 앞서의 "정풍동요"의 조건들을 거꾸로 뒤집은 것으로, 동요운동이 적대시해 온 문부성 창가의 요소들과 맞바꿔 읽을 수 있다. 즉 "창가가 아닌 것", "창가의 성질을 부정한 것"을 동요라고 정의하는데, 이 부정적 정의는 당연하겠지만 부정되어야 할 것이 확정되지 못할 경우 모호해진다. 동요라는 장르의 윤곽 역시 이러한 모호함이 늘 수반된다. 창가를 적대시한 주된 이유는 수양주의저인 교훈성에 대한 반발에 기인하는데 그것은 일정 부분 수긍이 간다. 다만 그 창가만 하더라도 후기에는 개량 움직임이 있었고, 다무라 도라조田村虎蔵 등에 의한 언문일치 창가운동을 시야에 넣으면, '창가=문어/동요=구어'라는 도식은 균열을 피하지 못한다. 그 균열은 동요라는 장르에만 한정된 것은 아니다. 'A가 아닌 B'라는 부정형의 정의를 공유했던 이 시기의 예술자유주의 전반에서 찾아 볼 수 있다.[6]

---

5) 野口雨情,『童謡と児童の教育』, イデア書院, 1923, 62쪽.

6) 『예술자유교육芸術自由教育』에 게재된「자유주의 소학 작문自由主義の小学綴方」(『芸術自由教育』1巻2号,1921)에서 세이조成城 초등학교(교장은 사와야나기 세타로沢柳政太郎)의 오쿠노 쇼타로奥野庄太郎는 "자유를 떠난 진정한 자기표현은 존재하지 않는다"라고 당당하게 선언하면서도 자신이 표방하는 자유주의의 작문 교육이, 문형과 모방에 치우친 종래의 "과제주의"의 작문 교육 등과 차별화하는 데에 신중한 태도를 취한다. 형型의 구속에 대항하는 자유와 개성을 강조할 때, 그 자유에 의한 자기 자신도 위험 당할 수 있음을 의식하고 있는 듯 보인다. "진정한 자기표현이란, 자신의 눈으로 보고, 마음으로 느끼고, 가슴에 울림이 있으며, 머릿속으로 그린, 그 자기 내재의 생명을 자기 전체로서 표현하는 것이다. 즉 파악하고, 사유思惟하고, 통각統覚하는 그 생명력의 표현인 것이다"라고 하는 생명주의 풍의 메시지를 전달하는 한편, 오쿠노는 또 이러한 메시지가 무분별하게 유포되는 것을 경계했던 것으로 보인다. 초기 자유주의가 "문형주의 내지는 과제주의에 응전하여 자신의 주의주장을 선명히 하기 위해 매우 극단적인 형태로 자기주장"을 했던 경위를

잘 알려진 『붉은 새』(창간호, 1918.7) 창간사 「「붉은 새」의 모토」를 떠올려 보자. "서양인과 달리, 우리 일본인은 가엽게도 아직까지 아이들을 위한 좋은 도서, 자랑할 만한 진정한 예술가의 존재를 가져 본 적이 없다." "「붉은 새」는 세속적인 저속한 아동 도서를 배제하고, 아이의 순진함을 보전·개발하는 (……) 일대 획기적인 운동의 선구다."라는 선언에서 선행 문화에 대한 대항과 동시에 새로운 정전을 구축하고자 하는 의지를 읽을 수 있다. 이는 자유주의적인 예술교육을 표방하는 것인 동시에 구시대의 민중문화를 "세속적이고 저속한" 것으로 부정하고, 그 민중문화에 대항한 고급문화의 확립을 주장하는 선언이기도 하다. 여기에서 고급문화에 대해 권위를 부여하는 것이 바로 '서양'이라는 규범인 것이다. 어린 독자들을 매료시킨 메르헨 풍의 그림 표지에 나타나듯, 『붉은 새』의 미디어와 독자 사이에는 서양문화를 향수하는 도시 부유층이 독자의 이상적인 모습으로 암묵적으로 상정되어 있다. 이러한 독자층의 자기환상이 고급문화로서의 동요와 동화 세계를 지탱해 왔음은 상상하기 어렵지 않을 것이다. 그 결과 후하라 요시노리富原義徳나 기무라 분스케木村文助 등 지방에서의 작문 교육, 그리고 북방교육계의 생활 작문 운동 혹은 마키모토 구스로槇本楠郎의 프롤레타리아 동요론 등에서 '서양-도시'를 기준으로 하는 이 고급문화 지향은 본질적인 비판을

기술하고, 실감주의의 "내추럴리즘"의 영향도 인정한다. 생각해 보면 "있는 그대로를 쓴다" "거짓 없이 쓴다" "느낀 바를 솔직히 쓴다"라는 식의 오쿠노가 말하는 자유주의적 작문의 이념은 이 부분만 볼 때 자연주의 문예의 발상과 구별하기 어렵다. 인격주의적인 자율=자유를 유지하기 위해 유형주의와 "자연적 자유주의" 사이의 미묘한 균형을 유지하지 않으면 안 되었다. 결론적으로 말하면 이것은 데즈카 기시에의 주장과 거의 유사하다.

피하기 어렵게 된다(자연의 법열로부터 아이들을 탈환하고자 했던 사가와 미치오 寒川道夫의 기타하라 하쿠슈 비판 등도 여기에 포함된다).

그러나 이러한 문제를 안고 있음에도 불구하고『붉은 새』주변에서 일어난 예술자유주의 운동이 대항문화지향이라는 하나의 지점으로 규합되고, 장르를 월경, 통합하려는 방향으로 향하게 된 데에 다시금 주목할 필요가 있다. 장르 개념의 균열로 인해 월경과 통합화가 이루어진 것으로 보인다. 그리고 그 통합화가 아동이라는 주체를 매개로 이루어졌다는 점에서 동시대의 시대상을 다룰 필요가 있을 것이다.

학제 발포 50년을 기념하여 전국 초등학교 학생들을 대상으로 한 각종 대회가 펼쳐진다. 여기서 입선한 작품들을 모아『자유화·동요·작문自由画·童謡·綴方』(大阪朝日新聞社, 1922)을 간행하는데, 이 안에 모든 장르가 함께 수록된 점이 눈에 띤다. 예컨대 구즈하라 시게루葛原茁의『동요와 교육』(内外出版, 1923), 지바 하루오千葉春雄의『동요와 작문』(厚生閣書店, 1924), 가토 구라지로加

『자유화·동요·작문自由画·童謡·綴方』
(大阪朝日新聞社, 1922) 표지

藤倉次郎의『동요단가시의 창작과 작문 교수童謡短歌詩の創作と綴方教授』(愛知·日新堂書店, 1925)와 같이 작문과 동요, 글쓰기와 노래하기, 문자와 소리라는 서로 다른 영역을 포괄적으로 다루며 상찬하는 일이 빈번하였다. 또한 조금 특수한 사례이긴 하지만 세이조成城초등학교 교육 기록에 따르면 ('작문 과목'은 아니지만) 각 학년에서 '읽기 과목', '독서 과목'에도 동요 교재를 채용하고 있음을 알 수 있다.[7] 또한 이 학교에서는 연극을 '종합 예술'로 중시했으며, 그 취지문에 "본교에서는 미술, 음악, 국어의 문학적 방면을 매우 중시하여 교육의 일부로 다룬다."[8]라고 명시하고 있으며, '문학'이라는 용어를 '미술, 음악, 국어'를 포괄한 개념으로 사용하고 있다. 문학=언어 영역이 협의의 장르 의식에서 벗어나 확대되어 갔음을 알 수 있다. 가타카미 신片上伸이 집필한 『문예교육론』(文教書院, 1922)에는 "생활을 단편적으로 생각하기 쉬운 현대의 병폐"를 극복하기 위해 '일대 통합사업'으로서 교육의 통합화를 제창할 때에 문예를 그 중심에 자리매김한 것으로 보이는데, 이것은 또 '동요'라는 장르 자체의 개념의 불안정성과도 관련이 있다.

교육학술연구회 잡지 『소학교小学校』 임시증간호 『소학교육과 동요小学教育と童謡』(1924)는, 노구치 우조, 구즈하라 시게루 등의 신인이 참여하여 전국 각지의 초등학교 교사들에게서 동요에 관한 의견을 모은 흥미로운 자료이다. 이 안에서 '동요'라는 개념의 균열을 엿볼 수 있다. 예컨대 시마네현島根県 이마이치今市 초등학교 교사인 하야시 구니타로林国太郎는, 동요가 "아동이 부르는 노래", "아동이 좋아하는 노래", "아동을 위한 노래" 등과 같이 다양한 의미로 기술하고 있는데, 이때의 동요

---

7) 세이조 소학교의 사례만이 아니라 물론 도시와 지방 소재 학교에서도 동요 교육 상황은 서로 달랐을 것으로 보인다. 1924년 잡지 『동요』에 오이타현大分県에서 동요 교육을 수행하던 이와오 다쿠조岩尾卓三의 보고에 의하면, 오이타현 하 학교에서 동요를 다루는 곳은 3, 40개 학교이며, 5, 60 학급을 넘지 않았다고 한다. 이와오는 동요의 침투가 아직 곳곳에 미치지 않았음을 증명하기 위한 사례로 사용하고 있는데, 이것은 오히려 지방에도 동요 교육이 침투했음을 증명하는 사례로 읽힌다(岩尾卓三, 「童謡教育論」(続), 『童謡』4巻5号, 1924.6, 64쪽 참조).

8) 赤井栄吉, 『成城小学校』, 成城小学校出版部, 1923, 76쪽.

는 "노래하는 동요"인가 "읽는 동요"인가라며 그 차이를 묻는다. 기타하라 하쿠슈의 이른바 '아동 자유시'의 형태인지, 작곡된 언어와 음악의 종합적인 형태인지 그 구별 역시 당초에는 혼란한 상태였음을 알 수 있다.

『붉은 새』 속 동요 역시 처음에는 곡이 붙은 형태가 아닌 시만 게재되었다. 그런 가운데 음악적 소양이 있는 독자가 시에 곡을 붙여 투고하기 시작했고, 이후 '동요=시+곡'의 형태로 굳어져 갔다. 즉 종합예술적인 역할을 동요도 담당하게 되는데, 동시에 그것은 시 텍스트가 독자 개인이나 가정, 학교, 지역 안에서 자유롭게 **음악화**하는, 다양한 수용의 가능성을 잃게 되었음을 의미한다.

예컨대 이 책(제2장)에서 언급한 바 있는 기타하라 하쿠슈의「허둥지둥 이발사あわて床屋」라는 동요=시는 훗날 야마다 고사쿠山田耕筰의 세련된 작곡(1928)으로 오늘날까지 애창되는 대표적인 동요=노래인데, 이외에도 몇몇 다른 작곡이 있다. 이후 이 시 텍스트는 미야데라 가이치宮寺嘉一의『동심의 창가 유희와 체육 댄스童心に立脚せる唱歌遊戯と体育ダンス』(児童教育研究会, 1929)에도 수록되었는데, 악보를 보면 야마다 작곡이 아닌 이와타 이치쿠로岩田一九郎 작곡이 실렸고, 시 텍스트도 일부 개작한 것으로 보인다. 이는 앞서 언급한 바와 같이 원래 동요=시는『붉은 새』1919년 4월호에 게재된 것으로, 동요 작곡 대회에서 처음 입선한 이시카와 요세쓰石川養拙라는 독자의 시에 곡을 붙인 것이었다. 이시카와의 작곡은 반주도 없는 매우 단조로운 곡으로, 야마다는 물론이고 이와타의 곡과도 비교 대상이 되지 못했다. 기타하라 자신도 이 작곡에 불만이 많았던 모양으로 "동요는 작곡 없이, 아이들의 자연스러운 창법에 말

겨 두는 편이 오히려 좋지 않을까"라고 솔직하게 말할 정도였다. 동요를 기타하라 하쿠슈와 야마다 고사쿠와 같은 '천재'의 선물인 예술 작품으로 보는 오늘날의 시선에서는 다소 위화감이 들지 모른다. 그러나 "아동이 만든 노래" 즉 '아동(독자)이 만든=부른 노래'일 가능성도 배제하기 어려울 듯하다.

3. 고급문화로서 가정무용·동요·동요무용

어찌 되었든 개별적인 장르로부터 잉태한 월경 지향성이 예술자유주의 운동을 시대의 커다란 흐름 중심으로 밀어내었던 것은 틀림없다. 이러한 월경성을 장르상에 결실을 맺게 한 것은 다름 아닌 무용이다. 이 시기의 무용에 관해서는 두 가지 계통으로 나누어 생각할 수 있다. 하나는 야마다 고사쿠와 이시이 바쿠石井漠, 이토 미치오伊藤道郎 등의 무용가와 무용에 관심을 가진 예술가들의 예술운동이다. 또 다른 하나는 유치원, 초등학교와 같은 초등교육의 실천과 관련이 있는 율동유희와 리트미크rythmique의 창시자로 알려진 쓰치카와 고로土川五郎와 고바야시 슈사쿠小林宗作 등에 의한 신체교육 일환으로서의 운동이다. 야마다와 이토가 독일의 베르크슈테트 헬레라우Werkstättenkonzert in Hellerau를 방문한 바 있으며, 고바야시가 달크로즈에게 수학하였고, 이시이 바쿠와 그 여동생인 이시이 고나미石井小浪 등이 학교 무용과 어린이 무용 교육에도 힘을 기울인 것처럼 이 두 개의 계통은 다양한 장면에서 교차하고 있는데, 여기서 다루고자 하는 것은 물론 후자의 계통이다.

다만 동요운동을 주도해 가게 되는 야마다 고사쿠의 경우는 이보다 앞서 구상한 '융합 예술'론과 그 실천으로서의 '무용시舞踊詩'를 고려할 필요가 있다. 야마다는 초기의 급진적인 시대에 이 '무용시'를 통해 리듬을 매개한 음과 운동의 융합을 꿈꾸었는데, 언어라는 요소는 실은 사용할 수 없었던 것으로 보인다. 이후의 논의는 거의 추측에 가까운데, 야마다는 무용시와 같은 언어를 배제한 래디컬한 융합 예술이라는 구상을 버리지 않았다면 동요 등과 같은 가요와 가곡의 작곡의 길을 걸을 수 없었을 터다. 언어는 그의 음악의 관절이기도 하고 아킬레스건이기도 하기 때문이다. 그리고 음과 운동과 언어, 야마다 고사쿠로 하여금 단념하게 한 삼위일체를 실현해 간 것이 유희와 리트미크를 발전시킨 '동요무용'이라는 장르였던 것이다.

이 같은 전개는 아마도 야마다 고사쿠 입장에서도 아이러니한 일이었을 것이다. 그 한 예로, 그는 무용과 동요 모두가 절정기를 맞이한 1922년을 "행복인가 불행인가 우리는 다이쇼大正 11년이라는 계절을 맞아 직역 투 문화생활의 좋은 예라고 할 수 있는, 이상한 로쿠메이칸鹿鳴館 시대를 다시금 묵도하게 되었습니다."라고 하는 조소 섞인 회고에서 알 수 있다. 이에 덧붙여 "근래의 일본 무용가 대부분이 앞서 말씀드린 것처럼 '동요'라고 이름 붙여진 창가 풍의 가곡에 휘둘려 무용의 정도에서 옆길로 새어버렸으니 어찌된 일인가"라며, 무용과 동요가 융합된 동요무용의 유행을 통렬히 비판한다.[9] 비판의 근저에는 무용에 언어

---

9) 山田耕筰, 「大正十一年舞踊界と音楽界とを顧みて」(초출은 1923년이며, 『音楽の法悦境』(1924)

(시)가 개입하는 데 따른 혐오가 있다. 이를 테면 "적어도 일본의 무용가가 문자 운동화에서 이탈하지 않는 이상 일본의 아름다운 무용은 당연히 차지해야 할 예술의 왕좌를 잃게 될 것이다."

실제로 1922년을 경계로 하여 동요무용 관계 간행물이 급증했다. 시에서 노래로 그 성격을 변화시켜 온 동요가 나아가 노래에서 춤으로 장르의 통합을 실현해 가는 것이다. 이와 함께 아동, 특히 소녀들의 모습을 시각화, 전경화하는 것이자 그 시각상을 인증하는 계급성의 문제인 것이다.

이들 문제를 거칠게나마 명확하게 보여 주는 것이, 동시기에 일부에서 활발하게 제창되었던 '가정무용家庭踊'이라는 장르다. 이 '가정무용'은 원래 물리학자이자 음악학자(음악학)인 다나카 쇼헤이田中正平가 방악邦樂연구를 위해 1908년 자택에서 시작한 '미음구락부美音俱樂部'라는 모임에서 시도한 '스오도리物踊'라는 춤에서 그 단서를 찾을 수 있을 듯하다. 이를 다나카 자택에 출입하던 음악학자 다나베 히사오田辺尚雄가 아내 야에코八重子와 함께 1920년대에 자신의 가정을 시작으로 부활시켜 보급하고자 노력하였다. 거기에서 그쳤다면 단순히 한 가정의 가족이벤트에 지나지 않았을 테지만 실제로는 당시 신문에도 연일 보도되는 등 사회적으로도 적지 않은 반향을 일으켰다.

이 '가정무용'에서 우선 포인트가 되는 것은 가정이라는 단위에서 행해질 것. 그 경우 가정이라고 해도 매우 한정된, 중류 이상의 상류 계층 가정을 상정하고 있으며, 원래 '가정'이라는 틀 자체가 그러한 고급문화

에 게재됨), 『山田耕筰全集』第1卷, 岩波書店, 2001, 175~176쪽.

지향과 처음부터 유착되어 있음을 유의할 필요가 있다. 가정이 자택에서 음악을 연주하면서 즐기는 가정 음악Hausmusik이라는 서구 부르주아 사회 문화가 일본의 중류 계급 안으로 들어온 것이 토양이 되었다. 가

가정무용 「봄의 야에」(1922년 3월). 다나베 자택 거실에서 가족들과 함께. 왼쪽에서 두 번째가 다나베 히사오, 그 옆이 야에코 『田辺尚雄自叙伝(明治編)』, 邦楽社. 1981).

정 안에 '좋은 취미'를 도입하여 그것을 공유함으로써 가정의 일체감과 가정의 품격을 향상시키자는 것이 그 목적이었던 것이다.

다나베 히사오의 『가정무용해설』(音樂と蓄音機社, 1922)에 따르면 '가정무용'이라는 것은 다음 세 가지 특징을 지니고 있는 것으로 보인다. 첫째, "간단하여 누구라도 가능하며, 악기를 다룰 줄 모르는 이들도 함께하며" 가정이 함께 즐길 수 있는 춤. 둘째, "악기는 일본의 샤미센이든 가야금이든, 서양의 피아노든 바이올린이든 만돌린이든, 아니면 악기 없이 자유롭게 추는" 것(다나베는 축음기 활용을 추천). 셋째, "여러 사람이 신체를 과도하게 접촉하거나 또는 남녀가 서로 손을 잡거나" 하지 말도록 하며, 가사도 배려하여 춤추도록 할 것. 이러한 규정은 그의 파트너로서 춤 지도 등으로 외부에 나가는 일이 잦았던 아내 다나베 야에코의 저술(松村武雄·田辺尚雄 共著, 『童話童謡及音楽舞踊』(児童保護研究会, 1914)에서는 그녀가 음악무용=가정무용 편을 집필하였다)에서도 찾아 볼 수 있다.

이 가운데 첫 번째 요소는 가정음악 요소로는 자명한 조건이었을 터다. 야에코는 가정무용에 대해 "누구 하나 아픈 일이 없으며, 또 이렇게

춤을 추다 보면 쓸데없는 생각을 할 겨를이 없어 히스테리 등으로 고통받을 일도 없습니다."라며 '가정의 화목과 행복'에도 효과가 있다고 강조하고 있다.[10] 또 두 번째 요소는 음악에 있어서는 일본식과 서양식의 구별이 없으며 서양 악기의 연주에 따라 기모노 차림으로 일본 무용을 하는 이른바 화양절충和洋折衷의 풍경이 연출되었는데, 이러한 양악과 방악의 융합은 같은 시기 모토오리 나가요本居長世와 미야기 미치오宮城道雄로 대표되는 신일본음악 운동과 후지마 시즈에藤間静枝 등에 의한 일본 무용 개량운동과도 겹쳐지는 지점이 있다.[11]

1922년 9월 3일 자『요미우리신문』은 다나베 야에코를 발기인으로 창간 예정이던 '가정무용 모임家庭踊の会'에 대해 보도하였는데, 경시청령에 의한 댄스 단속에 즈음하여 그 발족에 대한 사정을 언급하고 있는 점은 주의 깊다.[12] 1922년이라는 해는『어린이 나라コドモノクニ』,『동요』가 잇달아 창간되던 동요운동에 있어 획기적인 해였다. 발레리나 안나 파블로바Anna Pavlova가 일본을 방문하는 등 댄스 열기가 이상하리만큼 과열되던 해로 기억되고 있다. 바로 전 해『요미우리신문』투고란에는 이미 '댄스 유행', '댄스 찬성' 등과 같이 댄스 붐을 둘러싼 비판과 옹

---

10) 「家庭踊-和様楽器に合せたる」〈田辺八重子夫人談〉,『読売新聞』1920.10.13.

11) 이 가운데 고지마 도미코小島美子는, 음악학 관점에서 볼 때 모토오리 나가요의 동요가 다이쇼기 동요운동의 성질을 가장 잘 체현한 것으로 평가한다. 그 근거를 도절음계都節音階의 "근세 방악적 발상"을 서양음악의 장단조의 화성에 적응시킨 점에서 찾고 있다. 이러한 "타협적"인 화양융합의 형태에 이 시기의 예술운동의 대항문화=고급문화의 한계를 엿볼 수 있다. 小島美子,『日本童謡音楽史』(第一書房, 2004) 참조.

12) 1920년대 댄스 유행과 그 단속에 대해서는 나가이 요시카즈永井良和의『사교댄스와 일본인社交ダンスと日本人』, 晶文社, 1991 참조.

호 양론으로 나뉘어 독자 간의 논쟁이 있었고, 연말에는 모리구치 다리森口多里와 니시노미야 도초西宮藤朝 사이에서도 같은 논쟁이 벌어졌다. 이에 대해 다나베 야에코는 "서양의 댄스도 매우 좋지만, 남녀가 손을 맞잡고 추는 춤을 오늘날의 일본 가정에 도입하는 것은 조금 곤란할 듯 합니다. 가정무용에는 그러한 결점이 없습니다." 이런 점이 동요와 그 외 예술자유주의 장르와 마찬가지로 대항=보수문화 그리고 고급문화로서의 가정무용 성격을 노골적으로 드러낸 것이라 할 수 있다.

이처럼 조건반사적으로 댄스에 대항하는 자세는 그 모습 그대로 동요무용이라는 영역을 바라보는 시선에도 내포되어 있었던 듯하다. 댄스나 예술로서의 무용이나 일본 무용과 같은 가정무용과 동요무용, 학교 무용, 체육 댄스 등도 근원은 같은 곳에서 발생한 것이다. 이 시대에 춤을 춘다는 행위와 댄스라는 '풍속'이 혼동하는 시선이 존재하였고, 이를 방어하려는 움직임도 생겨났다. 또한 댄스 열기 등의 도시 풍속과 가정과의 관련성은 1932년에 들어서면서 나타나는데, 오제키 이와지尾関岩次가 다음과 같이 정확히 꿰뚫고 있다.

극장, 상설관, 댄스장, 근래의 오락기관은 모든 개인을 가정으로부터 빼앗으려 노력하고 있는 것처럼 보인다. 거기다 라디오와 책은 전자는 가정생활을 외계와 연결시키고, 그 위에 사유를 가정에 남겨두려 하지 않으며, 책은 짧은 가정에서의 시간을 개인화 또는 서재화한다.

아울러 이른바 가정은 현대 사회에서는 필요가 없어진 것이 아니라, 점점 더 통절하게 필요해 지고 있다. 오락장으로서, 일터로서의 가정으로 잃어 버린 것은 가정으로서 불순한 속성을 내다버린 것이다.[13]

통근생활이 일상화된 도시공간·정보공간에 포위되어 가정 밖과 안으로 가족의 연결고리가 끊어지면서 개인주의가 진행되어 간다. 그러한 위기의 요인에 댄스도 거론되었는데, 오락장이나 일터로서의 기능을 잃어버린 가정을 그야말로 단순화된 '가정'으로 재구축되기를 바라는 오제키의 기대감이 드러나 있다. 그러나 그것은 아이러니한 기대, 기대라기보다 가정이라는 영역을 유지하려는 측에서 본 그야말로 위기의식이라고 해야 할 것이다.

덧붙여 말하면, 1922년 자 『요미우리신문』 지상에서 독자가 '댄스 유행'을 말하고, 당국의 풍기 단속반이 봉오도리盆踊를 단속하면서 댄스를 단속하지 않는 것은 불공평하다는 다음과 같은 비판은 가정무용의 향방을 엿볼 수 있어 흥미롭다.

그 공무원들이 수도 한 가운데에서 그것도 백주 대낮, 아니 애써 야음을 틈타 그것도 공공연하게 신문에까지 광고를 내 이리저리 깡패들을 불러 모아 놓고는, 마음껏 변태 기분을 내고 있는 무도회에만 손을 뻗치지 않는 이유는 무엇인가. 이것이야말로 편파적이라고 치부해 버릴 수 없는 기괴한 일이다.[14]

---

13) 尾関岩二, 『童心芸術論』, 文化書房, 1932, 262쪽.
14) 「ダンス流行」(くら生), 『読売新聞』, 1922.11.29.

고데라 유키치小寺融吉 등에 따르면 각지에서 봉오도리가 부흥한 것은 다이쇼기에 들어서라고 하는데, 봉오도리의 경우는 가장假裝·남녀이장異裝을 포함하여 성 모럴을 위반하는 것이라고 메이지明治 이후 엄격히 단속하고 탄압하던 시대가 있었다. 가정무용 역시 근세 이래의 하우타端唄[15] 등 각 지역에서 전해 내려오는 민요와 봉오도리의 노래와 춤을 적극적으로 도입한 것과 관계가 없지 않다. 다나베 부부 역시 이들 가사를 채용함에 있어 저속하고 천박한 부분을 "가정적으로 우미고상"하게 개량하는 등의 조치를 하고 있다. 에컨대 "매화는 피었는가, 벚꽃은 아직인가/ 버들이야 낭창낭창 바람 부는 대로/ 황매화는 바람기로 색色만은 어쩔 수 없구나"라는 유명한 하우타는 성적인 분위기를 자아내는 구절을 "황금색山吹黃金 꽃뿐일세"이라고 바꿔 불렀다. 또한 "백로는 날아 올랐는가, 갈매기는 아직인가/ 집오리 한들한들 물결치는 대로/ 원앙은 서로 정답구나"라고 원 가사를 바꿔 곡을 붙인 것도 있다.[16] 즉 다나베 부부가 추진한 가정무용은 봉오도리와 댄스 중간에 위치하며 일본적인 정취를 안전무해하고 위생적인 것으로 삼아 근대 가정 안으로 이식한 운동으로 이해할 수 있을 것이다.

그러나 가정무용에서 가장 중요한 점은 다름 아닌 '계급' 문제다. 다나베 히사오가 궁내성 아악부 강사로 출강한 것이 인연이 되었던지 가정무용은 1922년, 황족들 사이에도 알려지게 된다. 다나베의 앞의 책 『가정무용해설』 등에는 이에 관해 상세하게 기술하고 있다. 다나베가

---

15) 샤미센에 맞추어 부르는 짧은 속요俗謠. 옮긴이 주.

16) 田辺八重子·松村武雄·田辺尚雄, 『童話童謠及音楽舞踊』, 児童保護研究会, 1924, 34~35쪽.

출강하던 기타시라카와노미야北白川宮 자택에서 시작해, 아사카노미야朝香宮, 구니노미야久邇宮로 확산되었고, 기타시라카와노미야의 내친왕은 기소부시木曽節를 흥얼거리고, 구니노미야 딸인 나가코良子 여왕도 춤 강습에 합류했다(당시 나가코는 '궁중모중대사건'을 겪으며 황태자와의 결혼이 이미 내정되어 있었다). 그녀들은 앞서의 "매실꽃은 피었는가"와 특별 요청으로 민요인 기소오도리木曽踊를 춤추었다고 한다.

황족들의 이러한 동향은 신문에도 실렸으며, 그 중 기소오도리에 관한 기사를 읽은 기소 후쿠시마福島 촌장은 감격에 겨워 비서와 함께 상경하여 궁내성과 다나베에게 달려가 감사 인사를 전했다고 한다. 참고로 이 기소 후쿠시마 촌장은 이토 스나오伊東淳라는 이로, 기소오도리의 진흥을 위해 노력하는 한편, 춤 자격증까지 취득해 '나카노리 씨 촌장仲のりさん町長'이라는 별칭으로 불리던 인물이다.[17] 다나베 히사오 또한 기소 후쿠시마까지 달려가 그 춤을 익히고자 노력한 인연이 있었다(기소오도리 자격증 취득 제1호는 다름 아닌 다나베 히사오였다고 한다). 원래 외설스러운 요소를 포함한 봉오도리와 속곡을 황족 여성들이 세련된 레이디의 '좋은 취미'의 하나로 흥얼거리고 춤추게 된 것이다. 황족들이 노래하고 춤추는 풍경은 다나베 히사오 등의 의도와 달리, 항구의 댄스홀 춤이나 노래와 같은 수맥으로 이어져 간 것으로 보인다. 물론 연속된 그 수맥을 어떻게 보이지 않게 하느냐가 관건이었는데, 야마다 고사쿠의 앞서의 말을 빌자면, 그야말로 '포스트 로쿠메이칸ポスト鹿鳴館' 시대의 모습을 보여주었던 것이다.

---

17) 木曽福島町教育委員会編, 『木曽福島町史』第2巻, 木曽福島町, 1982 참조.

이러한 황족들의 뒷받침으로 인해 가정무용에 대한 관심이 증폭되는 효과를 얻게 된 것은 상상하기 어렵지 않으나, 가정무용의 다양한 성격과 상황은 동요 및 동요무용에도 적용되었던 것으로 봐도 무방하다. 그 동요와 동요무용과 황족과의 관련성 및 계급 문제를 생각할 때 우선 언급해야 할 존재가 있다. 다이쇼 천황의 네 번째 황자(1915년 생)였던 스미노미야崇仁親王이다. 성인이 되어서는 미카사노미야三笠宮로 불리었으며, 전후에는 오리엔트 학자로도 활동한 인물로 알려져 있다. 긴다이치 하루히코金田一春彦는 "세간에 동요라는 것이 알려지게 된 것은 스미노미야가 동요를 작사했다는 기사가 신문 지상에 크게 보도되면서였다"[18]고 기술하고 있

『스미노미야 전하 동요집澄宮殿下御作童謠集』 표지

스미노미야(다카히토 친왕崇仁親王)(『澄宮殿下御作童謠集』)

다. 스미노미야라는 어린 황자가 동요운동과 동요무용운동이라는 문자 그대로 상징적인 존재가 되었다. 6세 스미노미야가 작사한 동요가 출판된 것 역시 가정무용이 유행한 해와 같은 1922년이었다. 오사카마이니치 신문사가 간행한 『스미노미야 전하 창작 동요집澄宮殿下御作童謠集』이 그것이다.

---

18) 金田一春彦, 『十五夜お月さん 本居長世 人と作品』, 三省堂, 1983, 236쪽.

달 밝은 밤하늘 기러기 날아오르고 황태자 궁궐에서 이를 바라보노라

ツキヨノソラヲ ガントピテ ミヤクン ゴテンデ ソレミテル

(「달과 기러기ツキトガン」)

이처럼 주로 7·5·7·5 형식에 따른 가타카나로 쓰인 단시 15편이 수록
되어 있다. 이러한 '동요' 창작의 방식은 어머니인 황후가 옛 와카를 골
라 가타카나로 옮겨 쓴 것을 읽고 자라난 탓에 "자연스럽게 7·5조에 취
미를 갖게 되어 견문의 감상을 느낀 그대로 구어로 표현하신 것을 모아
가타카나로 표기하여 황태자의 노래가 만들어진 것"이라는 측근의 발
언에서 엿볼 수 있다.[19] 가타카나 표기도 그렇지만 발음이 확실치 않은
구어로 만들어진 황태자의 작시에 관심이 집중되어 이것을 미디어나
세간에서 '동요'라고 부르며 유행하게 된 것은 주의를 요한다. 이 시기가
국어=구어·표준어 교육·미디어 확립 시기였음을 생각할 때, 동시대의
언어 의식과 시 의식의 반영을 그 안에서 간파할 수 있을 것이다. 이 동
요집에 앞서, 동요집『십오야 달님十五夜のお月さん』을 애창한 스미노미
야에게 노구치 우조가 동요「지요다 성千代田のお城」을『금색 배金の船』를
통해 헌상하고, 구즈하라 시게루가 동요집 저작을 헌상한 것도 신문 지
면에 보도되었다. 또한 앞서의『창작 동요집』간행에 관여한 동요 작품
을 '하사'한 기자가『도쿄아사히신문東京朝日新聞』에 스미노미야의 일상
을 기사화하기도 했다. 이러한 상황들이 맞물려 '동요의 황태자'라는 스
미노미야의 이미지가 미디어를 통해 널리 침투되어 갔을 것이다.

---

19) 斎藤謙蔵,『澄宮殿下』, 大阪府教育会, 1930, 10쪽.

같은 시기에 간행된 어린
이가 쓴 동요를 모집한 앤솔
로지 등에도 스미노미야는
브랜드로 이용되었다. 1924
년 고미 마사토시五味政知 편
『황태자 전하 성혼 봉축 동
요집皇太子殿下御成婚奉祝童

아카사카 초등학교에서 『달과 기러기』를 관람 중인 스미노미야
(『澄宮殿下御作童謠集可愛い童謠遊戱』). 객석 방향 왼편에
있는 무대(두 번째 히노마루 아래) 오른편 병풍 쪽을 등지고 앉
아 있는 이가 스미노미야로 보인다.

謠集』(同 간행회)은 750페이지에 달하는 대작으로, 대만, 조선, 만주를 포
함하여 일본 전국에서 모인 동요가 도도부현都道府県 별로 수록되어 있
는데, 그 권두에 스미노미야의 단가가 사진판으로 실렸다. 이 동요집은
표제와 같이 황태자와 구니노미야 요시코久邇宮良子의 결혼을 축하하
기 위한 것이며, 내용면에서도 어린이들로 하여금(당시 이미 섭정으로 황실
의 실질적인 중심이었던) 황태자를 정점으로 한 계층 시스템 안에서 동요를
쓰도록 하려는 전략이 엿보인다.[20] 또한 1925년에 "가루피스제조주식
회사カルピス製造株式会社 현상모집"으로 실업일본사実業之日本社에서 간
행한『일본동요집』은, 기타하라 하쿠슈, 구즈하라 시게루, 노구치 우조,
사이조 야소西條八十와 같은 쟁쟁한 선자가 전국의 초등학교에서 몰려
든 2만 편에 달하는 모집 동요에서 선정한 앤솔로지(조선에서도 390편이
모집되었는데, 이 숫자는 거의 효고兵庫현 응모수에 필적하며, 교토京都와 기후岐阜보다

---

20) 천황, 황태자 찬미가 넘쳐나는 가운데 특히 도쿄부東京府 소재 어린이 작품이 많았다.
아직 생생한 지진의 기억과 천황의 부흥 하사금에 감격을 표하고 있는 점이 눈에 띈다.
예컨대, "경사 났네 경사 났어/ 봄 매화의 향기가 퍼질 무렵/ 양 전하의 혼례/ 판자촌에
도 깃발이 나부낀다"(東京市飯倉尋常小学校四年, 小山操)

많다)로, 이들 권두에도 스미노미야의 근영과 그의 단가를 옮겨 적은 사진이 장식되어 있다.

스미노미야 작곡 동요는 앞서의 『스미노미야 전하 창작 동요집』과 모토오리 나가요와 나가이 고지가 작곡한 악보가 수록되어 있다. 모토오리 나가요 작품은 스미노야의 6세 생일에 모토오리와 그의 딸인 미도리みどり·기미코貴美子 자매의 '어전 연주'를 계기로 모토오

후지마 시즈에 안무, 모토오리 자매(미도리 노래, 기미코 무용)가 스미노미야 작 동요 「말」 상연(1922년 10월, 오사카 나카노지마 중앙회 회당에서 펼쳐진 '동요민요무용대회'에서(『婦女世界』1922.11[小野高裕 제공]). 이 대회에는 "일본의 안나 파블로바"인 후지마를 중심으로 모토오리 나가요, 미야기 미치오, 요시다 기요카제吉田淸風 등이 참가했다.

리 부녀의 명성은 스미노미야 브랜드와 함께 높아졌다. 같은 시기(늦어도 1923년 7월까지)에 여러 곡이 닛포노혼ニッポノホン[21]에 의해 모토오리 나가요, 미도리 부녀의 연주로 레코드 녹음되었다(「タモザハガハ」, 「ウマ」, 「四十四, 五ノ」). 시 자체가 너무 짧고 소박하여 모토오리 나가요가 덧붙여 쓴 곡도 빛을 발하지만, 동요 초창기에 속하는 이러한 레코드도 어느 정도 영향력을 가졌을 것이다. 또 고이데 고헤이小出浩平의 『스미노미야 전하 창작 동요집 귀여운 동요 유희澄宮殿下御作童謠集 可愛い童謠遊戯』(広文堂書店, 1923)에 따르면 고이데가 초등학교용으로 '동요 유희(무용)'를 넣어 이것을 피로한 아카사카赤坂 초등학교 학생들은 스미노미야를 직접 만날 수 있는 기회를 얻었다. 원래 동요무용이라는 장르 자체는 다음

---

21) 1910년에 발매된 축음기. 옮긴이 주.

기술처럼 무용가인 후지마 시즈에가 모토오리 나가요가 작곡한 스미노미야의 동요에 안무를 넣어 모토오리의 딸이 무대에 오른 것이 그 기원이라고 한다.

> 동요무용은 다이쇼 11년, 스미노미야 님이 작곡하신 「말お馬」을 모토오리 나가요 씨가 작곡하고, 시즈에 씨가 안무를 넣어 모토오리 씨의 영애 미도리 씨와 기미코 씨가 첫 무대에 올린 것이 최초로, 즉 이것이 일본 무용을 피아노 반주에 맞춰 춤추기 시작한 최초였다. 그로부터 동요무용은 매우 큰 인기를 얻으며 전국으로 확산되었다. 시즈에 씨는 최근에는 오케스트라 연주에 맞춰 춤추게 되었다.[22]

또한 가정무용과 스미노미야의 외의 황족 동요와의 관련해서 덧붙여 두고 싶은 것은 『금성金の星』에 게재된 조선 이李 왕가의 황녀 이덕혜가 작곡한 동요이다. 1925년 5월 동지 7권 5호에 「덕혜 공주」라는 제목으로 사진을 넣은 그녀의 일본어로 된 자작 동요 「비」가 소개되어 있다.

> 뭉게뭉게
> 검은 연기가
> 하늘의 궁궐로
> 올라가면
> 하늘의 신

---

22) 「(元祖の婦人)西洋楽器で振袖の踊 新しい童謡踊の創始者」, 『読売新聞』1927.8.17.

매캐하여

눈물을 뚝뚝

흘린다

　주를 달아 "은垠 전하의 누이동생으로 나이 14세, 시의 재능이 풍부하여 동요의 공주님이라고 불리고 있습니다. 작년 5월 본사 노구치 선생이 조선에 건너갔을 때 친히 자작 동요를 두 편 써 주셨습니다. 사진은 조선을 출발하시기 직전에 촬영하신 것으로 조선 이왕직李王職께서 친히 본사로 보내 주신 것입니다"라고 쓰고 있다. 덕혜 공주라 불리는 이덕혜는 조선 황제 고종의 외동딸로, 이복형제로는 마지막 황제인 순종(모친은 명성황후)과 인질 비슷하게 일본으로 유학하여 황족인 나시모토미야 마사코梨本宮方子와 결혼하는 이은이 있다. 이 왕가는 병합 후 '왕공족王公族'으로 일본 황실 아래로 흡수되었다(정치적으로는 총독부가 관할). 덕혜는 오빠와 마찬가지로 1925년 봄, 일본으로 유학(여자 학습원)하여 쓰시마対馬 번주의 후예와 결혼하게 되는데 오랫동안 정신병을 잃는다. 전쟁 후에도 병은 호전되지 않았고 결국 이혼에 이른다. 이후 한국으로 귀국해서도 불행으로 점철된 파란만장한 삶을 살게 된다.[23]

　『금색 배』의 기사는 노구치 우조가 조선을 방문해(후술하겠지만 이 잡지사의 '동요 강연' 기획으로 조선에 방문한다) 이덕혜에게서 자작 동요 작품을 받아, 일본으로 출발하기 직전 찍은 그녀의 사진과 함께 게재한 것이다

---

23) 이덕혜의 생애에 대해서는 혼마 교코本馬恭子의『덕혜 공주 이씨 조선 최후의 왕녀德惠姫 李氏朝鮮最後の王女』, 葦書房, 1998 참조.

(사진은 이왕직이 제공하였다). 동요 창작이 일본어로 이루어진 것은 그녀가 일본인 초등학교에서 교육 받았기 때문이며, "조선을 출발하시기 직전"의 초상과 함께 게재됨으로써 훗날 일본 백작가와의 혼인으로 이어지는 '내선일체' 프로파간다 역할을 하게 된 것으로 보인다. 이덕혜를 일컫는 "동요의 공주님"이라는 칭호도 "동요의 황태자"라 불리던 스미노미야와 한 쌍을 이루는 듯 보인다.

덕혜 공주(『금색 배』)

 동요라는 장르가 고급문화의 성격을 농후하게 만들어 간 것은 이러한 황실과의 관련성에서 상징적으로 드러나고 있다. 동요를 직접 작사한 스미노미야를 정점으로 하여, 신일본음악과 가정무용과 황족의 관련성, 거기에 조선 이 왕가의 황녀의 동요 창작, 동요와 춤을 매개로 한 서열화된 로열티, 황실에 작품을 헌상하거나 그들에게 직접 연주를 헌상하는 것으로 서열과 자신의 권위를 자리매김한 작곡가, 무용가들(그리고 그의 딸들). 세속 문화를 배제하는 대항문화로 등장한 동요, 그리고 그 정제물精製物인 동요무용은 이렇게 해서 투명하고 무구한 동심을 구시대적인(포스트 로쿠메이칸적인) 문맥 속으로 이식시켜 간 것이다.

4. 노래하는 소녀, 춤추는 소녀 ─ 모토오리 자매와 소녀들

　이러한 로열티와 동요, 춤이 서로 관련을 맺으며 부상하는 것이 동요를 노래하고, 춤추는 소녀들의 신체와 소리이다. 특히 앞서 기술한 바와 같이 모토오리 나가요의 딸들이 1920년대 전반까지 동요와 동요무용 운동에 미친 영향은 적지 않다. 그녀들은 이렇듯 동요를 보급시키기 위한 화신化身=미디어 그 자체였다고 말할 수 있을 것이다. 이러한 '미디어'의 성향은 아래와 같이 몇 가지로 분류할 수 있다.

　우선 모토오리가 깊게 관여했던『금색 배』/『금성』주최의 동요 강연회 기획이다. 기타하라 하쿠슈, 사이조 야소 모두 전국 각지를 돌며 여행하는 시인이었는데,『금색 배』를 중심으로 활동하던 노구치 우조, 모토오리 등은 신일본음악 모임 회원들(요시다 기요카제·미야기 미치오)과 함께 1920년대 이후부터 정력적으로 전국을 돌았다.『금색 배』시대 말 무렵 '동화 강연부'를 설치하고, 오키노 이와사부로沖野岩三郎를 강사로 투입하여 각지에서 밀려드는 강연 의뢰에 답하였다(교통, 숙박비는 주최 측 부담이었다). 이어서 '동요 강연부'를 신설하고 노구치가 각지를 돌았다. 오키노와 노구치가 함께 하기도 했다. 노구치의 경우 강연에 더하여 노래를 하기도 했다고 한다.『금색 배』를 기점으로 하여 1922년 여름부터 가을에 걸친 3개월 간의 노구치 강연 스케줄을 보면, 총 14곳으로, 도쿄에서 간토関東, 간사이関西, 나가노長野에 이르기까지 정력적으로 강연 활동을 이어갔다. 또한 모토오리 나가요, 히로타 류타로弘田竜太郎와 같은 작곡가와 가네마키 스에오印牧季雄, 쓰치카와 고로土川五郎 등 안무가와 함께 활동을 펼치기도 했다.

모토오리 나가요의 경우는 미도리, 기미코(훗날 셋째 딸 와카바若葉도 합류) 두 딸들이 공연 여행에 동행했으며, 언니인 미도리가 아버지가 작곡한 동요를 그의 피아노 반주에 맞춰 노래하고, 동생인 기미코가 춤을 추거나 노래를 했다. 이러한 효과가 그의 작품 보급에 커다란 영향을 미쳤다. 모토오리 부녀의 동요 투어는 북으로는 사할린을 포함한 (기타하라 하쿠슈의 사할린 여행기『플랩 트립フレップ·トリップ』에도 도요하라豊原[유즈노사할린스크]에서의 모토오리 부녀 동요 음악회에 관한 기술이 보인다)[24] 일본 전국에서 대만, 조선 등 '외지'로 그 영역이 확대되어 갔다.

> 파란 눈을 한 인형은
> 미국 태생의 셀룰로이드
> 일본 항구에 도착했을 때
> 눈물을 한가득 머금었다

모토오리는 그의 최대 히트작 중 하나인 「파란 눈의 인형」(노구치 우조 작사)에 대해 다음과 같이 회상하고 있다.

당시 후지마 시즈에 씨가 최초로 안무를 했고, 그 후 여러 무용가

---

24) 『플랩 트립』을 쓰게 된 계기는 1925년 여름 사할린 여행 경험이다. 이 가운데 도요하라를 방문한 부분에 "지난달은 모토오리 나가요 군이 따님들을 데리고 찾았다고 한다. 동요 음악회는 성인 대상이었다고 한다. 도요하라는 도쿄의 연장이라고 할 수 있다"라고 기술하고 있다.

들에 의해 다양한 안무가 탄생했습니다. 내 딸 미도리, 기미코가 일본 전국으로부터 대만, 조선, 사할린, 홋카이도北海道 구석구석까지 이 곡이 무대에 올라 노래한 것만 수천 회에 이릅니다.[25]

1923년 12월부터 이듬해 초에 걸쳐 모토오리 나가요, 미도리, 기미코 등은『호치신문報知新聞』기획에서 그 해 관동대지진関東大震災에 원조해 준 미국에 대한 답례 사절로 하와이, 미국(로스앤젤레스, 새크라멘토 등)으로 연주 여행을 갔으며, 이것은 모토오리 부녀의 연주 활동 중 정점을 이루는 시기였다. 1924년 6월의 잡지『동요』(4권 5호)에는 '동요의 여왕 돌아오다'라는 표제어가 모토오리 미도리 등의 스냅사진과 함께 실렸다. "동요계의 살아 있는 전설 모토오리 미도리 양 돌아오다 ─ 미국 가는 곳마다 대 환영 ─ 가장 좋은 평판을 받았던 동요"라는 기사가 게재되어 있다. 특히 미국의 일본계 이민 배척 기운이 높았던 시기였던 탓에 (수개월 후 1924년 5월에 신이민법이 성립한다)「십오야 달님」,「파란 눈의 인형」등 미도리와 기미코의 노래와 춤은 재류 일본인 관객들의 눈시울을 적셨다고 한다.

「동요 여왕 돌아오다」(『동요』)

---

25) 本居長世,「青い眼の人形の思ひ出」,『日本童謡全集』6, 日本蓄音器商会, 1937.

그 사람들은 고국을 떠나 이 먼 곳 미국까지 이민 와서 매일 밤낮을 그리운 일본으로 돌아 갈 날만을 꿈꾸고 있습니다. 그 사람들이 좀처럼 보기 힘든 일본에서 온 아이들을 보고, 또 그 입에서 흘러나오는 "일본 항구에 도착했을 때"라는 등의 가사를 듣고는, 마치 자신들의 가장 아픈 곳을 건드리기도 한 듯 결국 울음을 터트리고 말았다고 합니다.[26)]

모토오리 부녀 이외에도 기미코가 춤을 학습한 후지마 시즈에가 양녀와 함께 춤을 추고, 모토오리 부녀와도 교류가 있었던 하야시 기무코 林きむ子 역시 딸들을 동반하여 각지를 돌며 동요무용을 선보였다고 한다. 미야기 미치오가 키운 기요코 가즈에 자매의 활약도 이와 관련이 있다. 이들 소녀들은 모두 구니노미야 등의 황실을 상대로 '어전 연주'를 선보인 것도 공통된다.[27)] 부녀, 모녀라는 조합의 차이는 있지만 부모와 자식이 함께 하는 공연, 연주 여행은 가족을 기준으로 하는 가정무용 발상의 연장선상에 있다. 가정무용이나 동요무용이나 모두 황실을 정점

---

26) 모토오리本居 위의 책. 또한 「파란 눈의 인형」은 1927년 신이민법 제정과 관련이 있다. 이 법이 제정된 이후 악화된 미일관계 개선을 목적으로 미국은 만천여 개의 인형을 일본으로 보내는데 이를 일컬어 '일미친선인형'이라 했으며, 노구치 우조와 모토오리 동요 가사에도 나오듯 '파란 눈의 인형'이라 불리었다. 문부성은 이 인형들을 환영하기 위해 다카노 다쓰유키高野辰之를 위촉하여 「인형을 환영하는 노래」를 만들게 했는데(東京音楽学校作曲), 이 시는 다분히 노구치 동요의 시를 의식한 듯 보인다(梅原康嗣, 「長野県における日米親善人形ーー九二七年の「青い眼の人形」, 『長野県立歴史館研究紀要』8号, 2002.3). 파도 저 멀리에서/ 이곳까지 건너온 인형// 외롭게 하지 않을 거예요/ 고향이라 생각하고 지내시기를

27) 森まゆみ, 『大正美人伝 林きむ子とその生涯』, 文藝春秋, 2002(宮城喜代子, 『筆ひとすじに 楽聖 宮城道雄の偉業をついで』, 文園社, 1990 참조).

으로 한 상류계급과 그 영양, 영식을 동원하여 고급문화 담당자로써 '가정'의 역할을 강조했다. 그런데 동요무용의 경우, 가정무용에 비해 보다 폭넓은 다양한 청중을 확보하는 것으로, 공중 앞에 소리와 신체를 피로하는 소녀들을 일종의 스타로 미디어의 앞 무대에 오르게 해, 그 소리와 신체를 점점 더 투명한 것으로 완성시켜 갔다. 미디어 앞으로 소녀들을 노출시킨 것은 그녀들이 누군가의 딸이며, 가정의 아이의 한 명이라는 것, 각각 소속하는 장소로부터 소녀들을 떼어내어, 자립한 투명한 존재로써 그야말로 소녀들의 신체와 소리 자체를 '장소'로 이미지화해 갔다. 모순적이게도 이것은 예술자유교육을 통해 형성된 동심주의의 불가피한 귀결이기도 했을 터다.

애초보다 다양한 의미를 내포하고 있던 동요는, "아동이 부르는 노래" "아동을 노래하는 노래"라는 요소를 함께 지니는 양상이 모토오리 자매들의 활약을 계기로 정착해 간 것이라고 할 수 있다. 어린이 노래를 어린이가 노래하는 것은 너무도 자명하여 자연스러워 보이지만, 이러한 신체와 소리와 언어의 삼위일체의 '자연'스러움이 결과적으로 어린이 노래를 안이하게 규정하는 계기가 되었음은 의심의 여지가 없다. 그것은 한편으로는 "아동이 만든 노래"라는 요소를 동요로부터 떼어낸 것, 즉 동요라는 장소로부터 어린이의 투명한 주체를 추상화하고, 그 주체를 다시금 회수하여 복속시켜 간 것을 의미하며, 그리고 그런 행위가 바로 교육이라는 환상을 강화시켜 간 것이다.

어린이들을 상품화하는 이러한 동향에 당시 이론異論이 없었던 것은 아니었다. 도쿄여자사범학교부속(오차노미즈お茶の水) 유치원 교육을 주

도해 간 구라하시 소조倉橋惣三가 '아동문제'를 일으켰던 1922년을 회상하면서 "아동을 공개 무대에 세우는 일"에 반대를 표명한 것도 그 한 예이다.[28] 또한 초등학교 교사인 가토 후카시加藤不可止는 자신도 오랫동안 안무와 동요무용으로 아이들을 "어른의 세계의 미니어처"로 동원했음을 고백하며, "그 무용은 아이의 마음을 표현한 무용도 아니며, 아이들의 마음에서 우러난 안무도 아니라고 말한다. 어른이 감상하고 어른에게 보이기 위해 가르쳤던 무용인 경우가 많았던 것이다. 아이들 생활에 이렇게 비참한 일은 없을 것이다"[29]라며 반성을 촉구한다.

실제로 가토가 초등학교 교사로 그것을 지도해 왔던 1920년대 이후 동요무용과 체육댄스 관계 해설서 종류의 간행이 꾸준히 증가했다. 대략적으로만 보더라도 1923년 이후 1930년대에 걸쳐 매년 여러 권의 도서를 확인할 수 있다. 이러한 저작들과 잡지는 악보와 해설과 함께 안무의 예를 보여주는 사진이나 그림을 게재하는 것이 일반적이며, 그 대부분은 소녀들이 연출한 것이다. 이렇듯 젠더 역할이 고정되었던 배경에는 청일전쟁 전후 무렵부터 시작된 동작 유희와 창가 유희라고 불렀던 무용교육이 오로지 여자교육의 틀로 고정되어 도입된 경위가 있다. 어찌 되었든 동요무용의 유행으로 춤추는 소녀들의 그림이 세간의 주목을 받게 된다. 원래 그 그림들은 아이들 자신이 춤을 익히기 위한 교본

---

28) 倉橋惣三,「第一歩を踏み出した本年の児童問題」中(『読売新聞』1922.12.26./『女性』3巻3号, 1923.3.)이 기획한 특집「아동극을 아동에게 연기하게 하는 것의 옳고 그름児童劇を児童に演ぜしめる事の可否」에서도 구라하시가 아이들의 공개 출연에 반대하고, 당사자이기도 한 모토오리 나가요 등이 반론, 옹호하는 형식으로 전개된다.

29) 加藤不可止,『学校児童劇と学校舞踊』, 三成社書店, 1935, 80쪽.

이와이 노부코 동요집 『찌부러져버린 말』

이었는데, 학교 관계자와 무용 관계자 이외의 독자들의 눈길을 끌게 되었음을 상기할 때, 구라하시나 가토가 우려한 바와 같이 춤추는 주체를 연기하도록 하고, 그것을 보여주고 감상하게 하는 객체로서 성인들에게 춤추는 소녀들의 신체 그림이 제공되었던 상황을 상정하는 일은 어렵지 않을 것이다. 그 신체상은 물론이고, 노래하는 목소리도 포함된다. 모토오리 자매 역시 신체의 주체화=복속화의 덫에서 자유롭지 않았다.

그런데 노래와 춤 이외에 동요의 작시의 경우 역시 마찬가지로 소녀들의 모습이 노출된 예를 찾을 수 있다. 간사이의 이와이 노부코岩井允子와 구마모토熊本의 가이타쓰 기미코海達公子와 같은 소녀들은 그 좋은 예다. 이 둘 모두 부모가 동요를 투고하는 등 동요집 간행에 크게 관여했다. 노구치 우조와 기타하라 하쿠슈, 와카야마 보쿠스이若山牧水, 구즈하라 시게루와 같은 잘 알려진 동요 시인들의 뒷받침이 있었던 점도 크게 작용했다. 이와이 노부코의 경우 1923년에 동요집 『찌부러져버린 말つぶられたお馬』(此村欽英党)이 간행되었고, 다음과 같이 천진난만한 작품이 후루야 아라타古家新의 아름다운 삽화와 함께 실려 있다.

　　　서로가 서로를
　　　끌어안고 끌어안아

백만송이버섯이 피었다

작은 삿갓 쓰고

서두르지 않으면

비에 흠뻑

젖고 말거야

「백만송이버섯」

　그러나 이 동요집의 본질은 다음과 같은 노구치 우조의 서문에서 알 수 있다. 그에 따르면 이와이 노부코는 동요(시)를 쓴 것이 아니라 말 그대로 **노래하고** 있었던 것이다.

　도모코 님은 4세의 천진난만한 따님으로 가타카나조차 쓰지 못합니다. 그러나 사물에 감동할 때마다 노래를 부르십니다. 그 곡조가 도모코 님의 창작 동요인 것입니다.
　이 「찌부러져버린 말」은 어머님이 그때마다 글로 옮겨 적어 두신 도모코 님이 노래한 대로 필기한 것입니다.

　가이타쓰 기미코의 경우는 기쿠카와 유스케規工川佑輔가 저술한 『평전 가이타쓰 기미코 ―「붉은 새」의 소녀 시인評伝海達公子―『赤い鳥』の少女詩人』(熊本日日新聞社, 2004)에 자세하게 기술되어 있다. 이 책에 따르면 기미코의 아버지 가이타쓰 요시후미海達貴文는 동요 창작에 힘을 기울여 자신의 딸을 『붉은 새』, 『금성』 등의 동요 미디어에 투고하는 등 적극적이었다고 한다. 동요무용이나 아동시=동요 창작 모두 부모, 자식의 조합으로 '동요 시장'을 만들어 간 것임을 알 수 있다. 같은 책에 인용되어 있는 1926년 3월 5일 자 『규슈니치니치신문九州日日新聞』(熊本)은 "1923(다이쇼 12)년 초등학교에 입학하면서부터 지금까지 창작한 이 작품은 그 수가 2천 8백여 편에 달하여 열 권의 노트에 담겨져 있습니다" 라고 보도하고 있으며, 『붉은 새』에는 무분별한 다작을 경고하는 기타하라 하쿠슈의 글도 보인다.

> 얼마 안 있으면
>
> 축항築港
>
> 저 편으로 지는 햇님.
>
> 갯벌에 반짝여서
>
> 눈이 부셔,
>
> 눈이 부셔.
>
> 「석양夕日」(축항築港, 미이케 축항 돌제三池築港突堤라는 주가 달려 있음)

『붉은 새』13권 3호(1924.9)에 실린 '추장推奬'으로 선정된 곡은 가이타쓰 기미코의 심상소학교 2학년 때 만든 것이다. 심사위원인 기타하라 하쿠슈는 선평에서 "마치 후기인상파의 그림 같다"라고 절찬했다. 그녀는 이 '무분별한 다작' 시기에 『붉은 새』에도 자주 모습을 보였으며, 때로는 아버지인 요시후미와 동시에 입선하는 일도 있었다. 이 시기에 가네코 미스즈金子みすゞ의 투고도 눈에 띄는데, 성인, 어린이, 부모와 자

식이 나란히 동심주의 무대에 이름을 올리는 이러한 광경은 전에 없던 진풍경이라고 해야 할 것이다. 앞서의 선평도 그렇지만 기타하라는 아이들보다 성인의 투고작에 엄격하였다(이것은 동요 작가인 기타하라의 음유의 표출이라고 해야 할 것이다). 성인의 경우는 "소년의 마음으로 돌아가는 것이 어려운 법"인데, 어린이의 창작과 차별화하는 과제를 극복하지 않으면 안 되기 때문이다. 그럼에도 불구하고 가이타쓰 요시후미와 같은 '동요 작가' 겸 프로듀서가 등장한 것은 아이의 모습, 동심이라는 영역이 성인들 세계에도 널리 침윤되어 있었음을 뒷받침하는 것이리라. 내적인 동심("소년의 마음")에 매료된 성인들 역시 주체의 위태로운 끝자락에 자리한 것은 아닐까. 회귀해야 할 장소로서의 동심이라는 것은 회귀의 불가능성 때문에 영속화된다. 그리고 가네코 미스즈와 17세를 앞두고 요절한 가이타쓰 기미코의 그림자가 그 영속화 프로젝트 아래에서 지금도 여전히 계속되어 오고 있다.

5. 레코드 속의 '영원한 소녀'

모토오리 미도리 등의 동요는 레코드에 녹음되어 보다 널리 시장을 확대해 갔다. 레코드판을 통해 모토오리 미도리의 소리는 지금도 들을 수 있는데(발성 포지션이 낮은 자의적이라고 할 만큼 높낮이가 없는 소리), 물론 살아있는 신체에서 발화되는 소리 역시 영원불멸한 것은 아니다. 소년의 소리는 아마도 변성기라는 불안정한 요소도 있었기에 소녀에 비해

동요 녹음에 참여하는 경우는 드
물었다. 이렇게 볼 때, 소녀들의
노래에 기대하는 것은 그야말로
성장을 멈춘, 변화하지 않는 '영
원한 소녀'의 소리라고 할 수 있
을 것이다. 라디오가 등장하기까
지 유일한 음성 미디어로 시장을
독점해 가던 레코드는 레코드 회
사, 작곡가, 가수가 공동 시스템

모토오리 미도리 「파란 눈의 인형」 레코드(ニッポノ
ホン)

을 확립하는 것으로 이후 1926년(쇼와昭和 원년) 무렵을 경계로 하여 빅
터ビクター의 히라이 에이코平井英子와 히라야마 미요코平山美代子, 나카
야마 가지코(中山梶子, 나카야마 신페이中山晋平의 양녀), 콜롬비아의 오카와
스미코大川澄子 등 새로운 동요 가수 스타를 계속해서 발굴해 간다. 그
러나 소녀들도 변성의 숙명은 피해가지 못했다. 히라이 등의 인기에 힘
입어 모토오리 미도리, 기미코 자매가 결혼으로 화려한 무대에서 퇴장
한 것처럼, 한 세대를 풍미한 이들 스타 역시 나이가 들면서 자연스럽게
'동요 가수'의 생명을 잃게 되었다.

　빅터 전속으로 나카야마 신페이와 손을 잡고 한 세대를 풍미한 히라
이 에이코의 애기 같은 소리와 창법은 그녀 고유의 매우 독특한 세계이
면서, 일본의 '영원한 소녀' 소리의 규범을 만든 것은 틀림없다. 발성이
가볍고, 모음을 평편하게 길게 늘인 소리는 좋게 말하면 투명하고, 나쁘
게 말하면 깊이가 없다. 그녀의 대표곡인 「테루테루 보즈てるてる坊主」

(아사하라 교손浅原鏡村 작사/나카야마 신페이 작곡)를 예로 들면, "아시타 텐키니 시테 오쿠레あした天気にしておくれ"라는 가사 마지막 부분 "레れ"를 길게 늘일 때 히라이는 반드시 'Re-E'와 같이 모음을 여음으로 강하게 남겨둔다. 이렇듯 E 모음을 의식적으로 강조하는 창법은 훈련의 결과로 보인다. 논비브라토non vibrato 창법처럼 입 모양을 확실하게 알 수 있는 이러한 발성은 히라이만의 특징은 아니다. 평편한 층이 없는 발성은 일본 아동 합창 등에서 들을 수 있는 오늘날 우리에게도 매우 익숙한 창법이다.

깊이가 없는 얕은 표피만으로 이루어진 히라이의 소리는 천진난만한 동시에 위태로운 '동심'을 연출하여 성인 남성(발성기 이전의 목소리를 그리워하는)의 소리와 대극에 자리하며, 그들의 청각 욕망과 기대의 지평에 부응하는 것으로 볼 수 있다. 히리이의 소리는 전시 동요 시대에 미묘한 변화가 생기지만 애기 같은 창법 스타일은 그대로 유지된다. 예컨대 1931년 12월에 빅터가 내놓은 「지켜라 만주守れよ満州」라는 노래가 그러하다.

> 우리 오빠, 만주에서 죽었지,
> 우리 아버지도, 만주에서 죽었고,
> 충의의 병사, 묘지의 만주,
> 지켜라 지켜, 우리의 권리.[30]

---

30) 텍스트는 『사이조 야소 전집西條八十全集』第4卷, 国書刊行会, 1997에 의함(이 시는 사이조의 『국민시집国民詩集』(1933)에 수록되어 있다). 레코드 초출 시기 또한 이 전집의 해제

같은 시기 9월 류타오후柳条湖 사건을 계기로 발생한 만주사변을 노래한 것이다. 바장조로 매우 밝고 가벼운 곡조(마쓰다이라 노부히로松平信博 작곡)로 역시 평편하고 단조로운 시(사이조 야소)와 보조를 맞춰 말의 의미 배후에 있어야 할 장소와 시간의 층을 건너뛰어 표피적이고 투명한 전쟁 풍경을 만들어 내었다.[31] 그러나 이러한 투명화에 크게 공헌하고 있는 것은 히라이 에이코의 모음을 길게 늘인 애기 같은 창법인 것이다.

기왕의 민중문화의 세속성에 대한 대항문화로 출발했으나 그 본질에 있어서는 고급문화로서의 성격을 강화시켜 보급해 간 동요와 동요 무용은 계급적인 동경憧憬/조격阻隔 의식을 매개로 삼아 노래하고 춤추는 소녀들을 청각과 시각 세계 안으로 대상화하고, 감상되어야 할 '동심'으로 그녀들의 소리와 신체를 철저히 추상화시켜 갔다. 이 대상화/추상화라는 것은 소녀들의 목소리와 신체로부터 깊이를 삭제하여 순수하고 평면적인 것으로 정제화, 투명화시킨 것이며, 이른바 소녀들에게서 육성을 빼앗아 미디어화한 것이다. 다시 말하면, 소녀들은 성인 사회에 한 번도 들어온 적 없는 순진무구한 '영원한 소녀'로, 소녀의 대극에 자리하는 성인 남성들 경계 저편에 고정화된다. 나아가 그들이 소년기에 잃어버린 '동심'의 화신으로 자리매김 된다. 춤추는 사진 안에서, 레코드의 노래하는 소리 안에서, 평편하고 투명한 말을 하지 않는 소녀들은, 성인과 남성에 대한 비판적 시점을 갖지 못한 매우 안전하고 안성맞춤인 장

(藤田圭雄)에 따름.

31) 전시 동요와 관련한 것으로 소녀 무용의 전시적 전개도 있는데, 이에 대해서는 이 책 제 3장을 참고하기 바란다.

식품이자 고급 인테리어로 기능하였던 것이다.

6. 동심과 교태 ─ 『여학생』 등

그렇다면 자신의 말을 통해 성인들, 남성들을 교란시키는, 인테리어가 아닌, 말하는 주체로서의 소녀들은 존재하지 않았을까? 적어도 표상 층위에서는 없다. 성인 남성의 경계를 동요시키고 때로는 교태를 부려 그들을 도발하는, 성장한 소녀들. 그녀들은 성인 사회의 악과 욕망의 대극에 자리할 뿐만 아니라, 오히려 그 악과 욕망의 충실한 사생화로서 성인 남성 비판의 시점을 내재화시킴으로써 그들의 피학 기호에 응답하였다. 소재는 조금 후에 나온 소설 텍스트인데, 다자이 오사무의 『여학생女生徒』(초출은 『문학계』, 1939.4)에 등장하는 화자인 소녀를 예로 들어보자.

이 소녀는 버스와 전차에서 만난 임산부("남자인지 여자인지 알 수 없는"이라고 하여 성차 규범을 깨는 것으로 묘사되고 있다)와 짙은 화장을 한 여성에 대해 불결한 느낌을 갖게 하며, 생리적인 혐오를 드러내고 있다. 그리고 이 혐오감은 다음과 같이 자신 안에 있는 여성의 성에 대한 거부로 나타난다.

> 아아, 더러워, 더러운 여자는 싫다. 내가 여자인 만큼 여자의 불결
> 함을 잘 알고 있기에 치가 떨릴 만큼 싫다. 금붕어를 짓이긴 후 그
> 참을 수 없는 비린내가 내 온몸에 스며든 듯, 씻어 내도 씻어 내도

냄새가 지워지지 않는다. 이렇게 하루하루 나 자신도 암컷의 체취를 발산해야 한다고 생각하니, 또 한편으로는 마음에 걸리는 것도 있으니, 그냥 이대로 소녀인 채로 죽고 싶다.

자신의 섹슈얼리티에 대한 부정이 스테레오타입으로 표출되고 있으며 성숙-거부-원망으로 전개되는데, 이러한 생리적인 부분까지 격하게 드러내는 자기부정은 의식의 흐름에 맡긴 비약적인 독백체 스타일을 통해 증폭된다. 내용적인 면만이 아니라 젊은 여자(소녀)가 계속해서 독백하는 자체가 이미 광적인 분위기를 환기시킨다 —여성의 '광기어린 화자'를 욕망하는 남성중심적인 시선이 여기에도 나타난다. 『비용의 처ヴィヨンの妻』와 『사양斜陽』을 포함한 10여 편에 달하는 다자이 오사무의 여성 독백체 소설 가운데 특히 『여학생』이 화자의 성과 성차 문제와 깊게 관여하고 있는 것은 그 때문이다. 이 소설이 실존 인물이자 여성 독자인 아리아케 시즈有明淑의 일기[32]에 전적으로 기대어 집필한 경위도 무시할 수 없을 것이다.

가와바타 야스나리가 문예시평에서 『여학생』을 언급하며 "여성적인 것"을 상찬[33]한 것은 잘 알려져 있는데, 여성의 성에 대한 혐오와 성숙 거부를 표명함으로써 언뜻 보면 스스로(성인 남성)가 경계 획정으로 향하고 있는 것처럼 보이는 소녀의 대사가, 가와바타를(그리고 결과적으로『아

---

32) 이전부터 그 존재는 알려져 있었는데, 2000년 아오모리青森 근대문학관이 『아리아케 시즈의 일기有明淑の日記』라는 제목으로 출판하였다.

33) 川端康成, 「小説と批評—文芸時評」, 『文藝春秋』17巻9号, 1939.5.; 『川端康成全集』第31巻, 新潮社, 1982, 505~506쪽.

리아케 시즈의 일기有明淑の日記』를 **영유**한 다자이를) 매료시킨 것은, 실은 그 경계가 독백체 대사의 첨예성으로 인해 흔들리고 있기 때문은 아닐까. 성과 성숙에 대한 혐오가 표명되면 될수록 소녀 화자의 음색은 성숙해 가는 신체와 소리가 들려왔기 때문은 아닐까(이는 다니자키 준이치로谷崎 潤一郎의 소설 속 '모성숭배'와 대치되는 가와바타 문학의 '처녀 숭배'라는 모티브와 도 관련이 있기 때문일 것이다).『여학생』의 다음과 같은 결말 역시 '성장하는 소녀', '작은 성인'인 여성에 의해 유혹 당하는 담론으로 읽을 수 있다.

안녕히 주무세요. 저는 왕자님이 없는 신데렐라 공주. 도쿄 어디에 있는지, 알고 계신가요? 두 번 다시 뵐 수 없어요.

자신을 "왕자님이 없는 신데렐라 공주"라고 부르는 이 소녀는 자신이 "도쿄의, 어디"엔가 있음을 고백하여, 남성 독자의 무수한 '왕자' 후보자 들을 유혹한다. 그러나 곧 "두 번, 다시 뵐 수 없어요"라며, 그녀는 텍스 트라는 만남의 장소로부터 완전히 사라져 버린다. 이러한 변신이 바로 교태가 아닐까. 소녀의 교태, 그것은 '영원한 소녀'의 윤곽을 자아내며, 아이와 성인의 경계를 착란시키고, 거기다 성인 남성들을 (그들로 하여금) **부드럽고 감미롭게** 비판하고 있는 것이다.

그러나 이러한 소녀상 역시 남성적 욕망에 의해 잘 만들어진 허상에 불과하다. 그도 그럴 것이『여학생』의 결말 부분 역시『아리아케 시즈의 일기』에는 없는, 다자이가 덧붙인 창작이며, 다자이의 번안=창작이 그 러한 소녀상을 노린 것임이 분명하기 때문이다. 거꾸로 다자이는 원래의 『일기』에는 있었던 매우 솔직한 군인 비판 부분을 삭제했다. 이러한 경향은 오타 시즈코太田静子의 『사양일기斜陽日記』에 대한 『사양』 텍스트에서도 같은 지적이 가능하다.[34] 여성에게 있어 개인으로서 '쓰는' 행위와, '쓰는' 주체로서 개인적이고자 하는 것 그 자체가 이미 충분히 정치적인 것이기 때문이다(그야말로 "Personal is political"). 다자이 오사무라는 남성=작가가 『아리아케 시즈의 일기』와 『사양일기』에서 움튼 이러한 정치성을 불온한 노이즈로 여겼는지 아닌지는 알 수 없다. 그러나 적어도 '사랑과 혁명'(그 실체는 '사랑=혁명')이라는 틀을 설정하는 것으로 그러한 노이즈가 깨끗하게 삭제되고 있음은 분명하다. 이런 의미에서 『여학생』의 소녀도 여전히 투명화를 면치 못하고 있다고 할 수 있다.

7. '공백'으로부터의 소리 — 도요타 마사코의 작문

가와바타 야스나리는 『여학생』을 언급하기에 앞서 다른 문예시평에서 도요타 마사코의 작문을 격찬한 바 있다. 이 1930년대 후반의 가와바타의 (소년)소녀들의 작문에 대한 관심과 열정에 특이한 점이 보인다. 1939년에는 도요타의 작문을 2년 전에 세상에 내놓았던 오키 겐이치로·시미즈 고지清水幸治편 『작문교실』(그리고 스즈키 미에키치鈴木三重吉『작

---

34) 『여학생女生徒』, 『사양斜陽』 각각의 텍스트를 비교한 연구로는, 쓰보이 히데토坪井秀人의 「여자의 소리를 훔치다—다자이 오사무의 여성 고백소설에 대해女の声を盗む—太宰治の女性告白小説について」(第27回国際日本文学研究会会議録『剽窃・模倣・オリジナリティー日本文学の想像力を問う』, 国文学研究資料館, 2004)가 있다.

문독본綴方読本』)과 『모범 작문 전집模範綴方全集』(총 6권) 모두 중앙공론사에서 간행되었다. 나카자토 쓰네코中里恒子의 대작 문제가 불거진 소녀소설이 등장하는 것도 바로 이 시기였다. 한편, 『여학생』의 원 텍스트라고 할 수 있는 아리아케 시즈의 일기가 집필되는 것도 같은 무렵(1938)이었는데, 일기는 야마모토 야스에山本安英 주연의 『작문교실』이 쓰키지 소극장築地小劇場에서 상연되었음을 언급하는 장면에서 시작된다. 도요타 마사코라는 '쓰는 소녀'의 등장, 그 이름의 전경화가 무수한 무명의 소녀들로 하여금 글을 쓰게 하였을 것이다. 도요타 미시코 현상이라고 할 만한 이러한 브랜드화(기호화)의 파급을 직업 작가인 다자이 오사무가 놓쳤을 리 없다. 그가 이 현상을 모티브로 한 것이 『지요라는 여자千代女』(1941)라는 텍스트다.[35]

1920년대에 화려하게 펼쳐진 '노래하는 소녀'들의 퍼포먼스에 30년대 후반의 '쓰는 소녀'라는 **자기표현**이 새롭게 추가되었던 것이다. 그런데 이 둘 사이에는 앞서 언급한 성인(남성)과의 경계의 차이뿐만 아니라, 각 장르의 주체가 되는 이들의 계급성의 차이를 지적할 수 있다. 그 차이는 물론 시대상의 추이와도 관련이 있다. 구체적으로 말하면 『붉은 새』의 도시형, 서구 지향형의(포스트 로쿠메이칸적인) 고급문화에 대한 안티테제가 덧대어진 것이며, 이러한 움직임은 작문이라는 장르에서 가장 활발하게 전개되었다고 할 수 있다.

---

35) 『千代女』에 관한 연구로는, 이하라 아야井原あや의 「다자이 오사무 「치요라는 여자」론─「나는 치요가 아닙니다太宰治「千代女」論─「私は千代女ではありません」」(『大妻国文』35号, 2004.3)가 있다.

도쿄 서민가의 빈곤한 생활을 표현한 도요타 마사코의 작문만 하더라도 원래는『붉은 새』투고작으로 스즈키 미에키치의 선정이 계기가 되어 평가를 받게 된 작품이었다.『작문 생활』에 명확하게 기술되어 있듯 도요타 자신은 이 잡지의 투고자이긴 해도 구독자는 아니었으며, 집필자이긴 하지만 '읽는' 계층은 아니었던 것이다.[36] 도요타는 텍스트 생산자이지 소비자는 아니었으며, 교사와 출판사(혹은 극장이나 영화 회사 등)와 같은 미디어로 제작되어 화려하게 선전되었으나, 단순히 '쓰는' 일, 텍스트라는 상품을 하청 받아 공급하는 것이 그녀의 본연의 임무였다고 할 수 있다. 이것은 나카야 이즈미中谷いずみ가 지적한 것처럼 종이와 연필만 있으면 가능한 작문은 경제적인 부분에서 부담이 적었고, 결과적으로 빈곤 계층 아이들이 대상이 된 "마이너스 요인이어야 할 '빈곤'이 적극적으로 평가되는" 것과도 관련이 있었다.[37] 구보카와 이네코窪川稲子는 무대화와 영화화로 화제를 모은 1938년(저작 간행 이듬해),『작문교실』의 무대가 된 가쓰시카葛飾 초등학교를 르포르타주 형식으로 그려내었다. 구보카와는 "도시의 하층 생활"을 반영한『작문교실』의 지역과 학교에 대한 관심, "그러한 생활층 아이들" 즉 "대다수를 점하는 아이들의 운명"을 취재하고 싶었다고 고백한다.[38]

　작문에 대해서는 당초『붉은 새』이외의 고급문화 지향과 동조하면

---

36)『작문교실』간행 시까지만 해도 도요타에게는 어디까지나 "선생님의 책"이었으며, "아무런 흥미도 느끼지 못했다"고 솔직히 고백하고 있다. 도요타의『추억의 오키 선생님思ひ出の大木先生』(大成出版, 1945)을 참조하기 바란다.

37) 中谷いずみ,『『赤い鳥』から『綴方教室』へ─教師という媒介項』(『日本文学』53巻9号, 2004.9) 참조.

38) 窪川稲子,「綴方教室」の小学校」,『文芸』, 1938.11.

서 그 지향을 비판하는 것을 포함한 장르라는 점에서 동요와 다른 장르가 차별화되었다고 할 수 있다. 스즈키 미에키치의 이상주의적인 반속反俗 이념과 대치하는 형태로 작문이라는 장르는 빈곤과 지방에 대한 관심을 집중시켜 간다. 그것은 구보카와가 말하는 "대다수를 점하는 아이들의 운명", 즉 아이들의 표준형을 실체화하고 그 위에 계급적으로 '하층'을 발견하며, 추상화된 이상형으로서 '동심'이라는 환영을 극복하는 과정으로 볼 수 있을 것이다. '동심'을 아이들의 현실생활, 리얼리즘의 시선에서 빈복하고자 하는 이 직문은, 그런 의미에서 아이들의 자기표현, 그들, 그녀들의 표현 생산 장면에서의 주체 회복이라는 길을 열어가는 계기로 작동한다. 도요타 마사코의 예는 그것이 미디어의 유통 회로에 편입됨으로써 소비 상품으로 전락해 버리게 되리라는 것을 의미한다.

주의해야 할 것은 보고 들은 그대로 쓰라는 작문을 표방하는 리얼리즘의 한계가 이러한 상황과 맞닿아 있다는 점이다. 이것을 단적으로 보여주는 예를 『작문교실』에 수록된 「토끼うさぎ」라는 작품의 모델 문제에서 찾아 볼 수 있다. 도요타는 이웃 아주머니에게서 토끼를 받는다. 이 때 아주머니가 도요타 어머니에게 말하는 것을 도요타는 작문에서 정확하게 옮겨 적는다.

> 그런데 말이에요. 여기서만 하는 말인데, 우메모토梅本 씨 댁에도 드리려고 했는데, 그 댁은 너무 구두쇠라서 말이에요. 그 댁에 드리면 먹이도 아껴서 조금밖에 주지 않을 테고, 풀도 제대로 먹이지

않을 거 아니에요? 아무리 토끼라지만 불쌍하잖아요.

    이 작문이 『붉은 새』에 입선하여 학교 교실에 소개되자, "우메모토씨" 부모와 아이가 자신들이 모델이라는 것을 알게 되었고, 이 문제로 도요타 가의 생계에 지장이 생길 만큼 큰 사건으로 비화되었다. 이 사건은 일련의 작문을 짜집기하여 하나의 스토리로 완성시킨 영화도 문제가 되었는데, 정작 저작이나 영화나 공히 "보고 들은 대로" 글을 쓰라고 지도한 오키 겐이치로는 자기변명으로 일관하였다. 게다가 이 사건 자체를 오키의 작문 교육 삽화로 교묘하게 이용하려는 움직임도 있어 지금 시선으로 보더라도 어딘가 석연치 않다. 『붉은 새』의 스즈키 미에키치의 선평도 「토끼」의 대화 부분이 특히 생생하게 표현되어 있는 점을 평가하고 있는데, 그것은 스즈키의 제자이기도 했던 오키의 지도였기에 가능했던 일이었다. 또한 그녀의 '쓰기'가 궁지로 몰린 것은 다름 아닌 "보고 들은 대로"를 지도하고 『작문교실』을 편찬한 스즈키—오키나, 이를 충실히 따른 미디어의 책임이었을 터인데 그것을 묻는 일은 없었다.

    나리타 류이치成田龍一는 이러한 오키 등의 '영유' 행위를 비판적으로 조망하며 도요타의 텍스트 개작 문제를 포함한 내용을 종합적으로 검토하였다.[39] 여기서는 우선 도요타가 자신의 '쓰기'를 영위하는 가운데 "보고 들은 대로"라는 명제를 적용함에 있어 대상에 작위作爲를 가하지 않고 투명하게 재현하는 일에만 몰두했는지에 주목하고자 한다. 집필

---

39) 成田龍一, 『〈歴史〉はいかに語られるか 一九三〇年代「国民の物語」批判』, 日本放送出版協会, 2001.

당시 초등학교 4학년이었던 도요타 마사코에게 자신이 쓴 것이 세간에
어떤 반향을 일으킬지 판단할 능력이 있었는지 의문이다. 또한 그녀의
작문을 거르지 않고 『붉은 새』에 투고해 버린 교사 오키의 윤리도 문제
지만, 가난한 아이들의 표상을 대표하는 도요타가 사진기[40]나 녹음기를
방불케 하는 투명한 매개체가 되어 대상화되어 버린 것이 문제라고 할
수 있다.

이러한 도요타의 작문 표현을 '자기표현' 등으로 부르는 것은 더 이상
불가능하다. 아니, 너무도 **순수한** 자기표현이었기에 투명한 표상으로
기능해 버렸던 것이다. 그것은 순수한 동시에 공허하며, 투명한 대상의
재현 저편에는 끝없는 하늘이 펼쳐져 있다. 도요타를 격찬한 가와바타
야스나리는 이 점을 간파하고 있었으며, 거짓을 쓸 줄 모르는 그녀의 글
을 읽은 후 "그저 기괴한 '공백'"이며, "이 공백에 대해 생각하니, 나는 왠
지 모를 공포를 느낀다"라고 고백한다.

> 예컨대 기악이나 무용이라면, 그것을 연기하는 아이의 모습을, 우
> 리는 보고 있음에도 불구하고 오히려 그 아이와 동떨어진 곳에서,
> 음악과 무용다움을 느낀다. 아이의 무심한 동작이, 음악과 무용답
> 게 만들고 있지만, '작문교실'의 경우는 작자의 모습을 우리가 보고
> 있지 않음에도, 다 읽고 난 후, 내용에 대한 느낌은 남아 있지 않고,
> 도요타 마사코라는 소녀의 느낌이 어쩐지 남는다. 이 "도요타 마사

---

40) 가와바타 야스나리도 도요타의 뛰어난 사생력을 "사진기"에 비유하여 평가한 바 있다
(「文芸詩評」, 『東京朝日新聞』1938.11.3.). 앞의 책, 『川端康成全集』第31卷, 466쪽.

코라는 소녀의 느낌"이 공백인 것이다.[41]

그런데 도요타 마사코의 '동심' 이미지 유통에 공헌한 것 중 하나는 야마모토 가지로山本嘉次郎 감독 영화에서 다카미네 히데코高峰秀子가 펼친 연기다. 그 촬영 현장을 방문한 도요타에게 다카미네는 "우리는, 매일 이런 곳에 살아요. 부럽지요?"라고 말한다. 다카미네의 이 말을 들은 도요타는 "여기 있는 사람들은 모두 부러워할지 몰라도, 여배우와 여공을 비교하는 건 온당치 않아요"라고 혼잣말을 하는데,[42] 이것이 다카미네의 반발을 사게 된다. 다카미네는 자신의 발언을 부정하며 "당신 글을 읽으면 다카미네 히데코라는 여배우가 마치 불손하기 이를 데 없는 여자처럼 보여요. 나는, 여공들이 오히려 부럽게 생각될 정도니까요"라고 반론한다.[43] 같은 세대인 두 소녀는, 연기하는 여배우와 그 모델이 되는 여공(도요타는 초등학교 졸업 후 방직공장에 근무했다)의 입장으로 나뉘어 불협화음을 내고 있는 것이다. 같은 연령대의 소녀들의 시시한 논쟁이라고 치부할 수도 있겠지만, 그 진위는 차치하더라도 도요타는 다카미네가 입 밖으로 낸 말을 다시금 '쓰기'를 통해 충실히 재현함으로써 작은 파란을 일으킨 것이다.

여기서 도요타의 투명한 **녹음기** 역할은 「토끼」 집필 경향과 유사하지만 조금 다른 지점이 있다. 「토끼」가 재현한 것은 타인이 타인의 험담을

---

41) 川端康成, 「文学の嘘について」(『文藝春秋』17卷3号, 1939.2). 위의 책, 『川端康成全集』第31卷, 486~487쪽.

42) 豊田正子, 「「綴方教室」の撮影をみる」, 『粘土のお面』, 中央公論社, 1941, 233~234쪽.

43) 高峰秀子, 「女優と女工について─豊田正子さんへの手紙」, 『映画之友』1卷6号, 1941.6.

하는 장면에 불과하지만, 다카미네의 발언을 재현함에 있어서는 연기하는 자와 모델이 되는 자 사이의 비대칭적인 대극 관계를 드러내 보인다. 게다가 그 비대칭성은 텍스트 해석자=소비자인 여배우와 텍스트

영화 『작문교실』의 한 장면. 선생님(다키자와 오사무滝沢修 역)과 마사코(다카미네 히데코 역) (『不滅のスター-高峰秀子のすべて』, 出版協同社, 1990에서)

생산자이기도 한 여공 간의 계급성을 그대로 전경화시켜 버린 것이다. 자신의 성장 과정은 물론 아역 시절부터 소녀 이미지를 강요받았던 여배우 다카미네 히데코는, 투명하고 순진무구 그 자체인 것처럼 행동하는 도요타의 언행을 묵과할 수만은 없었던 듯하다.

다만 이번 역시 도요타가 자신이 쓴 글의 파급효과까지 생각했는지는 의문이다. 그녀는 훗날 앞서 언급한 가와바타의 '공백'이라는 독후감에 대해 다음과 같이 술회하고 있다.

> 정신박약아인 기요淸의 그림은 표현이 매우 뛰어나다. 그러나 거기에는 "분명히 무언가가 결여되어 있는 것이 있다. 무언가 공허하다." 그리고 "그 인간의 깊이가 실은 창조의 진정한 의미인데, 그 깊이가 여기에는 없다"라고 아무렇지 않게 (다니카와 데쓰조谷川徹三가-인용자) 말씀하십니다.
>
> 이것은 그대로 제게도 적용되는 말입니다.
>
> 가와바타 야스나리 선생님께서 제 작품에 대해 비평하시면서 "독

자의 인상이 공백이다"라고 말씀하셨습니다. 그때는 무슨 말인지 몰랐습니다만, 지금에서야 비로소 그 의미를 알 수 있을 것 같습니다. (……) 제가 이것(연기에 대한 야마모토 야스에의 글-인용자)을 읽고, 제 작문은 무대 위에서 놀고 있는 개나 아이의 역할에 지나지 않음을, 무심함, 순진함이라는 점에서는 개보다도 못하다는 것을, 그리고 성인들의 뛰어난 연기에 비하면 그 발끝에도 미치지 못함을 분명하게 알게 되었습니다.[44]

무구함과 연기, 동심과 교태 사이의 '공백'에 갇혀버린 소녀의 목소리가 들리는 듯하다.

도요타 마사코가 자작 낭독을 넣은 레코드가 1938년 영화 개봉과 거의 같은 시기에 콜롬비아에서 발매되었다. 「계산おかんじょう」과 「토끼」

레코드 「작문교실」(도요타 마사코 녹음) 포스터

를 낭독하는 그녀의 목소리는 의외로 어른스럽고 막힘이 없다. 연기가 아닌 들은 대로 목소리로 재현하려고 노력한 듯한 낭독이다. 거기에는 최소한의 연출만 했을 뿐, 소녀는 **소녀다운** 목소리를 내야 하는 '교태'로부터 완전히 해방된 듯 들린다. 그녀는 소녀도 성숙함을 가진 '작은 성인' 여자도 아니었다. 이런 점에서 가와바타는 "공포"를

44) 豊田, 앞의 책, 『粘土のお面』, 「あとがき」, 300~301쪽.

느꼈을 테고, 다자이 역시 다
가가기 어려워 불투명한 소
녀의 '교태' 쪽으로 눈을 돌린
것이리라.

소녀와 여성의 화자에게
매료되어 텍스트 안에서 소
리의 성性의 경계를 넘어서려
던 남성작가의 예는 가와바

무라야마 도모요시의 춤추는 신체(1924년 무렵, 가미오치
아이上落合 아트리에에서)(『ART VIVAN』33호, 1997.7에서
발췌)

타, 다자이만은 아닐 것이다. 무용 영역에서는 한때, 야마다 고사쿠, 이
토 미치오伊藤道郎 그리고 무라야마 도모요시村山知義의 춤추는 신체에
대한 몽상과 실천은, 춤추는 여성의 신체에 대한 욕망과 종이 한 장 차
이로 보인다. 베를린에서 귀국한 무라야마의 1920년대 춤 사진을 보면,
단발머리에 하이힐을 신고 있으며 게다가 여성으로 착각할 만한 나체
사진까지 성 영역을 초월한 현장이 엿보인다.

그런데 그들이 어떤 성 초월을 꿈꾸든 소녀들의 목소리만큼은 자신
들의 것으로 만들지 못했다. 텍스트와 사진 안에서 그녀들은 노래하고,
춤추고, 그리고 말한다. 문자와 그림에 봉인되어 아마도 지금도 여전히
그러할 것이다. 그런데 그 소녀들의 진정한 목소리를 듣는 일은 영원히
불가능하다. 닳아버린 레코드를 닦아낸다 한들 그녀들의 목소리를 들
을 수는 없을 것이다.

손지연 옮김

제5장

라디오 포비아phobia에서 라디오 마니아로

1.『라디오 살인 사건』

운노 주자海野十三의 탐정 소설『라디오 살인사건ラヂオ殺人事件』(『改
造』1932.4)은 아주 독특한 단편소설이다. 라디오 전파가 고통스럽다는 수
신자의 피해망상이 담긴 편지가 방송국 국장에게 도착한다는 설정으로
이야기가 시작된다. 그 중 '아즈마 미사오吾妻操'라는 자의 편지는 수신
기가 없는데도 불구하고 밤이 되면 전파가 방으로 흘러들어와 여러 목
소리가 들리고, 때로는 집단의 목소리가 본인을 위협한다는 내용이다.

그들이 나를 죽이겠답니다. 그러곤 잔혹하게도 방송 도중에 몇 번
이고 나의 ××를 빨아들입니다.(……) 정말 부끄러운 얘기지만

이 행위를 하루에 적어도 세 번, 많을 때는 열 몇 번이고 하니 잠을 잘 수도 없고 심신은 쇠약해집니다. 오늘은 벌써 아침에 날이 밝을 때까지 683번의 ××를 했습니다. 이대로라면 그들의 먹이가 되어 귀중한 목숨을 잃게 될 겁니다. 아무쪼록 목숨에 관한 것이니 내일로 미루지 마시고, 지금 당장 이런 전파를 방송하고 있는 사람들을 잡아 감금해 주세요. 가둬두기만 해서는 안 됩니다. 부디 목숨이 달려 있는 것이니까 제발 국장님이 직접 취조해 주십시오.

이 편지를 읽은 방송국원이 발신인 '아즈마 미사오'을 찾기 시작하는데 편지 주인은 관능적으로 교태부리는 '미친 소녀'였다. 남자 방송국원은 소녀에게 욕망을 표출하지만 그 현장이 '기노키미キの君'라 불리는 '광기'의 남자에게 발각되고 놀림을 당한 그는 도망친다. 그 후 방송국 국장은 행방불명되었고 결국 매장된 국장의 시체가 발견된다. 그런데 국장이 매장된 사건을 파헤치는 과정에서 의외의 사실이 드러난다. '아즈마 미사오'가 실은 '기노키미'였고 '미친 소녀'는 국장의 딸로 사건이 일어나기 전에 갑자기 죽었다는 것이다. 그리고 두 사람 모두 '라디오 공포증'이라는……

에로·그로·넌센스[1]에 더해 광기와 섹슈얼리티. 이러한 모티브들을 과학 서사로 꿰맞추는 수법은 일본 SF작가의 시조격인 운노 주자의 장기로 『라디오 살인사건』에 우리에게 익숙한 호무라 소로쿠帆村荘六 탐정

---

1) 에로틱, 그로테스크, 넌센스의 합성어. 쇼와昭和 초기 일본에서 일어난 모던문화의 경향을 나타낸 말. 옮긴이 주.

도 등장한다. 기발한 줄거리를 너무 성급하게 전개시킨 탓에 작품 구성도 엉망이라 빈말로라도 걸작이라 할 수 없는 작품이다. 하지만 라디오, 성, 광기, 범죄라는 토픽을 다 섞어 창조한 전대미문의 독특한 작품이라고는 할 수 있겠다. 오늘날 기준으로 보면 해학적인 부분도 있어서 이런 점이 마지막까지 독자를 지루하게 하지 않는 요소이다. 전기 공학을 배운 운노이기에 전기 업계에 종사한 자신의 경력을 이 소설에 반영하고 있는데, 대개 과학적 합리성에 의거하여 사건의 수수께끼를 해명한다는 식이다. SF가 늘 그렇듯 과학은 비합리=수수께끼를 창출하는 기능을 가지고 있고 과학이 가진 합리성은 비합리성을 깨끗이 표백한다. 이러한 요소가 이 소설의 가치를 떨어뜨리기도 하지만 라디오라는 새로운 미디어를 범죄 도구로 설정했다는 점에서는 의도치 않게 미디어가 내포한 폭력적이고 권력적인 일방통행성을 부각시키고 있다고 할 수 있다.

다이쇼大正시대에 에테르와 라듐광선과 관련된 광학적 인식이 발견되었으며 사진과 영화라는 시각 미디어의 정착이 문학 텍스트의 표상 양상을 변용시켰다는 점을 상기하면, 이 소설에서 보이는 '과학풍속'의 활용이 그다지 새로울 것도 없다. 왜냐하면 에테르와 라듐광선도 비합리적 불가해성에 대한 기대와 더불어 근대의 합리적 공간 안에서 묘사되었고, 사진과 영화의 영상도 문자 그대로 '유령같은spectral' 이미지를 구성하고 있었기 때문이다. 청각 공간·음상音像의 표상을 최초로 인공적으로 실행한 라디오라는 미디어는 19세기적 시각주의와의 차이를 드러내며 등장했다(알려져 있듯이 라디오가 등장한 1920년대 후반까지 영화 그 자체는 소리를 가지지 못했다). 물론 음성 미디어로 전화나 축음기(그라모폰

gramophone)가 존재하고 있었지만, 라디오는 전화처럼 의사소통을 위한 도구로 발달하지 않았으며 축음기처럼 청자가 주체적·선택적으로 조작 가능한 도구 또한 아니었다. 라디오는 처음부터 청자를 객관화·주변화 하는 '주체' 또는 '중심'으로 등장한 것이다. 하지만 그 등장 방법이 반드시 자연스럽고 필연적이지는 않았다. 다음 지적은 그러한 라디오 발명 초기의 문제를 단적으로 말해준다.

> 라디오의 대중 미디어화는 일반시민을 수신자라는 입장으로 한정 하는 경향을 동반한다. 이 점에 대해 아마추어, 또는 마니아라 불리 는 소수 사람들이 크게 분개하고 또 실망했다고 한다. 본래 메시지 를 송신도 하고 수신도 하는 것이 무선의 이상적인 형태임이 분명 한데, 왜 수신전용 기계 따위를 만드는가. 왜 시민이 수신자의 입장 이 되어야 한다는 말인가. 이런 의견들이 세계 각지에서 들려왔다. 그러나 그 소수보다 훨씬 많은 대중은 스스로 수신자라는 입장을 적극적으로 받아들였으며 간단히 조작 가능한 라디오 수신기에서 흘러나오는 음악과 코미디와 뉴스에 열광하게 되었던 것이다.[2]

이처럼 라디오의 기능이 일방통행성으로 한정됨으로써 이 미디어 가 간편하고 효율적인 권력 장치로 애용되었음은 역사가 증명하는 그 대로이다. 생각해 보면 신문·잡지와 같은 활자 저널리즘도(투고라는 형태

---

2) 水越伸,「ソシオ·メディア論の歴史的構図-情報技術·メディア·20世紀社会」, 水越伸編, 『20世紀のメ ディア·エレクトリック·メディアの近代』, ジャストシステム, 1996, 17~18쪽.

로 독자의 소리를 흡수하면서도) 이러한 일방통행성을 원칙으로 해 왔다. 그럼에도 불구하고 라디오의 음성은 목소리라는 것이 본래 가지고 있어야 하는 '대화'기능을 배제한 뒤에, 부재 또는 상실로써 그것을 인식시키는 환기력喚起力을 내장하고 있었기 때문에 활자 매체와 비교했을 때 오히려 훨씬 더 강력하게 수용자에게 일방통행적인 압력을 행사하는 것이 가능했다. 되묻기를 거부하고 발사되는 말들. 게다가 활자 매체를 볼 때 활자를 따라가는 것을 중단할 수 있는 것처럼 라디오의 청자가 청취를 일시 정지하기란 불가능하다. 스위치를 끄더라도 전파는 계속 흘러 나온다. 방송의 일직선적인 시간 축에서 그/그녀는 그것을 선택하는 주체의 위치에서도 소외되어 간다. 끊임없이 '지금/여기'라는 강박 관념에 지배되는 것이다.

운노 주자의 『라디오 살인 사건』은 라디오의 바로 이러한 발신/수신의 권력 관계를 모티브로 하고 있는데 수신자 주체의 윤곽도 방송국에 대한 항의抗議 투서라는 형태로 묘사한다. 물론 그 수신자는 "라디오 공포증"이라는 광기의 발병자로 비정상적인 존재로 여겨지고 있으며 그 투서에 대해 방송국이 일일이 답장하는 일도 없다. 답장 대신 전파만을 일방적으로 내보내고 있다. 결국 수신자와 미디어 사이의 대화가 거부되는 셈인데 "매일매일" 도착하는 그들의 편지는 어쨌든 라디오 전파의 일방통행적인 폭력성을 고발하는 역할을 하고 있기에 이 소설의 스토리 자체를 라디오라는 미디어를 향한 복수극으로 간주할 수도 있다(어쨌든 라디오에 의해 살해당할 뻔한 범인이 라디오 방송국장을 살해한다는 이야기이므로).

"683회의 ××를 했습니다" 등에서 나오는 투서 속 복자伏字가 성적 행위를 암시하고 있음을 독자들은 금방 알 수 있는데, 이 인용의 복자는 자위행위를 암시한다고 할 수 있다. 발신자인 '아즈마 미사오'를 찾아낸 방송국원은 처음에 한 소녀(실제로는 국장의 딸)를 아즈마 미사오로 착각하여 "저런 병적 현상은 남자에게만 나타나는 것이라고 생각했다"며 자신이 가지고 있던 성규범이 흔들리게 (그리고 흥분을 느끼게) 된다. 라디오 전파가 그(그녀)에게 가하는 폭력이 타자와의 교섭이 결여된 성적 행위 즉 자기를 수신자로 하는 일방통행의 쾌락으로 귀결하는 설정은 그런 의미에서도 상징적이다.

2. 기원으로서의 라디오 포비아

무선 전신 개발의 연장선상에서 등장한 라디오에 관한 담론은 애초에 군사적 목적을 위한 이용과 관련되어 생산되었다. 가령 일본에서 방송 사업 개시를 눈앞에 두고 간행된 야마구치 이와오山口巖의 『라디오와 비행기ラヂオと飛行機』(大明堂書店, 1924)라는 책이 흥미로운 이유는 방송 선진국인 미국처럼 누구라도 방송을 자유롭게 수신할 수 있는 무제한 방법과는 다른 청취 방법을 장래 일본의 방송 모습으로 그리고 있다는 점이다.

최근 미국에서 무선 전화(라디오 방송을 말함-인용자)의 유행은 조금 과한 경향이 있다. 기발한 것을 좋아하는 미국인 입장에서도 지나치게 호기심이 넘치는 응용이 많이 보이는데 이래서는 일국의 외교나 군사 기밀 등을 유지하기가 힘들다는 점은 상상하기 어렵지 않다.

따라서 저자 야마구치는 일본에서 "라디오가 진정으로 나아가야 할 길"은 통신용·군사용·통상용·가정용·기차 및 기선용·비행기 여행용·폐병상병자廢兵傷兵者 위안용·경찰용·일기예보용·표준시간 고지용으로 발달되어야 한다고 주장한다. 이러한 용도에는 야마구치의 주장 이후의, 나아가 현재 방송의 실제 용도와 중복되는 부분도 많이 포함되어 있는데 기본적으로 관동대지진 이후 '제도부흥帝都復興'이라는 시국 하에 방공·무선의 충실 등 "국민적 자각을 환기시키기" 위해 펜을 잡은 저자의 입장이 강하게 표현된 구상이라고 볼 수 있다. 그가 라디오와 비행기라는 조합으로 글을 쓰게 된 동기도 같은 맥락에서 출발하고 있다. 라디오와 비행기가 거의 동시기에 발명되어 통신·교통이 "평면적(2D)인 것에서 입체적(3D)인 것으로" 확대되고 고속화되는 20세기 문명의 '쌍벽'인 점을 생각하면 둘의 조합이 반드시 기이하다고 할 수는 없다. 그러나 비행기의 경우 군사적 관점(공습·방공·공중전 등)을 강조하는 이 책 입장에서 보면 라디오의 이용 전제도 국책을 위한 부분이 컸다 해도 이상할 것은 없다.

1925년 방송 개시, 이듬해 일본방송협회 발족이라는 형태로 태동하는 일본의 라디오 방송은 초창기에는 오락성에 대한 기대가 높았지만,

쓰가네사와 도시히로津金澤聰廣가 지적하는 것처럼 출발부터 국책적인 '국민 교화 미디어'로서의 성격을 드러내며 등장했다.[3] 쓰가네사와가 상세히 논하는 바와 같이 그러한 성격은 방송의 '공공성'을 어떻게 자리매김 시킬 것인가라는 문제와 연동한다. 이 논점을 단적으로 말하면 대중화를 추진하는 매스미디어로서의 시민적 공공성이라는 방향과, 대중조작(국민화)을 목적으로 하는 공공성=공기성公器性이라는 방향으로 나눌 수 있다. 물론 대중화/국민화의 방향성을 이항대립적으로 인식하는 것에도 문제는 있다. 왜냐하면 공공성을 본질적으로 지탱하는 양자의 공범 관계를 은폐하는 결과를 초래하기 때문으로, 표면상으로는 초창기 라디오가 후자의 성격을 일찍부터 강화했던 사실을 지적할 수 있으리라. 『라디오 살인 사건』에서 발신/수신의 불가역성을 돌파하는 주체가 광기를 띠는 이유가 이러한 역사적 경위와 무관하다고 볼 수는 없다.

일본에서는 라디오 방송 개시 당시에 호기심의 시선과 더불어 위화감과 반발 또한 초래했다는 사실을 여러 증언을 통해 알 수 있다. 앞서 언급한 쓰가네사와나 요시미 슌야吉見俊哉[4]의 논고에서 알 수 있듯 나가이 가후永井荷風가 라디오를 싫어했다는 사실이 자주 거론된다. 그 중 『묵동기담墨東綺談』 등과 같은 소설은 주인공이 "라디오로부터 도주"할 목적으로 다마노이玉の井[5]를 드나든다는 설정이다. '옆집 라디오' 소음에 대한 불쾌감은 동시대의 다른 여러 반응에서도 알 수 있다. 1925년

---

3) 津金澤聰廣, 『現代日本メディア史の研究』, ミネルヴァ書房, 1998.

4) 吉見俊哉, 『「声」の資本主義 電話·ラジオ·蓄音機の社会史』, 講談社, 1995.

5) 도쿄東京 스미다墨田구에 있는 사창가. 옮긴이 주.

『중앙공론中央公論』10월, 11월호가 연달아 기획한 특집「마이크로 폰 앞에 서서マイクロフォンの前に立ちて」와「수화기를 귀에 대고受話器を耳にして」를 보면 라디오를 '고장난 축음기'라고 한 하기와라 사쿠타로萩原朔太郎부터, 잡음 속에서 다이얼을 돌려 상하이上海 방송에 맞추며 감동하는 나가타 히데오長田秀雄까지 반응들은 가지각색이지만 그 대부분은 당혹감을 드러내고 있다. "대나무 장대 같은 안테나를 타고 J-O-A-K라는 미상의 소리가 침입해온다. 그리 생각하자, 실로 내 인생이 모욕을 받은 것이다"라는 미즈시마 니오우水島爾保布의 말처럼.

『중앙공론』11월호는 이 특집과 함께 요시무라 후유히코吉村冬彦의 「길가의 풀路傍の草」이라는 에세이를 게재했다. 그 글에는 '라디오 포비아'라는 단어가 포함되어 있다. 요시무라 역시 미즈시마와 마찬가지로 여기저기에서 들리는 "제-이, 오-오, 에-이, 케-잇ジェーエ、オーオ、エーエ、ケーエイツ"이라는 강요하듯 성난 목소리에 불쾌감을 느꼈으며 운노 주자 소설의 작중 인물과 비슷한 라디오 공포증에 걸렸음을 고백한다. 미즈시마와 요시무라는 라디오 청취자 입장에서 꿈꿀 수 있는 '역습장치'와 같은 것을 언급한 셈인데, 그 또한 라디오의 일방통행적인 폭력성에 대한 지극히 자연스러운 동시대적 반응이었음을 추측할 수 있다. 이와 같은 시민 감각으로서의 '라디오 포비아'를 좀 더 변형시키면 운노 주자의 소설 같은 세계가 만들어 지는 것이다.

미즈시마와 요시무라 두 사람 모두 가느다란 대나무 장대처럼 빽빽이 들어선 안테나 풍경에 대한 혐오를 드러낸다. 그들의 불쾌감은 결국 라디오가 초래한 새로운 음장(音場, sound-scape)에 의해 지금껏 그들을 동화시킨 공간의 공공성이 침범되었다는 점에 기인한다. 이러한 공공성 침해의 감각이란 현대를 예로 들자면 공공장소에서 모습이 안 보이는 상대와 누군가가 휴대전화로 대화하는 풍경을 접할 때 느끼는 당혹감처럼, 끝없이 이어지는 다른 매체의 침입에 의해 갱신되어 온 감각인데(휴대전화의 경우 음장적 영역의 침범이 '옆집'의 공간적 차원에서 옆 사람이라는 개인 단위로 축소된다), 어쨌든 라디오가 음성과 공공성의 관계를 변혁하는 돌파구를 열었다는 사실에는 의심의 여지가 없다. 개별적·선택적·자율적으로 청취하는 것으로서 여겨졌던 음성이 균질적·타율적인 매체로 변질되기 시작했다. 이러한 음성은 수신환경 및 기기의 열악함이라는 조건이 더해져, 정숙함과 자연음의 조화에서 벗어나 개인 공간에 무분별하게 침범하는 침입자로 모습을 바꾼다. 개인이 공공성을 어지럽히는 것이 아니라 공공성이 개인의 영역으로 침범해 교란한다는 정반대의 현상이 시인是認되기에 이른 것이다. 가정과 지역을 무대로 한 국지적인 수용에 그쳤던 전화·전신·축음기 등의 음성 미디어가 라디오에 의해 단번에 집권화된다는 엄청난 변화 역시 분명하다. 그리고 방송 개시와 거의 동시에 개조사改造社 등이 간행한 엔본円本[6]전집 등으로 활자 저널리즘이 공전의 성황을 맞이하게 되었다는 사실, 다시 말해 활자와 음성 양쪽에서 동시에 미디어의 변질·성숙이라는 사태가 발생했다는 점도 무시할 수 없다.

제1차 세계대전 이후 출판 자본주의의 발전과 함께 등장한 문학의 대중화=국민화 운동. 그러한 운동의 정점이자 상징적인 사태였던 엔

---

6) 쇼와 초기에 유행한 한 권에 1엔 하는 전집류. 옮긴이 주.

본 전집 간행과 라디오 방송 개시가 거의 동시에 발생했다는 사실은 단지 우연으로 볼 수 없다. 미야케 슈타로三宅周太郎는 『중앙공론』 특집에서 라디오에 대해 "요즘 유행하는 대중 문예"라 했는데 이러한 감각도 조금은 관련이 있을 터이다. 라디오를 싫어했던 나가이 가후가 같은 시기 엔본 전집에 자신의 작품이 수록된 것에 반발했던 것도 관련지어 생각해 볼 수 있다. 인쇄 기술의 진보와 활자 문화의 침범이 근세에서 메이지까지 연속적으로 침투해왔던 음독문화를 뒤로 내몰아 묵독문화를 완성시키고, 이러한 완성이 사진과 영화 등의 시각문화와 다시 접합하여 '국민화'를 '국제화'로 연결해가는 도식은 언뜻 보기에 라디오라는 음성 미디어의 등장과는 방향이 비틀어져 있는 것처럼 보일 수도 있지만, 기본적으로는 동일한 조류潮流 속에 위치함이 분명하다. 여기서 말하는 '비틀어짐'이란 묵독문화 속에 위치하는 라디오 음성과 관련이 있는데, 연극은 물론이거니와 문학에서도 애매하게 통합된 시각성과 청각성이 각각 비틀어진 방향을 향해 상호 간에 (협동적으로) 자립해 간다고 생각해야 하지 않을까. 시각/청각이 미디어 상에서 새롭게 통합되는 사태는 발성 영화의 등장까지 기다려야 하지만 거기까지 많은 시간을 요하지는 않았다.

그런데 쓰가네사와와 요시미 등의 미디어사 연구도 언급하고 있지만 방송 개시 당시의 라디오론 중에서 반드시 거론해야 하는 것이 무로후세 고신室伏高信의 「라디오 문명의 원리ラジオ文明の原理」(『改造』, 1929.7)라는 평론이 있다. 무로후세는 제1차 세계대전 이후를 "라디오 문명의 시대"로 명명하고, "사람들은 바야흐로 라디오 마니아다" 등의 표현으로

'세계의 라디오화'가 진행되는 양상을 생생한 시선으로 묘사한다. 무로후세가 라디오와 대비되는 재료로 끌고 오는 것이 신문인데 신문이 시간적·공간적 능률의 한계라는 측면에서 지방local적일 수밖에 없기에 '매일每日신문'이 아니라 '어제昨日신문'에 만족해야 하며, 그에 비해 라디오는 순간적인 매체로 '오늘今日신문'의 지위를 구축했다고 소리 높여 선언한다.

세계의 라디오화, 인간의 라디오화, 모든 것이 라디오화이다.

라디오 발달의 요인을 세계대전에서 찾는 무로후세의 라디오론은 '라디오화'의 배경과 본질을 정확하게 분석하고 있으며 '라디오화'가 실현될 것이라고 날카롭게 예견한다. 라디오의 집권성은 단 하나의 중심을 필요로 할 뿐이다. 즉 중심center의 국소화localization와 다양화를 배제한다. "단 하나의 철학, 단 하나의 정치, 단 하나의 교육, (……) 단 하나의 머리"—청취자는 "어떠한 선택도 하지" 않고 "단지 귀를 기울여야 한다." 이러한 "통일과 일반화"의 종착점은 "독재"이자 "기계화"이다. "라디오의 관료화", 다시 말해 방송 전파의 국유화에서 "민중의 노예화"는 완성 된다—. 무로후세의 평론이 우수한 이유는 이처럼 예견의 정확도가 높다는 것에 그치지 않는다. 라디오가 "대중적"임과 동시에 "독재적"이라는 점의 양의적 의미를 정확하게 파악했기 때문이다. 다음의 예처럼.

독재적인 것과 대중적인 것은 종종 모순되는 두 개념으로 취급된다. 하지만 그것은 가장 범하기 쉬운 오류이다. 독재는 대중적일 때에 가능하다. 대중적인 것 또한 늘 독재적이다. (……) 라디오에서 기계화 완성은 이 두 원리의 작용에 있다고 하겠다.

라디오라는 신흥 미디어가 일방통행성·집권성과 그 외 기능의 한정적 특성으로 대중조작(민중의 교화와 통합=국민화)의 중심적인 매체가 되는 과정은 굳이 확인할 필요도 없을 정도로 자명하다. 그것보다 중요한 것은 무로후세가 언급하는 '독재를 지탱하는 대중'이라는 구조에 대한 고찰을 덧붙이는 작업이다. 미디어를 독점하는 관료('라디오 계급')와 미디어를 박탈당한 민중('비非라디오 계급')으로 구분하는 무로후세의 이항대립적인 계급도식 안에 '대중'을 담론화=차별화하고 소외하는 논리가 잠재되어 있음을 놓쳐서는 안 된다. 하지만 적어도 그와 동시대를 살았던 발터 벤야민Walter Benjamin 등이 양의적인 화법으로 묘사한 미디어의 미래에 대한 환상이 무로후세의 도식에서는 갈라져 있는 것이다. 그렇다면 갈라진 틈새에서는 어떤 풍경이 보였을까.

3. 미디어에 포획된 문학

나가이 가후가 엔본 전집과 라디오 방송 양쪽에 불쾌감을 표했음은 앞에서 언급한 바 있다. 엔본 전집이 '문학의 대중화'[7]라는 슬로건하에

---

7) 広告, 「世界一の『現代日本文学全集』出づ」, 『改造』, 1926.12.

문학작품의 대중화와 상품화를 단번에 추진해 나간 것, 그것은 문학이 경제적인 유통과정과 보도·사진·영화 등의 미디어, 복제 기술이라는 공공 시스템에 편입되었음을 의미하는데, 라디오도 동일한 차원에서 문학에 압력을 가하는 역할을 맡고 있었다.『묵동기담』의 2년 후인 1928년에 출판된『일방통행로一方通行路』에서 발터 벤야민은 다음과 같이 말한다.

> 인쇄된 책 안에 피난소를 발견하고 그 안에서 자율적인 생을 보내온 문자는, 광고에 의해 인정사정없이 거리로 내몰리면서, 경제적 혼돈이라는 야수 같은 타율他律의 밑바닥에 꿇어앉게 되었다. 이것이 문자의 새로운 형태에 배당된 가혹한 교육과정이다.[8]

여기에서 말하는 '문자'에 '문학'의 의미도 포함시켜 동시대 일본 문학이 재생산되는 상황을 적용시켜보자. 벤야민은 이 문장을 말라르메 Stéphane Mallarmé[9]의『주사위 던지기骰子一擲』등도 의식하며 썼는데, 마찬가지로 일본에서도 엔본 전집으로 대표되는 활자 저널리즘에 의한 문학 지배 체제의 확립은 산문에서 신감각파, 시에서『시와 시론詩と詩論』등 1920년대 후반기 모더니즘 운동의 활성화와 공존한다. 그러한 운동이 미술·사진·영화와 같은 인접 장르와의 연계를 바탕으로 표상의 시

---

8) ヴァルター·ベンヤミン, 「公認会計検査官」(『一方通行路』 원저1928, 山本雅昭·幅健志역, 晶文社, 1979), 46~47쪽.
9) 프랑스 상징주의를 대표하는 시인. 옮긴이 주.

각적 측면을 키운 배경에는 인쇄 기술과 활자 미디어의 고도화와 성숙이라는 조건의 정비가 있었다. 그것은 모더니즘이 경제 시스템에 포섭되었다는 것, 다시 말해 모더니즘 스스로가 소비되는 상품으로서 유통된다는 자각 위에 성립했다는 것을 의미한다. 복제기술이 고속화되고 정교하게 될수록 복제 기술에 의해 전달·매매되는 텍스트는 스스로 영속적 가치를 퇴색시키고 일시적인 기호로 소비되어 버려질 위기에 직면할 것임을 예감해야 했던 것이다.

이러한 사태에 라디오라는 미디어의 참가도 적지 않게 관여하고 있다. 전에 언급한 적이 있지만,[10] 1930년대에 접어들어 오야 소이치大宅壯一·하세가와 뇨제칸長谷川如是閑·오쿠마 노부유키大熊信行 등의 비평가들은 문학의 가까운 미래를 다른 장르나 미디어와의 상관성 속에서 비판적으로 고찰했다. 그들보다 조금 앞서 가타가미 노부루片上伸는「문학의 독자 문제文学の読者の問題」(『改造』, 1926.4)라는 평론에서 그 제목처럼 문학의 생산과 그 역사에 대해 '독자공중読者公衆'이라는 요소를 빼고는 생각할 수 없음을 주장했다. 이처럼 독자가 무엇을 지향하는지를 축으로 세우고 문학을 '사회적 현상'으로 보려는 시점이 상기 평론가들의 '미디어·문학'론을 형성시킨 것이다. 가령 오쿠마 노부유키 등은 소설 텍스트가 갖추고 있는 반복 가능성 및 재연의 유연성이라는 에크리튀르ecriture로서의 특성에 대해서는 일말의 고찰 없이 소설을 독자에 의해 그때그때 소비되는 상품으로 취급했다. 이러한 고찰에서 영화나 라디오 등 영상·음성 미디어가 문학 및 그 주위에 전달한 충격을 약간은 과하게

---

10) 坪井秀人, 『声の祝祭-日本近代詩と戦争』, 名古屋大学出版会, 1997.

그리고 심각하게 받아들이고 있음을 알 수 있다.

　오야나 하세가와, 오쿠마는 모두 작품의 유통 과정에서 독자가 차지하는 비중의 증대라는 사태에 직면하여 작자(문단)중심 문학지도地圖는 인정사정없이 해체 당했으며, 문학은 문학 외의 미디어가 성장하는 것에 대해서도 무력해졌다고 생각한다. 결국 문학은 영화와 라디오에 재료를 제공할 뿐인 하청업자의 위치로 전락하는 도식이 성립된 셈이다. 이와 같은 그들의 담론은 '쓰는 것'에 관한 모더니즘 실험에 그들이 비교적 냉담했다는 사실과도 관계가 있다. 결국 1920년대부터 1930년대에 걸쳐 모더니즘 표현 실험이 활자 저널리즘이나 영상 같은 미디어와의 관계 맺기를 통해 비로소 지속될 수 있었다고 여겨지는 이면에서는, 미디어 쪽에서 대중화에 역행하는 실험을 억압하거나 또는 실험 정신을 '공공성' 속으로 해소해가는 방향성이 끊임없이 생산되고 있었다고 할 수 있다. 1920~1930년대의 미디어와 문학의 관계는 단순하게 다루기 힘든 부분이 있기에 주의가 필요할 것이다.

4. 근대시 낭독과 평이plainness 사상

　그런데 라디오 드라마라는 새로운 장르를 만들어 낸 연극은 그렇다 치더라도 라디오의 등장이 소설 같은 산문 표현에 어떤 영향을 끼쳤는가는 가늠하기가 쉽지 않다. 다만 시가詩歌 특히 근대시에는 라디오라는 미디어의 개입이 큰 영향을 끼쳤음은 틀림없다고 하겠다. 근대시의 역사에서 1920년대에 '낭독'의 성립과 더불어 시의 음성성에 대한 (재)평가가 이루어진 점, 거기에 덧붙여 라디오 방송 개시가 겹쳐 시인들과 방송미디어의 일부가 재빨리 연계되는 사태가 발생했다는 사실 등을 언급하지 않을 수 없다. 물론 시를 음독한다는 행위 자체는 신체시新体詩 시대에 묵독에 비해 오히려 우세했다고 봐도 좋을 것이며『명성明星』이 기획한 대규모 낭독회 기록도 있다. 음성 자료 기록을 뒤지기란 불가능하기에 낭독의 실태는 불명확하지만 적어도 현재 우리 귀에 익숙한 낭독과 동떨어져 있었다는 사실은 동시대 증언에서 알 수 있다.

　1920년대 이후 근대시 낭독을 주도하고 라디오 방송에서 중심적인 역할을 맡았던 데루이 에이조照井瓔三의『시의 낭독 ― 유래·이론·실제 詩の朗読ーその由来·理論·実際』(白水社, 1936)도 그러한 증언이 있는 귀중한 자료이다. 시 낭독이『명성』시대가 상징하는 종래의 '신체시 낭독조'에서 벗어나 "능숙한 낭독이라는 것은 자연스럽게 말하는 것이다"라는 의미에서의 명료하고 '자연스러운' 차원에 도달하는 것을 목표로 하여 그때까지 방치된 시 낭독 기술론을 구축하려는 이 책의 동기는 재검토할 만한 가치가 충분하다. 데루이가 말하는 '자연스럽게'란 다음과 같은 낭독을 가리키는 것이리라 ― 음악이나 연극에서 (그 성과를 배우면서도) 낭독이 우선 자립하는 것, 구체적으로는 쓸데없는 연극적 몸짓과 곡조를 붙이는 고풍스런 낭독에서 곡조를 잘라 내는 것, 즉 소리와 의미의 균열을 보충하여 의미가 소리에 딱 들어맞는 것 같은 양자의 친숙함을 전제로 함으로써 언어 자체를 투명·평이하게 청자에게 전달하는 것―. 낭독자와 청자 사이에 상정된 이러한 '자연스러운' 의사소통의 모델은 당연

히 낭독에 어울리는 텍스트 선택도 규정하는데, 데루이는 "낭독에는 조調를 가지지 않는 시(설령 조가 있는 시라고 하더라도 그것이 극히 일상적이거나 해학적인 경우나 또는 아예 이야기 시인 경우)가 제일 적합하다고 한다. 특히 산문시, 구어로 쓰인 자유시 같은 경우에 낭독이 가장 효과적이며 적절하다고 할 수 있다"고 한다.

데루이의 저서가 인용하는 시나 책 뒤에 모은 '예제시例題詩' 텍스트 역시 이러한 선택 범위 안에 있는데, 그 대부분이 구어체 자유시이다. 요시다 잇스이吉田一穂와 히시야마 슈조菱山修三 등이 쓴 비교적 새로운 스타일의 산문시도 몇 편 실려 있다. 이러한 선택은 동시대의 시 텍스트를 우선시한다는 판단 아래 이루어졌을 뿐만 아니라 '구어'라는 새로운 일본어(시어)와 정형의 음조를 피할 수 있다고 생각한 '자유시'라는 형태가 데루이가 말하는 "자연스러운" 전달을 가능케 한다는 생각에 근거한다. 동시대와 관련해서 덧붙이자면 데루이는 당시의 실험적인 모더니즘 시를 전혀 채택하지 않았다. 2편 이상 채택된 시인은 기타하라 하쿠슈北原白秋·다카무라 고타로高村光太郎·하기와라 사쿠타로·미야자와 겐지宮沢賢治·사이조 야소西条八十·후카오 스마코深尾須磨子이다. 이 외에 눈에 띄는 것은 미야자와 겐지를 포함해서 구사노 신페이草野心平·다카하시 신키치高橋新吉·나카하라 주야中原中也·히시야마 슈조 등 데루이의 저서보다 한 해 앞서 창간된 『역정歷程』시인들이다. 수 편의 번역시를 포함해서 내용·방법적인 면에서 대체로 온건한 구어 자유시가 책의 주체이다.

위에서 언급한 기타하라 하쿠슈·다카무라 고타로·하기와라 사쿠타로 등과 민중시파에 의해 다이쇼시대에 재빠른 정착을 실현한 구어 자유시라는 장르는 구어체가 일상 현실의 언어와 투명하게 연결되고 있다는 가상의 전제를 바탕으로 한다. 자유시형自由詩形은 정형시의 규격화된 음조에 대한 의존으로부터의 탈각脱却을, 그리고 이해를 고심하게 하는 난해한 음률 형식과 수사를 우선시하는 양상(대표적인 예로 간바라 아리아케蒲原有明)으로부터의 탈각을 이루어냄과 동시에 일상 현실을 표상할 수 있다는 환상 위에 구축되었다. 일상현실을 투명하게 재현전再現前할 수 있다고 생각하는 이 환상은 일상현실을 시적으로 조율하는 표상의 기준으로 작용하였으며 또한 동요·민요 운동도 파생시키면서 다이쇼시대의 민중적 아이덴티티에 호소하여 '시적인 것'의 대중화를 촉진했다. 이러한 경로를 통해 구어 자유시는 제1차 세계대전을 전후해서 하나의 징표merkmal로서 진행되었던 '국민화'과정의 이념적 장치인 '국어/국시国詩'이데올로기[11]의 주요 부분을 형성해 갔다.

국어의 구어체는 표현의 투명성에 대한 강박적 집착이 기본이 된다. 예를 들어 "'아 외로워ああ淋しい'를 '이런 외롭도다あな淋し'라고 말해야 만족하는 마음에는 쓸데없는 절차가 있고 회피가 있고 숨김이 있다"[12]고 보는 이시카와 다쿠보쿠石川啄木의 평에서 알 수 있듯이. 물론 하기와라 사쿠타로가 그랬듯 "찐득찐득하고 지루하고 어중간한"[13] 구어의 결점을 역이용하려는 의식으로 구어시 표현의 가능성을 넓힌다는 아이

---

11) 이 점에 대해서는 坪井秀人,「国語·国詩·国民詩人—北原白秋と萩原朔太郎」(『文学』秋季号, 1998) 등도 참조해주길 바란다.

12) 石川啄木,「弓町より(食ふべき詩)」,『東京毎日新聞』, 1909.12.4.

13) 萩原朔太郎,「『氷島』の詩語に就いて」,『四季』, 1936.7.

제5장 라디오 포비아에서 라디오 마니아로 | 193

러니한 방법도 존재할 수 있다. 그러나 결국 투명성에 대한 의지를 순수 배양한 다이쇼시대의 구어 자유시는 기타하라 하쿠슈와 민중시파를 양극으로 하는 평이한plain 시적 공간을 구축했다. 데루이 에이조가 시 낭독에 요구한 것도 이러한 평이(평명平明함·아무것도 꾸미지 않음)함이다. 한편으로 그가 "시 전체의 한 음절 한 음절을 하나하나 천천히 명확하게 음독"하는, 일정한 박자에 맞춘 음독을 기초로 한다는 사실은 후자의 자유시형이 가지는 문제와 관련있다고 하겠다. "간단한 음독 연습" 부분에는 기타하라의 「낙엽송落葉松」이 예시로 나와 있는데 "가 라 마 쓰 노 하 야 시 오 스 기 테 가 라 마 쓰 오……(カラマツノハヤシヲスギテカラマツヲ……)"[14]라는 식으로 한 음절씩 분리해서 모든 음절에 악센트를 붙여 읽도록 권한다. 「낙엽송」은 정형시이지만 정해진 음수율에 속박되지 않는 자유시형은 이러한 음절 단위의 평이하고 일정한 박자 감각에 보다 잘 어울리는 것이라고 할 수 있을 것이다.

'명확'하게 음절을 발음하는 것에 기초하는 '명료'한 텍스트 음독. 이를 베이스로 '배에 힘주기'나 '부자연스러운 꾸밈'을 배제하고 꾸밈없고 자연스러운 낭독을 숙성시키기. 이러한 관념이 낭독을 연극과 음악에서 자립시켰다. 그 자신이 성악가이기도 했던 데루이가 이러한 낭독관을 주장한 것은 당연한 일이었지만, 반면에 음독에 요구되었던 의미적인 평이함이나 일정한 박자에 맞추는 음률 감각과 어긋남을 초래하는 모더니즘의 비청각적인 시각시(視覺詩, visible poetry)와 관념시는 배제 대상이 되어야 했던 것이다. 이렇게 데루이가 구상한 일본 근대시 낭독의

---

14) 우리말로는 "낙엽송 숲을 지나서 낙엽송을……"이라는 의미이다. 옮긴이 주.

모델은 (데루이 자신도 당사자로 참가하며) 라디오 방송 기획에 반영되었다.

당시 라디오가 (앞에 쓴 바와 같이 잡음에 의해 자주 방해받았다 해도) 투명하고 평이한 전달을 요구받은 미디어라는 사실을 고려하면 데루이가 구상한 낭독 모델은 라디오 방송 기획에 채택되기 위한 조건이 이미 정비되어 있었다고 봐도 좋을 것이다. 낭독회에서는 음악이 수반되거나 혹은 가락이 붙은 가곡 형태로 시가 발표되는 등 음악과의 컬래버레이션이 있었다. 또한 초기의 대규모 낭독회였던 시화회詩話会 낭독회가 오사나이 가오루小山内薫의 쓰키지築地 소극장 주최로 실현되는 경위에서 알 수 있듯이 연극과의 군건한 유대 관계가 전후戰後까지 지속되었다. 초창기 낭독 방송은 음악 반주를 동반하는 것이 통례였다. 당초에는 반주의 '가락에 맞춰 낭독하는' 스타일이 많았던 모양이지만, 점차 데루이의 구상이 방송계와 낭독에 관심을 나타내는 시인들에게 침투되어 갔음을 알 수 있다.

5. 전시하의 낭독시 방송

일본 시 낭독 방송의 시초는 1927년 4월 오사카 중앙 방송국(JOBK)이 방송한 도미타 사이카富田砕花에 의한 〈시의 낭영詩の朗詠〉이다. 이후 1929년 4월에도 JOBK에서 〈시의 저녁詩の夕〉(외국 시 낭독)을 방송하였는데 여기에는 데루이 에이조도 참가했다. 데루이는 1933년 10월부터 1935년 12월까지 JOBK에서 11번 방송된 〈시의 낭독詩の朗読〉 프로그

램의 기획자 역할을 맡았다. 이처럼 초기 시 낭독 방송은 오사카(JOBK)가 주도적이었고 나중에 JOBK 방송을 전국에 중계하는 방식이 되었다. 시 낭독 운동 역사에서 오사카라는 지역이 맡은 역할은 음으로 양으로 컸다. JOBK 문예 과장이었던 오쿠야 구마오奥屋熊郎와 그의 보좌역 난에 지로(南江二郎, 시인으로도 활약)의 활약으로 실현된 이 기획은 방송 자체의 횟수가 많지는 않았지만 약 3년 사이에 시 낭독을 방송이 개시되고 몇 년밖에 되지 않은 라디오라는 매체의 프로그램으로 편성하는데 일조했다. 다른 문예보다 앞서 근대시가 라디오라는 미디어 안에서 특권적인 지위를 구축하게 된 것이다.

〈시의 낭독〉이라는 방송에 대해 미요시 다쓰지三好達治 등은 "잠자코 듣고 있기 어려우며 비예술적이고 지저분하다"[15]며 노골적인 욕설을 퍼부었다. 그러나 이러한 반응과 상관없이 방송하는 입장에서는 인쇄 문화의 숙성이 낳은 부산물과 같은, 시각에 편중된 동시대의 시에 대한 안티테제와 '청각시'라는 새로운 장르의 창출이라는 문화 변혁을 향한 명확한 의도가 있었다. 방송을 담당했던 오쿠야 구마오는 "라디오 자체가 본래의 특질인 동시성同時性, 동소성同所性을 가지고 전 국민의 말의 표준화에 절대적인 기능을 수행하고 있는 점"[16]을 방송 동기의 하나로 언급하고 있다. 몇 년 뒤 아시아태평양전쟁 때의 시, 그리고 '애국시 방송'의 기획 콘셉트의 기둥이 되는 '국어 순화', '국민 통합' 이데올로기를 이미 이 시점에서 명확히 주장한 셈이다. 게다가 그 주장이 '동시성', '동소

---

15) 三好達治, 「燈下言」, 『四季』, 1935.10.

16) 奥屋熊郎, 「『詩の朗読』放送覚え書」上, 『放送』, 1935.10.

성'이라는 미디어의 특성을 통해 자각되고 있다는 점을 무시할 수 없다. 오쿠마 노부유키 등의 미디어론이 '국어 순화'론의 국면에 빠져가는 과정이 더불어 상기되는 부분이다.

〈시의 낭독〉기획과 동일한 시기에 자신이 근무했던 출판사 후생각厚生閣을 등에 업고 하루야마 유키오春山行夫가 모더니즘 시의 아성이 되는 잡지『시와 시론詩と詩論』과『현대 예술과 비평 총서現代の芸術と批評叢書』시리즈를 순차적으로 간행하는 동향도 주목할 만하다. 하지만 이처럼 인쇄 문화의 고도화(엘리트화)에 의거한 시각중심주의 비판을 방송 미디어 쪽에서 최초로 내세운 이면에는, 근대시(시단) 내부의 '모더니즘 비판'이라는 문맥이 관여하고 있다. 아니 정확히 말하자면 모더니즘 내부의 헤게모니를 둘러싼 대립 관계라 해도 좋으리라. 예를 들면 데루이 에이조가 저서『시의 낭독』에서 낭독시 텍스트로 예를 든『역정』의 시인들 (물론 구체적으로 보면 나카하라 주야부터 히시야마 슈조까지 다양하지만)의 작품도 '모더니즘'이라는 넓은 집합체 안에 포함되는 상황이었으며,『사계四季』의 서정시가『시와 시론』일부를 계승하는 형태로 나타났다. 또한 예술파 모더니즘과 대치한 프롤레타리아 시는 1920년대 전반에 아나키즘을 계승한 언어 실험에서 모더니즘 시와 방법론을 공유하였는데 이처럼 어떻게 보면 일본 모더니즘은 이전부터 느슨한 공약성共約性을 띠고 있었다.

이러한 모더니즘의 전면에 등장하는 것이『시와 시론』계통을 중심으로 하면서 일부 프롤레타리아 시도 합류하는, 언어의 시각성·조형성을 기초로 하는 텍스트 구성이라는 방법론이다. 물론『아亜』와『마보マ

ヴォ』등에 나타나는 미술과 전위 예술에 대한 친화 및 협업 시도 또한 중요한 선구적인 예이다. 이 계열의 방법에 관한 구체적인 예는 얼마든지 들 수 있다. 그러나 보다 중요한 것은 익찬적翼贊的이라고도 할 수 있는 공약성의 자력磁力 때문에 모더니즘이 시각주의에만 규합되지는 않았다는 사실이다. 즉 의미의 세계와 온건하게 조정調停되어 대중화된 모더니즘은 두드러지지는 않지만 큰 흐름을 만들어 갔던 것이다. 그 흐름에서는 시각에 대한 편향이 조정되어 음률의 쾌락을 사이에 두고 대중화되어 가는 국면이 보였다. 『사계』와 『역정』의 일부는 이 계열에 속한다.

그러나 이러한 음률·음성의 허용에도 불구하고 일본 모더니즘은 운동의 발화점인 이탈리아 미래파의 마리네티Filippo Tommaso Marinetti[17]의 실험이나 또는 동시대 유럽 전반에 보이는 '시각시'와 '음성시'의 공범관계(목소리와 음향의 시각화=음성에 대한 시각주의의 의존)라는 방향성이 희박했다. 『시와 시론』 속 모더니즘 시의 계통을 1930년대 후반부터 계승해 나가는 『신영토新領土』는 음성적인 실험과 낭독에 관심이 없지는 않았는데, 『신영토』 창간호에서 하루야마 유키오는 안이한 감성적 틀에 의존한 서정시의 반동적인 경향을 비판했다. 그는 서정시의 본질이 개성의 상실에 있는데 그러한 본질은 음성 및 음악과 두터운 유대 관계를 맺고 있으며 라디오가 시도한 시 방송은 (타인의 목소리=낭독자의 개성에 의해 시의 개성이 상쇄되기 때문에) 시의 '비개성화'를 초래한다고 비꼬았다.[18] 여기

---

17) 이탈리아의 소설가이자 시인. '미래파 선언'을 발표했다. 옮긴이 주.

18) 春山行夫, 「抒情詩の本質」, 『新領土』, 1937.5.

서는 앞에서 언급한 암묵적인 주류라 할 수 있는 대중화(서정시·음성중심주의)형 모더니즘에 대한 견제가 작동하고 있다고 볼 수 있겠으나 반대로 이 시대 이후에는 바로 이 '개성'에 대한 편향 때문에 하루야마 등의 엘리트적 모더니즘이 엄격한 비판에 노출되기에 이르는 것이다.

비약처럼 보일 수도 있겠으나, 이러한 '개성'을 비판하는 동향은 니시나카무라 히로시西中村浩가 소개한 로자노프Vasilii Vasil'evich Rozanov[19]의 근대 러시아 문학에 대한 위기 인식과 대응한다고 생각한다. 로자노프가 문제시한 현상은 바로 "인쇄 문화(구텐베르크)에 의해 발달한 지식계층 언어와 민중 언어의 거리가 회복 불가능할 정도로 벌어졌다는 것, 그리고 글말(문장어)이 인쇄를 매개로 함으로써 작자와 독자 사이의 직접적인 연결을 단절시킨 것, 나아가 글말(문장어)로 정립된 지식계층의 '자아'가 삶과의 직접적인 접점을 잃어버린 것"이다. 그는 그렇기 때문에 "억양을 동반한 육성으로서의 '일상어(구어)'"가 그러한 단절을 극복하고 연결을 회복시켜 준다고 생각했다.[20] 인쇄 문화와 에크리튀르에 의해 지식인과 민중, 작자와 독자, 또는 지식인 작자와 그 자신의 삶 사이에 균열이 생기고 문학의 전통에 위기가 찾아온 것이다.

이러한 위기 인식은 낭독과 음성에 관심을 기울이는 러시아 형식주의의 지향성보다 오히려 1930년대부터 아시아태평양전쟁기에 걸쳐서 방송 미디어와 시인들이 연계하여 구축한 '목소리의 복권'과 '문자의 억

---

19) 러시아 사상가. 옮긴이 주.

20) 西中村浩,「革命と「文学の自律」-ザミャーチンとロシア未来主義」, モダニズム研究会,『モダニズム研究』, 思潮社, 1994.

압' 운동을 구성하는 공통 인식에 더 잘 부합한다. 전시기의 국민시운동의 일각을 이룬 낭독 운동과 낭독 방송은 말 그대로 절대적인 지지 아래에서 이루어졌는데, 문제를 다시 확인해보면 그러한 운동의 근원은 모더니즘이라는 범주의 윤곽을 팽창시킨 1920년대 모더니즘 내부에 존재했던 '모더니즘=시각 중심주의'라는 비판에 있지 않았을까. 덧붙이자면 전향을 '대중으로부터의 고독'이라는 모티프로 보고 '마르크스주의=일본적 모더니즘'이라며 비전향에 전향을 대치시킨 요시모토 다카아키吉本隆明의 「전향론轉向論」(『現代批評』, 1958.11)의 구도를 앞서 서술한 부분 위에 포개어 보면 일본 모더니즘 고유의 흥미로운 구도가 비친다. 단 복잡하게 얽혀 있기는 하지만.

그런데 〈시의 낭독〉 프로그램 이후 1930년대 후반에 어떤 낭독시 방송이 전파를 탔는지(또는 타지 않았는지)에 대해서는 아직 확인되지 않았다. 적어도 오사카에 비해 도쿄(JOAK)는 열성적이지 않았다고 추측된다. 1940년대에 접어들어도 처음 1,2년은 오사카가 주도하는 경향인데 이를 변화시키는 것이 1941년 12월 8일 영국과 미국에 대한 선전포고였다고 할 수 있다. '애국시' 낭독 방송이 JOAK의 정규 프로그램으로 편성되어 개전 직후인 12월 14일부터 같은 해 연말까지를 살펴보면 미확인된 21일을 빼고 매일 방송되었으며 그 이후에도 1943년 한 해 동안 대략 3일에 한 번 꼴로 방송되었다. 이에 대해 필자의 다른 저서에서 당시의 방송표를 근거로 상세히 소개한 적이 있는데 어쨌든 이러한 전환은 라디오와 시(애국시)의 낭독 방송이 국책 산하로 완전히 옮겨졌음을 의미한다.

12월 8일 황송스럽게도 영미에 대한 선전宣戰 조칙大詔이 발포되었다. 잇달아 울리는 빛나는 대전의 성과는 국민의 감격을 더욱 북돋웠으며 국민 각층은 고양되는 애국의 열정을, 또 순국의 지성至誠을 뜨겁게 노래하는 시를 갈구했다.

애국시는 이러한 국민의 희구에 응답하여 태어난 것이다. 시인의 시를 통해 국민의 진심이 발로된 것이라 해도 좋다.

일본방송협회는 1941년 12월 12일부로 애국시 낭독을 개시했는데 이 애국시의 낭독이 빛나는 황군의 전과戰果 보도와 군사 발표, 그외 방송과 더불어 국민의 사기士氣 고양에 기여하는 바가 지대함을 확신한다.

이것은 아시아태평양전쟁 개시 후 라디오 낭독에서 방송된 시를 모은 일본방송협회편 『애국시집愛国詩集』(日本放送出版協会, 1941)의 서문으로, 일본방송협회 업무국장 세키 마사오関正雄가 집필한 문장이다. 이 서문은 전쟁성과를 접한 감격과 애국의 정을 노래하는 매체를 국민이 원하기에 거기에 부응하는 형태로 애국시가 탄생했다는 내용이다. 시인과 미디어가 일방적으로 애국시와 애국시 낭독 방송을 공급하지 않았음을 강조한다. 이처럼 라디오는 국민적 수요에 부응하여, 국민의 귀에 그들의 '감격', '열정', '지성', '진심'을 대변하는 목소리로 애국시를 내보내는, 이른바 '공기公器'로서의 역할을 자처하는 것이다. 위 서문에 근거해서 전쟁 정보와 그에 대한 반응의 대행=표상으로서의 시 표현의 유통 과정을 모델화하면 다음과 같이 될 것이다.

전과 → 보도(신문·라디오) → 국민 감격 → 애국시 창작(전문시
인)=감격 기록 → (애국시의 활자화·게재) → 애국시 낭독 방송 →
국민 청취=감격 재현

라디오와 신문 미디어가 전달하는 전쟁 정보. 공습이 격화되는 오키
나와전沖繩戰이 시작되는 전쟁 말기 이전까지는 미디어가 전하는 정보
야말로 일본 '내지'의 국민에게 전쟁 그 자체를 실감시켰다. 전황의 전개
에 맞춰 들려오는 옥쇄玉碎 보도와 전사자에 관한 감정의 공유에 의해,
앞에서 정리한 모델의 '감격'은 '애도', '진혼', 죽음의 예찬 등으로 변조
되어 간다. 결국 미디어에서는 정보의 수신자이자 객체인 국민이 애국
시라는 매체를 통해 전쟁 정보와 전쟁에 대해 주체로 바뀌는 주객전도
적인 일체화의 환상이 도모되었던 것이다. 1938년부터 '한 집에 라디오
한 대'를 영업 목표로 내걸었던 수신 계약자 증가 운동이 일본방송협회
에 의해 추진되었던 것처럼, 방송 미디어는 '라디오 포비아'가 아닌 '라
디오 마니아'(라디오 중독/의존성)를 국민적 규모로 창출해 나가려고 했던
것이다. 그날, 12월 8일에 "부디 라디오 앞에 모여 주십시오"라는 호소
를 경계로 '라디오 마니아'를 강요하는 미디어의 권력성이 전면에 등장
하게 된다.

물론 대정익찬회大政翼贊会의 '낭독연구회' 등이 주도했던 문단의 낭
독시 운동과 연계하며 문부성과 방송국 안에서 '학교방송연구회', '국어
방송연구회' 등 국어교육 외의 광범위한 영역에서 낭독과 국책을 연결

해 가는 상황도 놓쳐서는 안 된다.[21] 그러한 움직임에 포섭된 낭독은 당연히 '국어 순화'의 사명을 보다 노골적으로 요구받았다. 모모타 소지百田宗治(『역사 소국민을 위해서歷史 小国民のために』 및 그 외)와 다케나카 이쿠竹中郁(『중등학생을 위한 낭독 시집中等学生のための朗読詩集』)와 같이 시인 측에서도 교육적인 입장에서 낭독시 운동에 협력하는 현상을 보였다. 그러한 의미에서 보더라도 라디오 방송 내부를 특권적으로 잠식해 들어간 전쟁시라는 영역은 문학, 교육, 방송 미디어의 3자 협동 관계에서 중추적인 위치로 부상했던 것이다. 라디오를 매개로 애국시는 전쟁성과 정보에 대한 반응을 표상할 뿐만 아니라, 전달된 정보 본체의 수사rhetoric로서, 나아가 정보의 대체물로서 미디어 회로의 정위치에 편입되어 갔던 것이다.

전시하 시 낭독 방송의 구체적인 양상에 관해서는 필자의 저서『목소리의 축제声の祝祭』에서도 언급했는데, 앞선『애국시집』이야말로 이러한 낭독방송의 대표적인 기록 중 하나라고 하겠다. 책에 수록된 시는 합계 74편이며 그 중 약 절반인 36편이 일본방송협회의 위탁 작품이다. 다카무라 고타로의「그들을 쏘다彼等を撃つ」, 노구치 요네지로野口米次郎의「전아시아민족에게 호소한다全亜細亜民族に叫ぶ」, 사이조 야소의「전승의 라디오 앞에서戰勝のラジオの前で」……이러한 위탁 작품을 모은 전반부에 비해 후반부는 신문 등의 활자 미디어에 게재된 (그리고 낭독 방송된) 전쟁시의 스탠더드 넘버가 열거된다.「조직을 받듭니다大詔奉戴」, 다카무라 고타로의「필사의 시간必死の時」, 야마모토 가즈오山本和夫의「그

---

21) 松田武夫,『朗読と放送』, 越後屋書房, 1944 참조.

어머니その母」, 구라하라 신지로蔵原伸二郎의「군을 따르리み軍に從ひ奉ら ん」등등……. 마지막으로 위탁 작품 중에서 오사다 쓰네오長田恒雄의 「목소리声」중 마지막 연을 소개해 둔다.

목소리를 내어 보라
목소리를 내어 보라
그 목소리야말로
누구의 목소리도 아닌, 이 나라의 땅 속에서 태어나고 자란
이 나라의 자연과 함께 번영하고
이 나라를 풍부하게 하며
또 이 나라를 위해
의로운 방패가 되는
네 피의 목소리다
우리 혈액의 목소리다
일본의 목소리다

이 시는 나카무라 노부오中村伸郎에 의해 낭독된 녹음이 남아 있다 (『목소리의 축제』부록 CD에 수록). 노구치 요네지로나 진보 고타로神保光太 郎 등이 쓴 전의戰意를 고양시키려는 절규조의 시와는 분위기가 사뭇 다 른 이 시의 분위기가 나카무라의 억제된 낭독을 통해 잘 표현되었다. 그 러나 이러한 억제의 이면에서 이 텍스트는 방송 미디어 안에서 교묘하 게 기능하는 측면도 지니고 있었다.

「목소리」라고 제목 붙은 시의 목소리가 "목소리를 내어 보라"고 청자에게 호소한다. "전아시아 민족"(노구치 요네지로)과 같이 막연한 대상이 아니다. 라디오에 가만히 귀를 기울이고 있는 국민 청자 한 명 한 명을 향해서이다. 라디오의 목소리가 목소리를 내어 보라고 호소해 온다. 그리고 그 (청자에게 기대되고 있는 발성을 동시적으로 대행하는) 라디오의 목소리는 청자로부터 돌아오는 목소리를 "누구의 목소리도 아니"라고 규정하고, 그 목소리가 태어나고 자란 "이 나라"에 봉사하고 그 방패가 될 것을 자명한 사실로서 요구한다. "네" 목소리 하나하나를 라디오 앞으로 모아 한데 묶는다. 그렇게 개별에서 집단으로 모아져, 한데 묶인 개개의 목소리들이 혈액(민족을 연결하는, 민족을 위해서 흘리는)을 통해 '우리'의 목소리, 다시 말해 "일본의 목소리"로 통합된다.

라디오 음성을 듣고 있는 국민을 제국 일본을 구성하는 '우리'로서 주체화시킨다. 이 시는 라디오의 '목소리'를 매개로 하는 통합의 역학을 상징하는 텍스트이지만, 이러한 역학 아래 '라디오 살인 사건'은 어느 정도 규모로 진행되었을까? 허나 우리가 생각해야 할 문제는 그러한 역학이 미친 효과를 객관적으로 계측하는 것에 그치지 않으리라. 바로 역학 그 자체의 정체를 포박하는 것. 그것을 피할 수는 없다.

박정란 옮김

제6장

누구를 위한 눈물인가
—「일억의 호읍一億の号泣」

1. 잡음 속의 아우라

오후 두 시, 라운지의 텔레비전에는 미시마 유키오三島由紀夫의 모습이 몇 번이고 반복되어 나오고 있었다. 볼륨이 고장 났는지, 음성은 거의 알아들을 수 없었으나 그것은 어쨌든 우리에게는 아무 상관없는 일이었다.

1970년 11월 25일 이치가야市ヶ谷에서 일어난 사건으로 시작되는 무라카미 하루키村上春樹의 소설 『양을 둘러싼 모험羊をめぐる冒險』(1982)은 음소거 상태의 텔레비전 화면을 비추고, 영상의 주음성과 그 메시지를

무효화하고(실제 연설도 자위대원의 야유로 소거되기 십상이었던 듯하나), 그 기원을 무시하는 데에 이야기의 발단을 두고 있다. 하지만 복수의 세대에 의해서 공유되어온 이 사건의 기억이 "아무 상관없는 일"로 무시되면서도 서사의 시대를 상징하는 중심으로서 교묘하게 텍스트에 이용되고 있는 점도 의심의 여지가 없다.

『양을 둘러싼 모험』에 변칙적인 형태로 삽입되었던 미시마 사건의 텔레비전 영상은 1960년대에서 1970년대로 전환되는 시점을 알리는 상징적인 역할을 하였는데, 미시마가 궐기할 당시의 격문에 담긴 '전후' 비판에 담겨 있었듯이, 동시에 그것은 '전후' 25년(1970년)의 공간에 새겨진 분절점이 되었다. 이는 1945년 8월 15일이라는 또 하나의 분절점=기원의 기억을 상기하게 만들었다. 그리고 음성으로 들을 수 없는 미시마의 절규와 닮아 8월 15일을 '전후'의 기원으로서 선고한 천황天皇 히로히토裕仁가 종전 조서詔書를 낭독하는 라디오 방송, 이른바 '옥음玉音방송'도 또한 잡음이 많은 불안정한 수신 상태와, 조서 텍스트[1]의 난삽함 때문에 그 메시지를 완전하게 듣고 즉시 이해했던 청취자는 거의 없었다고 한다.

---

1) 칙서의 원안 작성에 대한 경위는 "사코미즈迫水 서기관장이 책임자가 되어 칙서안을 작성하고, 그 단계에서 한학자 가와다 미즈호川田瑞穂와 야스오카 마사히로安岡正篤가 깊이 관여했고, 칙서의 문구는 중국의 고전에서 인용되었다"(竹山昭子, 『玉音放送』, 晩聲社, 1989, 41쪽)는 과정을 밟았다고 생각된다. 난해한 한자어를 다용한 문어체 텍스트의 유래가 엿보이지만, 원안은 각의의 심의에 따라 더욱 여지없이 변경되었다. 예를 들어 "동아의 해방에 협력할 여러 맹방에 대해서 유감의 뜻……"이라는 부분은 당초 '진사陳謝'였던 것을 "유감"으로 고쳤다. '국체호지国体保持'라는 책임 회피와 체제 보존의 논리가 작동했기 때문에 발신자 측의 자기변명의 색채가 짙고 청자는 텍스트의 의미로부터는 이해 곤란한 채로 방치되었다.

그럼에도 미시마 사건이 뜻하지 않은 사건이었던 것에 비해 '옥음방송'의 경우는 당일 아침에 천황 자신에 의한 방송이 정오에 있었으니 "국민은 한 사람도 빠짐없이" 듣도록 예고 방송이 있었던 점,[2] 또한 소수였더라도 포츠담선언이 수락될 것 같다는 정보가 사전에 일부에게 알려졌던 점(패전 이전에 군부가 증거 인멸을 위해 서류를 태우는 연기를 봤다는 증언이 다수 있다) 등 보조적인 정보의 도움도 있고 해서 아시아태평양전쟁의 패전은 기적적이라고 해도 좋을 정도로 자연스럽게 국민에게 받아들여졌다. 물론 정보의 사전 짐작이나 천황의 육성을 수용하는 태도는 개인에 따라 다양했으며 무엇보다 패전 보도가 일본 국민에게 "한 사람도 빠짐없이" 전달될 리는 없었다 해도, 신의 목소리일리 없는 천황의 목소리에 의해 패전이 고지되고 이해되었다는 사실은 역사에 각인되어 있는 바이다.

'옥음방송'을 들은 개별의 체험이 국민의 역사로 집약되는 속에서 '전시'와 '전후'의 역사 이야기가 모드 전환을 준비한다. 이해하기 어려운 칙서 텍스트를 청취 곤란한 수신기로 듣는다. '그대爾'라 호칭되는 청취자에게 요구되고 있는 것은 역사상 처음으로 체험하는 천황의 육성을 청취함으로써 일본 국민("충량한 나의 신민")으로서 자신의 주체를 확인하는 것이며, 거기에서 텍스트가 지시하는 의미(=기의)에 대해서는 이미

---

2) 아나운서는 영미英美에 대한 개전을 알리는 임시뉴스도 담당한 다테노 모리오館野守男였다. "삼가 전합니다. 황실에서는 이 참에 칙서를 발표하시었습니다. 황공하옵게도 천황 폐하께서는 오늘 오전 손수 방송에서 말씀하셨습니다. 실로 송구스러운 일입니다. 국민은 한 사람도 빠짐없이 삼가 옥음 방송을 경청하길"(日本放送協會, 『放送五十年史』, 日本放送出版協會, 1977, 192쪽)

문제제기된 바 없다.(패전도, 항복도 인정하는 않은 채 국체国體 유지를 최우선으로 하고 천황 자신의 책임 회피를 기도한 조서 텍스트의 윤리적 비판은 별도로 검토하지 않으면 안 된다³⁾). 잡음 속에서 천황의 목소리를 공손하게 '듣는' 행위도 또한 그 소리나 텍스트와 호응하여 의미성의 저편으로 순화되고 무상화無償化된다. 그 어느 것도 전달되지 않는/들을 일 없는 제로zero 기호로서의 소리. 그것은 공허하면 할수록 아우라에 휩싸여, 목소리의 주인에게 청자가 겪은 개별의 패전의 아픔을 가탁하고 통합한다……. 잡음 속의 아우라. 라디오 수신기의 앞에서 다양하게 연출되는 이 '주체적 무無'의 서사가 공식적으로 역사화됨으로써 개개의 청자가 상실해버린 것은 너무나 크다. 이 장의 의도도 문학 표상과 미디어의 담론이 8월 15일이라는 경계를 어떻게 건넜는지를 다카무라 고타로高村光太郞의 시를 그 예로 검토하고, 이 '경험의 역사화'에 저항해가는 단서를 생각하는 데 있다.

2. 「일억의 호읍」의 특이함

천황의 말씀 한번 나오니 일억 호읍한다

---

3) 존 다우어의 다음과 같은 지적은 이 문제를 적확히 요약하고 있다. "천황은 이 칙어에 의해서 불가능을 가능하게 하려 했다. 굴욕적인 패배 선언을 일본의 전쟁 행위의 재궁정과 천황의 초월적인 도덕성의 재확인으로 전환하려고 했던 것이다.(『敗北を抱きしめて』上, 三浦陽一·高杉忠明 訳, 2001, 27쪽) 또한 칙서 텍스트를 비판적으로 검토한 최근 작업으로는 고모리 요이치小森陽一의 『천황의옥음방송天皇の玉音放送』(五月書房, 2003)이 있다. 고모리의 논의에 대해서는 나카노 시게하루中野重治의 담론을 대치하는 야마시로 무쓰미山城むつみ의 「종전기념일과 연속된 문제終戰記念日に連續する問題」(『新潮』100卷10号, 2003) 참조.

쇼와20년(1945년) 팔월 십오일 정오

우리 이와테岩手 하나마키정花巻町의 진수鎮守

도야가사키鳥谷崎 신사의 사무소 다타미 바닥에 양손을 짚고

하늘 멀리서 흘러나오는

천황의 음성 낮게 울려퍼지니 오체를 엎드린다

오체는 부들부들 떨리어 멈출 줄 모르고

천황의 목소리가 끝나니 또한 소리 없네

이때 무성無聲의 호읍 국토에서 일어나

천하의 일억 국민 한결같이

천황이 있는 곳을 향해 고개 숙여 엎드림을 안다

미천한 신민은 황공함에 완전히 말을 잃었네

그저 응시하고 그 사실에 직면하여

적어도 추호의 애매모호함을 허락지 않는다

강철의 무기를 잃을 때

정신의 무기 스스로 강해지리라

참과 미美가 쓰러지지 않는 우리들 미래의 문화야말로

반드시 이 호읍을 모태로 그 형상을 낳으리

(「일억의 호읍」)

시인 다카무라 고타로는 1945년 4월 공습으로 아틀리에를 잃고 하나
마키에 사는 미야자와 세로쿠宮沢清六에게 신세를 지며 도야가사키 신
사에서 8월 15일 패전의 날을 맞이하였다. 앞서의 「일억의 호읍」은 17

일의 『아사히신문朝日新聞』과 『이와테신문岩手新聞』에 게재되었다.

8월 15일의 신문 조간은 정오의 '옥음방송'에 앞서 배포되었는데, '대조환발大詔渙發'(천황이 조칙을 널리 국내외에 반포하는 것)을 맞아 준비되었던 『아사히신문』 사설은 「일억 상곡相哭의 가을」

『아사히신문』(1945.8.15) 「밤자갈 꽉 쥐어가며 황거를 향해 절하니 그저 눈물만」

이라는 제목이었으며 그 내용도 '(천황의) 혈루의 결정'인 대조(大詔, 천황이 널리 국민에 고하는 말)에 배례하고는 "누군가 눈물짓지 않을소냐" "결코 통곡하지 않을 수 없으리" 하며 '눈물'을 더욱 유발하는 내용이다. '라디오 앞에서 통곡하는 국민'의 무대가 신문 미디어에 의해 미리 설정되어 있던 것이다. 같은 신문 2면에 실린 '일기자의 근기謹記'에서는 「밤자갈玉砂利 꽉 쥐어가며 황거를 향해 절하니 그저 눈물만」이라는 같은 날 황거 앞의 풍경을 묘사한 기사를 볼 수 있다.

억누르고 억눌러도 흐르는 눈물이 지금은 방죽도 없이 뺨으로 흘렀다. 무릎은 무너져 접히고 밤자갈에 엎드려 나는 울었다. 소리 내어 울었다. 울부짖고 치밀어 오르는 슬픔에 입술을 깨물지 못해 격하게 울었다. 남자로서 황국皇國에 생을 바치고 또 언젠가 이렇게 울 때도 있으리. 닦아야 할 눈물이 아니다. 억눌러야 할 오열이 아니다. 울 때까지 울어라. 눈물이 있는 한 눈물을 흘려라. 쥐죽은 듯 소리 없이 정역淨域 속으로 엉겁결에 손으로 꽉 쥐는 옥사리, 주먹을 꽉 쥐고, 나는 '천황폐하……'라고 절규하며 '용서하소서……'라고까지 말하고, 그 후 말을 이을 수 없었던 것이다.

오늘날의 시각으로 보자면 심하게 자기 극화된 이색의 기사라고 말할 수밖에 없으나, 이런 눈물과 통곡의 풍경이 8월 15일의 통과의례적인 풍경으로서 정형화되어 갔던 것은 역사가 이야기하고 있다. 다음 날 16일의 『아사히신문』 기사 「옥음에 절하며 감정 북받쳐 오열, 일억의 길, 천황의 교시」에도 "비분의 뜨거운 눈물을 닦을 수도 없네" "일억 국민 눈물짓지 않는 자가 있었을까" "국민의 눈물 비 내리듯" 등등, 지면에 넘쳐나는 눈물이 어지럽게 흩어지고 있다. 전쟁이라는 사실에 의미를 부여하는 아우라로서의 '존엄' 표상의 정형화와, 그 의미 부여에 반응하는 국민(신민) 감정의 정형화. 이런 전시기 미디어나 문학의 전쟁 표상의 정형이 전쟁 서사의 종결 속에서도 계속되며 오히려 증폭되어 있었는데, 다카무라 고타로의 「일억의 호읍」이야말로 '충량한 신민'의 대표자가 이 '8월 15일'의 기념commemoration을 철저하게 정형화시킨 텍스트인 것이었다.

『아사히신문』은 8월 16일부터 연일, 샤쿠 조쿠釈迢空=오리쿠치 시노부折口信夫, 사이토 모키치斎藤茂吉, 오기와라 세이센스이荻原井泉水, 가와다 준川田順, 다카하마 교시高浜虚子 등이 패전을 노래한 단가나 하이쿠俳句를 게재하고 있는데, 다카무라의 「일억의 호읍」도 그 기획의 일환이었다. '눈물'로 이어가는 패전의 노래 몇 편을 한 번 읽어보자.

　천황 폐하가/ 국민들을 향해서/ 마음 아프다/ 하시는 그 말씀에/

　그저 눈물 삼키네　　　　　　　　　　　　　　　　　　[샤쿠 조쿠]

　천황 폐하가/ 내리시는 용단이/ 현명하게도/ 황송하게도 느껴/ 그

　저 눈물 흘리네　　　　　　　　　　　　　　　　　　[사이토 모키치]

　외지에 있는/ 병사들도 모두/ 송구스럽게/ 그 목소리 듣겠지/ 피눈

　물 흘리며　　　　　　　　　　　　　　　　　　　　　[가와다 준]

　가을 매미도/ 도롱이벌레들도/ 울기만 하네　　　[다카하마 교시]

　단시 형식이 지닌 특성 때문에 다카무라의 시와 그대로 비교할 수 없을지 모르지만, 가령 샤쿠 조쿠의 노래에서는 천황이 부르는 국민民의 한 사람으로서나 개인으로서 천황의 목소리에 직접 다가서려는 자세가 드러나 있다. 사이토 모키치나 가와다 준도 패전의 비통함을 토로하기 전에 천황의 목소리에 존경의 뜻을 표명하기에 여념이 없다. 울어야 할 상대(천황)을 숨긴 다카하마 교시의 노래를 포함해서 우는 행위를 통해서 이들 텍스트의 주체는 천황과의 사이에서 2인칭적인 교신의 장을 만들어내고 '충량한 그대 신민'으로서의 신앙 고백을 행하고 있는 것이다. 이들 작품의 신문 게재는 '신민'의 측에서 국체 보존을 선서하는 의미를 내포하고 있었다. 사이토 모키치가 다른 지면에 발표한 "천황 폐하의/ 목소리의 앞으로/ 신민된 자의 길/ 마냥 따를 것임을/ 맹서하옵나이다"라는 노래 등을 열거해 보면 좋겠다. 패전하고서야 이 신앙고백은 정결

한 맹서로 치환될 수 있을까. 물론 이 눈물들을 맞이한 '옥음'은 앞서 본 것처럼, 공허한 기표일 뿐이다. '옥음방송'을 듣고 우는 행위로는 천황의 목소리를 그릇으로 삼아 제각각의 개별 감정을 거기로 내쏟았다고 생각할 수 있는 것이다. 샤쿠 조쿠는 앞서의 노래와 함께 전사한 양자養子인 오리쿠치 하루미折口春洋에게도 조칙詔勅의 목소리를 들려주고 싶다는 노래를 읊고 있는데("전쟁 때문에/ 목숨 잃은 자식도/ 끝내 들으리/ 이 슬픈 가득한 말씀/ 우러러 받들리"), 거기에서는 천황의 목소리는 산 자의 죽은 자를 향한 호소를 중개하는 매개자로서 작동한다. 어쨌든 이 날의 천황이 그들에게 예전에는 없었던 가까운 장소에 존재했던 것만은 아무래도 분명한 듯하다.

그렇다면 다카무라의 「일억의 호읍」에서는 이런 눈물의 표상과 천황의 목소리는 어떤 관계에 있을까. '옥음' 체험의 이 시에서는 체험의 충격이 신체적으로 받아들여지고 있다. "천황의 음성 낮게 울려퍼지니 오체를 엎드린다/ 오체는 부들부들 떨리어 멈출 줄 모르고"라는 2행은 이후 「암우소전暗愚小傳」(1947)의 '종전終戰'으로 회상되는 "나는 단좌한 채 떨고 있었다"라는 객관적 표현과는 아주 다른 것이다. 흥미로운 것은 다카무라가 '오체'라고 표현을 사용한 것이 1914년의 「사랑의 탄미愛の嘆美」와 「만찬晩餐」(『도정道程』) 그리고 1939년의 「망자亡者에게亡き人に」(『지에코초智慧子抄』) 이후 처음이었다는 점이다. "우리들 식후의 권태는/ 이상스런 육욕을 일깨우고/ 호우 속에 불타오른다/ 우리들의 오체를 찬탄하게 만든다"(「만찬」)라고 했듯이, '오체'란 성애적으로 반응하는 신체의 의미로 국한하여 사용되고 있었다. 「망자에게」에서는 (시집의 독자에게

는) 아내 '지에코'의 상실한 신체가 생생하게 기억되는 장소가 된다. 이와 같은 에로스적인 신체가 「일억의 호읍」에서의 천황의 목소리를 듣고 부르르 떨려오는 신체 속에 내재해 있지 않다고 단정할 수 있을까. 이 정도로 노골적이며 무방비하기까지 한 표현을 그때까지 다카무라가 엄청나게 남겼던 전쟁시 안에서 발견할 수 없기 때문이다.

아내 '지에코'라는 대환상對幻想[4]의 세계가 소실시키는 것과 궤를 같이하며, 전쟁이라는 거대한 서사 속에서 자신이 국체에 전적으로 동화 귀일하려는 국체 환상이 다카무라 고타로의 시를 지배하게 되는데, 『위대한 날에大いなる日に』, 『기록記録』이라는 두 편의 시집과 그 이후도 흔들림 없이 계속 써 내려갔던 다카무라의 전쟁시의 이례적인 긴장감이 천황의 목소리에 의해서 끊어지고, 천황과의 직접적인(에로스적이라고 부를 수 있을 만한) 친화력이 그 전쟁시의 언어들을 승화시켰다고 생각한다면 반론을 부를까. 어쨌든 이것을 썼던 당시의 작자 다카무라 자신의 의식은 아니라고 답할 것이다. 그는 「일억의 호읍」을 썼던 다다음 날 잡지 『주간소국민週間小国民』에 게재할 만한 "범할 수 없는" 시를 쓰고 있으며(증보판 전집에서는 게재 미확인), 신성불가침의 "오직 한 분"을 둘러싸고 "우리들 일본인"은 "인간 울타리"를 만들고 있으며, 손가락 하나 건드리는 자가 있다면 목숨 바쳐 "끝내 쓰러질 때까지 이것을 지켜 받든다"며, 이른바 국체 보존의 대의 아래 진주군에 대해서 더욱더 철저히 항전할 것을 선포하는 듯한 이례적인 전쟁시를 남기고 있기 때문이다. 하지만

---

4) 요시모토 다카아키吉本隆明가 정의한 인간의 환상영역의 하나로서 남녀의 육체적·동물적인 생식행위나 육아로부터 소외된 환상이라는 의미. 옮긴이 주.

다카무라의 전쟁시를 순서에 따라 읽어온 독자는 이 「일억의 호읍」에 이르러서는 분명 뭔가 한 순간 주문呪文에서 해방된 듯한 감각으로부터 벗어날 수 없다.

'옥음방송'이 끝나고 이어진 무음의 공간을 메우듯이 "무성의 호읍이 국토에서 일어난다." "보천普天의 일억과 같이" 일억의 국민이 천황의 거처를 향해 엎드려 통곡한다. 그 소리 없는 목소리가 천황의 목소리와 교체되어 '오체' 속에서 메아리치는 것이다. 신문 미디어 등이 전경화하는 '라디오 앞에서 통곡하는 국민' 그림의 확대판. 하나마키花卷시에 있는 신사에서 한 남자의 떨리는 '오체'가 파문을 일으킨 트레몰로tremolo가 전국토 일억의 전국민의 통곡과 공진하는 것을 느낀다는, 이 시가 묘사한 풍경은 무릇 심상한 것이 아니다. 샤쿠 조쿠, 즉 오리쿠치 시노부에게는 같은 시기에 그 외에도 "슬프더라도/ 견뎌야 한단 말씀/ 하시지만/ 그러시는 목소리/ 눈물에 젖어 있네"라는 노래가 있다. 천황의 목소리와 친화적인 관계를 짙게 드러내고 있는데, 그의 패전에 관한 노래는 다카무라와 같이 일억과 공진하며 일억을 대표하는 것을 수는 없다. 이 슬픔의 표면에는 "전쟁 때문에/ 목숨 잃은 내 자식/ 돌려 달라고/ 말해야 하는 때가/ 되어버린 것인가"와 같이 타자와는 공유가 불가능한 슬픔이 숨겨져 있다. 다카무라의 시에는 천황의 '말'에 대해서 그 청자들은 신체의 전율과 "소리 없는 호읍", 즉 '실어失語'로만은 대응할 방도가 없다. 전사한 내 아들을 "돌려 달라"고 요구해야 할 때를 모색하는 오리쿠치의 노래와는 대조적이다. 바꿔 말하면 다카무라의 시는 개인의 감정 표현을 허락하지 않는 공공 감정과 대표자의 윤리로 규제되어 있는 것

인데, 그 의미에서는 '오체'의 노골적인 반응을 묘사한 앞서의 두 행은
이례적이라고 할 수 있는 것이다.

3. 다카무라 고타로의 전쟁과 전쟁시

다카무라 고타로의 시 중에서 천황의 신성神性=국체라는 주술로부터
의 '탈각'을 알린 것은 2년 후의 「탈각의 노래脫却の歌」(1947. 11)에서이지
만, 개個로서의 신체(오체)를 통해서 시대를 다루는 시를 전쟁 시기에 쓰
는 것은 다카무라에게 곤란한 일이었다. 왜냐하면 당시 그는 대표자로
서의 시의 언어밖에 마침 가지고 있지 않았기 때문이다. 중일전쟁 발발
이후, 다카무라는 「미증유의 시未曾有の詩」, 「사변 2주년事變二周年」, 「사
변은 이미 4년이 지났다事變はもう四年を越す」며 전쟁의 시간을 시편 중
에 새겨왔지만, "대동아전쟁의 진전에 직면해 일어난 한 인간의 억누를
수 없는 감동의 기록"(서)를 의도하여 편찬한 시집 『기록』(1944)의 「주편
主篇」은 「조칙 발표大詔渙發」로 시작하여 「12월 8일 세 번째 오다十二月八
日三たび来る」로 끝나는 것과 같이 개별 시에 배경으로서 전쟁 국면을 설
명하는 부기를 첨부하면서 '대동아전쟁' 2년을 통시적으로 총괄하는 문
자 그대로 연대기chronicle로서 구성되어 있다. 이 시집은 그 이름대로 관
이 허가한 전쟁 국면에 관한 보도를 **시적으로** 반복하고 증폭시켰다.[5]

---

5) '대동아전쟁' 조칙이 내려진 1941년 12월 8일을 기념일로 제정. 이듬해인 1942년부터 매
  월 8일을 대조봉재일大詔奉戴日로 정하여 국민행사로 기념하게 되는데, 다카무라도 이

이른바 대본영 발표의 충실한 '기록'인 것이다.

시집의 마무리 가까이에는 1943년 11월의 5차에 걸친 부건빌 Bougainville 항공전의 보도에 반응한 「결코 돌려보내지 않으리断じてかへさず」, 「격전 아직 끝나지 않아激戦未だ終らず」, 「대결전의 날이 오다大決戦の日に入る」, 「제5차 부건빌섬의 항공전第五次ブーゲンビル島沖航空戦」 등 네 편이 있다. 각각 같은 달 6일, 9일, 14일, 18일의 창작 일자가 부기되어 있으며, 그 일자와 거의 동시에 발표되었던 대본영 발표의 첩보에 즉시적으로 반응하여 차례로 쓰여진 것이다. 초출은 「대결전의 날이 오다」 이외는 『아사히신문』, 『요미우리호치신문読売報知新聞』, 『도쿄신문東京新聞』 등 각 신문에 창작 이튿날 혹은 그 이튿날에도 게재되어 있다. 즉 현실의 전쟁 국면의 추이를 알리는 보도 기사의 사이에 아주 작은 시차로 그것을 번역(=의역paraphrase)한 시 텍스트가 장소를 점하고 있을 따름이다. 미디어로부터 배포 받은 텍스트가 그 미디어로 재활용recycle되는 방식은 전쟁시 유통의 특징인데, 다카무라의 이들 시는 그 전형을 이룬 것이다. 몰주체적인 전쟁보도와의 관련은 일견 보아 「일억의 호읍」에도 통하지만, 라디오나 신문의 대본영 발표는 천황의 목소리와는 역시 달랐다. 전투의 최전선 상황과 총후에 몸을 둔 자신과의 거리감은 '옥음'을 들었을 때와는 달리 미묘하게 상대적인 것이다. 이들 시의 배후에는 적어도 그런 거리감을 "감사할지, 자계自戒할지/분진奮進해야 하

날의 기억을 국민 독자들에게 끊임없이 상기시키며 관련 작품을 정기적으로 발표하였다. 개전 다음날에 쓴 "기억하라 12월 8일./ 이날 세계의 역사는 새로워질게다"라고 선언한 「12월 8일十二月八日」을 비롯해 「신이 원하는 바 이루어지리라神これを欲したまふ」(1942), 「12월 8일 세 번째 오다十二月八日三たび来る」(1943), 「12월 8일 네 번째 오다十二月八日四度来る」(1944) 등 그것은 매년 반복되었다.

나, 기념祈念해야 하나"(「격전 아직 끝나지 않아」)라며 망설이는 시인의 괴로운 열위의식이 있음을 유의해야 한다.

> 우리 총후에 있는 자 그저 힘을 집결하여
> 군이 요구하는 바로 충만케 해
> 더욱 파천황의 강력 무기를 제공해야 할 따름.
> 귀를 기울이면 대본영 발표의 속뜻에 가까워지고
> 저도 모르게 우리 일상생활의 수치 있음을 깨닫는다.
> 붓을 들어 이와 같은 것을 쓰지 않을 수 없고,
> 더구나 또 쓰지 않은 채 끝내지 못함도 참을 수 없도다.
>
> (「제5차 부건빌섬의 항공전」)

전쟁의 현실에 대한 시인의 무력함이라고만 정리할 수 없다. "시를 읊기보다 밭을 일궈라"라는 문학에 내재하는 친숙한 억압감만으로는 설명할 수 없는 당혹스러움을 여기에서는 엿볼 수 있다. 무기를 들고 싸우지 않는 시인은 총후 국민의 일원으로서 군을 정신적으로 지탱하는 것만이 아니라, 시의 언어는 저절로 후위로 물러나 현실의 무력행사에 대해 자진해서 복속될 따름이다. 그런데 종군하지 않았던 점에 있어서 총후의 시인은 대본영 발표의 정보에 의해서 현실의 전투로부터 더욱 격리되어 이중의 복속을 감수하게 된다. 언어의 담당자로서의 긍지조차도 맥없이 무너져간 것이다. 특히 이 부건빌에서의 '전쟁 성과'는 대본영에 의해 허위 보고되었다는 점에서 사후적으로 보면 미디어와 군의 통제 권력에 대한 다카무라 시의 언어의 예속은 추악함의 극치로까지 추락하고 있다.[6] 그럼에도 "대본영 발표의 속뜻"에 눌려 총후에 있음에 일종의 부끄러움을 품으면서 그런 생각을 오히려 언어로 표현한 것이다. 그런 자기를 부정하면서 더구나 쓰지 않고는 버틸 수 없었다. 대본영 발표의 '기록자'로서 쓰는 시인의 내면에서 탄식하고 있었던 '쓰기'에 대한 욕망이 대본영 발표의 틀 바깥으로 빠져나오고 있는 순간이었는지 모른다.

이후에도 다카무라 고타로는 패전의 날까지 전쟁시를 사명과 같이 써 내려갔다. 『기록』 소재의 작품 이후에 쓰여진 시는 실로 59편을 헤아려 다카무라의 '쓰기'에 대한 경이로운 의지의 지속을 증명한다. 그런데 이 텍스트의 다수는 이른바 대본영 발표의 조악한 모조품으로 추락해 갔던 것이다. 다카무라는 이미 국민의 사기를 고무하는 제국 군대의 광고탑일 뿐이었다. 사이판의 옥쇄로부터 본토 결전이 현실화하기 시작한 1944년 9월, 다카무라는 「미영이 온다米英来る」라는 시를 지어 "천문학적 수량을 소유"한 미영의 무력에 대해서 "천황의 명"을 받들어 "필승 불혹의 길"에 철저하면, "미영의 대군, 기필코 돌여락반突如落盤과 같이 붕괴하리라"며 절규했다. 언어에 깃든 주술(언령言靈)을 인정하지 않는 한, 이와 같은 텍스트는 대본영 발표를 증폭시키는 공허한 미디어의 언어 속으로 뒤섞일 수밖에 없었다.

---

6) 「결코 돌려보내지 않으리」에는 "(……) 항모여,/신예의 두 척 역시 천벌처럼 여기에서 적을 섬멸했다" 등의 표현이 있고, 이것은 당연히 대본영 발표에 근거한 것이지만 이 전과가 허위보도인 것을 국민은 알리가 만무했다. 시 텍스트도 "눈부시도다! 올해 최대의 승리", "초조한 적 반격에 실추", "세계 전사 공전의 격추"(『読売新聞』, 1943.11.6) 등등과 같은 신문 기사의 제목과 같은 허위의 승리에 춤추었던 것이 된다.

"아아, 자연이여/ 아버지여" "언제나 아버지의 기백이 제게 충만케 하소서" 등, 초기부터 일관된 호소체, 명령체 혹은 현재형의 술부를 사용하는 다카무라 시의 어법이 미디어의 전쟁 보도와 계속 병행하는 그의 전쟁시 스타일을 결정하고, 그 양산도 가능하게 했다. 국민 독자에게 호소하고, 질타하고 고무하며, 현재로부터 미래로의 전진을 재촉하는 이 스타일에 의해서 다카무라의 전쟁시 텍스트는 상황에 대한 실천(앙가주망)이라는 면에서 동시성을 계속 보유하고 있었지만, 또한 동시성 때문에 상황의 추이나 기억의 망각과 더불어 급속하게 퇴색해갈 운명에 있었다고도 말할 수 있다. 「류큐결전琉球決戰」이라는 시에는 틀림없이 그의 그러한 전쟁시의 성격 모두가 집약되어 있다. 이 시는 미군이 가데나嘉手納 해안에 상륙하여 오키나와전투가 시작되었던 1945년 4월 1일에 쓰여져 그 다음날 『아사히신문』에 게재되어 있다.[7]

 류큐의 산마다 일본의 경동맥,

 만사 여기로 전해지고 만사 여기로 통한다.

 류큐를 지키고, 류큐에서 승리한다.

 전全일본의 전일본인이여.

 류큐를 위해 전력을 다하자.

---

7) 다카무라의 시는 「류큐결전의 특공대를 기리다琉球決戰の特攻隊を偲ぶ」라는 틀 내에서 특공대에 대한 찬사와 "일억 특공"을 주장하는 야마오카 소하치山岡荘八의 담화 「더럽히지 말라 특공혼汚すまい特攻魂」과 함께 게재되었다. 모두에 "기다리고 기다린 신기神機, 류큐결전의 보답은……" 등등의 『아사히신문』 편집부의 해설이 있고, 전날의 일면 기사 제목도 「류큐결전 격멸의 신기琉球決戰擊滅の神機」였다. 다카무라의 시 중 "이는 우리 신기의 도래이도다"라는 1행은 이런 미디어의 표현과 너무나 깊이 통하고 있다.

(······)

전일본의 전일본인이여, 일어나 류큐로 혈액을 보내라.

아아 온나나비恩納ナビ[8]의 말손열혈末孫熱血의 동포들이여,

빈낭나무의 잎 그늘에 몸을 숨기고

빗발치는 탄알을 견뎌내고 불을 억누르며,

맹렬히 나가 도적떼를 온 힘으로 주육誅戮하라.

오키나와는 여기에서 '경동맥'이나 '경락' 등의 신체의 은유로 표상되어 있는데 이것은 오키나와를 일본이라는 신체 본체(본토)로부터 미묘하게 동화/차이화하고 있는 것을 시사하는 표상이다. 그 '경동맥'에 혈액을 보내라고 촉구되고 있는 "전일본의 전일본인"으로부터 "온나나비의 말손열혈의 동포"는 미묘하게 구별되기 마련이다. 일본의 일부이면서 일본으로부터 도려내진 경동맥. 오키나와 주민의 3분의 1에 해당하는 전몰자를 내고, 군속을 웃도는 수의 민간 비전투원이 희생된 오키나와전쟁은 본토 방위·국체 보존을 위한 바둑판의 '사석 작전'이라고 지적되어 왔으나, 그것은 이 「류큐결전」의 시선에도 들어맞는다. 몇 가지의 기록에서 천황 히로히토가 오키나와전쟁의 결과를 전쟁을 계속할지, 아니면 평화를 선택할지를 판단하는 시금석으로서 파악했다는 것은 확인된 바 있지만, 다카무라 시의 주체가 보여준 시선의 위치는 다름 아닌

---

8) 류큐의 여성 가인歌人이며 연인의 모습을 숨긴 산을 밀어서 제거했다는 연가와 함께 남녀가 밤에 노상에서 노는 것을 금지한 것에 저항하는 노래 등 박력 있고 밝고 정열적인 류큐의 가요를 남기고 있다. 옮긴이 주.

천황의 그것에 가장 가깝다. 본래 "전일본의 전일본인"에게 촉구할 수 있는 주체란 누구일까. 현실에는 "빈낭나무의 잎 그늘"이 아닌 동굴에 몸을 감추고, 그 일부는 미군만이 아니라 '일본인' 병정으로부터의 살육의 희생이 되었던 오키나와의 '동포'를 향해 마지막에 이 시는 "맹렬히 나가 도적떼를 온 힘으로 주육하라"고 명령한 것이 아닐까. 이와 같은 명령을 발표할 수 있는 책임자라고 한다면 단지 한 사람, 군을 통수하는 직위에 있는 '대원수'밖에 없다는 것이다.

언어란 과연 화자로부터 자립할 수 있는 것일까. 만약 그렇다고 하더라도 이미 발화된 언어의 책임은 언어(텍스트) 그 자체와 그 화자에게 귀속될 수밖에 없다. 「류큐결전」의 텍스트와 그 작자는 그 심각한 책임감을, 시지푸스에게 부과된 큰 돌과 같은 그 무게를 버텨낼 수 있었던 것일까. 이런 물음은 자신이 서명한 텍스트와 자신이 발화한 목소리를 통해 엄청난 수의 생명을 좌우한 다른 '인물'의 책임문제와 상사형相似形을 그려내고 있다. 다카무라는 전후, 자작의 전쟁시 「필사의 시必死の詩」를 전지에서 매일 읽고는 가족에게 써 보내며 전사한 잠수함정장을 거론하며 「내 시를 읽고서 죽어 간 사람에 부쳐わが詩をよみて人死に就けり」라는 시를 썼다.

> 폭탄은 내 안의 전후좌우로 떨어졌다.
> 전선에 여인의 대퇴부가 치렁치렁 걸려 있다.
> 죽음死은 언제나 거기에 있었다.
> 죽음死의 공포로부터 나 자신을 구원하기 위해

「필사의 시詩」를 필사적으로 나는 썼다.

그 시를 전지戰地의 동포가 읽었다.

그 사람은 그것을 읽고 죽음 앞에 섰다.

그 시를 매일 거듭 읽으며 가족에게 써 보냈다.

잠수함정의 선장은 이미 잠수함과 함께 죽었다.

여기에서 '시(詩, shi)'라는 언어는 분명하게 '죽음(死, shi)'과의 등가 교환을 의식하고 있다.[9] 그 의식이 '책임'으로서 파악되는 순간, 언어는 언어로서 성립하지 않는지 모른다. 따라서 이 시 한 편을 가지고 다카무라 전쟁시의 총체를 물론 면책할 수 있는 없다. 하지만 그렇다면 또 다른 한 사람인 저 '인물'의 입에서는 어떤 말을 들을 수 있었을까. 적어도 이와 같은 관용구를 그에게서 들을 일은 없었던 것이다.

4. 전중戰中/전후戰後 사이를 건너기

「류큐결전」를 쓴 후, 공습에 쫓겨 다카무라 고타로는 앞서 지적했듯이 하나마키로 소개疏開되어 거기에서 「일억의 호읍」을 쓰게 된다. 라디오에서 나오는 천황의 목소리는 「미영이 온다」나 「류큐결전」에서 국민에게 촉구하던 그의 시의 '목소리'를 '실어失語'로 도망치게 만들고, 초월적인 대표자로서의 역할을 그 유일자/초월자의 목소리가 해방시켰다

---

9) '시詩, shi'와 '죽음死, shi'의 한자음이 일본어 음으로는 동일하다. 옮긴이 주.

고도 말할 수 있지 않을까. '실어'란 로고스를 타자에게 떠맡기는 망아忘
我 즉 도취이기도 해서 다카무라가 이 시에서 조형적인 표현의식을 아
렴풋하게 회복시키고 있다는 점과 그것은 관계가 없지 않을 것이다. "저
잉어의 고요한 침울함幽暗이 지닌 세찬 기운烈氣을 새긴다./ 잉어의 무
언無言을 새긴다"(「잉어를 새긴다鯉を彫る」)와 같은 대표자 논리에 오염되
기 이전의 조형 혹은 '촉지觸知'[10]의 의식을 겨우 드러내고 있다. 언어를
상실함으로써 눈은 "한 곳으로 집중되고", "추호의 애매모호함"을 허락
하지 않는 의식으로부터 '호읍'은 미래의 국민문화의 '형상'을 잉태하는
모태로 전위된다. 이런 '형상'은 주제적으로는 패전을 경험하는 국체 보
존의 추상 모델을 제시하는 것에 다름 아니다. 다카무라의 경우 그것이
조형적인 방법 의식과 연쇄하고 있는 점에 주목할 수 있다. 그런 점에서
「일억의 호읍」은 천황의 목소리를 부정형의 아우라가 아닌, 어떤 식이
든 확인한 후에 하나의 형상으로 조형한 아주 드문 텍스트였는지 모른
다. 형상이란 질료의 상보 개념인데 그것은 천황의 신체를 구성하는 '국
체'로도 비유된 것일까.

　「일억의 호읍」이 쓰여진 현장인 하나마키의 도야가사키 신사 경내에
는 1960년에 건립된 다카무라 자필 원고의 시비가 있다. 그런데 시인의
유족 등이 시의 내용 때문인지 철거를 요구하여 몇 년 후에는 일단 치워
졌던 일도 있었다고 들었다. 그 경위에 대해서는 더 거론하지 않겠지만,
시비의 철거를 요구하는 목소리에 동시대적으로 반응한 발언이 있다는
것은 일러두고자 한다.

---

10) 점자를 촉각으로 읽어내듯 촉각을 통해 무언가를 감지하는 것. 옮긴이 주.

"이번 세계대전에서 조국의 독립과, 명예와, 아시아 제 민족 해방을 위해 순직한 영령에게 삼가 이 글을 바친다"고 속지에 있는(이에 이어 종전 칙서가 사진판으로 게재되어 있다) 하치반八番사우회의 『아아 8월 15일ああ八月十五日』 제2집(1946)에 게재된 쓰게 마사아키津下正章의 「통곡의 문학慟哭の文学」이라는 문장이다. 쓰게 마사아키는 「일억의 호읍」 한 편을 "우리 민족의 미래상을 노래한 시안詩眼의 확실함, 실로 추호의 애매모호함도 허락하지 않는 엄밀함으로 일관된 모국애의 시선" 때문에 "우리 국민의 통곡의 문학", "이 세기를 기념할 작품"이라고 최고의 찬가를 바치고 있다. 그 위에 쓰게 마사아키는 "이 시인과 인연이 있는 자이면서도 이 시비의 제막에 항의하여 주민의 시인에 대해 경애하는 마음을 봉인하고 있다"며 강력하게 비판하고, 시집 속에 포함될 수 없는 이 시의 텍스트를 옮겨 적어놓고 있다(이상, 같은 책, 99~101쪽). 쓰게 마사아키의 문장은 12월 8일의 패전을 건너는 다카무라 시가 단절이 아니라 연속의 측면임을 전후의 편에서 강조한 것이다. 거기에서의 '전후'란 사후적으로 과거를 회고 현창하는 시각이며, 이 필자의 경우에는 국민주의·민족주의의 전후적 담론 속에서 다카무라 고타로의 시를 인용하여 재구축하려 하고 있다. 1960년대 중반, 마침 그때는 야스다 요주로保田與重郞나 일본 낭만파의 재평가 기운이 나타나기 시작했던 시기에 해당한다.

시집에도 채택되지 않은, 일반의 눈에 띌 일이 비교적 드문 「일억의 호읍」. 이 자필 원고를 새긴 비석이 인연이 있는 장소에 세워진다. 하지만 이 시비=텍스트를 둘러싸고도 현창과 은폐의 두 가지 가치관이 분명하게 드러나게 되었던 것이다. 다카무라는 전후의 시집 『전형典型』(1950)

에 대해서 서문에서 자신의 "생애의 정신사"에 대한 비판을 기획했다고 말하고, 패전 직후의 "감정의 여진餘塵이 남아 있는 것"은 "전시 중 시의 연장에 지나지 않는다"는 이유로 생략했다고 단정하고 있다. 전후의 다카무라는 「일억의 호읍」을 전쟁시의 잔재로서 인정하지 않았던 것인데, 그의 자기 인식과 관계없이 이 시를 가지고 다카무라의 장대한 연작 전쟁시의 막을 내리는 종장이라 파악하는 것은 지극히 자연스러운 것이리라. 그런데 그것을 전시의 한 단락이라 여기지 않고 전후를 향한 간주 혹은 서막으로 여기는, 그런 해석의 정치가 개입하고 있는 것이다. 8월 15일이라는 전시/전후의 (최초의) 단락으로부터 탄생한 「일억의 호읍」이라는 텍스트는 '종결'과 '시작'이 교차하는 패전기의 혼돈을 그대로 체현하게 되었던 것이다.

다카무라 고타로의 시가 이러한 패전기의 혼돈의 예증이랄 수 있는 것은 그가 단절하지 않고 전시나 전후에도 일관되게 쓰고 있다는 것과, 전후에는 추궁되어진 전쟁책임(일본문학보국회 시부회 회장의 지위도 포함하여)에 근거하여 스스로의 전시를 총괄하고도 있기 때문이지만, 그와 마찬가지로 잡지의 통폐합이나 지면 삭감이 이뤄지는 가운데 전시부터 전후에 걸쳐 어렵게 간행을 이어간 몇 개의 잡지 미디어와의 관련에 대해서도 언급할 필요가 있다. 일례를 들어보자.

문예잡지 중에서 가장 우익에 위치한 것은 『문예文藝』일 것이다. 1941년의 대미영 개전이 시작되고 간행된 1942년 신년호(10권 1호)에는 20여 명의 문인에 의한 「전쟁의 의지(문화인 선언)」이나 사이토 모키치, 구사노 신페이草野心平의 노래·시와 함께 다카무라의 대표적인 전쟁

시「그들을 쏘다彼らを擊つ」를 게재하고 있다. 전시기에는 이 전쟁시를 포함해 국수적인 지향이 당연히 지속되었지만, 전쟁 국면의 추이에 따른 경제 악화로 역시 출판 상황도 어려웠던 1945년에도『문예』의 간행은 계속되었다. 이 잡지의 편집자는 노다 우타로野田宇太郎이다. 2권 5호 (1945년 6월)의「학예휘보」중의「제도帝都를 지키는 사람」이라는 문장에서 노다는 공습으로 이재민이 된 다카무라 고타로를 문병했을 때의 모습을 기록하고 있다. "이제부터는 그 어떤 구애도 받지 않고 자신의 일을 할 수 있기 때문에 오히려 감사하다고 생각할 정도다"라는 다카무라의 말을 인용하여 노다는 "도쿄와 함께 고통 받고 도쿄와 함께 이겨낼 것이다"라는 결의를 새롭게 하고(이상 48~49쪽),「후기」에서는 결전하의 문학자의 사명을 "특공대로 삼아 영원토록 만드는 것도 역시 문학자 이외에는 없다"고 진술하고 있다. 이런 자부가 앞서 살펴온 다카무라의 전쟁시를 계속 쓰게 한 의식과 맥락을 같이 하고 있는 것임을 쉽게 알 수 있다.

그『문예』가 패전을 맞이한 것은 정확히 그 다음의 2권 6호(1945년 7·8월. 발행일은 8월 1일)의 편집이 끝난 후였다. 같은 호「후기」에는 "적은 우세를 업고서 제국 말살을 노리고 있으며 일본문화의 소멸을 의도하고 있다. 하지만『문예』는 아직 건재하다. 아니 더욱더 건재하다.(……) 나는 이 잡지가 그 어떠한 형태로든 이어지는 한 일본은 절대로 불패한다고 믿고 있다.—일국의 문학이란 그러한 것이지 않으면 안 된다고 나는 믿고 있다"와 같이 앞선 호에 이어서 강한 어조의 노다의 말이 보인다. 그런데 본래 공백의 페이지이어야 할 그 왼쪽 페이지에 편집부의「인사

말」이라는 문장이 인쇄되어 있고, '옥음방송'에 대해서 거론한 후, "절대 폐하의 말씀대로 필히 곧 세계 인류의 행복의 원천이 될 일본이 되지 않으면 안 됩니다. 우선 문예의 융성입니다. 예술의 재건입니다"라고 적고, "폐하에게 바쳤던 목숨을 소중히 하여 세계 평화의 초석을 쌓지 않으렵니까"라고 맺고 있다.

노다 우타로는 이후 "종전 후의 일본에서 가장 빨리 발행된 문학잡지"인 이 호에 대해서 회상하여 다음과 같이 쓰고 있다.

> 나는 전멸한 문학잡지는 별도로 하고 아직 군선전의 일역을 담당해 그 권력의 옹호 아래 발행되었던 잡지가 종전과 함께 허둥대며 문장의 수정을 했다는 이야기를 몇 차례 들었다. 하지만 「문예」는 그럴 필요가 없었으며 가령 점령군이 와 검열하더라도 의연하게 대처해야 한다고 생각해 오히려 그대로 인쇄함으로써 그저 패전이라는 현실에 충격을 받은 독자에 대한 인사만을 속지의 여백을 빌려 새롭게 써넣었다.[11]

좌우 대칭을 이루는 두 개의 문장이 실린 두 페이지 사이에 8월 15일이 존재했던 것만은 분명한데, 패전의 날로 향하는 노다의 이 연속성의 신념에 응대하는 것은 평가하든 비판하든 단순하지는 않다. "특공대로 삼아 영원토록 만드는" 문학의 힘에 대한 신뢰에 굳건한 절대 불패의

---

11) 野田宇太郎, 「終戦前夜」, 『灰の季節』, 修道社, 1958. 인용은 『8월 15일과 나八月十五日と私』 (角川文庫, 1995), 225쪽.

신념과, '세계 인류의 행복', '세계 평화'의 촉구가 좌우로 대칭하는 광경을 보증하는 것은 저 천황의 목소리에 다름 아니다. 8월 15일을 경계선으로 삼은 이 부조리한 등호/연속을 비판하기 위해서는 이 목소리와 '쓰기'의 유착을 문제 삼을 수밖에 없는 것이다. 단지 이 경계선을('종전'이 아닌) '패전'이라고 파악하는 정치적 정당성을 인정한 위에, 이 날이 단지 패자를 위한 하루로서만 존재하였던 것이 아니라고 하는, 당연한 사실에도 생각에 미치지 않으면 안 된다. 『민주조선』 창간호(1946년 4월)에 게재된 다음의 회상을 인용하며 일단 글을 맺고자 한다. 8월 15일에 흘린 눈물의 의미가 결코 하나가 아니라는 것과 그 눈물이 누구를 위해 흘렸는지를 생각하기 위해서라도.

> 8월 15일, 이 역사적인 날, 우리들은 서로 부둥켜안고 울었다. 역사의 준엄한 심판에 의해 공손하게 삼가는 이 일본 민주주의가 탄생한 날, 그리고 이 역사적인 필연성에 의해 해방된 우리 삼천만 민중이 독립한 날, 우리들은 몸속에 흐르고 있는 모든 혈액을 분류奔流시키며 기쁨의 눈물을 흘렸다.
>
> 그 날 우리들은 전날의 라디오에 의해서 중대 방송의 내용을 이미 알고 있었다. "기다리고 있었습니다." 입 밖으로 내뱉지는 못하지만 가슴은 두근두근 뛰었다. 입술은 덜덜 떨렸다.
>
> (한준, 「나의 8월 15일!」, 38쪽)

박광현 옮김

제7장

민요의 근대와 전후戰後
― 국민주의와 미디어

1. 〈신일본 기행新日本紀行〉과 『일본열도 개조론日本列島改造論』

   일본 산하의 풍경을 배경으로 호른 소리가 높게 울려 퍼진다. 그리고 현악기가 딱따기에 맞추어 민요풍의 선율을 정감 넘치게 연주하기 시작한다. 1960년대부터 70년대까지 텔레비전을 봤던 세대에게 NHK의 다큐멘터리 〈신일본 기행〉의 주제곡은 지금도 정겹게 흥얼거리는 잊을 수 없는 멜로디 중 하나가 아닐까. 1분에도 못 미치는 짧은 음악인데도 거스르기 힘든 그리움과 포에지poésie가 촉발되며 그를 통해 30분짜리 영상의 분위기가 단숨에 되살아오는 듯한 환기력을 가지고 있다. 도미타 이사오冨田勲가 작곡한 이 주제곡은 〈신일본 기행〉의 영상과 문자 그

대로 일체가 되어 많은 시청자의 기억에 뿌리내리고 있다고 할 수 있다.

1963년부터 82년까지의 긴 시간 동안 (이 사이에 텔레비전 또한 '흑백'에서 컬러로 바뀌었다) 700회에 걸친 〈신일본 기행〉의 방송기간 중 1970년대에 도미타는 일본에서 가장 빨리 도입된 무그 신시사이저moog synthesizer를 구사하여 전자음악 시장을 확립하였다. 또한 4채널 시스템을 고집하면서 종국에는 스피커를 통해 야외에서 거대한 음장音場을 구축하는 것에 야심을 쏟았다. 오케스트라가 연주한 〈신일본 기행〉주제곡은 언뜻 보면 일률화된 전자음이나 인공적인 음장 구축과는 가장 멀리 있는 듯이 보인다. 그렇지만 앨범 〈달빛月の光〉을 시작으로 1970년대에 작곡가 도미타 이사오가 이루어낸 세속적인 성공 또한 드뷔시Debussy와 그 외의 고전 명곡을 전자화함으로써 전에 없이 비장하게, 거기다 **그리움을 담아** 울려 퍼지게 한 것에 기인하고 있을지도 모른다. 버추얼virtual적인 페이소스나 그리움이 테크놀로지에 의해 꾸며져 있기 때문에 사람들은 그것에 매혹 당하는 것이다.

그렇게 생각해 보면 〈신일본 기행〉의 영상과 주제곡 또한 1960년대부터 70년대에 걸쳐 일종의 향수를 규격화하는 데에 큰 역할을 담당했다고 말해야 할 것이다. 당시의 시청자가 2, 30년이 지나고도 여전히 도미타의 주제곡에 반응해 버리는 것도 또한 그 규격화된 향수의 추체험으로서 생각할 수 있는 것이다. 〈신일본 기행〉이라는 프로그램이 이러한 시대의 감성을 방향 짓는 상징적인 존재가 될 수 있었던 것은 물론 1950년대 후반부터 시작된 고도경제성장이라는 시대상과 관련된 바가 크다. 거기에는 일찍이 경험한 적이 없는 경제성장에 휩쓸려 격변해 가는 근대일본의 풍토와 생활의 풍경이 있었다.

다나카 가쿠에이 『일본열도 개조론』 표지

인구의 극적인 이동에 따라 지방과 도시에 각각 과소·과밀의 문제가 일어나고 지방에서는 농업의 황폐와 지역 공동체의 쇠약, 도시부에서는 공해나 주택문제가 심각해졌다. 고도경제성장 뒤에 있는 이러한 종류의 '음지의 이야기'는 오늘날에 이르기까지 몇 번이나 싫증을 모르는 채 반복되어 왔다. 고도 경제성장은 다나카 가쿠에이田中角榮 내각시대에 일어난 경제정책 파탄과 오일쇼크에 의해 종식되었는데 다나카 가쿠에이는 총리대신에 취임하기 직전인 1972년에 『일본열도 개조론』(日刊工業新聞社)을 펴냈다. 이 책은 고도성장의 신화를 증·개축하여 1980년대로 이어지는 신화의 다리를 놓아 가고자 하는 내용으로 '음지의 이야기'와는 또 전혀 다른 '이야기'를 강렬하게 내세운 것이었다. 다나카가 국민을 대상으로 제안한 '이야기'란 이를테면 경제성장의 부채를 성장 그 자체에 의해 억지로 극복하고자 한 것이다. '지식집약형'의 산업구조로 전환함에 따라 농업을 중심으로 하는 제1차 산업화를 효율적으로 하고 공업재배치에 의해 지방의 '농촌공업화'를 진행시키면서 그것을 지원하기 위해 신칸센新幹線이나 고속도로를 정비하여 대량수송체계를 확립한다. 나아가 정보네트워크에 의해 일본을 '정보열도'로 바꾼다. 이렇게 국토를 디자인하는 것이야말로 지방과 도시의 격차, 과소와 과밀이 동시에 해소되는 것을 촉진시킬 것이다.

다나카는 이 책의 맺음말에서 "내가 일본열도 개조에 몰두하여 실현하고자 바라고 있는 것은 잃어버리고 파괴되어 쇠퇴하고 있는 일본인의 '향리'를 전국적으로 재건하여 우리 사회에 안정과 여유를 되돌리기 위함이다"라고 적고 있다. 『일본열도 개조론』의 목적을

NHK사회프로그램부 편 『신일본 기행 7 규슈』 커버

한 마디로 요약하자면 지방과 도시 간 차이의 해소, 즉 일본열도의 균질화이며 다나카가 그 균질화를 이야기하기 위해 키워드로 꺼낸 것이 지방과 도시에서 동시에 잃어버렸다고 하는 '고향'인 것이었다.

일본 전국 어디에 살고 있어도 똑같은 편익과 발전의 가능성을 발견해내는 한 사람들의 향토애는 확고하게 스스로를 지탱할 것이며 조국 일본에 대한 무한한 연대감이 자라날 것임에 틀림없다.

여기서 주창되고 있는 고향의 회복이란 국토 개조에 의해 (도미타 이사오의 **그리운 느낌을 주는 전자음악**과 마찬가지로) 가상적으로 고향을 재창조하는 것을 의미하고 있었다.

그런데 이 『일본열도 개조론』과 거의 같은 시기에 NHK사회프로그램부가, 방송을 마친 〈신일본 기행〉의 프로그램 내용을 활자로 쓰고 지역별로 편집하여 동일한 제목의 책 7권으로 출판했다(新人物往来社, 1972~73). 제1회 배본이었던 「규슈편九州篇」의 책 띠에는 "붕괴되어 재창조된 일본의 풍토"라는 말이 보이며 「도호쿠편東北篇」의 책 띠에는 "이것은 (……) 일본열도 전체에 나타나고 있는 만가挽歌이다"라는 『구마모토니치니치신문熊本日日新聞』에 실린 「규슈편」의 서평이 소개되어 있다. "잃어버리고 파괴되어 쇠퇴하고 있는 일본인의 '향리'"라는 인식에서 보면 『일본열도 개조론』과 〈신일본 기행〉은 상호보완적인 관계에 있었다고 말하지 않으면 안 된다. 붕괴하고 있는 일본열도에 대해 전자가 그 '재창조'를 주장했다고 한다면 후자는 '만가'로써 응답했다는 말인 걸까.

아무래도 후자의 만가적인 여운은 여전히 그 시대를 아는 세대 속에서 공유되고 있는 것 같은데 그에 비해 전자의 국토재창조를 향한 욕망은 오일쇼크에 의한 고도경제성장 자체의 종언과 낭사자인 다나카 자신이 록히드 사건으로 체포되는 전개에 의해 지금은 지난날의 과대망상으로서 거의 잊혀지려고 하고 있다. 그러나 『일본열도 개조론』이 그린 공공투자중심 정책과 물류 촉진, 정보화 구상 등은 버블경제가 붕괴한 후 오늘날까지 보수정치의 기본 노선으로서 계속 존재하였다. 또한 고향의 재창조라는 이념은 그 후에도 1979년 '지방의 시대' 혹은 1988년 '고향 창생創生' 등 여러 캐치프레이즈 속에서 어른거리고 있다. 그것들은 현재도 (상흔까지 포함하여) 그 흔적을 여기저기에 남기고 있는 것이다. 이러한 사실을 인정한다면 '열도 개조'라는 것은 단순히 책제목이 아니라, 부정하기 힘든 공동적인 심성으로서 일본인 내면에 도사리고 있는 것을 자각하게 만드는 어떤 것이 아닐까. 그러한 심정의 공동성을 뒤집으면 〈신일본 기행〉의 동시대비판을 포함한 애절한 시선과 겹쳐질 수도 있을 것이다. '상실의 미학' 역시 기원으로 회귀시키는 강력한 유도장치로서 기능하기 때문이다.

2. 〈이쓰키 지장居付地蔵〉 ─ 고향의 전승과 붕괴

1967년 5월에 방송된 〈신일본 기행〉은 '히다飛騨'를 다루며 '고향'의 상반되는 두 표정을 전하고 있다. 프로그램 후반에서는 노점상조합屋台組이나 마을 자치회 단위로 운영이 계속되고 있는 다카야마高山의 봄 축제를 취재하며 전통 계승에 스포트라이트를 비추고 있다. 하지만 시라카와마을白川村을 다룬 전반부에서는 58년 만에 지역 전체가 연계하여 행해진 갓쇼즈쿠리合掌造り[1]지붕을 다시 얹는 행사를 취재하면서도 미보로御母衣댐의 건설 과정에서 나타난 미보로긴자御母衣銀座가 황폐화된 무참한 모습, 사람이 사라진 우시쿠비牛首지구, 포장도로나 형형색색의 함석지붕 등 전통 계승과는 상반된 측면, 관광지로 변한 풍경이나 대가족제도 붕괴 등에 대해서도 가차 없이 말을 하며 카메라를 비추고 있는 것이다.

구마모토현熊本県 이쓰키마을五木村을 취재하여 1971년 11월에 방송

---

1) 갓쇼즈쿠리는 일본 민가의 건축양식으로 거대한 시옷 모양의 뼈대를 가진 지붕 아래 3~4층의 다락이 있는 것이 특징이다. 옮긴이 주.

된 〈이쓰키 지장〉은 "자장가의 고장 이쓰키는 산과 산, 그 너머 저 산 깊은 곳에 있습니다"라는 내레이션으로 시작된다. 마을의 99퍼센트를 산이 차지하고 있다고 소개된 오지 이쓰키. 여기에서도 그러한 마을에 밀어닥친 시대변화의 물결과 남겨진 과소의 토지라는 '고향'의 두 모습이 생생하게 묘사된다. 화전火田을 만든 후 그 재를 비료로 작물을 경작하는 농사법이 중심을 이루고 있었던 토지에 조림사업이 도입되어 자급자족했던 생활에 변화가 생김과 동시에 벌채와 식림植林이 1963년에서 1965년에 걸쳐 일어난 큰 수해와 맞물리면서 수해가 마을의 과소화를 촉진하고 있었다. 거기다 마을 토지 중 40%를 물 밑으로 가라앉히는 가와베가와川辺川댐 계획에 시동이 걸리면서 이쓰키마을 사람들은 "이번에는 댐 건설로 퇴거를 독촉 당하"게 된다.

프로그램에서 카메라는 "좀처럼 오지 않는" 현지사県知事의 이쓰키마을 방문을 포착하여 댐 건설의 필요성을 설명하는 지사의 목소리와 마을에서 이루어지는 소박한 농작업 풍경을 겹쳐지게 한다. 그리고 수몰이 예정된 광장에서 일 년에 한 번 행해지는 떠들썩한 체육대회의 피날레에서 한 부인이 부르는 「정조正調 이쓰키 자장가五木の子守唄」가 슬픔을 가득 담은 채 울려 퍼진다. 프로그램 후반에서는 고벳토子別峠고개에 있는 지장의 표정을 인상적으로 삽입하면서 그 고개와 자장가에 얽힌 유모살이 이야기를 현대로 끌어오며 오랜만에 열린 한 쌍의 결혼피로연에 초점을 맞춘다. 그 잔치와 전통의 계승을 바라보는 것으로 프로그램은 십 년 사이에 인구가 절반으로 줄어 버린 마을의 과소화와 젊은이들이 떠나가는 현 상황에 조용히 비판적인 시선을 던진다.

〈신일본 기행〉의 제작자의 입장은 시대에 따라, 또 취재한 대상이나 지역에 따라서도 다르며 물론 이 두 가지 예만으로 일반화할 수는 없다. 그렇지만 명확한 구성과 비판적인 시점에 의해 뛰어난 다큐멘터리로 성공을 거둔 〈이쓰키 지장〉에서 특히 명백히 보이는 것처럼 고도경제 성장이 낳은 모순과 뒤틀림에 대해 당시 NHK 미디어가 정치적인 비평을 감추지 않았던 것은 지금 새삼 특기해 둘 만하다. 위에서 언급한 책의 「규슈편」에는 프로그램에서는 보이지 않던 댐 건설 반대를 호소하는 간판 사진이 실려 있는데 텔레비전의 스토리를 쫓는 것만으로도 경제성장→삼림의 벌채(자연의 상품화)→자연의 황폐→수해(→과소화)→댐 건설(→과소화)라는 이야기 라인이 뚜렷하게 떠오를 것이다.

『일본열도 개조론』역시 1985년까지 13년 동안 천 개 이상 댐을 건설하는 것이 필요하다고 부르짖고 있었는데 댐 사업은 익히 알려진 대로 고도경제성장이 남긴 공공사업의 기둥 중 하나이며 그것이 오늘날에 이르러 일본 각지에서 큰 부채가 된 것은 다시 확인할 필요조차 없을 것이다. 1970년대 초에 〈이쓰키 지장〉을 제작한 스태프가 이러한 댐 문제를 비판적으로 바라보는 시점을 제시하고자 했다는 사실에 대해서는 다나카 야스오田中康夫 나가노현長野県 지사의 '탈脫댐' 선언 이후 전국적으로 댐 건설 정책의 재검토가 요구되고 있는 오늘날에 되새겨 두어도 좋을 것이다. 덧붙여 말하자면 이쓰키마을에 건설 예정이었던 가와베 가와댐은 그 후 건설에 반대하는 주민의 소송으로까지 발전되어 착공에 이르지는 못했다. 우여곡절을 겪은 후 이쓰키마을 등이 합의해서 주민 이전이 시작된 가운데[2] 전국 댐 문제의 상징적인 존재로서 오늘날에도 여전히 논쟁의 와중에 있다.

3. 〈신일본 기행〉과 〈프로젝트 X〉

〈신일본 기행〉이 70년대까지 NHK 다큐멘터리의 꽃이었다고 한다면 근래에 NHK의 얼굴이 된 것은 오랜만에 시청자의 지지를 얻었다는 점에서 2000년부터 방송을 시작한 〈프로젝트 X〉일 것이다(2005년 말에 방송 종료). 말할 필요도 없이 두 프로그램은 다큐멘터리 기법 자체에 큰 차이가 있다. 〈신일본 기행〉의 경우 취재 대상의 인터뷰가 삽입된다고 해도 극히 짧으며 카메라 시점에 맞춘 내레이션이 전체를 지배하고 있다. 위에서 본 '히다' 편에서처럼 중점적으로 다루어진 음성이 모두 내레이션인 경우도 있다. 프로그램에서는 영상 속 사람들을 어디까지나 대상으로 생각하여 거리를 둔 채 그 목소리를 내레이터의 말을 통해 간접적으

---

2) 『구마모토니치니치신문』이 취재한 이쓰키마을 수몰 예정지역에 남아 있는 주민(여성)의 다음과 같은 말을 소개해 두고자 한다.

> 댐이 좋다고는 하지 않아. 하지만 만약 댐이 생기지 않는다면 우리는 무엇 때문에 이런 일까지 겪으며 집을 옮기지 않으면 안 되는 거야. 나라가 댐 건설을 그만 둔다면 우리들 처지도 생각해 줬으면 좋겠어.
> 나는 벌써 일흔이야. 언제까지 이런 생활을 하지 않으면 안 되는 거야. 이 주변은 말이야 모두 벌써 여든, 아흔이 다 되었어. 댐이 만들어졌을 때에는 이미 우리는 이 세상에 없을 거라구. 하지만 댐이 생기고 나서 이 주변이 가라앉은 걸 안 봐도 되는 게 그나마 다행이겠지.
> (「取り壊される家々「一日でん長う、ここに……」」, 『熊本日日新聞』, 2002.7.14)

로 다시 구성하는 시점의 일원화가 관철되어 있다고 할 수 있다. 이러한 다큐멘터리 방법의 구조가 시대의 추이에 따라 변화해 온 부분도 있지만 〈프로젝트 X〉에서는 통상적인 다큐멘터리 부분에 취재 대상인 당사자에게 자신의 경험을 본인의 목소리로 말하게 한 부분을 추가하여, 내레이터의 이야기와 그 이야기의 대상이 주체가 되는 인터뷰로 이루어진 2부 구성을 취하고 있다.

이렇게 구성에 대해 고심한 부분이 〈프로젝트 X〉의 영업적인 성공의 이유 중 하나인 것은 틀림없다고 할 수 있으며 이러한 수법의 차이는 그대로 두 프로그램이 메시지를 보내는 방법의 차이로 파악될 수 있다는 점을 간과해서는 안 된다. 〈프로젝트 X〉가 이야기하는 것은 "전후에 획기적인 사업을 실현시켜 온 '무명의 일본인'을 주인공으로 하는 '조직과 군상의 알려지지 않은 이야기'"이다. 이 프로그램은 "선구자들의 '도전과 변혁에 대한 이야기'를 그림으로써 다시 새로이 도전할 것을 요구받고 있는 21세기의 일본인에게 '도전을 향한 용기'를 전하고 싶다"는 취지 아래 제작되었다. 여기에는 버블경제 붕괴 이후 출구가 보이지 않는 불안과 자신감 상실을 피할 수 없게 된 일본인의 아이덴티티의 입지를 다시 한 번 정립하고자 하는 의도가 노골적으로 드러나 있는 것이다. 〈신일본 기행〉이 동시대의 코드 위에서 상실을 슬퍼하는 노래(엘레지)를 연주하고 있었다고 한다면 〈프로젝트 X〉의 특색은 굳이 **반시대적으로** 시간이 조금 지나 기억 속에서 재생 가능한 과거에 대한 찬가를 불렀다는 점에 있다. 이 프로그램이 특히 중년층과 노년층의 샐러리맨 남성으로부터 강력한 지지를 받아 온 것도 그러한 연유에 기인할 것이다. 그

지지의 배경을 취재한 기사 가운데 40대 공무원 시청자의 감상 중에서 다음과 같은 흥미로운 말을 볼 수 있다.

> 프로그램에서 자주 다루는 고도성장기는 우리 부모님들이 딱 현역으로 활동했을 시대다. 프로그램을 통해 부모님들이 아무것도 없는 곳에서 시작해 큰 성과를 달성해낸 것을 알았다. 나는 예산이 부족해서 힘들어 하고 있었는데 부모님들의 경우를 보면 해내지 못 할 일은 없을 것 같다.[3]

NHK 다큐멘터리의 인기 프로그램으로서 1960~70년대의 〈신일본 기행〉과 2000년대의 〈프로젝트 X〉는 고도경제성장기의 일본이라는 취재 대상을 공유하면서도 전자가 동시대의 시선으로 '상실'의 측면을 비판적으로 그리고 있는 데에 비해 후자는 과거의 유산으로서 회고적인 시점에서 '달성'의 측면을 긍정적으로 그리고 있다는 점에서 뚜렷하게 대조를 이루고 있다. 더욱이 이 대조란 위에서 본 시청자의 감상에 나타나 있는 것처럼 1970년대에 40대였던 사람들과 2000년대에 40대인 사람들 사이에 있는 수용자의 차이와도 겹쳐져 있다. 1970년대의 프로그램 수용자가 2000년대 프로그램에서는 그들의 자식 세대(오늘날의 40대)의 시선 속에서 주역으로서 대상화=주체화되는 것이다. 즉 〈프로젝트 X〉는 고도경제성장기를 짊어졌던 부모의 위광威光의 이야기를 자식에게 전하는 것에 전략을 걸고 있으며 그것은 동시에 〈신일본 기행〉이 그렸

---

3) 「中高年が涙する秘密 NHK「プロジェクトX」に強い支持」(『AERA』14巻16号, 2001.4.2), 65쪽.

던 그 시기의 어두운 부분을 덮어 감추는 행위와도 일체가 되어 있다.

예를 들면 세이칸터널青函トンネル의 건설자를 취재한 〈벗의 죽음을 넘어 — 세이칸 터널·24년에 걸친 대공사友の死を越えて—青函トンネル·24年の大工事〉(2000년 4월 방송)는 〈신일본 기행〉의 〈쓰가루 해협津軽海峡〉 (1968년 8월 방송)에서 언급된 당시 진행 중이던 터널 건설 사업에 대해 터널이 완성된 이후에 회고하고 있다. 이처럼 두 프로그램의 관계는 사업계획 또는 진행과 사업완결 및 평가라는 관계와 정확히 대응하고 있다. 그 중에서도 도치기현栃木県 구로베黒部댐의 건설비화 등이 특히 인기가 높았다는 사실이 상징하듯이 〈프로젝트 X〉는 사업을 제작하고 추진하는 쪽의 이야기밖에 하지 않는다. 거기에서는 댐을 만드는 사람들의 고투는 이야기되어도 이쓰키마을처럼 댐이 만들어지는 토지에 사는 사람들의 이야기는 들려오지 않는 것이다.

이를 테면 목표를 할아버지의 위광을 되찾는 것으로 설정한 1990년대 이후 일본의 속류俗流역사수정주의 운동을 보완하기라도 하는 듯이 이러한 NHK의 전략은 그야말로 자식에 대한 부모의 위광을 회복하고자 한다. 위에 나온 시청자는 부모가 성과를 '달성'해낸 이야기를 자신의 방침으로 삼고 있을 뿐만 아니라 "우리도 초등학생인 아들과 딸에게 전해 줄 수 있는 이야기를 만들어 가고 싶다고 아내와 얘기했다"고도 말하고 있다. 부모의 이야기는 거듭하여 다음 세대로 이어져 가게 되는 것일까.

이러한 〈프로젝트 X〉의 전략은 물론 그 이야기의 구성과도 밀접한 관련이 있다. 다구치 도모로田口トモロヲ의 내레이션이 "'~였다' 등 과거

형 어미의 반복"[4]에 의한 서술 스타일을 취하는 다큐멘터리 부분. 그리고 그 이야기의 당사자가 게스트로 나와 본인의 목소리로 이야기하는 인터뷰 부분. 이 육성에 의해 '~였다'라고 과거형으로 서술되는 서정시적인 다큐멘터리 영상이 현재로 이어지는 리얼한, 그리고 완결된 '달성'의 기록으로서 보증 받는 것이다. 거기서 '무명의 일본인'이 이루어낸 '알려지지 않은 이야기'는 가시화되어 영웅들의 이야기로서 역사 속에 삽입된다.

이에 비해 〈신일본 기행〉의 내레이션은 오히려 현재형 서술이 그 핵심이라고 봐도 무방하다. 현재형 서술은 '~였다'처럼 이야기를 완결시키는 서술과는 다르게 변화와 상실의 이야기를 현재의 눈으로 지켜보는 시선을 구성한다. 폭설지대이자 남편이 돈을 벌러 멀리 떠나버린 조에쓰上越 지방 여자들의 생활에 카메라를 밀착시키며 스기모토 기쿠이杉本キクイ씨(73세)라는 고제瞽女[5]의 우두머리에게 초점을 맞춰 취재한 〈고제의 길瞽女の道〉(1972년 1월 방송)을 예로 들어 보자.

고제는 여자들의 오락과 정보의 원천이자 이야기 상대로서 받아들여졌는데 설국 생활 속에 뿌리내려 온 고제 노래의 전통은 고제가 소멸됨에 따라 단절되려고 하고 있었다. 일찍이 160명 정도 있었던 고제는 스기모토씨 일가만 남게 되었으며 그 사람들마저 걸어 다닐 체력이 없어져 버렸다. ―"그 고제도 모습을 감추려고 하고 **있습니다.**" 매년 같은 길을 더듬어 같은 계절에 찾아오는 고제가 오지 않게 되면서("오지 않게

---

4) 「中高年が涙する秘密」, 앞의 책, 65쪽.

5) 일본 전통악기인 샤미센三味線을 타거나 노래를 부르며 동냥을 하는 눈먼 여자. 옮긴이 주.

된지 7년 가까이 **됩니다**") 그녀들을 받아들이는 숙소의 풍습도 사라지려고 하고 있었다. 나오에쓰直江津 지역의 공해문제와 화력발전소 설치에 대한 반대운동이 그려진 뒤 오랜만에 자동차를 타고 찾아온 스기모토씨 일행이 부르는 고제의 노래를 가만히 귀담아 듣는 여자들을 화면에 담아내면서 내레이션은 "고제의 길에서 이 가락도 끊어지려고 **하고 있습니다. 그래도 고제가 오는 것을 애타게 기다리는 기분은 조에쓰 사람들 속에서 계속 살아 있는 것입니다**"라며 프로그램을 끝맺는다. 소멸 또는 상실로 향하는 현재형. 그것을 확인하는 듯한 어조가 불가능한 혹은 실현되기 어려운 재래의 것을 '애타게 기다리는' 또는 아쉬워하는 마음을 불러일으켜 말로 다할 수 없는 노스탤지어를 흘러넘치게 만든다. 그것은 틀림없이 한 폭의 포에지(시)라고 불릴 만한 것이다.

마치 〈신일본 기행〉이 그려내는 이 포에지에 대응하는 것처럼 〈프로젝트 X〉는 서사시적인 찬가를 읊는데 그것 또한 틀림없이 다른 종류의 포에지이기는 하다. 그렇지만 두 포에지가 같은 시대의 공기를 머금은 풍경을 그리고 있다고는 도저히 믿을 수 없다. '고제가 없는 숙소'에서 검은 안경을 쓰고 고제 흉내를 내며 춤추는 여자들의 놀이풍경은 처음부터 과거와의 인연이 상실되어 버린 전후적 공간에서 그 상실을 스스로가 반복적으로 가상으로 추체험해가는 1970년대의 시대 분위기를 전하고 있는 것이라고 봐야 할 것인가. 〈프로젝트 X〉는 그와 같은 70년대 시대를 회상하며 거기에서 창출과 변혁의 드라마를 추출한다. 거기에는 상실은커녕 전후에 나타난 '기술입국技術立國 일본'의 꿈을 실체적으로 재생산하여 계승하고자 하는 욕망이 강렬하게 작용하고 있다. 두 프

로그램이 가지고 있는 70년대의 고도경제성장기의 일본에 대한 이 결
정적인 시각의 괴리를 간과할 수는 없다.

4. TV프로그램과 민요

 "잃어버리고 파괴되어 쇠퇴하고 있는 일본인의 '향리'", 그 '향리'의 재
창조를 향한 꿈을 늘어놓은 『일본열도 개조론』. 30년이 흘러 〈프로젝
트 X〉는 『일본열도 개조론』의 그 노래를 부드럽게 다시 불러 보인다. 물
론 거기에서는 엘레지도 만가도 들려오지 않는다. 옛날에는 존재했지
만 지금은 상실된 것을 그리워하며, 눈앞에서 쇠멸하고 있으며 머지않
아 상실되어 버릴 것을 안타까워하는 — 이 '상실의 미학'이라고도 부를
만한 낭만주의적인 감정이 되살아나는 것을 마치 두려워하고 있기라도
하는 것처럼. 그 고투의 창작과정을 가시화함으로써 무기질적인 테크
놀로지의 양상에서 인간적인 표정을 읽어낸 점에 〈프로젝트 X〉의 성공
이 있었다는 것을 인정한다. '상실의 미학'이라는 감정이 미디어 속에서
고갈되어 버렸다고 한다면 얄궂게도 지금만큼 낭만주의를 비판하는 것
이 곤란한 시대는 없을지도 모른다.
 책 『신일본 기행』의 「홋카이도北海道편」을 펼쳐 보면 아바시리網走 모
요로モヨロ의 '오로촌 불 축제オロチョンの火祭'와 시레토코知床반도의 다
시마 채취부터 '에사시 오이와케江差追分[6] 전국대회'에 이르기까지 열한

---

6) 홋카이도 지방의 민요로 홋카이도가 지정한 무형문화재이다. 옮긴이 주.

지역을 취재한 르포르타주가 수록되어 있다. 르포르타주에는 소멸해 가는 소수민족(월타족)과 공업기지 개발로 농촌을 떠나가고 있는 전후개척농가, 그리고 오봉お盆[7]과 축제가 끝나고 쥐죽은 듯 조용해지는 고향이 그려져 있다. 다른 한편으로는 전통적인 봉오도리盆踊[8]를 대신하는 젊은이들의 고고go go대회나 관광객의 시선에 맞춰 제공된 '오로촌 불축제', 북방영토 투어 등이 그려져 있어 근대화와 관광화의 물결에 전통적인 풍습이 사라져 가는 모습도 나타나 있다. 이처럼 〈신일본 기행〉이 시대를 향한 만가를 연주하고 있었다는 사실은 다시금 강한 인상을 남긴다.

다만 결과적으로 봤을 때 한편으로는 이 프로그램이 관광객의 시선을 끄는 역할 또한 요구받고 있었던 것도 사실일 것이다. '상실의 미학'을 받아들이는 과정에서 지방의 시청자와 도시권의 시청자 사이에 미묘한 온도차가 있었으리라는 사실은 상상하기 어렵지 않다. 제작자들은 일본의 풍토에 새겨진 고도경제성장의 상흔을 지방주의의 시점에서 기록하고자 하는 입장과 일종의 기행문으로서 도시권 시청자에게 여행을 떠나고 싶은 마음을 불러일으키고자 하는 입장 사이에서 균형을 맞출 것을 요구받고 있었다고 추측할 수 있다. 1960년대부터 급속하게 나타난 (그 자체도 고도경제성장의 산물로서의) 일본의 국내여행 붐에 〈신일본 기행〉 역시 완전히 동조하고 있었던 것이다. 변모되면서 잃어버리게 된

---

7) 양력 8월 15일을 중심으로 지내는 명절이며 신년과 더불어 일본의 가장 큰 명절 중 하나이다. 옮긴이 주.

8) 오봉 기간에 여러 사람이 모여 노래에 맞춰 추는 춤. 옮긴이 주.

고향의 모습은 시청자의 개인사와도 닮아 있는 듯이 호응하며 그 나르시시즘에 호소하여 아직까지도 개인의 기억 속에서 숨 쉬고 있다. 하지만 그 '상실의 미학'은 투어리즘tourism이 몸에 두르고 있는 여정이나 향수 속에 뒤섞여 버리기 십상이다. 1970년대에는 오사카 만국박람회를 계승하는 형태로 일본국유철도가 '디스커버 재팬Discover Japan' 캠페인을 펼쳐 일본텔레비전日本テレビ 방송국 계열의 여행 프로그램〈멀리 떠나고 싶다遠く〜行きたい〉가 방송되기 시작했다. 1970년대는 일본교통공사(현 JTB)나 긴키일본투어리스트近畿日本ツーリスト 등의 여행업이 사업을 확장해 일본 국내관광이 상품화되었던 시대이기도 했다. 이러한 동향과〈신일본 기행〉방송이 관계가 있다는 사실에 유의해 둘 필요가 있을 것이다.

〈신일본 기행〉에 보이는 나르시시즘이나 향수를 환기시키는 만가인 '상실의 미학'은 첫 번째로는 그 토지에 전승된 봉오도리를 중심으로 한 축제와 노래를 화면에 담아내는 것에서 절정에 달한다.〈신일본 기행〉은 아와오도리阿波踊[9]나 구조오도리郡上踊[10], 에사시 오이와케 등 유명한 춤이나 민요와 더불어 과소화된 마을 때문에 쇠퇴해 가는 축제나 노래에도 초점을 맞추고 있었다. 영상에서 민요·향토 예능으로 포커스를 옮겨가는 것은 그 반대의 경우에도 마찬가지였다. 민요에 대해 이야기할 때에 그저 선율이나 가사에 대해 이야기하는 것에 그치는 것은 드물

---

9) 도쿠시마徳島 주변에서 보이는 봉오도리로 피리, 종, 북 등의 반주에 맞춰 많은 사람들이 열을 지어 춤을 추며 거리를 행진한다. 옮긴이 주.

10) 기후현岐阜県 구조군上郡의 봉오도리를 가리키는데 이 춤은 매년 7~9월에 걸쳐 행해지며 그 중에서도 8월 13~16일까지는 밤새 춤을 추기도 한다. 옮긴이 주.

었으며 민요가 불리어지는 지역 풍토의 시각적인 이미지를 곁들일 것을 요구받는 경향이 있었기 때문이다. 예를 들면 민요에 관한 책을 낼 때, 신민요新民謠[11]시대 등에도 마쓰카와 지로松川二郎가 1920년대에 하쿠분칸博文館에서 간행한『민요를 찾아서民謠をたづねて』(1926),『산의 민요·바다의 민요山の民謠·海の民謠』(1927),『신민요를 찾아서新民謠をたづねて』(1929) 등 여행안내를 겸한 민요수필이 있었다. 이처럼 이미 오래전부터 민요를 이야기하는 것은 음악을 이야기하기 이전에 그 토지를 이야기하는 것을 의미하고 있었으며 그러한 것 역시 노래를 매개로 여행을 권하고 또 일본을 재발견하기를 권하는 것임에 다름없었다. 민요를 취재한 여행 기록으로는 나카니시 레이なかにし礼의『나가사키 어슬렁 타령長崎ぶらぶら節』(文藝春秋, 1999. 영화로도 만들어졌다)[12]에도 소재를 제공하고 있는 사이조 야소西條八十의『민요 여행民謠の旅』(朝日新聞社, 1930)이 있다. 마쓰카와의 작품에는 교통안내·운임·숙박에 관한 정보가 게재되어 있는 외에도 선명하지는 않지만 각지의 춤이나 명승지·풍물이 사진으로 소개되어 있다.

이렇게 민요에 관한 출판에서 민요를 여행과 연결 짓거나 시각화를 지향하는 것은 전후에 보다 강화되었다고 할 수 있다. 음악학자 핫토리 류타로服部龍太郎가 쓴『일본민요발견日本民謠の発見』(理論社, 1958)이나 「술은 눈물인가 한숨인가酒は涙か溜息か」 등의 유행가를 작사한 것으로 이름이 알려져 있는 다카하시 기쿠타로高橋掬太郎의『일본민요여행日本

---

11) 1910년대 이후에 새로이 만들어진 민요조 가요. 옮긴이 주.

12) 한국어 번역판은『게이샤의 노래』(양윤옥 옮김, 문학동네, 2002) 옮긴이 주.

民謡の旅』(第二書房, 1960) 등이 그 대표적인 예일 것이다. 『일본민요발견』
에는 핫토리의 글 및 채보된 악보와 더불어 취재에 동행했던 다무라 시
게루田村茂·와타베 유키치渡辺雄吉·도몬 겐土門拳 등과 같은 사진가들에
의해 찍힌 민요의 고향 풍토와 사람들 사진이 풍부하게 삽입되어 있다.
춤 영상이나 민요를 부르는 음성 대신에 이 사진들이나 악보들이 민요
를 매개로 한 '디스커버·재팬'을 선취적으로 호소하고 있는 것이다. 〈신
일본 기행〉 역시 이러한 출판에서의 시도를 확대한 지점에 위치하고 있
다고 할 수 있다.

　　그러나 그보다 『일본열도 개조론』이 나온 1972년 당시에 NHK가 〈신
일본 기행〉 이외에 〈NHK 노래자랑NHKのど自慢〉과 〈고향노래축제ふる
さとの歌まつり〉라는 두 개의 큰 예능 프로그램을 방송하고 있었다는 사
실을 잊어서는 안 된다. 1946년부터 시작된 긴 역사를 가지고 있는 (단
라디오와 텔레비전의 동시방송은 1960년부터) 〈노래자랑〉은 알려진 대로 세
대가 바뀌는 가운데서도 오늘날까지 NHK 간판 프로그램으로서 지위
를 유지해 왔다. 1998년의 경우에는 홋카이도에서 오키나와沖繩, 더 나
아가 브라질의 상파울루에 이르기까지 48군데의 시와 마을을 방문했는
데 43,200개의 팀이 예선에 응모하여 10,200팀이 예선에서 노래했으며
970팀이 본선에 출연하였다.[13] 같은 해인 1998년에 개봉된 영화 〈노래
자랑〉(이즈쓰 가즈유키井筒和幸 감독, 무로이 시게루室井滋 주연, 전 사회자인 가네코

---

13) 이상 미야카와 야스오宮川泰夫가 쓴 『미야카와 야스오의 〈노래자랑〉이 간다宮川泰夫の
　　「のど自慢」がゆく』(每日新聞社, 2000) 참조. 책 말미에 1993년 4월부터 1999년 10월의 프
　　로그램 출연자와 선곡 데이터가 첨부되어 있다.

다쓰오金子辰雄도 실명으로 출연) 역시 프로그램 무대 뒤의 인간관계를 그리면서 개최지역을 그대로 삼켜버리는 축제의 열광적인 모습을 재현하고 있다. 다만 국민적으로 저변이 넓은 것은 변함없는 사실이지만 최근 데이터를 보면 향토민요 등은 불리지 않게 되었으며 엔카演歌같은 노래를 선곡하는 것도 대부분 개최지와는 관계가 없으므로 노래 그 자체의 지방색은 거의 완전히 옅어졌다는 것을 알 수 있다. 이러한 균질화의 배경 가운데 하나로 현재의 〈노래자랑〉이 지역을 뛰어넘는 노래방 문화에 의해 지탱되고 있다는 점을 들 수 있다. 노래방이 보급되기 전인 1970년대 전반까지는 각각의 토지가 가지는 향토색이 그 지역의 정취로서 보다 강조되어 있었다.[14]

〈노래자랑〉에서 형태가 바뀐, 미야타 데루宮田輝가 사회를 맡았던 〈고향노래축제ふるさとの歌まつり〉(1966~74) 또한 매주 일본 각지를 찾아가는 프로그램이었는데 이는 민요나 춤 등 그 고장의 향토예능을 소개하며 지방색을 전면에 내세운 기획이었다. 이 프로그램이 방송을 시작한 60년대 후반에는 똑같은 저녁의 골든아워(〈고향노래축제〉는 목요일 저녁 8시 방송)를 중심으로 민영방송에서 〈노래 그랑프리歌のグランプリ〉, 〈홍백 노래 베스트텐紅白歌のベストテン〉, 〈밤의 히트 스튜디오夜のヒットスタジオ〉 등 잇따라 가요 프로그램이 등장하여 인기를 구가하던 시대였

---

14) 1949년부터 66년까지 〈노래자랑〉의 사회를 맡았던 미야타 데루宮田輝는 아직 라디오가 중심이었던 56년에 '노래자랑 전국 콩쿠르 우승대회'에 대해 글을 썼다. 그 글을 통해 그 무렵의 전국대회에서는 가곡·민요·가요곡의 3부 구성으로 이루어져 있었으며 당시 유행했던 민요 붐도 반영되어 민요의 비중이 컸다는 것을 엿볼 수 있다. 宮田「のど自慢全国コンクール」の横顔」(『放送文化』1956.5) 참조.

다. 그 가요 프로그램 들은 때마침 텔레비전의 칼라화가 진행됨에 따라 "단순히 노래를 들려주는 것뿐만이 아니라 쇼가 가지는 즐거움을 담아내는 것이 중요한 요소가 되

<고향노래축제>의 미야타 데루 (『クラブNHK』, 1968.6에서)

었다".[15] 〈고향노래축제〉에서는 지역 축제에서 사용하는 장식된 가마나 수레까지 출동하여 '고향 자랑'을 겨루었다. 그것은 기묘하게도 도쿄東京로부터 발신되는 화려한 가요쇼에 지방주의가 대항하는 듯한 구도를 그리고 있었는데 거기에서는 〈신일본 기행〉이 가지고 있던 만가의 정취 같은 것은 찾아볼 수 없었을 것이다. 거기에 보이는 고양된 축제의 모습은 미리 연습을 거듭한 후 방송국을 학교나 마을회관으로 모셔오는, 인공적으로 연출된 것이었으며 달리 말하자면 지역공동체가 전통적으로 지켜온 제사나 의례 등의 행사와 일상의 시간질서를 벗어난 것이었다. 카메라를 향해 실제와 비슷하게 고장의 축제와 노래를 특별히 연기해 보이는 모습은 도쿄의 스튜디오에서 바쁘게 녹화되고 있는 가요쇼를 보완하는 역할 또한 담당하고 있었다. 민요를 부르는 목소리나 춤출 때의 의상, 가마 등으로 나타내는 지방색의 요소는 기호화되며, 지방색은 그 차이와 기호화 때문에 보편적인 '고향'이라는 체계로 회수된

---

15) 日本放送協会, 『放送五十年史』, 日本放送出版協会, 1977, 693쪽.

다. 텔레비전 화면 위에 구성된 고향을 시청자는 바로 관광객의 시선으로 공유하는 것이다. 그리고 여기서 말하는 '관광객'이란 거의 '국민'과 같은 뜻으로 받아들여도 무방하다.

5. 「이쓰키 자장가」와 미디어

전후 1950년대에 일어난 민요 붐을 추진하는 역할을 담당한 것은 레코드음반이었다. 예를 들면 오늘날 민요음악의 스탠다드로서 친숙한 「이쓰키 자장가」도 초기에는 NHK 라디오방송에 의해, 그리고 본격적으로는 이 시대에 레코드에 의해 처음으로 전파된 것이었다. 위에서 언급한 〈신일본 기행〉의 「이쓰키 지장」의 방송 중에는 포대기 차림으로 아기 인형을 업은 여성이 「정조 이쓰키 자장가」를 부르는 장면이 나온다(이 여성은 현재에도 '정조' 전수자로서 계속 노래를 부르고 있는 도사카 요시코堂坂ヨシ子일지도 모른다). 그런데 이 '정조'는 일반적으로 유통되고 있는 노래와는 전혀 다른 가락이 붙어져 있는 노래이다.

현재 유통되고 있는 「이쓰키 자장가」는 전쟁이 끝난 1940년대 말 즈음에 작곡가 고세키 유지古関裕而가 라디오 프로그램의 테마 음악으로 사용하기 위해 NHK구마모토熊本방송국으로부터 의뢰를 받아 이마 하루베伊馬春部 등과 같이 히토요시人吉시에서 (이쓰키마을에는 도로 사정 때문에 들어가지 못하고)[16] 채보하고 편곡한 것에 그 기원이 있다. 고세키가 편

---

16) 古関裕而,「私と「五木の子守唄」の最初の出会い」(『NHK夜の指定席民謡をあなたに』, 日本放送

곡한 「이쓰키 자장가」 박자는 일본민요에는 거의 보이지 않는 삼박자였기 때문에 아리랑처럼 삼박자로 노래되는 조선민요와 관계있다고도 일컬어져 왔는데 그 지역에서 불리는 '정조'는 이박자이다. 이 중요한 두 버전의 계통을 둘러싸고 여러 설들이 있지만 어쨌든 그 후 1953년에 데루기쿠照菊가 녹음한 킹레코드 음반이 대히트를 치면서 삼박자로 기보된 「이쓰키 자장가」가 오늘날 스탠다드로서 정착하게 되었다.[17] 콜롬비아레코드와 빅터레코드 또한 "포크댄스용으로 완전히 재즈화"된 것, "가요곡 풍으로 편곡된" 것 등 몇몇 종류의 레코드를 잇달아 제작하였다.[18] 「이쓰키 자장가」는 문자 그대로 레코드나 방송이라는 미디어를 통해 확산된 1950년대의 민요 열기를 상징하는 노래였다. 민요의 인기가 높았던 것은 물론 애절한 노래 내용과 관계없지는 않았으리라. 그렇지만 「이쓰키 자장가」가 시장에서 거둔 성공 또한 '고향'의 상품화와 관광화를 체현하는 것에 다름없었던 것이다.

하지만 그것은 근대 이후에 때때로 등장하는 민요의 유행에 많든 적든 비슷한 형태로 따라다닌 현상이었으며 반드시 전후 시기에만 나타

協会, 1979) 참조.

17) 우에무라 데루오上村てる緒에 의하면 현재 유통되는 〈이쓰키 자장가〉는 1930년 무렵에 소학교 교사였던 다나베 류타로田辺隆太郎가 채보해서 삼박자로 기보한 '이쓰키 요우라五木四浦지방'(이쓰키마을 옆) 자장가 계통에 속한다고 한다. 다나베 자신도 삼박자라는 특이한 박자에 주목하고 있었으며 적어도 그러한 점으로 볼 때도 작곡가 고세키 유지에 의해 '삼박자 민요 〈이쓰키 자장가〉'가 발견되었다는 스토리가 허구라는 사실은 명백할 것이다. 이상 우에무라, 『만가·이쓰키 자장가挽歌·五木の子守唄』(エコセン, 1973), 78~80쪽 참조. 부언하자면 도사카 요시코가 부른 〈정조〉까지 포함하여 이 자장가를 이박자, 삼박자로 명확하게 분별해서 기보하는 것 자체에 문제가 있을 것이다.

18) 「レコード界は民謡時代」(『週刊読売』, 1954.8.1), 55쪽 참조.

난 특징이라고는 할 수 없다. 1910년대에 와타나베 오이토渡部お糸가 레코드를 취입하고 대만·조선·만주를 포함한 전국순회공연을 다니면서 폭발적으로 퍼진 야스기부시安来節의 유행을 필두로 그 선례를 찾아내는 것은 어렵지 않을 것이다. 그전에 있었던 신민요처럼 가사와 곡조 모두 새로 만들어진 민요와는 달리 「이쓰키 자장가」의 경우에는 레코드 녹음이나 방송을 전후로 하여 고세키 유지라는 작곡가에 의해 채보되어 편곡되었다. 말과 음악을 악보에 정착시킨 '작품=상품'이 마치 자연스럽게 노래로써 계승되어 온 전승민요인 양 **가장**하고 있는 부분에 근대민요의 공통된 경향이 가장 단적으로 나타나 있다고 할 수 있을 것이다. 지방색을 '고향'이라는 추상적이고 보편적인 이미지로 변환하는 이러한 상품화·관광화에 대해 차별화를 꾀한 민요의 '정조'라는 발상도 역시 상품화를 지향하는 데에서 벗어난 지점에서 성립된 것이 아니었다. 양자의 관계는 언제나 반전 가능한 정본定本/이본異本의 패러다임에 바탕을 둔 것이기 때문이다.

> 이렇게 이쓰키 자장가는 전국에 알려지게 되었다. 그것이 NHK의 전파를 타고 또 대량생산되는 레코드판 속에 넣어져 판매된 결과였다는 사실은 아무리 생각해도 얄궂은 일이기는 했다. 이때 처음으로 이쓰키에 무리를 이루고 사는 유모의 노래가 전파라는 문명의 이기가 가지는 주술의 힘에 의해 또 하나의 「이쓰키 자장가」를 낳은 것이다.[19]

---

19) 赤坂憲雄,『子守り唄の誕生-五木の子守唄をめぐる精神史』(講談社現代新書, 1994), 42쪽.

위에서 언급한 고도경제성장기에 따른 '음지의 이야기'와 '상실의 미학'은 이러한 포에지의 세속화에 대한 일종의 반동이 형성된 것이었다고도 간주할 수 있을 것이다. 1970년대에 나타난 포에지를 회복하고자 하는 충동이라는 것은 「이쓰키 자장가」를 예로 말하자면 〈신일본 기행〉이 〈이쓰키 지장〉에서 보여준 접근법이 그러하였듯이 "이쓰키에 무리를 이루고 사는 유모의 노래"와 관련된 이름 없는 여러 스토리에 대한 상상력으로 이어져 있었을 것이다. 반대로 말하자면 그 무렵까지 노래란 것은 미디어와 서로 쉽게 일체화되는 것이었으며 민요라고 하는 카테고리를 부여받았으면서도 채보·편곡에 의해 정본/이본을 창출해냄으로써 유행가 시장 속에 뒤섞여 들어갔다. 그리고 이러한 점은 신민요가 유행가와의 경계를 잃기 시작했던 전쟁 전의 상황에서 끊임없이 잇따라 일어나고 있던 근대가요 그 자체의 문제였던 것이다.

한편 고도경제성장기 및 〈신일본 기행〉의 방송시기와 겹쳤던 1970년대 전후의 민요 붐은 하라다 나오유키原田直之나 가나자와 아키코金沢明子 등과 같은 민요 탤런트를 배출하였으며 방송미디어 또한 그들을 기용하여 민요를 쇼로 만들어 갔다. 그 후로 30년이 더 흐른 현재에도 NHK가 라디오와 텔레비전에서 변함없이 민요 프로그램을 방송하고 있다고는 해도 예전만큼의 활기는 없다. 그 이유 중 하나는 노래방에서 쓰이는 가라오케 기계가 침투하는 과정에서 민요 붐이 다른 음악장르 사이에 매몰되어 버렸다는 점에 있을지도 모르겠다. 공식적으로는 주식회사 클라리온クラリオン이 업무용 반주기기를 개발하여 '가라오케カラオケ'라고 명명한 1976년 무렵에 노래방 문화의 기원이 있다고 생각할

수 있다. 아사쿠라 교지朝倉喬司에 의하면 오일쇼크의 영향 아래서 생력화省力化를 명목으로 술집 등으로 판로를 넓히게 된 가라오케 기계는 고도경제성장 종언의 '빈 틈'에 나타난 존재로서 평가할 수 있다고 한다.[20] 흡사 가라오케 기계의 유통에 자리를 내어주는 것처럼 민요의 본격적인 유행도 〈신일본 기행〉이 계속 카메라로 쫓고 있었던 고도경제성장과 함께 끝이 난 것이라고 일단은 생각할 수 있다. 그렇다고는 하지만 오늘날에도 1950년에 창립된 일본민요협회[21]를 중심으로 하여 강습회나 자격증 제도, 콩쿠르, 전국대회가 열리는 등 민요의 계몽보급 활동의 뿌리는 전국에 뻗어 있다. 또한 개인적으로도 하라다 나오유키와 같은 민요 탤런트가 음악사무소를 경영하며 각지에 민요교실을 열어서 스승의 이름을 잇거나 사범이 될 수 있는 면허를 딸 수 있는 제도를 만들었다. 가라오케 기계만큼은 아니라고 해도 민요는 현재에도 여전히 문화활동에 그치지 않는 경제적인 사업 속에 자리 잡고 있는 것이다.

6. '상실의 미학'이 향하는 곳

야노 게이이치矢野敬一의 연구에 따르면 전후의 민요(민속춤)운동은

---

20) 朝倉喬司, 『カラオケ王国の誕生』(宝島社, 1993), 22~24쪽 참조.

21) 일본민요협회가 창립된 경위에 관해서는 마치다 가쇼町田佳声가 감수한 『일본민요협회사日本民謡協会史』(日本民謡協会, 1980)를 참조. 또한 사토 가즈오佐藤和雄가 1980년에 보고한 내용에 따르면 일본민요협회는 45,000명의 회원을 가지고 있었다(일본향토민요협회라는 조직도 별도로 존재하며 회원은 35,000명). 佐藤和夫, 「民謡ブームの背景」(『季刊邦楽』22, 1980.3) 참조.

원래 패전 후에 일어난 민주화의 움직임 속에서 레크리에이션 활동을 촉진하는 국민적인 계몽운동이 지방마다 전개되면서 지역의 마을회관 활동이나 부인회 등의 자치활동과 결부되어 발전한 부분이 있다고 한다.[22] 니가타현新潟県 산포쿠마치山北町를 대상으로 한 야노의 조사 중에서 흥미로운 사실은 전후에 점령정책의 일환으로 미군이 장려한 레크리에이션활동 틀 안에서 민요가 부흥되었으며 포크댄스와 나란히 청년단이나 부인회 등의 조직을 통해 지도되었다는 점이다. 또 청년단이 주체인 포크댄스에 비해 민요(민속춤)를 맡은 사람은 여성으로 특화되어가면서 민요가 성별 역할규범 속에서 고정화되었다는 것이 밝혀졌다는 점도 흥미롭다. 현재에도 민요보존회 같은 단체와 연계하면서 부인회가 각지에서 벌어지는 봉오도리 등에서 민요전승의 중심이 되어 있다는 사실을 상기해 봐도 좋을 것이다.

야노는 민요운동을 여성과 결부시키는 담론의 배후에 우선 '화류계 여성'이 술자리에서 부르는 '연회석 노래'와 민요를 차별화한 다음에 보이는 "가정을 하나의 초점으로 하는 담론"이 있었다고 지적하고 있다. 그 담론 위에서 그녀들은 지연=유사 혈연의 심벌로서 향토예능을 전승하는 역할을 짊어지게 되었던 것이다. 그러나 이러한 사실들보다 더 주목해야만 하는 것은 민요(민속춤)의 대열에 참가했던 여성들이 민요를 부르는 목소리의 주체이기 전에 똑같은 유카타浴衣를 맞춰 입은 '춤추는 신체' 더 나아가 '보여지는 신체'로서 인식되었다는 사실이 아닐까. '남

22) 矢野敬一, 「民謡の「戦後」―女性・「民主化」・レクリエーション」(『静岡大学教育学部研究報告 人文・社会科学篇』49号, 1998) 참조.

녀평등'이라는 전후민주주의적인 이념을 구현하는 포크댄스와는 그야 말로 대조적인, 젠더화된 민요의 의미는 이러한 관점에서도 고찰되지 않으면 안 될 것이다. 혹은 이러한 사실은 다음과 같이 바꿔 말할 수 있을지도 모른다. 지역의 (대개는 전근대로부터 이어져 온 전승을 전제로 한) 풍토적인 아이덴티티를 빙자한 일본민요는 국제적인=미국적·보편적(근대적, 즉 민주주의적)인 포크댄스(민속춤)의 틀 속으로 부정합을 애매하게 얼버무리면서 귀속되어 갔던 것이라고.[23]

야노는 전후의 민요운동이 신체 해방이라는 측면과 성별 역학규범에 포위되었다는 양의적인 의미를 띠고 있었다는 점을 시사하고 있다. 일찍이 자유주의교육의 장에서 음악(창가·동요)/체육(유희)/연극(아동극)을 융합하는 종합예술적인 실험이 아이들에게 부과되었을 때 일어났던 방법론과 문제가 여기에서는 형태를 바꿔 잇따라 일어나고 있다고 생각할 수 있다. 아이들의 목과 신체는 노래의 리듬과 신체의 리듬이 동시에 발생하는 장으로 구상된다. 당시 전위무용의 대표자라 할 수 있는 이시이 바쿠石井漠와 이시이 고나미石井小浪가 '학교무용'이라 칭하며 똑같은 시도를 하였듯이 신체동작의 유형에 얽매이지 않는 발상이 가창의 이

---

23) 후지모토 유지로藤本祐次郎가 쓴 『일본민요와 포크댄스日本民謠とフォーク·ダンス』(日本民謠協会, 1958)라는 문자 그대로 양자의 접합을 시도한 해설서가 있다. 후지모토는 그 책에서 "최근에는 전국 방방곡곡의 봉오도리도 지역의 춤과 더불어 다른 민요를 받아들여 **오봉 전후에 춘다는 시간적 제약과 관계없이, 또 도시와 농촌의 지역적인 구별도 전혀 없이** 왕성하게 이루어지고 있다. 봉오도리는 **외국의 포크댄스와 함께** 대중적인 것으로서 친밀감을 안겨주고 있는 것이다"(강조는 필자)고 서술하고 있다. 여기에는 민요의 지방주의 또는 민족주의적인 성격을 모호하게 하여 보편적인 세계주의(여기에서 그것은 전후의 레크리에이션운동으로 초점이 맞추어져 있다)로 접목시키고자 하는 발상이 노골적으로 드러나 있다.

미지를 큰 폭으로 쇄신했다는 점에서 그것은 확실히 일종의 신체표현의 해방을 의미하였다. 하지만 그와 동시에 아이들에게 노래와 신체의 획일적인 관계에 구속될 것을 강요하는 면도 있지 않았을까 여겨진다. 그것이 군국주의교육이나 전시戰時의 프로파간다로 이용가치가 있었다는 사실은 상상하기 어렵지 않다(제3장 참조).

> 노래 부르는 사람들의 대부분은 지금도 여전히 부르기 때문에 '노래'라고 생각하고 있는 듯하다. 실제로 오늘날 부르지 않는 노래는 그 전부가 일찍이 이 가운데서 분리되어 나왔던 것이다. 보통 사람들이 문자를 사용할 수 없었던 것은 그렇게 오랜 옛날 일이 아닌데 그 시대에는 목소리 말고 다른 방법으로는 어느 날의 감동을 보존할 수 없었기에 이 사람들에게 노래는 우리들의 문학보다도 몇 배나 더 소중한 것이었다. 그 소중한 것이 지금에 와서는 세상의 변천에 맞서지 못하고 매년 점차 빠른 발걸음으로 사라지고 그 모습을 감추게 되어 불리지 않기 시작했다. 우리의 학문이 뒤늦게 생겨나 급속도로 성장한 것도 실상은 이렇게 과거를 아쉬워하는 인간의 정이 항상 샘처럼 솟아 흘러 그 뿌리를 성장시키고 있었기 때문이다.[24]

이 글에는 야나기타 구니오柳田国男가 가지고 있던 민요관의 전제가

---

24) 柳田国男, 「民謡の今と昔」(초출 1927, 『民謡の今と昔』, 1929 수록). 인용은 『柳田国男全集』第四巻(筑摩書房, 1998), 460~461쪽.

나타나 있다. 야나기타는 '채집자'의 입장에서 근세까지 노동의 용도에 따라 개별적으로 계승되어 불리어 온 민중의 노래(노동요)가 근대에 이르러 '민요'라고 명명된 순간에 하나의 상실이 시작되었다고 한탄하고 있다. 그러나 바로 그 야나기타가 자처하고 있는 '채집자'와 그 동료들이 야말로 '민요'라는 보편적이며 경계를 뛰어 넘는 말=개념의 창조자였다는 사실과, 또한 '노래'의 목소리를 '문자'에 의해 (즉 '문학'으로서) 기록하여 무수한 이름 없는 다양한 '노래'를 '민요'라는 동일한 틀로 번역한 당사자들이었다는 사실을 생각하면 여기에 나타난 야나기타의 힌틴에는 씁쓸한 자의식이 포함되어 있다고 봐야 할 것이다. 문자문화의 발달에 의해 어쩔 수 없이 후퇴하게 된 구어문화로서 노래가 가지는 본질은 시대의 변천을 거스르지 못하고 '빠른 발걸음'으로 사라져 간다. 그러나 그 소실과 망각을 아쉬워하여 그것을 채집해 기록하고 보존하기 위해서는 문자화부터 시작하여 인쇄에 이르는 과정을 거치지 않으면 안 된다. 노동이라는 행위에 동반되는 행위(노래하는)로서의 '노래'. 그것이 명사화되어 문자화된 순간에 하나의 개념으로 경직되어 버리는 아이러니를 야나기타라면 알아차렸을 테지만 그 아이러니가 노래하는 마을사람(인포먼트informant)에 대응하는 채집자인 자신에게 향하게 되었을지는 의문이다. 우에무라 데루오는 〈이쓰키 자장가〉의 유포에 관해 다음과 같이 서술하고 있다.

민요 하나의 가사나 곡조를 애지중지 보존해서 다음 세대로 계승하는 것은 심히 곤란한 일이다. 민요가 악보가 되고 레코드가 되어 유행할 때에는 이미 민요본래의 맛이라는 것은 엷어져 그 민요는 벌써 소멸되기 직전, 혹은 소멸된 것과 마찬가지가 되는 것은 아닐까.[25]

여기에서 언급되고 있는 것처럼 작곡가에 의한 채보, 편곡이나 작곡, 혹은 레코드회사에 의한 상품화 등 민요의 보편화=대중화(세속화)와 야나기타 같은 민속학자가 행한 기록·보존이라고 하는 행위는 어떤 점에서 변별될 수 있을 것인가. 뒤에서 살펴보겠지만 야나기타는 후지이 기요미藤井淸水 등의 작곡가나 고데라 유키치小寺融吉와 같은 무대·무용관계자와 함께 민요의 기록과 보존에 관여하기도 했다. 또한 '민요'라는 말은 "외국 학자가 이것에 붙이고 있는 단어를 시험 삼아 민요라고 번역해봤을 뿐이다"[26]고 하는 서구에서 유래된 기원의 위태로움에 대한 감수성을 가지고 있다. 그 감수성이 얼마나 그들 '민속학'의 내셔널한 동일성과 차별화될 수 있을 것인지, 야나기타의 기우 자체가 오히려 그러한 위험한 균형 위에 성립되어 있다는 사실을 느끼게 한다.

야나기타는 토지나 노동으로부터 동떨어져 있는 유행가의 영향을 문제로 삼는 것과 더불어 새로 만들어진 소위 신민요 같은 것에 대해서도 위화감을 표명하고 있다. 시각 이미지나 신체운동과 노래의 결합이 규격화되고 미디어와도 보다 긴밀하게 연계되면서 체계화된 전후의 민요운동은 야나기타가 상정한 차원을 한층 뛰어넘게 되었을 것이다. 농어

---

25) 上村, 앞의 책, 81쪽.
26) 柳田, 앞의 글, 462쪽.

업의 공업화나 농촌공동체의 변질에 따른 민요의 목적행위 그 자체(노동·의례 등)의 쇠퇴, 생활양식의 서구화, 음성미디어 발달에 동반되는 토착 노래·언어의 쇠퇴 혹은 평준화 — 이러한 여러 변용은 전쟁이 시작되기 전 단계에서 야나기타가 거의 전부 지적한 내용이었는데 전후의 민요운동은 이를테면 미디어에 의해 소멸되었던 것이 다시금 미디어에 의해 **보존**된다고 하는 도착倒錯으로 나아갔다. 마을회관이나 학교 체육관 무대에 농촌 풍경을 임시로 만들어 평소 생활에서는 입지도 않는 의상을 입고 경험한 적도 없는 농작업의 동작을 연기해 보인다……. 이것이 현대에 보이는 민요의 정형화된 풍경 중 하나가 되었다. 보존해야 되는 전통과 그것을 보존하고자 하는 사람들의 현실생활 사이의 차이가 너무나도 크기 때문에 고향이나 향수를 공유하는 심정心情공동체를 구축하는 과정에서 '상실의 미학'은 강력한 규범으로서 기능하기 시작했다. 미디어나 교육을 매개로 여러 방향으로 향하고 있던 향수어린 시선들을 '상실'이 하나로 묶어서 정렬시킬 때, '열도 개조'의 꿈과 욕망은 사람들의 심정을 쉽게 사로잡을 수 있는 것이다.

7. 봉오도리의 근대

근대에 나타난 민요라는 것을 표상하고자 하는 운동이 구체적으로 전개된 것은 1900년대 중반 이후로 러일전쟁이 끝난 후에 민요 텍스트를 집대성 한 것, 즉 노래로 불렸던 말을 문자로 적어 인쇄하는 것으로부터 시작되었다. 물론 레코드 취입이나 채보 등 음악 그 자체를 기록하는 행위가 뒤에 이어지게 된 것은 미디어의 발달과정으로 봐도 당연한 것이었다. 문인이나 저널리즘 또는 문부성 등에 의한 민요의 채집·기록과 편집사업의 근저에는 '민요'라는 카테고리가 아니라 그야말로 야나기타가 말한 바와 같이 개별적으로 불린 '노래'로서 그리고 오락으로서 그것을 향유하는 서민이 있었다는 사실에 주목하지 않으면 안 된다. 민요의 개념이 국민주의의 장치로서 성립되었다는 사실에 대해서는 이미 다른 논고에서 논하였는데[27] 이러한 '현상으로서의 민요'라는 측면을 보지 않는 한 민요의 문제는 채집(채보)하여 기록하는 극히 한정된 소수의 사람이 가지는 시점을 넘을 수 없을 것이다.

여기에서는 그러한 점에 입각하여 지역이 달라도 어느 정도 공통적으로 (그럼에도 불구하고 지방색을 발현하면서) 민요의 중요한 부대部隊 역할을 맡았던 봉오도리에 초점을 맞추고자 한다. 메이지明治시대부터 아시아태평양전쟁이 일어났던 시기에 걸친 긴 기간 동안의 기사 검색이 용이한 『요미우리신문』의 CD-ROM판을 이용하고 다른 자료를 적절히 섞으면서, 1970년대까지 지속된 전후의 민요 붐으로 이어지는 전쟁 전과 전쟁 중의 민요의 동태에 대하여 기본적으로는 통시적인 축에 따라 파악해 보도록 하겠다. 그때 결절점 중 하나가 되는 것이 야나기타 등도 관여했던 '민속예술 모임民俗芸術の会'이 중심이 되어 일본방송협회 등 미디어와 연계하면서 1920년대 후반부터 전개된 운동일 것이다. 이 무

27) 『근대 한국과 일본의 민요 창출』(소명출판, 2005)의 「제2장 국민의 소리로서의 민요」(쓰보이 히데토 저, 임경화 역)를 참조 바람. 옮긴이 주.

렵에는 『민속예술民俗芸術』을 비롯하여 『민요시인民謠詩人』이나 그 외의 민요관계의 잡지도 연달아 창간되었다. 이 운동과 위에서 언급한 '현상으로서의 민요' 사이의 관계는 어떠하였는가, 거기에 어떠한 갈등은 없었는가에 대해 생각하는 것은 중요한 논점이 된다. 이 점에 대해서는 이 책의 다른 장과 일부 중복되는 부분도 있지만 조금 상세하게 언급하고자 한다.

야나기타와 함께 '민속예술 모임' 창립에 관여한 무용연구가 고데라 유키치가 근대 이후의 봉오도리 역사를 개괄하고 있으므로[28] 우선은 그 것을 참조해 두고자 한다. 근세에는 봉오도리에 대해 보호하고 장려하는 입장부터 금지령을 내려 금하거나 혹은 봉오도리를 묵인하는 태도를 취하는 등 지역에 따라 다양한 대응이 섞여 있었다. 그러다 시대가 메이지로 바뀌자 봉오도리는 명백하게 탄압의 대상이 되었다. 1889년 무렵에는 전국적으로 금지령이 발효되었는데 고데라는 그 이유에 대해 "당시 금지령을 내렸던 정신은 필시 남녀의 풍기문란을 우려하여 문명 국으로서 유럽과 어깨를 나란히 하기 위해서는 이와 같은 일은 폐지되어야 할 야만적인 풍습이라고 간주했던 것이리라"[29]고 서술하고 있다. 이 금지령이 발령된 시기가 로쿠메이칸鹿鳴館의 시대와 겹쳐진 것은 그 러한 의미로 봤을 때도 상징적이다. 문명개화가 장려한 것은 서양 드레스를 입고 추는 댄스이며 우타가키歌垣[30]나 야마우타山歌[31] 같은 풍습과

---

28) 小寺融吉, 『郷土舞踊と盆踊』, 桃蹊書房, 1941.

29) 小寺, 위의 책, 101쪽.

30) 옛날부터 남녀가 산 등지에서 모여 서로 시를 주고받으며 춤을 추던 행사. 옮긴이 주.

31) 노동요의 일종으로 산과 들에서 일하는 사람이 길을 가면서 부르는 노래. 옮긴이 주.

결부된 봉오도리 따위는 야만적인 것으로 배척당했다는 말이 된다(그러나 실제로는 사사하라 료지笹原亮二의 연구에도 나타나 있듯이 그 이전인 1870년대에도 각지에서 봉오도리에 대한 금지령이 내려진 걸로 보아 그 시기를 일률적으로 가늠할 수는 없을 것 같다[32]).

당시의 『요미우리신문』을 보면 도쿄 쓰쿠다지마佃島(에도江戸에서 예외적으로 봉오도리가 허가되었던 구역)의 봉오도리에서 남장과 여장을 한 모습이 경찰에게 주의를 받아 벌금처분(1875.7.28)을 받았다. 또 돗토리鳥取에서는 봉오도리에 니와카쿄겐俄狂言[33]을 하는 사람도 나와서 떠들썩해졌는데 "바보스러운 일이라고 하여 현청이 금지시켰다"(1877.8.31)는 기사가 눈에 띈다. 그 외에도 같은 무렵 『조야신문朝野新聞』에도 봉오도리에 관한 기사가 실렸다. 니가타에서 매년 음력 7월 15일인 백중百中에 "젊은 남녀가 봉오도리라고 칭하여" "가지가지의 속요를 요란스레 연주하며 여기저기에서 떼를 지어 춤"추고 있던 것을 "때때로 음탕한 일도 적지 아니하여서 근래에 금지했"다. 그러던 차에 고센마치五泉町에서 '전염병' 때문에 경제활동이 멈췄을 때에 젊은이들 다수가 모여서 춤추기 시작한 것을 제지하려고 무리에 들어간 순사와 충돌을 일으켜 중상을 입혔다는 내용(1879.9.5)이었다.

또한 1908년 『요미우리신문』에도 아오모리현青森県 히가시쓰가루東津軽군 오노大野마을에서 젊은이 수십 명이 봉오도리를 추는 것을 전날

---

32) 笹原亮二, 「芸能を巡るもうひとつの「近代」─郷土舞踊と民謡の会の時代」, 『芸能史研究』119, 1992, 51쪽.

33) 예능인이 아닌 일반인이 거리나 술자리에서 즉흥적으로 벌이는 우스꽝스러운 촌극. 옮긴이 주.

막 발령된 현령縣令을 이유로 순사가 중지시키고 해산을 명했지만 "더욱 더 소리를 높여 외설스러운 노래를 부르"며 무시하였다. 이에 순사가 수 명을 연행해 가자 그 사실에 격앙된 젊은이들이 주재소를 습격하여 파괴하고 순사에게 상해를 입혔으므로 백 명에 이르는 '폭도 대검거'로 발전했다고 하는 보도가 있다(8.19). 1919년이 되어서도 히메지姬路의 히노데日の出 방적회사가 음력 오봉에 공장직원들에게 휴가를 주고 여공들만 참가시켜 봉오도리를 개최했는데 "풍속을 해할 우려가 있다고 하여" 참가를 허가받지 못한 남자직원 200명 전원이 이 사실에 분개하여 동맹파업을 행했다는 뉴스도 실려 있다(8.18).

봉오도리는 젊은이, 특히 남녀가 자유롭게 뒤섞여 모이는 기회였기 때문에 풍속을 어지럽힌다고 하여 위에서 봤듯이 공장까지도 감시를 게을리 하지 않았다. 이러한 상황에 대해서 1915년에 『오사카마이니치신문大阪毎日新聞』(8.28)이 흥미로운 리포트를 싣고 있기에 소개해 두고자 한다.

> (……) 올해는 나라 전체가 봉오도리를 부흥시키고자 하는 움직임으로 아주 떠들썩했다. 봉오도리는 농촌 등에서 남녀의 풍속을 어지럽힐 우려가 있다고 하여 대부분의 지방은 모두 허가받지 못했다. 하지만 두 번의 국상을 치르며 행동거지를 조심하고 있던 차에 즉위식이라는 경사스러운 때를 맞아 봉오도리가 되살아난 것은 흥미로운 일이다. 지방 청년들이 모인 청년회나 내무성과 문부성 당국은 이를 어떻게 개선할 것인가에 대해 안건을 강구하고 있다.

그리고 청년회, 내무성, 문부성에서 나온 제안이라는 것은 "여자와 남자의 분장실"을 나누어서 감시하며 거기다 춤추는 날을 "여자의 날과 남자의 날"로 구별함으로써 "남자에게는 남자다운 강건한 노래와 손동 작을 가르치고 여자에게는 여자다운 우미優美한 노래와 손동작을 가르 쳐 저절로 남녀에게 어울리는 기풍을 양성하도록" 하고자 한 것이었다. 그에 대비하는 방책으로서 소학교 때부터 봉오도리를 '가창법'으로 가 르치며 "한 마을 한 고장의 공동 무용으로 만들도록" 하는 것과 또 '조상 숭배'라는 봉오도리의 본래 의미를 철저하게 지킨다고 하는 개선책 역 시 제안에 나타나 있다.

메이지 초기부터 봉오도리는 규제의 대상이 되었으며 1900년대에 걸쳐 각지에서 금지령이 내려짐에 따라 가지각색으로 규제되었다. 그 럼에도 불구하고 현실적으로는 자발적으로 춤추기 시작하는 흐름을 초 기에 막지 못하여 가끔 춤추는 사람들과 경찰 권력 사이에 충돌이 일어 나기에 이르렀다. 그때 규제에 저촉된 사항이 전부 성별을 바꾸는 변장 이나 외설스러운 노래를 부르는 것과 같은 성 질서를 침범하는 것에 관 한 행위였다는 사실은 주목할 만하다. 로쿠메이칸 문화로 상징되는 서 구화 정책에서 근대 이전부터 있어온 '우타가키'적인 해방구를 가지고 있던 봉오도리 풍습은 문명개화에 반하는 일종의 야만으로 간주되었을 가능성이 높다. 고데라 유키치에 의하면 그 후 "메이지시대에 행해진 봉 오도리 탄압은 다이쇼大正에 들어와 그 힘이 약화되었고 쇼와昭和에 이 르러 전국적으로 봉오도리의 부흥을 맞이하게 되었다"[34)]는 전개로 흘

---

34) 小寺, 앞의 책, 101쪽.

러갔다고 한다. 또한 고데라는 쇼와시대 이후의 봉오도리 단속이나 그것에 대한 대응에 대해서도 변장(남장/여장)·가장 금지나 외설스러운 텍스트를 고치는 것 등을 언급하고 있으므로 그러한 '우타가키'적인 풍습은 어느 정도 여전히 살아 숨 쉬고 있었을 것이라고 할 수 있다. 더불어 나중에 야나기타가 「유행가와 민요流行唄と民謠と」(초출 1926, 『민요의 지금과 옛날民謠の今と昔』(1929) 수록)에서 한탄한 유행가에 의한 민요의 침식, 즉 '민요의 속요화'가 **사후적으로** 확인되는 사태가 일어났다고 할 수도 있을 것이다.

러일전쟁과 그 직후에 문부성 등이 나서서 본격적으로 텍스트 수집이 시작된 민요운동을 생각할 적에 유의해 두어야 할 것이 있다. 그것은 바로 신문 『요로즈초호万朝報』 초기의 '속요 정조俚謠正調'(7775의 음수율을 가지는 도도이쓰都々逸[35]의 타락을 비난하면서도 형식 자체는 도도이쓰를 모방한 것이었다)[36]에 나타난 노골적으로 내셔널한 감정을 선양하는 것과는 대극을 이루듯이 각 지방의 자유로운 개인감정, 특히 성애에 관한 자유로운 감정을 표명하는 것이 민요에는 여전히 포함되어 있었다는 사실이다. 청일과 러일이라는 두 개의 대외전쟁을 경험하며 국민의식이 고양되던

---

35) 구어로 만들어진 속요의 한 종류로 7775의 음수율을 가지며 주로 남녀의 애정문제를 소재로 취했다. 옮긴이 주.

36) 니시자와 소西沢爽에 따르면 '속요 정조'의 모집이란 러일전쟁의 승전보에 들뜨는 국민감정에 호소한 『요로즈초호』 주재자主宰者인 구로이와 루이코黒岩涙香의 상혼商魂으로 인해 나타난 기획이다. "거침없는 도도이쓰의 유행을 〈속요 정조〉라는 스물여섯 자의 음을 가지는 속요로 바꿔치기한, 실상은 전시판戰時版 도도이쓰의 모집이었다"(西沢, 『日本近代歌謠史』上, 桜楓社, 1990, 947쪽). 니시자와가 지적한 것처럼 이러한 주제와 "연가戀歌"로서의 도도이쓰 형식은 본래 배치되는 것이며 "다이쇼시대에 들어서면 실질적으로 연가의 분위기로 바뀌어 갔"다(앞의 책, 953쪽).

시기에 존재했던 1900년대 민요집에는 분명히 호전적이며 애국적인 노래가 몇 개인가 수록되어 있었다.[37]

그러나 한편으로 성애감정을 노래한 민요는 문부성이 편찬한 『속요집俚謠集』(1914) 등에서는 신중히 고려된 결과 배제되기는 했지만 동요연구회가 편찬한 『여러 지방 동요 대전諸国童謠大全』(1909)에는 포함되어이 책은 풍속괴란風俗壞亂을 이유로 발매금지 처분까지 받았다. 그러한예에서 결과적으로 나타나듯 1900년대부터 1910년대에 편찬된 민요를집성한 책 가운데 몇 개인가는 자유로운 성애감정을 노래한 민요를 수록하는 것에 대해 그다지 신경을 곤두세우고 있지 않았다는 사실에도주목해 둘 필요가 있다.

물론 초기의 '속요 정조'처럼 그러한 저속하고 난잡한 분위기를 싫어하는 '정조orthodoxy'의 통제의식은 근대 시작부터 민요에 관한 여러 장면

---

37) 『도호쿠의 민요東北の民謠』(1934)에 이어서 일본방송협회 센다이仙台 중앙방송국이 간행한 『도호쿠의 동요東北の童謠』(日本放送出版協会, 1937)라는 도호쿠 지방의 '아이들의말'과 '아이들의 노래'를 집성한 책이 있다. 1930년대 책으로서는 『도호쿠의 민요』와 더불어 방대한 분량을 가지고 있는 민요집에 속하는데 그 중에 쓰가루津輕지방의 '공치기노래手鞠唄' 가운데 다음과 같은 애국적인 노래가 채록되어 있다. 중일전쟁이 시작된 해에 간행되었다는 시대성도 있겠지만, 이는 '속요 정조'와 그 외의 러일전쟁과 그 이후의전시戰時민요(및 속요)가 1930년대까지 지방에서 계속 불려 졌다는 것을 암시하고 있어흥미롭다.

대일본이라는 나라는 / 하나에 제일 강한 나라 / 둘에 미운 것은 중국 / 셋에 번영하는 것은 일본 /넷에 약한 것은 중국 병사 / 다섯 언제라도 지기만 할 뿐이며 / 여섯 한없이 도망쳐 간다 / 일곱 나부끼는 일장기로 / 여덟 무찔렀더니 북경성 / 아홉 백기 항복으로 / 열에 멀리까지 진압되어 / 열하나 만세 대승리 / 열둘 만세 대승리 / 경사구나 경사로구나 (히로사키弘前 지방)
한 줄 담판이 결렬되어 / 러일전쟁은 시작되었네 / 냉큼 도망가는 러시아 병사 / 죽어도 나라를 위해 한 몸 바치는 것은 일본의 병사 / 오만 명의 병사를 거느리고 / 여섯 명 남기고 모두 죽이며 / 칠월 팔일의 싸움은 / 하얼빈까지도 쳐들어갔네 / 쿠로팟킨의 목을 따고 / 도고東鄕대장 만만세 (히로사키 지방)

에 항상 따라붙어 있는 것이었다. 제1차 세계대전 후의 새로운 세계질서를 배경으로 한 다이쇼시대 중기 이후에는 동요운동 등을 추진하는 이념의 바탕이 된 자유주의사상이나 민중예술론의 맥락과도 관계하면서 건전한 민중=국민이 계승하기에 적합한 것으로서 민요를 둘러싼 논의는 그야말로 '정조'화 되어갔다.[38] 야나기타가 (유행가에 의한 제패의 결과로서 나온) 민요의 속요화를 한탄한다고 하는 문맥 또한 이러한 민요관의 변천에 따라 나타났다고 생각해야 할 것이다.

나중에 그 자신도 민요를 연구하게 되는 음악학자 가네쓰네 기요스케兼常清佐는 이미 1918년에 「민요의 보존民謡の保存」이라는 글을 『요미우리신문』(4.23)에 기고하였다. 그 역시 야나기타와 비슷하게 소위 샤미센음악을 "사회의 일부 상태와 사조에 적응한" 음악이라고 하면서 그 "방탕하고 문란한 기분과 연상"이 우리가 추구해야 하는 예술음악에 합치하지 않으면 배척하고, 더 나아가 그것들과 대항적으로 민요의 보존을 진행하여 일본음악의 자원으로 삼도록 제창하였다. 그렇다면 왜 민요인 것일까. 그것은 샤미센음악 등과는 다르게 "어떤 계급에도 어떤 예

---

38) 민중시파의 시인인 시로토리 세이고白鳥省吾는 1927년에 자신이 주재하는 잡지 『지상낙원地上楽園』에서 「민요호民謡号」(제2권 제7호, 1927.7)를 펴내고 있는데 (야나기타 구니오도 기고) 거기에 직접 「민요와 국민생활民謡と国民生活」이라는 글을 쓰고 있다. 이것은 시로토리가 같은 해 4월 라디오에서 30분간 방송했던 강연의 원고인데 거기서 그는 이 장에서 다루고 있는 '민요의 속요화' 문제도 언급하면서 근대의 민요수용을 되돌아보고 있으며 그 가운데 다음과 같은 서술이 보인다(16~17쪽).

메이지에 들어와 민요연구의 필요성이 설파된 것은 1905(메이지 38)년으로 러일전쟁 이후이며 최근에는 제1차 세계대전 이후가 그러합니다. 대외적으로 큰 사건이 있었던 후에 자기가 가지고 있는 민족성과 향토에 대한 깊은 애착이 일깨워진 것입니다만 그것은 국수보존과 같은 좁은 견지에서 비롯된 것이 사회의 온갖 직업에 종사하는 사람들의 생활을 존중한다는 의미에서 민요의 가치가 새롭게 발견되는 것입니다.

능인에게도 어떤 광대에게도 그다지 영향을 받지 않은 **순수한 일본 중하류** 사람들의 성악"(강조는 필자)이기 때문이다. 가네쓰네가 '순수'를 보증하는 민요의 성질은 주체가 되는 민중의 계급성과 그 무구함에서 유래된다. 그리고 대상의 계급성을 규정하는 것은 '보존'하는 쪽에 서 있는 스스로의 계급적 동일성 역시 재규정한다.[39]

> 시대의 추이는 일본의 오래된 민요를 그대로 발달시키기보다도 오히려 점점 사라져 갑니다. 나는 그것을 막을 수 있다고는 결코 말하지 않습니다. 다만 나는 이 소멸해가는 일본의 오래된 민요를 채집하고 기록으로 보존할 것을 교육 받은 여행가나 지방 학자에게 호소하고 싶은 것입니다.

가네쓰네의 글의 결론에 있는 이와 같은 논조는 일본에 민요개념이 이식된 초기에 위치하는 우에다 빈上田敏의 「낙화樂話」(『帝国文学』, 1904.1)나 『제국문학』 같은 호의 첫머리를 장식한 이노우에 데쓰지로井上哲次郎의 「일본음악의 장래日本音楽の将来」라는 초기의 민요론·일본음악론과 비교하면 기본적으로는 아무것도 바뀌지 않았다. 상세히 서술하는 것은 피하겠지만 시대를 넘어서 공통적으로 보이는 것은 서구음악에 대

---

39) 물론 이와 같은 특권의식은 쉽게 반전되어 프롤레타리아 가요 운동 등에 이용될 수 있었다. 이 글과 같은 해인 1918년에 창간된 잡지 『민중民衆』에 모인 소위 민중시파의 시인들은 동시대의 민요운동에서도 중요한 역할을 담당했는데 그들 속에 프롤레타리아 문학에 공명해 가는 부분과 나중에 대정익찬적인 전시협력체제에 매몰되어 가는 부분이 함께하고 있었던 사실에 대해서는 이러한 점에서 생각해 봐도 수긍할 수 있다.

한 절대적인 열등의식과 그것을 거꾸로 뒤집은 소박하고 무구한 민요에서 국민성의 기초가 되는 바탕을 발견하고자 하는 시점이다.

시간이 흐른 뒤에 가네쓰네는 뒤에서 언급할 『민속예술』에 같은 취지의 논고를 게재하고 있는데 거기에서 서양식 교육을 받아들여 온 자신들은 "거의 서양인"이며 "나에게 일본음악은 이국의 원시음악입니다"라고까지 공언한다. 그가 주장하는 결론은 명쾌한데 채보나 축음기, 영화 등의 기술을 이용해 무엇보다도 먼저 민요나 춤을 '보존'하라고 주장하는 것이다.[40] 가네쓰네에게는 일본의 그리그Edvard Grieg 같은 (민족주의적인) 작곡가의 등장이 매우 기다려졌다.[41] 그러한 사실에서 알 수 있듯이 서구음악의 형식을 바꾸는 것은 생각하고 있지 않았으며 민요는 하나의 음악자료, 즉 '서구음악으로서의 일본음악'을 실현하기 위한 바탕에 지나지 않았다. 그리고 무엇보다 주목해야 할 것은 멸망해 가는 것을 숙명으로 삼게 된 민요의 옛 모습에 대한 동경이나 그것을 아쉬워하는 감정을 연기하고자 하는 의식이다. 이 자체도 일찍이 우에다 빈이나 시다 기슈志田義秀 등에 의해 유도된 낭만주의적인 심성이 반복되고 있는 것과 다르지 않다. 물론 동시대의 음악학자나 작곡가 전부가 가네쓰네와 같은 사고 포맷을 가지고 있었던 것은 아니다. 하지만 한편으로 1920년대 이후의 민요운동은 신민요의 융성에 따른 난맥이라고도 할 수 있는 '속요화'를 옆에서 주시하면서 상스러움과 외설스러움을 배제

---

40) 兼常清佐, 「赤裸な感想」, 『民俗芸術』2卷6号, 1929.6, 33쪽.
41) 가네쓰네는 노르웨이 민요에 바탕을 둔 그리그의 피아노 편곡(작품66)을 염두에 두고 있었다고 여겨진다.

한 민요의 건전화(정조화)를 기본형으로 하여 진행되었다. 이러한 민요 운동이 어떻게 다이쇼시대의 자유주의·민주주의와 전시기戰時期의 국체 이데올로기 사이에 접붙이기 되었는가 하는 문제는 이 지점에서부터 제기되어야 할 것이다.

8. 가정무용과 동요무용

1920년대『요미우리신문』의 음악관계 기사에서 눈에 띄는 인물 중에 다나베 히사오田辺尚雄와 다나베 야에코田辺八重子 부부가 있다. 이 시기의 민요 문제를 생각할 적에 다소 돌아가는 길이 되겠지만 우선 그들을 언급하는 것에서부터 시작하고자 한다.

다나베 히사오는 일본음악은 물론이고 동양음악의 연구에서도 (전후의 고이즈미 후미오小泉文夫 이전에는 아주 희소한) 선구적인 역할을 담당했던 음악학자[42]이며 다나베 야에코는 남편과 함께 가정에 무용이 침투되어야 된다고 주장한 소위 '가정무용家庭踊'의 주도자로 알려져 있다. 다나베 야에코의 '가정무용'에 대해서는 이미 1920년에『요미우리신문』(10.13)이「가정무용 일본악기와 서양악기에 맞추다家庭踊 和洋楽器に合せ

---

42) 다나베는 이 무렵인 1920년대부터 조선·대만·류큐琉球 등을 현지조사하고 현지에서의 녹음을 통해 민족음악도 수집하기 시작하였다. 동양음악학회를 조직하였으며 후에 그가 감수·해설한『동양의 음악東洋の音楽』(コロンビア)은 미국과 영국을 대상으로 한 전쟁이 시작됨과 동시에 간행되었다는 시국적인 의미 또한 포함하여 그러한 작업의 집대성이라 할 수 있다(이 녹음은 콜롬비아레코드에서 재발매되어 편리하게 들을 수 있게 되었다. COCG-14342).

たる」라는 제목의 글에서 그녀의 이야기를 다루고 있다. 부채를 손에 들고 머리를 둥글게 틀어 올린 그녀 자신이 기모노着物 모습으로 춤추는 사진을 실은 그 신문 지면에 따르면 '가정무용'이란 "일본무용에서 생겨난 것으로 고토琴[43]와 샤미센에도, 또는 피아노나 바이올린에도 자유롭게 맞출 수 있습니다"라고 되어 있다.

이 다나베 야에코와 다나베 히사오 부부는 마쓰무라 다케오松村武雄와의 공저로『동화 동요 및 음악무용童話童謠及音楽舞踊』(児童保護研究会, 1924)을 출판하였는데 히사오는「아동음악児童の音楽」, 야에코는「가정무용家庭の舞踊」을 담당해 집필하고 있다. 거기서 다나베 야에코가 설명하기로는 '가정무용'은 원래 남편인 히사오의 스승이자 그와 마찬가지로 이과 출신의 음악학자(음향학자)였던 다나카 쇼헤이田中正平에 의해 창안되었으며 그것을 자신이 남편과 함께 전파했다고 한다. "종래 우리나라의 무미건조했던 가정의 취미생활에 밝은 빛을 비추기" 위해 "겉치레는 아예 없이 부모자식과 부부가 마음으로부터 취미로 삼아 살아갈 수 있게 하는 것"[44]으로서 도입된 것이 '가정무용'이라는 것 이외에는 '가정무용'에 대한 이렇다 할 정의는 보이지 않는다. 다만 이 책 첫머리에도 야에코 본인이 모델인 듯이 보이는 안무 예를 연사로 찍은 사진이 실려 있는데 그 사진들은 응용설명에 쓰이고 있으며 모두 기모노 차림으로 춤을 추고 있다. 반주에 쓰이는 악기도 샤미센이나 고토 같은 일본악기나,

---

43) 거문고와 비슷한 일본의 전통악기. 옮긴이 주.

44) 田辺八重子,「家庭の舞踊」(松村武雄·田辺尚雄·田辺八重子,『童語童謠及音楽舞踊』, 児童保護研究会, 1924), 8쪽.

혹은 피아노, 바이올린, 만돌린 같은 서양악기라도 상관없으며 축음기 (레코드) 등도 손쉽게 쓸 수 있어 안성맞춤(음악교육에 축음기를 활용하는 것은 남편인 히사오가 강조한 부분이기도 했다)이라고 서술되어 있다. 여기에서 알 수 있듯이 일본무용을 바탕으로 일본과 서양의 음악 및 무용을 가정용으로 간편하면서도 **고상하게** 어레인지했다는 것이 아무래도 가정무용이 의도하고 있는 바인 듯하다.

주목해야 할 것은 이러한 '가정의 취미생활'을 실현하는 무대로서 '중류 이상의 가정'이 상정되어 있다는 사실인데 다나베 야에코에게는 춤추는 신체끼리 서로 접촉이 있거나 가사가 천박하다는 이유로 비판받는 것을 경계하고 있는 기색이 있을 정도이다. 그리고 이러한 상황은 정확히 같은 시기에 나온 다니자키 준이치로谷崎潤一郎의 『치인의 사랑痴人の愛』(연재 1924~25)이 생생하게 묘사하고 있는 동시대의 댄스 붐을 그 이면에 두고 생각되어야 할 것이다.

그로부터 수년 뒤의 일이지만 후카오 스마코深尾須磨子는 1929년『요미우리신문』(6.20)에 기고한 「유행비판 댄스에 대해流行批判　ダンスの事」라는 에세이에서 "일본인을 알몸으로 만든다, 그리고 춤추게 한다. 그것은 아직 적어도 오십 년 내지 백 년짜리 계획을 세울 일이다"라고 풍자하고 있다. 그러한 흐름에 저항하여 같은 해 연말에는 「공개장 댄스 배척론자에게 보내다公開状ダンス排斥論者に送る」(세노 시게코妹尾繁子, 12.9)라는 미용건강의 관점에서 본 옹호론 기사도 나왔으며 다음 해인 1930년 새해 첫 날에는『요미우리신문』기자가 '하룻밤에 찰스턴Charleston 댄스를 습득하라'는 과제에 도전한다고 하는 기사에 코믹한 사진을 넣어 신문에 싣는 종국이었다. 그 해 5월에는 도쿠다 슈세이德田秋声가 자신의 댄스 체험을 섞어서 「댄스ダンス」라는 에세이를 연재했다(5.2, 4, 6). 결론적으로는 슈세이의 글 역시 댄스를 옹호하고 있지만 "지금은 선량한 가정의 부인을 그다지 댄스장에서 볼 수 없다. 그것은 댄스홀의 공기가 그러한 **방정치 못하고 난잡한** 것처럼 여겨지기 때문이다"라고 하며 당시의 분위기를 전하고 있다.

다나베 야에코가 '가정무용'을 보급함에 있어 '도학자의 비난'을 의식하지 않을 수 없었던 것은 이렇게 대중화되기 시작한 댄스 열풍과 그것에 영향을 받은 풍기괴란에 관한 논의가 배경에 있었기 때문이리라. 다나베 등이 가입해 있던 "상류 가정의 취미구락부上流の御家庭の趣味倶楽部"가 계기가 되어 시작된 듯한 '가정무용'은 대중적인 풍속으로 그 성질이 변화한 댄스와는 당연히 차별되어야 할 것이다. 댄스홀을 불특정 다수의 남녀가 서로의 거리감을 상실하는 연애유희의 온상이라고 하면서, '가정무용'은 춤을 댄스홀로부터 가정으로 격리시켜 **가정에 한정**(선택받은 가정)하여 춤을 즐겼다. 그렇다면 이러한 '가정으로의 회귀'란 과연 그 정도로 반시대적인 것이었을까.

무용에 관해서 말하자면 1920년대는 때마침 '동요무용'이라는 장르가 한창 화제를 뿌렸던 시기이기도 했다. 이것은 원래 '창가유희', '율동유희' 등으로 칭했던 여자 체육/음악교육의 범주 속에서 무용교육·리듬교육의 계보로 이어지는 영역으로도 여겨졌던 것으로 요컨대 동요 노래에 맞춰 춤을 붙인 것이다. 후지카게회藤蔭会라는 조직을 만들어 모던 댄스를 의식한 연출을 한 후지마 시즈에(藤間静枝, 나중에는 후지카게藤蔭

시즈에), 혹은 하야시 기무코林きむ子(근
년에 모리 마유미森まゆみ에 의해 평전[45]이 나
왔다) 등 이른바 일본무용의 여성무용가
들이 '신무용' 운동을 일으키고 그 일환
으로 이 '동요무용'을 주도하였다. 다나
베의 '가정무용' 구상에는 이와 호응하
는 부분이 있었는데 후지마와 그 동료
들 역시 기모노를 입고 피아노 등 서양
악기의 반주에 맞춰 춤을 춘다고 하는
스타일을 취하고 있었다.

안나 파블로바Anna Pavlova와 후지마 시즈
에(1922년 유라쿠좌有楽座)(『藤蔭静樹　藤
蔭会五十年史』, カワイ楽譜, 1965)

후지마 시즈에와 하야시 기무코 주변에는 모토오리 나가요本居長世,
미야기 미치오宮城道雄와 같은 1920년에 시작되는 이른바 '신일본음악'
의 음악가들이 있었으며 문자 그대로 음악과 무용이 일체가 되어 '동
요무용'이 무대를 떠들썩하게 만들었다. 이 중에서 모토오리 나가요는
1920년대에 『붉은 새赤い鳥』에 대항했던 『금색 배金の船』의 동요부문을
시인 노구치 우조野口雨情와 함께 담당했던 작곡가였다. 모토오리 나가
요는 『금색 배』가 준비하여 노구치 우조를 축으로 전국을 순회한 '동요
강연부'의 강연여행을 비롯하여 각지의 공연에서 자신의 동요작품을 직
접 연주하였다. 그 때 많은 노래와 춤을 딸들(미도리みどり와 기미코貴美子
에 나중에는 셋째 딸 와카바若葉까지 참여했다)이 담당해 좋은 평판을 얻었다.
이 가운데 모토오리 기미코는 후지마와 하야시에게 춤을 배운 사이이

---

45) 森まゆみ, 『大正美人伝 林きむ子の生涯』, 文藝春秋, 2000.

기도 했으며 후지마가 주최하는 후지카게회의 공연에도 동생 와카바과 함께 출연했다. 소녀들은 1923년에 아버지 모토오리 나가요를 수행하여 관동대지진 때 도와준 답례로 미국에 연주공연을 가는 것 외에도 엄청난 숫자의 도쿄와 지방순회 연주회에 출연했다. 그야말로 "지금으로 말하자면 인기 탤런트에 버금가는 바쁜 일정"[46]이었다.

다나베 부부의 '가정무용'이 이 모토오리 부녀가 선 연주회와 같은 무대에서 공연된 적도 있었다.[47] 모토오리 자매와 더불어 나카야마 신페이中山晋平의 동요를 소개한 히라이 히데코平井英子 등 1920년대에는 동요·무용의 세계에서 소녀 탤런트가 레코드 녹음이나 연주회 등을 통해 활약했으며 미디어에서도 화려하게 다루어졌던 시대였다.[48] 미야기 미치오의 밑에 있었던 미야기 기요코宮城喜代子·가즈에数江 자매의 출연이나 후지마 시즈에의 양녀들, 거기에 하야시 기무코의 딸들도 어머니를 따라 전국을 돌며 '동요무용'을 추었다.[49] 또 도쿠다 슈세이와 헤어진 야마다 유키코山田順子의 딸도 후지마 시즈에에게 춤을 배워 제국극장에 출연한다는 사실로 화제를 뿌리고 있었다.[50] 다나베 부부의 아이들

---

46) 金田一春彦, 『十五夜お月さん 本居長世 人と作品』, 三省堂, 1983, 287쪽.

47) 金田一, 위의 책, 261쪽 참조.

48) 1922년 『요미우리신문』(11.25)에는 동요음악회에 소학교 학생이 출연하는 것을 둘러싸고 구라하시 소조倉橋惣三와 같은 교육자들이 반대의 목소리를 높이고 노구치 우조·모토오리 나가요가 이것에 반박하는 모습이 보도되어 있다. 구라하시의 견해에 대해서는 그의 「첫 발을 내딛은 올해의 아동문제 〈중〉 第一步を踏み出した本年の児童問題〈中〉」(『読売新聞』, 1922.12.26) 참조.

49) 森, 앞의 책, 258~260쪽 참조.

50) 『요미우리신문』(1927.5.3)에 실린 「어머니는 연애순례에/ 딸은 제국극장에서 춤추다 母は恋愛行脚に/娘は帝劇で踊る」라는 기사에서 크게 다루어지고 있다. 덧붙여 공연 작품

도 자신들의 부모가 만든 '가정무용'을 추는 무용수로서 미디어의 시선을 받고 있었다는 점에서는 예외가 아니었다. 다나베 히사오가 『요미우리신문』(1922.6.26)에 기고한 「피서에 어울리는 가정무용 이야기와 그 발달 경로納涼にふさはしい家庭踊の話とその発達の径路」라는 글에는 '가정무용 필름'이라는 제목으로 기모노를 입은 야에코와 서양식 복장을 한 두 아이(히데오(秀雄, 10세)·미쓰코(美津子, 9세))가 춤추는 모습을 찍은 네 장의 사진이 첨부되어 있다.

아이들이 사랑스러운 동작으로 춤추고 사랑스러운 목소리로 노래한다. 그러한 정경이 도쿄나 지방 무대에서 반복되며 잡지나 신문의 화보를 장식했다. 어떤 의미에서 그들의 목소리와 모습은 '어린이의 시대'라고도 부를 수 있었던 다이쇼시대의 동심주의가 실제로 나타난 것으로 간주할 수 있을지도 모른다. 하지만 여기서의 동심이란 재력과 교육을 갖춘 부모들의 비호 아래에서 부자유스럽지 않게 산란, 그야말로 '중류 이상의 가정', 즉 상류가정의 자식들에게 한정되어 주어지는 것으로 그 아이들에게는 우선 부모들의 취미와 교양을 반영하는 무색투명한 존재일 것이 요구되어졌다고 할 수 있다.

예를 들어 「동요 악단으로 꽃의 소녀童謡の楽壇へ 花の少女」이라는 제목이 달린 1921년의 『요미우리신문』 기사(10.26)를 보자. 내용은 일본부인협회가 주최한 '동요음악회'의 예고인데 노구치 우조와 히토미 도메이人見東明의 강연에 뒤이어 모토오리 나가요의 지도로 동요를 부르는

은 야마다 유키코가 나중에 동거하게 되는 가쓰모토 세이이치로勝本清一郎가 각본을 쓴 〈자양화(ヒドランゲア·オタクサ)〉였다.

것은 대부분이 열 살 전후의 소녀들이다. 이는 노미能見 미쓰비시三菱광산 부장의 영애, 전 상해 세관장의 영애 자매, 모토오리 미도리·기미코 자매에『이 일전此一戰』의 저자(군비확장에서 반전反戰으로 주장이 전환되는 시기에 해당하는) 미즈노 히로노리水野広徳의 영식들로, "누구나가 상류가정의 영식, 영애로 아메리칸 스쿨 학생도 네다섯 명 출연할 것"이라고 보도하고 있다. 다나베 집안의 '가정무용'이나 이 기사에 나온 모임의 경우에는 남자아이를 포함하고 있지만 역시 이런 기획에는 압도적으로 소녀들의 이미지가 강하다. 일본동요협회(오기 도쿠타로尾木徳人郎 편집)가 1922년에 창간한 동요전문지『동요童謡』에도 동요와 민요를 부르며 쓰치카와 고로土川五郎가 안무를 맡은 동요무용('표정유희', '동요유희')을 추는 아이들의 사진이 자주 화보 페이지에 실려 있는데 거기에서도 소녀들의 천진난만한 표정이나 동작에 초점이 맞춰져 있다.[51] 레코드회사나 라디오, 거기다 활자미디어까지도 소녀들의 가련하고 무구한 성을 의식적으로 활용하고 있다는 점에 대해서는 의심의 여지가 없다. 게다가 그 소녀들의 대부분은 그냥 소녀가 아니다. 부모의 지위나 이름 아래에 '영애'라고 나타내어지는 사람들이었다. 분명히 동심주의 또한 다이쇼 데모크라시의 이념이 변형된 것 중 하나이지만 그것이 이러한 계급성에 뒷받침된 교양주의에 도달하였다는 것에 생각해봐야 할 논점이 있을 것이다.

---

51) 예를 들면『동요』제2집(1922.5)에 실린「동요 시사 화보童謡時事画報」의 내용은 도쿄 고지마치麹町 소학교에서 창가로 유명한 소녀, '중앙 음악회 동요부원'인 소녀들, 거기에 하토야마 이치로鳩山一郎의 장녀와 차녀처럼 '히로타 류타로弘田龍太郎 선생님 작품 연주회에 출연한 여러 영애'를 찍은 사진이다. 어느 소녀나 스커트 차림이며 머리에는 큰 리본을 달고 있다.

9. 가정무용과 황실

동요나 '동요무용' 그리고 '가정무용'에 나타난 계급적인 상류지향을 가장 상징적으로 나타내고 있는 것은 그 영역들과 황족이 연결되어 있었다는 사실이다. 우선 동요에 대해서 말하자면 긴다이치 하루히코金田一春彦가 "세간에서 동요라는 것을 알게 된 것은 스미노미야澄宮가 동요를 만들었다는 기사가 신문지상에 크게 보도되었던 것이 계기이다"[52]라고 서술하고 있다. 여기에서 보듯 다이쇼 천황의 제4황자인 스미노미야(미카사노미야三笠宮)가 1921년, 여섯 살 때 만든 몇 개의 짧은 동요(동시)가『오사카마이니치』와『도쿄니치니치신문東京日日新聞』을 매개로 하여 주목을 모은 일이 동요 융성의 한 계기를 만들었다고 할 수 있다.[53]『스미노미야 전하 작품 동요집澄宮殿下御作童謠集』(大坂毎日新聞社, 1922)에는 열 개의 시와 악보가 수록되어 있는데 모토오리 나가요와 나가이 고지永井幸次가 작곡을 절반씩 나누어 담당하고 있다. 이 작품들은 스미노미야가 여섯 살이 되던 생일에 모토오리 나가요·미도리·기미코에 의해 '어

---

52) 金田一, 앞의 책, 236쪽.

53) 가와지 류코川路柳虹는 이 1921년의 시단詩壇을 총괄하여 "'동요' 발흥", "'민요' 발흥"의 해였다고 평가하고 있다(「本年の詩壇を顧みて」,『早稲田文学』第193号, 1921.12). 이 경우에서 민요란 물론 시로서의 민요, 즉 창작된 민요인 신민요의 종류를 가리킨다. 또한 1922년 새해 첫 날의『오사카마이니치신문』은「밝아오는 아이들의 세계 동요, 동화극의 대유행 明け行く子供の世界 童謠、童話劇の大流行」이라는 제목으로 전년도를 돌아보며 다음과 같이 적고 있다.

1921년은 한 편으로는 어린이의 해였다. 어린이! 어린이! 아이가 그린 자유화, 동요, 동화, 그리고 동화극. 그러한 것이 얼마나 귀한 것인지가 설파되고 외쳐졌던 것이 1921년이며 1922년에는 그 작품의 발표, 즉 뿌린 씨앗이 꽃을 피울 때이다.

전 연주御前演奏'되었으며 그것은 모토오리 부녀의 명성이나『금색 배』의 평가를 높이는 데에 충분한 효과가 있었다.[54] 이 "동요 황자"의 작품은 후지마 시즈에가 안무를 만들고[55] 모토오리 나가요·미도리 부녀에 의해 레코드도 취입되었다. 거기다 고이데 고헤이小出浩平가 소학생용으로 안무를 붙인 '동요유희(무용)'로도 만들어져 아카사카赤坂소학교에 스미노미야가 친히 보러가는 "관람의 영광御台覧の光栄"을 얻었던 모양이다. 고이데가 쓴『스미노미야 전하 작품 동요 귀여운 동요유희澄宮殿下御作童謡 可愛い童謡遊戯』(廣文堂書店, 1923)에는 그 때의 사진도 포함하여 아이들이 춤추는 사진이 많이 실려 있는데 이 책에는 학교에서 집단으로 추기 위한 무용이 나와 있다. 스미노미야에게는 노구치 우조나 구즈하라 시게루葛原しげる 등이 동요를 '헌상'하고 있다. 또한 모토오리 이외에도 미야기 미치오나 요시다 세이후吉田晴風가 같은 시기에 구니노미야久邇宮·간인노미야閑院宮 등의 황족에게 불려가 '어전 연주'를 하고 있어[56] 신일본음악 전반에 대해 황족의 비호가 있었던 낌새마저 엿보인

<hr>

54) 『금색 배』제4권 제2호(1922.2)의「독자 소식読者だより」에는 가마쿠라鎌倉 독자에게서 보내온 다음과 같은 소식이 보인다.

　　이번에 미도리양이 동생분과 아버님과 함께 스미노미야 전하의 어전에서 연주하셨다고 하니 경사스러운 일입니다. 노구치 선생님의 동요도 노래하셨군요. 정말로 축하드립니다. 저도 이제부터 더욱 더 열심히 동요를 부르고자 결심했습니다.

55) 스미노미야 생일에 있었던 '어전 연주회' 후에 해가 바뀌어 1922년 2월 12일에 도쿄음악학교에서 열린 신일본음악연주회에서 모토오리 나가요와 스미노미야의 동요가 후지마 시즈에의 안무로 공연되었다. "이것이 후일의 무용계에 한 새로운 유행을 불러일으킨 소위 동요무용의 첫 시작이었던 것이다"(西宮安一郎 編,『藤蔭静樹 藤蔭会五十年史』, カワイ楽譜, 1965, 55쪽).

56) 宮城喜代子,『箏ひとすじに 楽聖宮城道雄の偉業をついで』(文園社, 1990), 49~51쪽 참조.

다. 하야시 기무코 모녀 또한 모토오리 부녀와 함께 '어전 연주'에서 춤 췄다는 사실이 당사자인 딸에 의해 증언되었다.[57]

다나베 부부의 '가정무용' 역시 이와 같은 예들과 다를 바 없이 황실의 지지를 얻게 되었다. 1922년의 『요미우리신문』(6.12)에는 「나가코良子 여왕전하가 이학사理學士 다나베 히사오씨를 따라 시험 삼아 가정무용을 해보시다」라는 제목의 기사가 있다. 사실 다나베는 당시 궁내성宮內省 시키부쇼쿠式部職 아악연습소 촉탁직에 있었던 황족들에게 음악을 강연하는 입장에 있었다. 이 기사와 위에서 언급한 다나베의 "피서에 어울리는 가정무용의 이야기……"에 따르면 기타시라카와노미야北白川宮 가문에서는 내친왕內親王[58]이 "축음기에 맞춰서 나가노현長野県 기소木曽지방의 민요인「기소부시木曽節」를 흥얼거렸으며" 구니노미야 가문에서는 지카코倪子·나가코 모녀를 중심으로 다나베의 지도에 따라 '가정무용'을 연습했다고 한다. 쇼와 천황의 황후가 되는 나가코는 '궁중 모중대사건宮中某重大事件'[59]을 거쳐 막 황태자와의 결혼이 결정되려고 했던 시기였다. 이들 황족이 아사카노미야朝香宮 저택에 모여 "아주 성대하게 춤을 추시며 노시"는 일도 있었다고 한다. 다나베는 이러한 황족의 지지에 대해서 가정무용이 "상류가정에 전파되어 가기 위해 가장 든든한 힘이 될 것"이라고 솔직히 적고 있다. "우리 가정무용은 이렇게 하여 구름

57) 森, 앞의 책, 259쪽 참조.

58) 여자 황족의 지위 중 하나로 천황의 직계 딸 및 손녀가 이에 해당한다. 옮긴이 주.

59) 가계에 색맹 유전자가 있다고 하여 야마가타 아리토모山縣有朋 등의 원로들이 황태자비로 내정되어 있던 나가코와 그 가문에게 혼약을 철회할 것을 주장한 사건. 옮긴이 주.

위보다 땅 위로 퍼져가고 있는 것이다".[60]

'가정무용'과 '동요무용' 모두 황실을 정점으로 하는 상류가정을 이상적인 가정의 이미지로 삼아 전경화되어 있다. 황족의 레이디들이 아사카노미야 저택에서 '가정무용'을 추고 있었던 1922년 6월 당시는 중병으로 병상에 누워있던 다이쇼 천황을 뒤로 물리치듯 황태자가 이미 섭정을 시작한 때였으며 황태자는 가라후토樺太나 대만을 포함한 전국각지를 정력적으로 방문하고자 하고 있었다. 하라 다케시原武史는 황태자가 거듭 지방을 순례하고 또 활동사진에 등장하는 사례를 들면서 황실에서는 1921년 이후 섭정 취임을 겨냥해 "천황의 실상이 보이지 않는 채로 젊고 건강한 황태자를 전면에 내세움으로써 황실 이미지의 제고를 꾀하는 전략이 취해졌다"[61]고 지적한다. 동요를 즐기거나 '가정무용'을 추는 황족가 사람들의 모습은 이러한 새로운 황실 이미지의 형성을 뒤에서부터 보완하는 것이었으리라. 후리소데振袖로 피아노나 바이올린에 맞춰 추는 '동요무용'이나 '가정무용'이 지니는 일본과 서양을 절충한 스타일도 당시 황실이 국내외에 내세웠던 역할과 딱 어울리는 것이었다. 그들은 그야말로 야만적이며 저속한 민중의 하위문화와는 대극적인, 그림으로 그린 것처럼 투명하리만치 무구하고 건전한 가정, 교양화된 사회의 대표자였다. 그리고 그것에 상응하는 야만적이고 저속한 하위문화를 찾아낸다면 '우타가키'적인 습속을 남긴 봉오도리 등의 민요가 그 필두에 서게 될 것이다.

---

60) 田辺, 앞의 글.

61) 原武史, 『大正天皇』(朝日新聞社, 2000), 236쪽.

이러한 로열티royalty로 구심화되는 유서 깊음, 건전함, 상류지향이 여성과 아이들, 그리고 무엇보다도 양자가 교차하는 소녀를 매개자로 하여 표상되었다는 사실에 주목해야 한다. 그러한 소녀의 성으로 체현된 투명한 건전성을 지향하는 것은 앞에서 말한 『붉은 새』가 모토로 하는 것이기도 했다. "현재 세간에 유행하고 있는 아이들의 책 가운데 가장 많은 것은 그 저속한 표지가 다면적으로 상징하고 있는 것처럼 여러 의미에서 정말로 천박하기 짝이 없는 책이다. 이런 것들이 아이들의 참된 순수함을 침해하고 있다는 사실은 단지 생각하는 것만으로도 두렵다" ― 창간호(1918.7) 첫머리의 선언문인 「『붉은 새』의 모토「赤い鳥」の標榜語」에는 종래에 어른들이 아이들에게 주었던 세속문화에 대한 철저한 악다구니가 새겨져있다. '저속', '천박', '세속적', '천하다' 등의 가치를 부정하는 건전한 교양문화란 '참된 순수함', '순수한 아름다움', '순수성'이라는 말에 의해 투명한 성질을 부여받고 있다. 그리고 "서양인과는 달리 우리들 일본인은 가련하게도 지금까지 아이들을 위해서 순수하고 아름다운 읽을거리를 준 참된 예술가의 존재를 자랑스러워 한 예가 거의 한 번도 없다"는 말에서 알 수 있듯이 그 기준은 서양으로부터 유래된 것이었다. 이로부터 생각하건대 『붉은 새』가 내세웠듯이 바로 그 동심주의야말로 로열티를 바라보며 욕망하는 중산계급 가정의 이미지를 마련했다고도 할 수 있지 않을까.

1920년대에 모토오리 나가요, 하야시 기무코, 다나베 히사오·야에코 등의 예술가 패밀리가 연출한 무용은 '신일본음악'이나 '가정무용'처럼 일본과 서양을 절충한 새로운 양식 속에서 전통이나 습속에 늘 따라

다니는 천박한 분위기를 씻어내고 근대적 — 서구적인 교양문화로 승화시켜 가는 의미를 가지고 있었다고 여겨진다. 그 중에서도 공동체나 개개인을 위한 오락이 아니라 '가정의 취미생활'을 가장 중요시한 다나베 부부의 '가정무용'은 서구적인 시민사회를 지표로 하여 (상류)가정에서 교양문화의 기점을 보고자 했다는 점에서 가장 보수적이면서도 첨단적인 역할을 담당했다고 할 수 있을 것이다. 하지만 춤을 공개된 장소로부터 가정으로 격리한다고 하는 발상은 어떤 의미로는 모순을 가지게 되었다. 다나베 히사오는 위에서 언급한 글 속에서 '가정무용'이 보급됨에 따라 계몽적인 목적으로 이 춤을 공개하라는 요구가 생긴다면 "배우나 게이샤芸者의 춤처럼 다른 사람에게 보여서 흥을 돋우려는 것"으로 오해받을 우려가 있으며, "원래 내보일 만한 것이 아닌 것을 어쩔 수 없이 구경거리로 만들었기 때문에 여러 가지 바람직하지 않은 결과가 생기는 것"을 문제로 여기고 있었다. 춤의 영역을 넓힌다고 해도 그것이 가정이라는 닫힌 공간에서 전개되는 한 '가정무용'은 운동으로서도 딜레마를 가지게 될 것이다. 거기서 '가정무용'이 버팀목으로 삼았던 것이 "황송하게도 황족분들에게 동정을 얻는" 것, 즉 로열티 밑으로 정렬하는 상류가정에 한정적으로 보급한다고 하는 전략이 이용되었던 것이다.[62]

다시 한 번 주의하지 않으면 안 되는 것은 스미노미야의 예를 제외한

---

62) 다만 신문에 실린 보도를 살펴보면 다나베 부부는 도쿄 시내에 위치한 소학교에서 교원을 대상으로 강습회를 정력적으로 열고 있었다는 사실이 확인되므로 이러한 전략 역시 일률적으로는 판단할 수 없을 것 같다.

다면 동요나 '동요무용' 모두 노래를 부르고 춤추는 것은 대부분 소녀이 거나 그렇지 않으면 성인 여성이며 황족가의 저택에서도 춤을 췄던 황 족들은 역시 모두 여성이었다는 점이다. '동요무용'이나 '동요유희'라는 장르가 여성교육의 범주에 있는 '창가유희'나 '율동유희'의 계통에 속한 다는 것은 이미 서술한 바 있다. 그러한 경위도 있어서 실제로는 남자 아이가 춤에 참가하는 일이 있었다고 해도 책이나 잡지의 형태로 오늘 날 전해지는 엄청난 숫자의 '동요무용'의 사진과 그림 속에서 춤추는 아 이들은 거의 전부가 소녀라고 해도 과언이 아니다. 여기에서 가족·가정 이라는 단위를 매개로 하여 노래하는 주체·춤추는 주체를 소녀와 여성 의 성으로 젠더화시켜 가는 1920년대의 한 경향을 이끌어낼 수 있다고 여긴다면 경솔한 생각인 걸까. 물론 이 시대에는 그녀들의 성과는 다른, 혹은 대극적으로 표상된 여성의 춤추는 주체도 있었다. 예를 들면 댄스 홀이나 카페, 혹은 가두에 신체를 드러내는 '보여지는 주체'로서의 모던 걸들이 그러하다. 하지만 다나베가 아무리 "내보일 만한 것이 아니"라 고 선을 그어도 '동요무용'이나 '가정무용'을 노래하며 춤추는 소녀들이 '보여지는 주체(혹은 객체)'가 아니었다고 하는 보증은 어디에도 없다.

그런데 위에서 말한 『동화 동요 및 음악무용』의 「가정 무용」에서 다 나베 야에코는 몇 가지 춤의 안무 예를 보여주고 있다. 이 가운데 「봄의 삼월春の弥生」의 춤은 나가노의 기소오도리木曽踊[63], 「하나란一つとや」의 노래는 지바현千葉県 조시銚子지방의 대어大漁를 비는 춤에서 빌려온 것 이다. 「봄의 삼월」에서는 7775의 음율이라면 어떠한 가사라도 괜찮다

---

63) 나가노현 기소지방의 전통춤으로 「기소부시」 등의 민요에 맞춰 춘다. 옮긴이 주.

(다만 '고상한 것')고 적혀 있기에 기소오도리(「기소부시」)의 춤의 형태를 모 방하는 것에 중점이 놓여있었다고 할 수 있다. 또 「하나란」에서는 대어 를 비는 춤을 출 때 부르는 노래의 가락에 맞춰 춤추는 것이 그 규칙의 전부였다(가사는 대어를 기원하는 민요인 「다이료부시大漁節」에서 숫자를 앞세워 가사를 풀어내는 가조에우타数え唄인 「하나란」으로 바뀌었다). 말할 필요도 없지 만 이것들은 민요의 노래나 춤을 그대로 흉내 내지는 않았다. 「하나란」 에서는 '아주 고상하고 우아'하며 '다소 서양식'이므로 서양악기의 반주 로도 춤출 수 있다고 서술되어 있듯이 민요의 지방색이나 시골스러운 소박함을 살린다는 것은 아예 안중에 없으며, 고상하고 우아하며 서양 식으로 보편화=위생화된 민요가 도입되어 있는 것이다. 「매화는 피었 는가梅は咲いたか」라는 곡은 누구에게나 친숙한 하우타端唄[64]가 바탕이 되었는데 "매화는 피었는가, 벚꽃은 아직인가/ 버들이야 낭창낭창 바람 부는 대로/ 황매화의 황금빛 꽃뿐일세"[65]라는 가사는 "비난을 듣지 않도 록" 가정에 적합하게끔 다음과 같이 고쳐졌다. "백로는 날아올랐는가, 갈매기는 아직인가/ 집오리 한들한들 물결치는 대로/ 원앙은 서로 정답 구나." 모토오리 나가요를 비롯한 사람들이 참가한 '신일본음악회' 등을 무대로 후지마 시즈에도 많은 민요에 안무를 붙여 춤을 췄는데 거기서 부여된 민요의 의미에도 위에서 본 '가정무용'이 지향하는 바와 겹쳐지 는 부분이 있었을 것이다.

---

64) 샤미센 반주에 맞춰 노래하는 짧은 속요. 옮긴이 주.
65) 여기에 나오는 꽃들의 모습은 화류계 여성의 특징을 상징하고 있다고 일컬어진다. 옮긴 이 주.

이렇게 민요나 속요는 건전한 가정의 취미생활, 교양생활에 배달되어지기 위하여 자기규제 되었으며 위생적으로 관리되었다. 물론 이러한 시도는 신민요나 유행가의 융성에서 보이는 노래의 대중화현상에 비하면 극히 소수의 시장밖에 가질 수 없는 한정된 것이기는 했을 것이다. 그렇지만 민요의 노래나 춤이 1930년대부터 40년대에 걸친 통제 아래에서 연명하기 위해서 활용된 일종의 정신주의 속에서 앞에서 본 바와 같이 투명화되고 위생화된 민요의 상像이 길을 열어갔다는 사실을 간과해서는 안 될 것이다.

10. 도시문화와 민요 — 1920년대

> 기소의 나아, 나카노리상
> 기소의 온타케산御嶽山은 난챠라호이
> 여름이라도 추워 요이요이요이

다나베 야에코가 쓴 「가정 무용」 마지막에는 '가정무용 번외 기소오도리'의 안무 예가 소개되어 있다. 이 기소오도리는 위에서 나온 황족의 '가정무용' 리포트 중에 기타시라카와노미야의 내친왕이 「기소부시」를 흥얼거렸다는 기사가 있었다는 사실을 상기시킨다. 다나베 야에코에 따르면 이 춤이 레퍼토리로 채택된 것은 남편인 다나베 히사오가 기소의 후쿠시마福島까지 가서 그 고장의 봉오도리인 기소오도리를 습득해 온 것에서 비롯되었다.[66] 1922년의 『요미우리신문』(6.29)은 구니노미야·아사카노미야 가문에서도 기소부시를 도입한 가정무용을 즐겨 춘다고 소개하면서 가사가 "너무 야만스럽고 천박해서 가정에서는 조금 곤란한 점도 있다"는 이유로 그 전 해에 다나베 히사오가 기소에 가서 가사를 고쳐 왔으며 그 해 여름에는 기소 후쿠시마 마을로부터 초대를 받아 기소오도리를 추게 되었다고 보도하고 있다.

1924년 8월 15일의 기사에는 앞에서도 언급한 마쓰카와 지로가 「고향자랑 봉오도리 황족분들이 모여 춤추며 노셨다 기소의 나카노리상お国自慢盆踊り 宮殿下がお揃ひでお踊り遊ばされた 木曽の中乗さん」이라는 글을 기고하였다. 이 글은 다나베 부부의 '가정무용'과 그것이 황족들에게 보급된 것에 대해 언급하면서 기소오도리를 예로 들어 일찍부터 '색정을 도발'시킨다 등의 이유로 금지되어 온 봉오도리의 개량과 부흥의 가능성을 시사하고 있다. 여기서 마쓰카와도 언급하고 있듯이 기소오도리는 1918년부터 기소의 후쿠시마 마을 이장인 이토 스나오伊東淳가 직접 "개량자改良者인 동시에 열렬한 선전자"가 되었다. 이토는 기소오도리의 보존회를 만들었으며 마을주민들에게 기소오도리를 보급하는 데에 힘쓰며 "일본의 국민적인 대체무용으로 만들기 위하여 훌륭한 의욕을 가지고" 마을 밖에서도 캠페인을 벌임으로써 춤이 널리 전파되었다고 일

---

66) 저희 바깥양반이 후쿠시마 마을 이장인 이토伊東씨의 배려로 마을 사람에게서 직접 가르침을 받아 특별히 가정무용의 번외편으로 덧붙인 것입니다. 그러나 이 춤에서도 샤미센을 든 손 부분을 한 군데를 고치고 또 춤추는 손도 다소 고상하게 고쳤기에 기소 후쿠시마의 춤과 완전히 똑같은 건 아닙니다. 이 춤은 샤미센만이 아니라 악대 또는 축음기 레코드에 맞춰 춤을 추면 더욱 재미있을 거라고 생각합니다. (田辺八重子, 앞의 글, 41~42쪽)

다나베 야에코가 추는 기소부시의 춤(『童話童謠及音樂舞踊』)

컬어진다. 이토는 춤을 배웠음을 증명하는 면허장까지 발행할 정도로 기소오도리에 힘을 쏟고 있었다(덧붙이자면 면허장 제1호를 취득한 사람은 다나베 히사오였다고 한다). 수년 후의 기사(1926.8.24)에도 음악교사인 이쿠오 준幾尾純, 작곡가인 히로타 류타로弘田龍太郎 등의 사람들이 이 지역을 찾아 게이샤를 숙소로 불러서 "땀투성이가 되도록 열심히 연습하고 있었다"고 되어 있다. 또 문부성이 사회교육자료로 삼고자 이러한 우스꽝스러운 광경을 넣어서 영화로 촬영했던 사실 등이 보도되어 있다.

이 가운데 이쿠오 준은 나라여자고등사범학교奈良女子高等師範学校(나라여자대학교奈良女子大学의 전신)의 음악교사로 악보를 읽어내는 힘을 양성하는 방법이나 아이들이 자유롭게 작곡할 수 있도록 하는 방법의 도입을 독자적으로 고안한 인물이다. 이쿠오는 저서인 『나의 창가교수私の唱歌教授』(東洋図書, 1924)에서 다양한 국가행사가 열릴 때 어른들이 아이들이 부르는 봉축奉祝 창가를 듣기만 할 뿐 부르지 못하는 것을 개탄하였다. 그는 "여순이 넘어왔다, 청도가 함락되었다, 내일은 승리의 축하연이라고 할 때도 신문만으로는 부족하다. 국민적 감정의 발로와 애국을 향한 성심을 유감없이 표현함으로써 애국심을 보다 잘 기르며 나아가서는 요직에 있는 사람들에게 그 반향을 주기 위해 국민들이 모두 모여 노래하고자 한다, 아니 노래하지 않으면 안 된다"[67]라고 설파하며 '학교창가의 사회화'와 '학교창가의 가정화'의 필요성을 주장하였다. 후자는 다나베 부부의 '가정무용'과 상통하는 발상이지만 전자에 대해서 말하자면 이쿠오는 안이하게 이소부시磯節[68]와 야스기부시安来節[69], 봉오도리 등의 민요나 속요를 교재로 삼는 것에는 회의적이었으며 학생이 악보를 읽고 노래를 부르는 힘을 기르게 하는 능력주의적인 자세를 유지하고자 하였다. 이러한 점에서 이쿠오 자신이 가진 기소오도리에 대한 관심 역시 일반적으로 생각할 수 있는 민요의 노래나 춤이 지니고 있는 고유한 지방색(로컬 컬러)에 대한 관심과는 조금 다른 것이었다고 여겨진다. 그것은 '천박'한 것을 고상하게 교정하는 다나베의 발상에 가까운, 서구의 음악체계를 한 번 통과한 것이었으며 이 또한 '서구음악으로서의 일본음악'에 대한 희구를 전제로 한 관심이었던 것은 아닐까.

비슷한 시기인 1920년대 전반『요미우리신문』에서는 기소오도리 관련 기사를 포함하여 민요의 열기가 고조되어 가는 것을 뒷받침하는 기사를 몇 개인가 발견할 수 있다. 위에서 본 기소오도리의 예에서도 알 수 있듯이 민요의 열기는 도쿄를 비롯한 도시의 음악가나 지식인, 혹은

---

67) 幾尾純,『私の唱歌教授』(東洋図書, 1924), 9쪽.

68) 이바라키현茨城県의 민요로 주로 해변지방에서 불리며 1909년 이후 전국적으로 유행하였다. 옮긴이 주.

69) 시마네현島根県 야스기 지방의 민요로 샤미센에 피리, 북 등의 반주에 맞춰 노래한다. 1910년대 후반에 전국적으로 유행하였다. 옮긴이 주.

그렇지 않으면 일반 도시민의 시선 속에서 형성된 것으로 인식되어 있었다. 「지방민요가 수도에서 유행地方民謠が都で流行」이라는 제목이 붙어 있는 1922년의 기사(7.22)는 그러한 경향을 여실히 증언하는 것이다. 기사에 따르면 1910년에 야스기부시가 유행하고 난 후 압록강부시鴨綠江節, 신이소부시新磯節, 오시마부시大島節, 홋카이도北海道의 오이와케追分 등이 도쿄로 진출하였다. 또 당시 개최되고 있던 평화기념 도쿄박람회에 "니가타 미인일행新潟美人連"의 오케사부시おけさ節, 이세온도伊勢音頭 등이 '속속' 와서 공연한 사실, 엣추오와라부시越中小原節 일행이 유라쿠좌有樂座에 쳐들어가 "야스기부시에 아주 크게 대항하고 있던" 것, 그 외에 야기부시八木節, 기소부시 등등이 격전을 벌이고 있는 모습을 전하며 "도쿄는 마치 민요의 수도, 봉오도리의 수도인 것 같으며 도쿄인지 시골인지 영문을 모르게 될 정도다"라고 기사를 끝맺고 있다.

민요 가사를 채집하고 활자화해서 민요집을 정리하는 1900년대의 단계에서 1910년대를 거치며 지방의 노래와 춤을 실제로 도쿄의 무대에서 즐긴다는 단계로 변천해 왔다는 사실을 이 기사는 입증하고 있다. 1918년에 여자음악학교에서 바바 고초馬場孤蝶, 노구치 우조, 시모타 시코霜田史光, 후지사와 모리히코藤澤衛彦 등이 지도하여 최초의 민요강연연주회가 열렸으며 그것이 계기가 되어 1921년에 전국민요대회가 열리게 되었다.[70] 다나베 히사오가 민요를 현지에서 습득해서 고상하게 편곡하거나 후지마 시즈에가 민요에 안무를 붙여 춤추는 것과 이렇게 민요를 중앙으로 집중시키는 움직임은 물론 연동되어 있다.

---

70) 藤澤衛彦, 「民謠蒐集保存硏究と新民謠の提唱」(『民謠詩人』10号, 1928.5), 24~25쪽 참조.

다이쇼에서 쇼와로 연호가 바뀌는 1920년대 후반부터는 민요의 공연이나 레코드 제작과 더불어 1925년에 방송을 개시한 초창기의 라디오 전파를 타고 민요 노래가 빈번하게 흘러나왔다는 사실도 컸다. 아타고야마愛宕山에 위치한 도쿄방송국이 개국하고 나서 얼마 지나지 않아 방송국에 들어온 마치다 가쇼町田嘉章는 의욕적으로 민요 프로그램을 편성하여 큰 반향을 불러 일으켰다.[71] 마치다가 전쟁 당시부터 전후에 걸쳐서『일본민요대관日本民謠大観』을 편찬하는 등 민요의 수집과 연구를 주도해가게 된다는 사실은 다시 확인할 필요도 없을 것이다. 마치다의 노력으로 〈지방민요와 신민요에 의한 민요의 저녁地方民謠と新民謠による民謠の夕〉이라는 프로그램 기획이 잇따라 성공하고 레코드 녹음을 통해서 오늘날에도 그 음악이 전해지는 나리타 운치쿠成田雲竹나 기쿠치 단스이菊池淡水와 같은 도호쿠민요의 스타들이 도쿄에서의 연주나 방송을 통해 알려지게 되었다는 성과를 낳았다. 이미 도호쿠 등의 지방에서도 민요대회가 열리거나 민요교실 같은 조직이 생겨났으며 민요의 체계화, '정조화'의 움직임이 마련되었다.

방송에서 노래를 부르는 가수는 자기 향토의 민요를 노래하는 것이 아니라 가수로서 다양한 토지의 민요를 노래한다는 국면이 나타났다. 그것은 도시만이 아니라 발신지인 지방민요의 양상에도 파급되어 갔을 것이다. 그리고 이러한 사실들은 다나베의 구상에서 보이는 지방민요의 '위생화'와 결코 모순된 것이 아니었다. 나중에 고데라 유키치는 이

---

71) 마치다 가쇼의 업적에 관해서는 주로 다케우치 쓰토무竹内勉의『민요에 살다 마치다 가쇼 88년의 발자취民謠に生きる 町田佳聲八十八年の足跡』(ほるぷレコード, 1974)를 참조했다.

것을 다른 말로 "지금 도쿄 사람이 볼 수 있는 평이한 무용(초보자가 출 수 있으며 이해할 수 있는 무용―필자)은 유럽계 무용(서양인과 일본인이 추는 것)과 그리고 **도쿄화되고 아사쿠사**浅草**화된** 시골 무용에 지나지 않는다"[72](강조는 필자)라고 한탄하고 있다. 도쿄 및 그 외의 도시에서 민요공연의 선구적인 역할을 담당한 야스기부시의 와타나베 오이토渡部お糸에 대한 회상 중에서도 다음과 같은 홍미로운 부분이 있다.

이토는 이즈모出雲 사투리로 노래할 것을 (단원들에게―필자) 강요했지만 요즘 말하는 도쿄말로 노래하는 것이 트랜드가 되었는지 무대에서는 도쿄말로 노래 부르는 야스기부시가 늘어 갔다. 이토가 야스기安来는 '야시기'이며 '야스키'가 아니라고 하며 특히 '스'를 혀끝으로 발음하는 것을 극단적으로 싫어했던 것을 기억하고 있다.[73]

마치다 가쇼가 기획한 민요방송에 대해서도 "도쿄방송국에서는 지방 민요 방송을 했는데 가운데에는 그 지방의 노랫말이 아닌 것을 그 지방의 가락으로 노래하고 있었다. 아이즈会津 봉오도리 노래인 「모였다 모였다 운운揃うた揃うた云々」 그리고 「오시마부시」 중에도 그런 엉터리가 있었다"[74]라는 반응이 신문에 기고되었다. 마치다 자신의 기록에 따르면 당일에 이 민요들을 노래한 것은 오시마나 아이즈에서 활동하는 소

---

72) 小寺融吉,「日本と欧州の娯楽的舞踊の比較」(『民俗芸術』創刊号, 1928.1), 55쪽.

73) 山根壽,『お糸想記』(ローカルタイムス社, 1993), 105쪽.

74) 「昨夜放送の民謡は出鱈目」(『読売新聞』, 1925.8.11).

제7장 민요의 근대와 전후 **297**

리꾼이었지만 초기 민요방송에서는 전국각지의 민요를 노래할 수 있는 아마추어 소리꾼을 채용하는 등 '정조'를 운운하기 이전의 고심스러운 상황 또한 엿보인다.[75] 이러한 민요방송 중에는 공개방송도 있었다는 사실을 1927년에 나온 시로토리 세이고白鳥省吾의 인상기印象記[76]나 '민속예술 모임'의 보고[77]에서 짐작할 수 있다. 시로토리에 따르면 아타고 야마의 방송국에서 이루어진 공개방송은 연일 천 명 이상의 관중을 불러 모았다고 한다.

이 1920년대에는 민요가 도시에서의 공연이나 라디오방송을 통해 지방에서 중앙으로, 또 다시 중앙에서 지방으로 발신되었다. 그로 인해 활자의 단계에서는 상상력의 저편에 있던 노래하며 춤추는 목소리와 신체가 토착성에서 벗어나 국민문화로 공유되기에 이르는 변화가 가속도를 붙이며 진행되었다. 그러한 과정 속에서 위와 같은 본래적인 전승 (정조)이나 지방색에서 일탈한 보편화(위생화), 유행가·신민요와 더불어 속요의 하나로서 대중오락의 요청에 부응하는 현대화된 연출이 이루어지게 되었다는 사태도 생겨났다. 녹음기를 안고서 마치다가 현지로 민요를 채집하러 나가고 작곡가인 후지이 기요미에 의해 채보작업이 시

---

75) 町田嘉章, 「俚謠放送の回顧·大正十四年(上)」(『民謠研究』3号, 1937.9). 단 인용은 竹內, 앞의 책, 115~118쪽에 따른다.

76) 白鳥省吾, 「盆踊放送三日間」(『地上楽園』2巻9号, 1927.9). 이 글에서 다루고 있는 「여러 지방 봉오도리의 저녁諸国盆踊りの夕」이라고 제목 지어진 기획은 도쿄와 도쿄 근방에 거주하는 지방출신 사람이 출연하여 만들어졌다. 시로토리는 "지방 향토예술"의 편린을 "도시인에게 알려준" 점을 평가한 다음 "지방색을 희박하게 만들어 틀에 박힌 채로 아무런 감흥 없이 춤추고 있었던 것 같은 결점"이 있었다고 지적하고 있다.

77) 「民俗芸術の会の記」(『民俗芸術』創刊号, 1928.1), 95쪽 참조.

작된 것 또한 이러한 경위에서 비롯된 것일 테지만 이 무렵부터 민요라는 장르는 '유행'과 '보존' 사이의 갈등이라고 하는, 장르 자체에 내재된 근저적인 문제를 노출시켜 가게 되었다.

11. 무대에 오르는 민요 — '향토무용과 민요鄕土舞踊と民謠'의 모임, 그 외

1925년에 메이지신궁明治神宮 일본청년관에서 시작된 '향토무용과 민요'의 모임은 이러한 민요운동의 융성에 결정적인 역할을 담당했다고 일컬어진다. 1925년부터 36년까지 거의 매년 이어져[78] 도쿄의 새로운 연중행사가 되었던 이 '향토무용과 민요'의 모임의 기원은 다이쇼시대에 진행된 메이지신궁의 조영造營에 부족한 일손을 보충하기 위해 1919년에 전국의 청년단을 대상으로 근로봉사를 모집했던 일로 거슬러 올라간다.[79] 이 조영봉사의 공적을 기념하여 신궁 바깥 정원에 세워진 시설이 일본청년관이며 그 개관기념으로 1925년 10월에 첫 번째 '향토무용과 민요'의 모임이 개최되었던 것이다. 일본 전국의 부府와 현을 대상으로 "아직 사회에 널리 소개되지 못했지만 유서 깊으면서 가장 지방색

---

78) '향토무용과 민요의 모임'은 전후에도 한 번 1947년에 마이니치홀毎日ホール에서 개최되었다. 그 후 이 모임은 1950년부터 '전국민속예능대회全国民俗芸能大会'로 명칭을 바꿔 (1953년부터 다시 일본청년관에서) 거의 매년 개최되며 현재까지 이어져오고 있다. 「大正十四年·平成元年 全国郷土舞踊と民謡の会·全国民俗芸能大会演目一覧」(『財団法人 日本青年館七十年史』, 日本青年館, 1991) 참조.

79) 조영에 봉사를 했던 청년단은 안뜰 공사(1919~22)에 189개 단체, 11,129명, 바깥 정원 공사(1920~23)에 118개 단체, 5,314명이 참가했다. 『大日本青年団史』(1942), 137~142쪽 참조.

이 농후한, 그리고 예술미가 넘치면서도 외설스럽지 않는" 무용과 민요를 모집했더니 30개의 부와 현에서 67종의 무용·민요가 응모하였다. 그 중에서 사이타마埼玉의 「가와고에川越 사자춤獅子舞」, 이와테岩手의 「소몰이노래 산노래牛追ひ唄　山唄」 등 계 여덟 공연이 3일 동안 상연되었다. 심사고문은 야나기타 구니오, 다카노 다쓰유키高野辰之였으며 무대감독은 고데라 유키치였다.[80]

일본청년관 『개관기념 향토무용과 민요』 팸플릿(제1회 향토무용과 민요의 모임) 표지

　　그들이 모여 만든 '민속예술 모임'이 1928년에 창간한 『민속예술』 등에도 이 '향토무용과 민요'의 모임에 대한 반응이 있었다. 위에서 말한 첫 번째 모임에 대해서도 구마가이 다쓰지로熊谷辰治郎는 "출연한 현 중에 한두 개가 새로 만든 가사로 노래한 것"은 평판이 좋지 못했다고 하며 모임의 의도가 "한때 유행한 민력함양民力涵養식 효능"에 있지는 않다고 서술하고 있다. 이것이 어떤 공연에 해당하는 말인지는 밝히고 있지 않지만 예를 들면 시가滋賀에서 와서 출연한 「고슈온도江州音頭」 등이 그 중 하나라고 여겨진다. 「노기장군 사사키신사 참배에서乃木将軍沙々

<hr />

80) 이상 구마가이 다쓰지로熊谷辰治郎, 「'향토무용과 민요의 모임' 회고―도쿄의 4월 연중행사 郷土舞踊と民謡の会」回顧―東京四月の年中行事」(『民俗芸術』一巻四号, 1929.4) 및 상연기간 중의 팸플릿 『개관기념 향토무용과 민요開館記念 郷土舞踊と民謡』(日本青年館, 1925) 참조.

貴神社詣で」라고 이름 붙여진 이야기는 오미겐지近江源氏 출신인 노기 마레스케乃木希典의 생애를 러일전쟁이나 고향의 사사키신사沙々貴神社에 참배한 에피소드를 끼워 넣어 노래하는 교훈색이 강한 것이었다.

> 여러분 부디 선조의 은혜를 잊지 말고 공부해서 나라를 위한 사람
> 이 되어 주세요 군복을 입은 할아버지가 이런 이야기를 한 것을 언
> 제까지나 잊지 말라고 차근차근 타이르는 친절한 이야기는 지금까
> 지도 전해져 매년 맞이하는 노기축제乃木祭에서 반복되며 학교의
> 훈화말씀 중에 남게 되네 신은 사라지시고 제왕의 뒤를 따라 가셨
> 구나 아아 대장은 안 계셔도 신사 앞에 우거진 손수 심으신 소나무
> 의 초록빛과 함께 남는 이야기는 무성하지만 너무 길어지니 노기
> 장군 사사키 참배에서의 한 막, 그 뒷이야기는 여기서 그만 둘 것
> 이다.[81](말미)

「고슈온도」는 원래 제문祭文의 계통을 이어받은 예능이기에 이와 같이 '새로 만든' 이야기에 따라 공연되는 것 자체는 부자연스러운 일이 아니다.「고슈온도」는 노래의 흐름이 갈라지면서 이야기가 다양해짐에 따라 부흥을 이루어내며 현재에도 번성을 유지하고 있다. 그러나 그것은 도쿄의 일부 관중이 기대하고 있던 것과는 다른 것이었다고 할 수 있다. 그 외에도 구마가이는 원래 그 고장의 자연 속에서 노래 부르며 춤추는 예능이 도쿄의 혼잡으로 둘러싸인 무대에서 공연되는 것에 "어쩔 수 없

---

81) 앞의 팸플릿, 『開館記念 郷土舞踊と民謡』, 12쪽.

는 부자연스러움"이 있다는 사실 또한 솔직하게 지적하고 있다.[82] 이러한 인상은 후에 제4회 '향토무용과 민요'의 모임을 둘러싼 『민속예술』의 합

<고슈온도> (『개관기념 향토무용과 민요』)

평에서도 이야기되고 있다. 거기에 게재된 글을 통해 엿보이는 '민속예술 모임' 내부의 곤혹스러움과 작은 부조화에 대해서는 이미 언급하였기에[83] 여기에서 자세히 반복하지는 않을 것이다. 하지만 무대연출을 담당한 고데라 유키치에게 오리쿠치 시노부折口信夫가 말한 지나친 "근대적 심미감審美感"이나 "도쿄에 가지고 온다는 의식 때문에 현청이나 마을에서 이미 크게 수정을 가한 부분이 많을 것임에 틀림없다"[84]는 사실에 대해 지방에서 온 출연자가 느끼고 있던 불만의 표명, 그리고 그것에 대해 변명하는 출연자와의 사이에서 조정하는 역할을 맡은 고데라가 표명한 난처함이 그러한 곤혹스러움이나 부조화를 대략적으로 대표하는 것이라 할 수 있다. 고데라는 "새로 춤을 준비해서 노동과는 아무런 관계도 없는 춤으로 만들어 상경해 온" 출연자들이 가지고 있는 "'보여주기' 의식"(관중에게 맞춘 가식)을 문제 삼고 있다. 그러면서도 그는 편

---

82) 이상, 熊谷, 앞의 글, 43쪽, 45쪽, 46쪽.

83) 쓰보이 히데토 저, 임경화 역, 「제2장 국민의 소리로서의 민요」(『근대 한국과 일본의 민요 창출』, 소명출판, 2005) 참조. 옮긴이 주.

84) 折口信夫, 「感謝すべき新東京年中行事」(『民俗芸術』2巻6号, 1929.6), 64쪽.

협한 고민요古民謠 멸망론에는 "옛날 옛적부터 언제나 오래된 것은 새로운 것으로 바뀌어져 왔다"고 반론하고 있다.[85] 오리쿠치와 고데라의 이 대립은 그대로 '유행'과 '보존'이라는 민요의 본질과 관계있는 문제성과 겹쳐져 있다고 말해도 무방할 것이다.

지방에서 상경해 일본청년관에서 민요를 부르고 춤추며 그것을 관중에게 보여주고 들려주려고 하는 사람들의 의식은 토지의 전승을 충실하게 보존하고 기록하고자 하는 민속학자나 음악학자·작곡가들의 관심과 적지 않게 어긋나 있었다고 해야 할 것이다. 「고슈온도」의 경우도 그렇지만 오히려 민요의 주체인 출연자 쪽이 지방색이라는 것을 먼저 버전업해서 지방/중앙의 차이를 뛰어넘는 국민주의적인 동일성을 가지는 이야기 속으로 해소시키는 지향성을 나타내고 있었다고도 할 수 있다. 그에 비해 『민속예술』의 맥락 대부분은 다음과 같은 가네쓰네 기요스케의 멸망론이 가지고 있는 비탄의 모드로 거의 집약될 수 있다.

생각해보면 우리 국민 사이에서 자연스럽게 발생해 왔던 민요, 우리 국민의 자연스러운 목소리인 이 민요가 아무런 기록도 남기지 않으며 아무런 연구 성과 또한 남기지 않고 쇠퇴해가야 하는 것은, 그것은 실로 비참한 사실이다.[86]

---

85) 小寺融吉, 「郷土舞踊と民話の会に就て」(『民俗芸術』2巻7号, 1929.7) 참조.

86) 兼常清佐, 「民謡の記録と保存」(『民俗芸術』2巻1号, 1929.1), 36쪽. 한편 기타하라 하쿠슈北原白秋·노구치 우조·시로토리 세이고·사이조 야소西條八十 등의 시인과 나카야마 신페이中山晋平·후지이 기요미藤井清水 등의 작곡가에 의해 새로이 창작된 '신민요'가 번성(이 시대가 되면 시단에서 '민요'라는 말은 '민요시民謠詩'나 창작민요로서의 '신민요'와 동일한 의미를 가지고 있었다)했다는 상황도 이 '민요멸망론'의 배경을 보다 복잡하게 만들

중앙에서 기대되고 있는 지방의 지방색과 지방에서 발신하고자 하는 지방색의 의식이 다르듯이 민요를 보존하기 위해 말이나 음성을 기록하고자 하는 시점과 노래하며 춤추는 것을 통해 민요를 지키며 전해가고자 하는 시점은 원래 양립할 수 없다. 『민속예술』에 게재되어 있는 지방으로부터 온 보고를 봐도 양자의 시점이 어긋나 있는 것을 엿볼 수 있다. 니가타현에서는 제1회 '향토무용과 민요'의 모임에 「에치고 오이와케越後追分」로 출연한 이후 "현 아래에 있는 어떠한 작은 마을이라도 경쟁적으로 자기 마을의 자랑으로서 예술을 서로 내보이며 축하회나 공진회共進會, 그리고 마을 축제 등에 반드시 들고 나가게 되었다"고 한다.[87] 도쿄에 세팅된 스테이지에 오르는 것이 계기가 되어 자신들의 향토의 지방색이 재발견되고 그것을 다시 지역공동체의 아이덴티티로 재구축하고자 하는 것이다. 거기서 보이는 지역의 공동성이나 동일성의 확인은 동시에 일본국민으로서의 공동성이나 동일성의 확인에 다다르게 될 것이다.

이러한 사태는 전후의 NHK 텔레비전 〈노래자랑〉이나 〈고향노래축제〉 등에 의한 '고향 자랑'의 연출에서도 반복되었다. 〈고향노래축제〉에 대해서 상세히 조사한 마쓰나가 마코토松永誠는 이 프로그램에 출연하고 또 그 방영을 계기로 각지에서 끊어져 있었던 제례가 부흥되어 보

고 있었다고 여겨진다. 『민요시인民謠詩人』의 '민요연구호民謠硏究号'(1927.12)에는 시바야마 요시오柴山義雄의 「민요쇠퇴고民謠衰頹考」라는 글이 있는데 이 글은 이러한 상황의 문제를 "민요가 오로지 개인이 창작한 것만 존재하게 된 현재에도 여전히 민요는 민중 그 자신의 것으로 여겨지고 있는 것일까"라는 물음으로 나타내고 있다.

87) 中川杏果, 「新潟県下の郷土芸術熱」(『民俗芸術』創刊号, 1928.1).

존회가 결성되는 등의 움직임이 있었던 사실을 밝히고 있다. 한편 이러한 공적이 있는 반면에 방송미디어의 개입과 그에 동반되는 관광화에 의해 "행사나 예능이 자신들의 취락이나 일족이 '행하는' 것에서 구경꾼에게 '보여주는' 것으로 전환"되며 "예능의 무대화"라는 변용이 보이게 되었다는 사실도 마쓰나가는 함께 지적하고 있다.[88] 위에서 언급한 1920년대에 일어났던 마을 부흥의 의도와도 겹쳐지는 지방민요의 상이 50년을 지나 이번에는 텔레비전이라고 하는 미디어를 얻어 증폭된 것이다.

민속학자나 음악학자들을 탄식하게 만든 쇼가 되어 가는 민요와 고민요 전승의 쇠퇴라는 두 개의 위기는 물론 동전의 양면과 같은 관계에 있다. '민속예술 모임'이 행했던 '민속예술' 보존 운동, 제례를 사진으로 찍어 전시하고 작곡가인 후지이 기요미가 민요를 채보하는 그러한 시도와 연동하여 '향토무용과 민요'의 모임도 각지의 민요와 향토예능의 보존을 하나의 목표로 삼고 있었을 것이다. 그럼에도 불구하고 이 "예능의 무대화"는 아이러니한 결과 또한 초래하게 되는데 고장의 사람들에게 그 무대는 '보존' 이전에 '유행'의 장으로서 작용했던 것이다. 그러므로 앞에서 언급한 바와 같은 '민요의 속요화', 즉 유행가 종류와 민요가 동일한 오락의 그라운드 위에 나란히 서게 되는 상황이 나타난 것도 전혀 부자연스러운 일이 아니었다. 무턱대고 신민요가 만들어져 지방에서 수용되고 소비되었던 것도 보존되어야 하는 민요라고 하는 장르의

---

88) 松永誠, 「地域文化の再生とテレビ―NHK番組『ふるさとの歌まつり』の社会文化的実証研究」 (『女子栄養大学紀要』27号, 1996.12) 참조.

외벽을 극히 무르게 만들었다고 할 수 있다. 1931년이 되고 나서의 일이지만 사노 마고시로佐野孫四郎라는 인물이 『민속예술』에 흥미로운 리포트를 실었다. 사노는 지방에서 일어나고 있는 '경박한 신민요의 유행'이 청년을 타락시키고 있다는 취지의 의견에 대해서 거기서 말하는 '신민요'는 '신속요'와 혼동되어 있으며 "그러나 속요인지 민요인지 모를 것도 있어서 민民과 속俗의 구별은 애매해졌다"고 말하는 한편, 지방민요의 주체에 관한 균열을 다음과 같이 적확하게 지적하고 있다.

모처럼 경치가 좋은 명소에 와서 시시한 신민요를 듣게 된다면 누구라도 화가 난다. 하지만 노래하고 있는 쪽은 기뻐하고 있다 —— 라는 사실을 정확하게 인식해야만 할 것이다.[89]

12. '보존'과 '유행' — 민요의 근대와 전쟁

고데라 유키치는 쇼와시대 이후에 나타난 봉오도리 부흥의 계기를 1925년에 열린 '향토무용과 민요'의 모임에서 찾아내고 있다.[90] 확실히 『요미우리신문』 하나만 봐도 이 시기 이후에 각지의 봉오도리나 민요에 관한 기사가 원래보다 현격히 눈에 띄게 된 것을 알 수 있다. 그 중 하나는 민요를 '보존'하는 쪽과 관계된 업적에 관한 기사인데 문부성 사회교

---

89) 佐野孫四郎, 「新民謠と農村靑年」(『民俗芸術』4卷2号, 1931.2), 53쪽.

90) 小寺, 앞의 책, 102쪽.

육과가 민요의 혼란("유행의 기세에 쫓겨 로컬컬러가 없어지고 어구도 외설스러워져 스토톤부시ストトン節처럼 들을 수도 없는 음란한 노래조차 낳기에 이르렀다")을 시정하기 위하여 전국을 대상으로 한 민요 조사를 지시한 것을 보도하고 있다(「지방색 보존에 당국이 민요 조사地方色の保存に当局が民謡調査」, 1926.8.5). 또 시대를 조금 뛰어 넘게 되지만 일본방송협회(센다이 중앙방송국)가 조직한 '도호쿠민요 시청단試聴団'에 의한 채보·녹음여행을 보도한 1941년의 기사(「전국으로 속요발굴대全国へ俚謡発掘隊」, 1941.5.10)가 있다. 후자의 조사에는 야나기타를 단장격으로 하여 고데라 유키치, 후지이 기요미, 마치다 가쇼, 오리쿠치 시노부, 다나베 히사오의 면면도 참가하여(그 외 도키 젠마로土岐善麿, 노부토키 기요시信時潔, 나카야마 신페이 등 계 21명이 참가한 대규모 조사였다) "외국을 모방한 재래의 자유주의적인 음악을 추방하고 일본고유의 음악을 부활시켜 더욱더 새로운 순수일본음악을 창출해 내기 위해 벽촌에 사는 노인의 입에 겨우 흔적을 남기고 있는 각지의 민요·속요 2,000종을 채보하고 그 중 600종을 녹음하는 원대한 계획"이 세워져 있었다고 한다.[91] 긴 시간을 들여 이 계획을 실현시킨 것이 다름 아닌 『일본민요대관』이었다.

---

91) 이 조사여행이 일본방송협회가 편찬한 『일본민요대관日本民謡大観 도호쿠편』으로 정리된 것은 10년 이상이 지난 전후인 1952년이 되어서였다. 시국상 책에 인용된 조사의 취지를 쓴 글에는 "야마토大和민족의식의 고양에 이바지하고 경조부박輕佻浮薄한 문화가 낳은 퇴폐적인 유행가의 범람에 휩쓸리기 십상인 청소년의 마음을 구하고자 한다. 또한 일반의 민족의식을 환기시켜 선조 이래로 우리의 혈관에 흐르는 것을 현대적으로 살려서 새로운 문화의 소재가 되게끔 하는 것은 라디오사업에 종사하는 사람의 책무라고 확신한다"(같은 책, 174쪽)고 되어 있다. 또한 이 조사에는 "당시는 아직 지방방송국에는 녹음설비가 완비되어 있지 않았기 때문에 일본콜롬비아 주식회사의 녹음 기사를 대동"했다고 한다(같은 책, 「머리말과 범례はしがきと凡例」〈이 책이 출판되기까지本書が上梓されるまで〉).

봉오도리의 부흥에 대해서는 기사를 보는 한 (아주 일시적이기는 하지만) 본래의 향락적인 일면이 되돌아온 지역도 있는 듯하다. 1927년 7월에는 "각지의 미인을 모아 / 오늘밤은 '봉오도리의 저녁'"이라며 시노바즈노 이케不忍池 근처에서 열린 피서박람회의 '봉오도리의 저녁'을 연일 취재하고 있다(7.16, 17). 사와다 쇼지로沢田正二郎 극단의 공연이나 나가라가와長良川의 우카이鵜飼[92] 등과 함께 프로그램을 형성한 이 공연의 내용은 제목만으로도 충분히 전해지리라 생각한다. 야나기타 구니오의 말을 따라서 말하자면 노동요로서의 민요의 쇠퇴를 한탄해도 시대를 거꾸로 되돌릴 수는 없지만 봉오도리는 그러한 노동에 부수적으로 딸려오는 노래와 춤과는 다른 줄기로 여겨지는 부분이 있다. 그래서 민속학자나 시인들 등 '보존'하는 쪽에 선 사람들에게도 그 유행은 주목할 만한 사건이었던 것 같다. 여기저기의 민요관계 잡지에서도 봉오도리와 관계있는 담론이 눈에 띄게 되었다.

예를 들면 1933년에 나온 『향토풍경鄕土風景』라는 잡지는 7월에 '여러 지방의 봉오도리호諸国盆踊号'라고 해서 전체 페이지를 봉오도리 특집으로 꾸미고 있는데 이는 책머리의 화보 사진도 포함해서 당시에 각지에서 보이던 봉오도리의 성황을 확인시켜 주기에 충분한 자료이다. 이 중에서 오이타大分에서 보내온 「구사지마을 봉오도리草地村盆踊」라는 글에서는 수년 전부터 "여장한 남자, 여자의 남장"부터 "토착민, 중국인, 대만 원주민 등으로 가장假裝"한 것에 이르기까지 가장과 변장의 취향이

---

92) 여름에 길들인 가마우지를 이용해서 은어 등을 잡는 어법漁法. 기후현의 나가라가와長良川에서 행해지는 것이 유명하다. 옮긴이 주.

보이게 되는 경향이 있었다고 한다.[93] 「쓰쿠다지마의 봉오도리佃島の盆踊」에 관한 글 또한 예의 그 "제국의 수도에서 유일한 봉오도리"가 변함없이 가장으로 흥을 돋우려고 애쓰고 있었다는 것을 전하고 있다.[94] 바로 같은 해인 1933년에 노래되고 춤추어진 「도쿄온도東京音頭」(사이조 야소/나카야마 신페이)에 대한 열광과 마찬가지로 잠시 동안의 에어포켓과 같았던 지방과 도시의 축제공간에 흐르는 자유로운 공기가 이 글들에서 엿보인다.

그런데 「도쿄온도」라고 하니 작사가인 사이조 야소가 그 몇 해 전에 써서 문제가 되었던 대히트 유행가 「도쿄행진곡東京行進曲」(1929)과 민요의 관계에 대해서도 언급해두고 싶은 사실이 있다. 이미 라디오방송을 통해서 「도쿄행진곡」을 매도하고 있었던 음악평론가 이바 다카시伊庭孝가 쓴 비판 「공개장 연약·악취미인 현대민요公開状 軟弱·悪趣味の現代民謠」와 그에 대한 사이조의 반박인 「이바 다카시씨에게 보내다 — 도쿄행진곡과 나伊庭孝氏に与ふ―東京行進曲と僕」가 『요미우리신문』에 「민요에 보내는 공개장과 항의民謠への公開状と抗議」라는 큰 제목을 달고 게재된 일이 있었다(1929.8.4). 그러나 여기서 문제 삼고 싶은 것은 두 사람이 주고받은 응수의 내막이 아니라 「도쿄행진곡」이 거기에서 '민요'라는 말로 다루어지고 있다는 점이다. 문자 그대로 '민요의 속요화'가 아닌 '속요의 민요화'라는 국면, 앞에서 인용한 말을 다시 쓰자면 "민과 속의 구별"이

---

93) 渡邊放志, 「草地村盆踊」, 『郷土風景』2巻7号, 1933.7, 63쪽. 이 봉오도리 역시 일본청년관에서 열린 '향토무용과 민요'의 모임에 출연했고 그것이 이 글을 기록하기 위한 계기를 만들었다는 사실이 암시되어 있다.

94) 田中野狐禅, 「佃島の盆踊」, 『郷土風景』2巻7号, 1933.7, 104~105쪽.

애매해졌다는 사실이 여기에 드러나 있는 것이다.

　그 다음 해에 시로토리 세이고가 주관하는 잡지 『지상낙원地上樂園』
에 실린 민요를 둘러싼 좌담회[95)]에서도 이 「도쿄행진곡」을 예로 끄집어
내며 향토성을 가지지 않는 유행가나 신민요에 대해 비판하고 있다. 유
행가와 민요의 차이, 즉 민요에 내포되어 있는 '유행'과 '보존'의 갈등이
이러한 장면에서도 나타나는 것이다. 이 좌담회에는 "이제부터의 민요
는 **전일본을 향토로 한 민요가** 어떤 지방에 뿌리 깊은 영속성을 가지고
노래 불리지 않으면 안 되는 것이라고 생각한다"(강조는 필자)는 히로세
미쓰루廣瀨充의 발언과 "괭이와 낫을 손에 든 남녀가 들판 한 가운데에
서 재즈를 추는 날이 있을 수 있어도 그것은 소위 농민의 말초신경적인
사도邪道이며 진정한 농민의 모습이 아니다"라는 이즈미 호로泉芳朗의
발언이 보인다. 이 두 발언은 그들이 지키고자 하는 것을 전형적으로 나
타내고 있다. 특히 히로세가 "전일본을 향토로 한 민요"라는 보편성을
지향하는 것이 도시의 지명을 아로새긴 「도쿄행진곡」을 의식한 시점이
면서 동시에 '어떤 지방'에서 국소적으로 보존되지 않으면 안 된다는 딜
레마를 안고 있다는 점에서 1930년대 이후의 민요가 가지는 한 방향성
이 시사되어 있다고 말할 수 있을 것이다. 즉 민요는 '유행'의 파도에 의
해 쇠퇴되어 가기에 기원이 가지고 있는 강력한 아우라를 뿜어내며 그
야말로 그 '상실의 미학'에 의해 공동체가 기댈 곳이 된다. 하지만 '정조'

---

95) 「民謠談話会」, (『地上樂園』5巻2号, 1930.2), 14~16쪽. 참석자는 이즈미 호로泉芳朗, 히로세
　　미쓰루廣瀨充, 쓰키하라 도이치로月原橙一郎, 마쓰모토 후미오松本文雄, 마시코 도쿠조益
　　子德三, 가키누마 마사오柿沼正雄, 시로토리 세이고.

라는 인식까지 포함하여 새로이 건전한 근대시민(혹은 국민/신민)의 질서 속에 민요를 보존·관리하고자 한 순간에 완전히 새로운 '유행' 속에 민요를 다시 위치시키게 된다는 사실은 틀림없다. 그리고 그것은 '상실'과는 전혀 다른 것이다. 실제로 「도쿄행진곡」은 도쿄시민에게는 민요 바로 그것이지만 "전일본을 향토로 한 민요"라는 발상에 의해 그것이 억눌려졌을 때 민요 그 자체에서도 무언가 거대한 것이 상실되어 버린다. 그것이야말로 '상실'이라고 불릴 만한 것이리라.

위에서 언급한 『향토풍경』의 같은 호에 게재된 「로쿠사이 염불춤六齋念仏踊」에 관한 글을 보면 교토제국대학京都帝国大学, 전국청년단대회, 전국처녀회대회, 교토부연합청년단대회, 교토부연합처녀회대회, 거기다 예의 그 일본청년관에서 열린 '향토무용과 민요'의 모임과 교토·후쿠이福井·오사카大阪에서의 모임 등 이 향토무용이 수년 동안 각지의 행사에 끊임없이 출연하고 있었다는 사실을 알 수 있다. 그뿐만 아니라 조선 경성으로부터의 간청에 응하여 "그곳에서 일본향토예술을 위하여 기염을 토하는 활동을 보이며 내선융화內鮮融化의 사명을 다할 수 있었다." 그 외에도 영화촬영, 레코드 취입, 경성을 포함한 방송국에서의 방송, 미국회사에 의한 토키영화의 녹화 등 다양한 미디어에도 활발하게 얼굴을 보이고 있었는데 정상이 아니라고도 말할 수 있는 열기가 느껴진다.[96] 그 열기를 통해서 국가적인 요청을 포함한 공식행사에 출연한다고 하는, 이를테면 봉오도리의 공기화公器化가 진행되었다고도 할 수 있다. 같은 시기의 『요미우리신문』에서도 이 '로쿠사이 염불춤'과 마찬가

---

96) 福田藤三郎, 「六齋念仏踊」, 『郷土風景』2巻7号, 1933.7, 28쪽.

지로 청년단에 관계하면서 국가체제에 공헌하는 자세를 취해가는 봉오도리의 모습을 발견해낼 수 있다(기타하라 하쿠슈北原白秋가 대일본연합여자청년단을 위해 기소오도리의 신민요를 작사하였고(1929.6.19), 「고향자랑으로 비상시 지도お国自慢で非常時指導」라는 제목을 가진 '향토무용과 민요'의 모임 안내기사(1933.4.11)도 있다).

「도쿄온도」로부터 4년이 지난 1937년에 중일전쟁이 시작되면서 위에서 말한 향락적인 측면이 억제되며 봉오도리에는 얼마간 계속하여 금지조치가 내려지게 된다. 그러나 소위 '대동아전쟁' 체제로 들어가고 나서의 첫 여름, 즉 1942년 여름부터 봉오도리의 부활을 허가하는 내무성의 고시가 갑자기 내려진다.『요미우리신문』이 그 이름을 바꾼『요미우리호치読売報知』는 이 고시에 응하여 「전시 오락의 재편성戦時娯楽の再編成」이라는 제목으로 다음과 같은 사설을 게재했다(1942.8.14).

> 봉오도리는 실로 우리 농촌에 살아있는 소위 '피의 유산'이다. 그 노래의 노랫말에는 선조의 전통과 생활의 생생함으로 채운 각지의 지방색이 가장 풍부하게 담겨져 있으며 노래 합창 그 자체가 벌써 꾸밈없는 단결의 유대이며 의기를 드높이는 근원이다. 한 마을 한 고장의 남녀노소가 달빛 아래에서 춤추며 모이는 곳에 출정하는 장병을 그리워하며 이 땅을 지켜주는 신령을 움직이게 하는 마음이 그득한 것을 헤아리지 않으면 안 된다.

이러한 신문 미디어의 자세에는 어쩌면 민요나 춤을 오락으로서 향

유하는 서민 쪽에 서서 예전의 메이지시대와 같은 탄압을 피하기 위한
방편을 마련할 의도가 있었을지도 모른다. 이 사설이 실린 다다음 날
『요미우리호치』에는 당장 「영령을 위로하는 봉오도리 대회英靈慰める盆
踊大会」라는 기사가 실려 히비야음악당日比谷音楽堂에서 열린 "전몰장병
의 영령을 위로하는 시市 및 민요협회 주최의 '영령초혼招魂민요와 봉오
도리 대회'"라는 모임에 대해 보도되어 있는데 기사에 나온 민요를 보면
「에치고 오이와케」, 「아키타 오바코秋田おばこ」 등이며 봉오도리도 「쓰쿠
다지마 봉오도리佃島盆踊」 등으로 특별히 '영령'을 떠받드는 듯한 기색은
없다.[97] 계획을 세운 사람의 입장이 춤추는 사람들에게 그대로 전해졌
다고는 오히려 생각하기 힘들다. 도쿄시민들이 내무성이 내린 고시 아
래에서 심히 실리를 취하고 있었던 것은 아닐까하는 추측까지 가능하
지 않을까[98](기사가 실린 바로 옆에는 만주에 출정한 한 일등병이 전사한 소식이 눈
에 띄지 않게 실려 있다). 이것도 또한 민요의 '보존'과 '유행'의 패러다임의

---

97) 대정익찬회大政翼賛会의 문화활동의 일환으로서 전몰자(영령)를 애도하는 의식에 봉오
도리를 활용하고자 하는 움직임이 분명히 존재했다는 사실도 확인할 수 있는데 대정익
찬회 문화부大政翼賛会文化部가 펴낸 『문화활동자료文化活動資料』 제1집(1943.8)에 수록
된 소라이 겐지空井健二의 「쇼도시마 야스다마을의 연극활동小豆島安田村の演劇運動」에
1942년 여름 이 마을에서 부활된 봉오도리에 대해서 나와 있다. "영령에 대한 감사"를
목적으로 하여 올림픽의 성화를 흉내 내서 "무덤에서 온 영화靈火를 맞이한다"는 의례
를 더하는 등 연극적인 궁리를 했다고 한다. 北河賢三編, 『資料集 総力戦と文化』第1巻(大月
書店, 2000), 73~74쪽 참조.

98) 기타가와 겐조北河賢三는 지방에서도 전쟁 말기에 이르러서까지 공연이 열리고 있었다
는 사실에 대해 시모이나下伊那군 마쓰오마을松尾村의 예를 조사하여 입증하고 있다. 봉
오도리나 민요 등의 공연은 아니지만 마쓰오마을 청년단의 당시 자료에 따르면 "'시국
하'라는 겉치레와는 다르게 폭력배물 등을 '환영'하고 여장·남장을 인정하고 있었으며
초기의 주의사항이 큰 폭으로 완화되어 있었다"는 것이다. 北河賢三, 『戦後の出発 文化運
動·青年団·戦争未亡人』(青木書店, 2000), 66-67쪽 참조.

한 변주라고 할 만한데 사실 그 무렵에는 도대체 어느 쪽이 '보존'이고 어느 쪽이 '유행'인지조차도 이미 애매해졌던 것이다.

1943년이 되면 「미영 격멸 민요대회米英撃滅民謡大会」(4.27), 대일본불교회가 「결전 봉오도리決戦盆り」의 가사를 선정해서 레코드 취입(7.8), 1944년에는 증산체제 때문에 귀향할 수 없었던 소년공이나 여자공원들을 위해 열린 공장에서의 봉오도리(7.16, 8.16), 피난지에서 벌어진 국민학교 학생의 봉오도리(9.14)라는 기사가 이어지며 역시 시국색을 반영하고 있지만 봉오도리나 민요를 노래하는 노랫소리는 근로보국勤労報國이나 미영 격멸을 부르짖는 목소리와 겹쳐지지 않는 곳에서도 높게 울려 퍼지고 있었던 것은 아닐까.[99] 전쟁에 의해 일본의 국체와 동조한 사람

---

[99] 아오모리青森현 구로이시黒石시 구로이시시상공회의소黒石商工会議所의 홈페이지(http://www.k-cci.or.jp/)에 일부 수록되어 있는 이시즈 세이사부로石津清三郎의 『노래와 춤의 제전 '구로이시 요사레' 500여 년의 궤적唄と踊りの祭典「黒石よされ」五百年余の軌跡』 중에 「노인이 이야기하는 봉오도리古老が語る盆踊り」라는 한 장이 있는데 거기에는 전쟁 당시의 구로이시의 봉오도리를 둘러싼 다음과 같은 흥미로운 증언이 보인다.

오랫동안 요사레에 관여한 바 있는, 고故 이시자와 마타이치(石沢又一, 구미노키ぐみの木 거주)는 생전에 다음과 같은 말을 남겼다.
"젊은 시절엔 봉오도리가 좋아서 안달이었지. 춤추는 행렬이 다가오면 애간장이 타서 하던 일도 내팽겨 치고 행렬 뒤를 따라 갔지 뭐야. 잘 추는 사람을 보면, 우리 집 신랑감으로 제격이라거나 아내로 삼고 싶다며 품평을 했어. 주인집 누님 속옷까지 아끼지 않고 빌려주곤 했지. 그건 아주 대단했었어. 둥둥하는 북소리가 들려오면 피가 들썩거렸단 말이야"라고 당시를 회상했다.
전쟁 당시 대정익찬회 전미나미군全南郡지부 사무국장이던 나카무라 분조(中村文三, 마에마치前町전 시의회의원)는, 1943년에 무슨 일이 있어도 봉오도리 행사는 개최해야 한다며 구로이시 경찰서(당시 야마가타山形 서장)에 부탁하러 간다. 그러나 "생사를 건 싸움이 한창인 이때 봉오도리라니 절대 용납할 수 없는 일"이라며 단호하게 거절하였다. 나카무라 국장은 "마을주민들의 사기를 높이기 위해서라도 꼭 해야 합니다. 전쟁 중이라는 사실은 너무나 잘 알고 있지만, 싸움에 이기기 위해서라도 봉오도리로 새로운 바람을 불러일으킬 필요가 있습니다"라며 주장을 굽히지 않았다. 전쟁에 이기기 위해서라도 봉오도리를 통해 사기를 진작시킬 필요가 있다는 나카무라 국장의 끈질긴 간청에 마침내 허가가 났다. 다만 질서정연하게 진행할 것과 미유키공원御幸公園에서 한발도 벗어나서는 안 된다는 단서가 붙었다.

들의 마음속에 있던 산하는 잿더미로 변했지만 과연 그곳에 '상실'의 노래가 불릴 여지나 여유가 있었는지는 모르겠다. 그와 같은 노래가 들려오는 것은 이 장의 처음에서 살펴본 것처럼 1970년대를 기다려야 할지도 모른다.

장유리 옮김

이제 봉오도리가 시작되었다. 긴 칼을 찬 순사가 춤추고 있는 원을 에워쌌다.

처음에는 질서정연하게 췄지만 분위기가 무르익자 춤도 흐트러졌고 공원을 벗어나서 춤을 추는 그룹도 나왔다. 그러자 순사들은 '어이 이봐!'하며 고함친다. 고함쳐도 그만둘 수 있는 것이 아니다. 나카무라국장은 당장 불려가서 춤을 중지하라는 경고를 받았다.

봉오도리는 하루 만에 막을 내렸지만 나카무라는 "구로이시라는 곳은 정말로 봉오도리를 좋아하는 마을이군"이라며 감탄했다고 한다.

옮긴이의 말

이 책은 쓰보이 히데토坪井秀人의『감각의 근대感覚の近代』(名古屋大学 出版会, 2006) 제2부「노래하는 신체」에 수록된 글을 번역한 것이다. 제1 부「감각의 근대」는 지난해(2018) 어문학사에서 같은 제목으로 번역·소 개한 바 있다. 이 책의 타이틀이『감각의 근대2』가 된 것은 그런 이유에 서다.

한국에 처음 소개한『감각의 근대』가 나쓰메 소세키夏目漱石, 나가이 가후永井荷風, 하기와라 사쿠타로萩原朔太郎 등 일본 근대문학을 접해 본 독자라면 낯설지 않은 작가들의 작품을 통해 '감성의 근대' '감각의 시 대'를 읽어갔다면, 이번『감각의 근대2』는「노래하는 신체」라는 2부 타 이틀에서도 알 수 있듯, 감각이라는 문제를 문학 장르에서 음악, 가요, 무용, 연극 등의 예술 장르로 그 폭을 한층 넓게 확장시켜 보이고 있다.

흔히 생각하기 쉬운 '노래'하는 '(목)소리'가 아닌, '노래'하는 '신체'라 는 상상력이야말로 저자만의 독창적인 발상이자 이 책을 이해하는 키 포인트라고 할 수 있다. 더 중요한 것은 보고, 듣고, 만지고, 맡는 등의 감각이라는 영역을 단순히 '근대적인 감각' 혹은 '감각적인 근대'라는 차원에서 바라보는 것이 아니라, 메이지明治, 다이쇼大正, 쇼와昭和, 그리고 전후에 이르기까지의 철저히 역사적 과정 속에서 파악하고, 각 시대를 살아간 민중과 아동, 여성 등 위계·계층화된 공동체 속에서 사고하려 한 점이다. 이러한 저자의 사유로부터 일본 국민국가의 특수성을 확인하거나, 개個와 공公의 경계가 사라지고 공동체 안에 개개의 숨결이 매몰되어 갔음을 발견하는 일은 그리 어렵지 않을 것이다.

그런데 이 책에서 다루고 있는 다양한 텍스트들 속에 나타나는 감각의 문제는 근대라는 시공간과 일본의 경우에만 한정된 문제는 아닐 터다. 특히, 라디오라는 미디어가 등장하면서 노래하며 춤추는 목소리와 신체가 토착성에서 벗어나 국민문화로 공유되어 갔던 1920년대의 사정이 그 이후 어떤 변화를 거쳐 오늘에 이르고 있는지 궁금하지 않을 수 없다. 포스트 라디오 시대, 포스트 텔레비전 시대가 낳은 '노래하는 신체'의 면면은 시각, 청각, 촉각, 후각, 미각 등 각 감각의 영역을 한층 더 복잡하고 다양하게 반영하고 있을 것임에 틀림없다. 거기에는 시공간과 국경을 자유롭게 넘나드는 새로운 미디어의 등장이 깊게 관여하고 있음은 물론이다. 이 책이 그러한 문제를 둘러싼 사유의 지평을 넓히는 데 자그마한 힌트가 될 수 있기를 기대해 본다.

이 책의 번역을 기획하고 실행에 옮기기까지 많은 시간이 필요했다. 『감각의 근대2』가 무사히 세상 밖으로 나올 수 있었던 것은 번역의 수고로움을 마다하지 않고 긴 시간을 함께 해준 나고야대학 선후배들 덕분이다. 1권의 옮긴이 후기에서도 밝히고 있듯, 쓰보이 히데토 교수의 언어와 인식을 누구보다도 깊게 공유, 공감하고 있기에 공역의 한계를 최소화할 수 있으리라 여겨졌지만, 매끄럽지 못한 부분이 여전히 남아 있을 것으로 보인다. 이에 대한 책임은 전적으로 감수 역할을 맡은 나에게 있다.

마지막으로 유학 시절부터 지금까지 따뜻한 배려와 격려를 아끼지 않으신 쓰보이 히데토 교수에게 옮긴이를 대표하여 깊은 감사의 마음을 전한다.

2020년 1월
옮긴이 모두를 대신해서
손지연

감각의 근대2

초판 1쇄 발행일 2020년 2월 20일

지은이 쓰보이 히데토
옮긴이 손지연·박광현·박정란·장유리
펴낸이 박영희
편집 박은지
디자인 최소영
마케팅 김유미
인쇄·제본 AP프린팅
펴낸곳 도서출판 어문학사
　　　　서울특별시 도봉구 해등로 357 나너울카운티 1층
　　　　대표전화: 02-998-0094/편집부1: 02-998-2267, 편집부2: 02-998-2269
　　　　홈페이지: www.amhbook.com
　　　　트위터: @with_amhbook
　　　　페이스북: www.facebook.com/amhbook
　　　　블로그: 네이버 http://blog.naver.com/amhbook
　　　　　　　　다음 http://blog.daum.net/amhbook
　　　　e-mail: am@amhbook.com
　　　　등록: 2004년 7월 26일 제2009-2호

ISBN 978-89-6184-945-6 93830
정가 20,000원

이 도서의 국립중앙도서관 출판예정도서목록(CIP)은 서지정보유통지원시스템 홈페이지(http://seoji.nl.go.kr)와
국가자료종합목록 구축시스템(http://kolis-net.nl.go.kr)에서 이용하실 수 있습니다. (CIP제어번호 : CIP2020003430)

※잘못 만들어진 책은 교환해 드립니다.